LA FEMME
DU PRISONNIER

Titre original : *The Prisoner's Wife*
Publié en version originale par Century, une marque de Cornerstone, un département du groupe Penguin Random House.

Traduit de l'anglais par Tiphaine Scheuer

Présente édition :
© Charleston, une marque des éditions Leduc, 2024
76, boulevard Pasteur
75015 Paris – France
www.editionscharleston.fr

ISBN : 978-2-38529-180-8

Maquette : Patrick Leleux PAO

Pour suivre notre actualité, rejoignez-nous sur Facebook (Éditions.Charleston), sur Instagram (@editionscharleston) et sur TikTok (@editionscharleston) !

Charleston s'engage pour une fabrication écoresponsable ! Amoureux des livres, nous sommes soucieux de l'impact de notre passion et choisissons nos imprimeurs avec la plus grande attention pour que nos ouvrages soient imprimés sur du papier issu de forêts gérées durablement.

Maggie Brookes

LA FEMME DU PRISONNIER

Roman

Traduit de l'anglais
par Tiphaine Scheuer

Flammarion

Pour Alfred Arthur Brookes et tous les autres prisonniers de guerre qui ont enduré tant et espéré que cela n'arrive plus jamais.

Et tout mon amour pour Katie, Amy et Tim.

« C'est arrivé, cela peut donc arriver
de nouveau : tel est le noyau de
ce que nous avons à dire. »
Primo Levi.

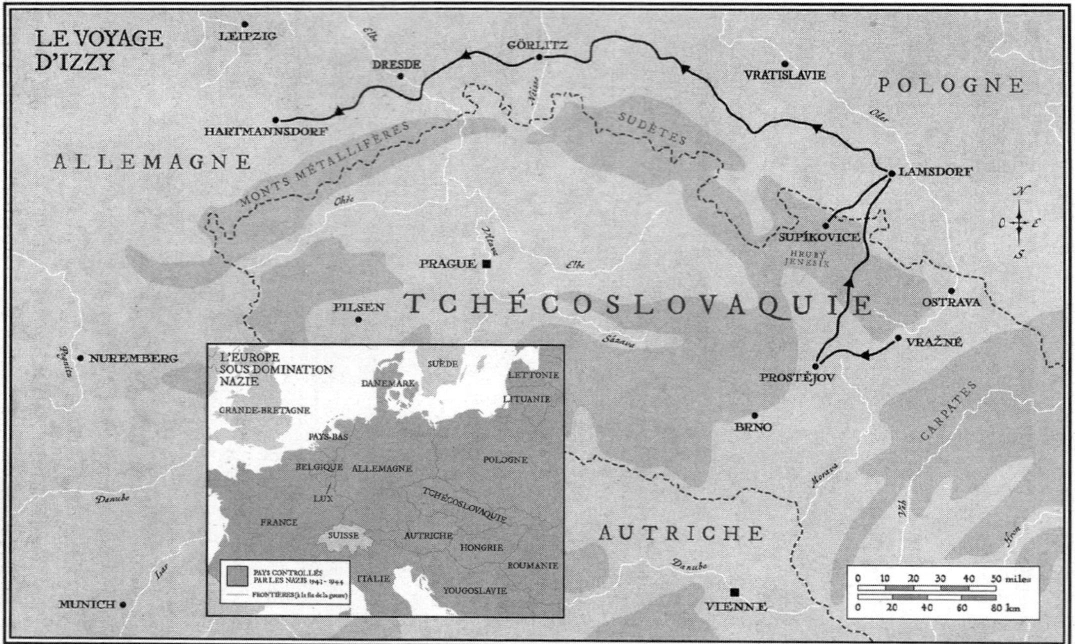
LE VOYAGE
D'IZZY
LEIPZIG
DRESDE
GÖRLITZ
VRATISLAVIE
POLOGNE
HARTMANNSDORF
ALLEMAGNE
MONTS MÉTALLIFÈRES
SUDÈTES
LAMSDORF
SUPÍKOVICE
HRUBY JENESIK
PRAGUE
TCHÉCOSLOVAQUIE
OSTRAVA
VRAŽNÉ
PROSTĚJOV
PILSEN
NUREMBERG
BRNO
CARPATES
AUTRICHE
MUNICH
VIENNE
Elbe
Oder
Neisse
Ohře
Vltava
Sázava
Morava
Váh
Hron
Danube
Isar
Pegnitz
N
E
O
S
0 10 20 30 40 50 miles
0 20 40 60 80 km
L'EUROPE
SOUS DOMINATION
NAZIE
SUÈDE
LETTONIE
LITUANIE
DANEMARK
GRANDE-BRETAGNE
PAYS-BAS
BELGIQUE
ALLEMAGNE
POLOGNE
LUX
TCHÉCOSLOVAQUIE
FRANCE
SUISSE
AUTRICHE
HONGRIE
ROUMANIE
ITALIE
YOUGOSLAVIE
PAYS CONTRÔLÉS PAR LES NAZIS 1941-1944
FRONTIÈRES (à la fin de la guerre)

Note historique

Cette incroyable histoire a été relatée par le caporal Sidney Reed, qui était prisonnier des nazis pendant la Seconde Guerre mondiale au stalag VIIIB / 344 de Lamsdorf, en Pologne, et au camp de travail E166 de la carrière de Saubsdorf, en Tchécoslovaquie. Pendant la guerre, la Pologne et la Tchécoslovaquie étaient sous le contrôle du Troisième Reich d'Hitler.

En 1944, lorsque cette histoire commence, les nazis avaient établi des camps de prisonniers de guerre dans les parties orientales de la Tchécoslovaquie et de la Pologne, dans le but de retenir les Alliés captifs aussi loin que possible de chez eux. Le nombre de prisonniers britanniques est alors estimé à deux cent mille. Les officiers étaient détenus dans des camps de prisonniers de guerre, mais la Convention de Genève de 1929 permettait de déployer les grades inférieurs dans des camps de travail, appelés *Arbeitskommandos.* Le camp de prisonniers de guerre de Lamsdorf pouvait à lui seul accueillir treize mille Britanniques, mais douze mille autres hommes ont aussi été envoyés dans des camps de travail pour construire des routes et travailler dans les mines, dans les usines et les champs.

Cette histoire débute dans la région tchèque de la Silésie, qui faisait partie de l'Empire austro-hongrois jusqu'en 1918. La plupart des habitants de la région étaient germanophones et ont accueilli favorablement l'annexion de leurs terres par les nazis. Toutefois, en 1939, Hitler est entré à Prague et a déclaré le reste de la Tchécoslovaquie comme « Protectorat » du Troisième Reich, et le pays entier a commencé à vivre sous le joug des nazis. En 1944, la résistance tchèque devenait fortement mobilisée.

Les noms de nombreux lieux ont changé depuis 1944. Ce roman emploie un mélange de noms modernes et de noms des temps de guerre. Pour plus d'informations à ce sujet, voir la note de l'auteur en fin d'ouvrage.

Prologue

Tout était calme et silencieux en dehors du léger craquement de nos bottes dans la rue déserte. L'éclat de la lune disparut derrière un nuage et on ralentit le pas, tant il nous était difficile de distinguer quelque chose.

Ce fut à ce moment-là qu'on entendit les chiens. Rien qu'un aboiement au début, qui résonnait dans le silence nocturne. On s'agrippa les mains l'un de l'autre et on s'immobilisa un moment.

Puis un autre aboiement. Et encore un autre. Ils n'étaient pas étouffés par les murs d'un bâtiment, mais bien en liberté, comme nous, dans les rues.

On s'éloigna instinctivement de la source du son, et les bâtiments semblèrent se refermer autour de nous. Mon cœur tambourinait dans ma poitrine et mon souffle s'accélérait. On hâta le pas. Les aboiements des chiens, de plus en plus proches, résonnaient entre les murs – ils étaient peut-être deux, trois. On se retourna pour les voir, mais l'obscurité était absolue. Nous savions pertinemment que nos bottes faisaient du bruit sur la route pavée.

Puis des cris retentirent derrière nous ; des voix d'hommes, excités d'avoir trouvé de quoi tromper l'ennui de leur garde nocturne, encourageant les chiens, impatients de partir en chasse. Quelle que soit la direction qu'on prenait, les chiens et les hommes se rapprochaient, et nos bottes résonnaient plus fort.

La ville s'emplit de bruits : notre respiration, le battement du sang dans nos oreilles, le claquement de nos bottes sur la route, l'aboiement des chiens, la course et les cris des hommes qui se rapprochaient toujours plus. On aurait peut-être pu s'arrêter, frapper à une porte et implorer de l'aide, mais on n'en fit rien. On continuait en courant de plus en plus vite, Bill me traînant à sa suite. J'étais à bout de souffle et mon sac de toile frappait lourdement contre mes jambes.

Il y eut enfin une ouverture dans la rangée de maisons, un porche voûté qui menait à une étroite galerie bordée de boutiques obscures. Vers l'extrémité de la galerie se trouvait un endroit plus sombre encore, qui ressemblait à un autre tournant, mais il ne s'agissait que d'une large embrasure de porte, surélevée de deux marches dans un renfoncement, et qu'on ne voyait qu'en arrivant à sa hauteur.

À présent, les chiens étaient presque sur nous et Bill me tira dans le renfoncement, jeta ses bras autour de moi et me serra très fort en murmurant dans mes cheveux : « Je suis désolé. » Puis il me repoussa, pour qu'on ne nous découvre pas en train de nous toucher. Je fermai les yeux et j'attendis la morsure des chiens, en espérant que tout serait terminé rapidement.

Tout sembla se produire en même temps : les chiens, les hommes, la lueur de la torche sur mon visage. Je levai un bras pour me protéger les yeux et j'entendis le souffle haletant des hommes, l'éclat de leurs voix. Mes dents claquaient et je dus les serrer de toutes mes forces. Les voix derrière le faisceau se transformèrent en un cri désincarné proféré en allemand par l'un des officiers supérieurs.

— Les mains en l'air ! Contre le mur !

On descendit les deux marches en trébuchant. Bill passa d'un côté de la porte, moi de l'autre. Je levai les mains contre le mur et j'aplatis mon visage contre les briques rugueuses pour m'empêcher de tomber.

Au-delà, je percevais les habitants trottinant comme des souris, écouter avec excitation et peut-être – qui sait ? – de la compassion. Je me mordis la lèvre, déterminée à retenir mes larmes, à ne pas en finir de cette manière.

PREMIÈRE PARTIE

Vražné, Tchécoslovaquie occupée

Juin à octobre 1944

1

La guerre faisait rage en Europe depuis cinq ans – une immense tornade qui éparpillait les familles et arrachait des millions de personnes à leurs proches à tout jamais. Mais parfois, parfois seulement, elle les réunissait. Comme ce fut le cas pour Bill et moi. Une fille de ferme tchèque et un gamin de Londres qui ne se seraient jamais rencontrés, furent projetés sur le chemin l'un de l'autre. On se tendit la main, on s'y accrocha et on serra très fort.

Notre rencontre eut lieu grâce au capitaine Mielleux. Je le surnommais ainsi parce qu'il y avait dans ses manières quelque chose de trop désireux de plaire qui me poussait à le mépriser. Malgré son statut de soldat nazi, il n'avait rien à voir avec les bandes de SS qui débarquaient sans prévenir pour fouiller la ferme et nous interroger au sujet de mon père et de mon frère aîné, Jan.

On sut immédiatement que le capitaine Mielleux était différent car, lors de sa première visite à la ferme, il frappa à la porte de derrière avant de l'ouvrir. Il se profilait dans l'encadrement de la porte, trapu et bien nourri de produits de la ferme « réquisitionnés ».

Ma mère coupait des pommes de terre à côté de l'évier. Elle en laissa tomber une dans l'eau et se retourna, le couteau toujours dans sa main droite.

D'un seul regard, il engloba la cuisine – le couteau, ma mère avec son tablier, moi avec mes livres étalés sur la table et Marek en train de jouer par terre.

— Vous parlez allemand ? lui demanda-t-il poliment, alors même que les gens de notre région ne parlaient aucune autre langue.

— Bien sûr, répondit ma mère avec son accent impeccable de haut allemand, en écartant une mèche de cheveux de ses yeux avec sa main gauche.

Je hochai imperceptiblement la tête.

Son visage s'illumina.

— Puis-je entrer ?

Ma mère effectua un petit mouvement rapide des doigts qui signifiait « pourrais-je vous en empêcher ? » et il fit un pas à l'intérieur.

Elle posa sa main armée sur le bord de l'évier et avisa avec un froncement de sourcil la boue qu'il déposait sur son sol propre. Mon petit frère Marek se leva. Il n'avait que huit ans mais il prenait son rôle d'homme de la maison très au sérieux.

Le capitaine retira sa casquette. Il avait des cheveux courts et parsemés de mèches grises, le visage ouvert d'un campagnard habitué à regarder le ciel. Ses lèvres étaient fines et peut-être cruelles, mais les rides autour de ses yeux indiquaient son goût pour l'humour. Il paraissait plus vieux sans sa casquette.

— J'ai un peu observé votre ferme... (Le visage de ma mère s'assombrit et il eut un geste de la main.) Je voudrais vous offrir de l'aide pour les récoltes.

Pour mieux pouvoir les confisquer, songeai-je, sachant que ma mère pensait la même chose. Ils réquisitionnaient le moindre navet, le moindre boisseau d'avoine, le moindre jambon qu'on produisait.

— J'ai la charge d'un groupe de prisonniers de guerre de la scierie de Mankendorf. Ils restaurent la route pour le passage des camions de bois, mais je pourrais vous prêter un ou deux hommes pour les périodes les plus chargées. J'ai pour mission d'améliorer la sylviculture et l'agriculture de la région. C'est une grande ferme pour vous deux.

— Trois, précisa mon frère, et ma mère posa une main sur son épaule pour le mettre en garde.

Le capitaine hocha la tête avec sérieux.

— Oui, trois, en effet.

Il avait raison, bien sûr. Même en travaillant du lever au coucher du jour, il était impossible pour ma mère et moi d'accomplir le travail de mon père, de mon frère Jan et des deux employés qu'on avait perdus.

— Comment t'appelles-tu ? demanda le capitaine à mon frère d'un ton amical.

Il hésita avant de répondre « Marek », le nom qu'il avait hérité de son grand-père tchèque. En dehors de la maison et à l'école, il utilisait généralement son autre nom, Heinrich, qui lui venait du père de notre mère. Ma mère et moi échangeâmes un regard, mais sans dire un mot.

— C'est une très jolie ferme, poursuivit le capitaine. J'ai grandi dans une ferme et je sais le travail que ça représente.

Je songeais que je préférais les vrais nazis, ceux qui ne se donnaient pas la peine de faire la conversation et qui retournaient toutes les pièces sans demander la permission, comme si c'était leur droit. On pouvait les haïr de toutes nos forces. On gardait les yeux rivés au sol quand ils se trouvaient dans les murs, conscients que nos visages trahiraient notre haine.

Mais avec le capitaine Mielleux, même la première fois, ce fut lui le premier qui détourna les yeux lorsque je le fixai dans les siens.

— Qu'est-ce qui est le plus urgent ? demanda-t-il.

— D'abord, on doit couper le foin avant qu'il y ait un orage, déclara ma mère, et il hocha la tête.

C'était bizarre de l'entendre parler allemand dans la maison. On ne parlait que le tchèque ici depuis cinq ans, depuis que les nazis étaient entrés dans Prague.

— Demain matin, dans ce cas, dit-il, avant de remettre sa casquette et de lever le bras en guise de salut, qui ressemblait plutôt à un geste destiné à se protéger les yeux du soleil. « Heil Hitler. »

On murmura quelque chose d'inintelligible, il tourna les talons et s'en alla. Marek se rassit.

Les pas du capitaine s'éloignèrent de la maison. Une raideur de l'une de ses deux jambes se manifestait dans le claquement irrégulier de ses bottes. Je supposais que c'était la raison pour laquelle il n'était pas en train de massacrer des Russes ou de traquer les partisans comme mon père et Jan. Peut-être qu'il avait une jambe de bois.

Une fois qu'il fut hors de portée, ma mère soupira et revint au tchèque.

— Eh bien, dit-elle, je ne peux pas dire que ça ne va pas nous aider. Du moment qu'il ne vient pas sans arrêt fourrer son nez dans nos affaires.

À cinq heures et demie, le lendemain matin, ma mère et moi étions encore en train de petit-déjeuner lorsqu'on entendit un bruit sourd sur les portes qui donnaient sur la route et ouvraient sur la cour de notre ferme.

Ma mère termina son café et passa un léger châle sur ses épaules.

Elle se tint très droite, la mâchoire bien ferme, comme si elle s'attendait à devoir prouver qu'elle était bien l'agricultrice, et pas seulement la femme de l'agriculteur. Elle avait dissimulé ses boucles noires sous un foulard noir, ce qui lui donnait un air sévère et presque effrayant. Nous enfilions nos sabots au moment où le capitaine Mielleux frappa à la porte de derrière et demanda poliment si nous étions prêtes. Il semblait tellement content de lui que j'aurais pu le gifler.

— Je crains de devoir aussi laisser un garde, à cause de votre mari et de votre fils aîné.

Il haussa les épaules d'un air d'excuse.

Ma mère ne dit pas un mot mais lui ferma la porte au nez, traversa la cuisine et la cour à toute allure pour soulever l'énorme poutre derrière les portes métalliques. À l'extérieur se trouvait un petit camion, avec une vingtaine d'hommes à l'intérieur. Cinq prisonniers et un garde âgé étaient en train d'en descendre. Ma mère tint l'une des immenses portes ouverte, juste de quoi les laisser entrer en file indienne, et examina minutieusement chacun des hommes qui passait. En dernier apparut le capitaine

Mielleux, qui insista pour l'aider bien inutilement à remettre la poutre en place.

Les cinq prisonniers de guerre pénétrèrent dans notre cour et le garde leur donna sèchement l'ordre de s'arrêter. Je m'appuyai contre la table de la cuisine en bâillant pour les observer. Marek passa sa tête derrière moi.

Les hommes s'alignèrent et ce fut la première fois que je vis Bill. Il se démarquait des autres à cause de ses cheveux blonds, de ses yeux bleu ardoise et de son visage poupon, presque trop joli pour un homme. Je l'aurais pris pour un Polonais ; je ne savais pas que les Anglais pouvaient avoir ce genre de physique. Tous les prisonniers, y compris lui, étaient bouche bée devant ma mère, qui se tenait devant eux à côté du capitaine Mielleux. L'espace d'un instant, je la vis à travers leurs yeux : sa silhouette féminine, ses yeux sombres et sa tête haute. Malgré sa jupe de travail usée, elle avait une attitude majestueuse, telle une reine déguisée en paysanne.

— Ils feront l'affaire, déclara-t-elle, avant de traverser la cour dans un claquement de sabots pour récupérer des outils dans l'écurie.

Les prisonniers regardaient autour d'eux pour appréhender les lieux : la maison, les écuries, la grange et la grange à foin, qui formaient un carré étroit autour de notre cour fermée. Peut-être cherchaient-ils des moyens de s'échapper. Leurs yeux se fixèrent sur moi à mon approche. Lorsque je leur rendis leur regard, ils baissèrent le leur ou le firent dévier vers un objet neutre : la pompe à eau, la vieille baignoire en étain, notre toit de tuile rouge vif. Ils savaient que le garde les surveillait attentivement.

Bill, lui, continua de me fixer de son regard clair et évaluateur, et je dressai le menton sans défaillir. Ce n'était pas le coup de foudre ni même du désir, mais il se passait quelque chose : un frisson métallique dans l'air, une sorte de défi lancé et renvoyé. Peut-être une forme de reconnaissance.

Le capitaine Mielleux échangea des banalités avec ma mère pendant qu'elle distribuait les faux, les fourches et les râteaux, mais le garde maintenait quant à lui son fusil pointé sur les hommes désormais équipés d'outils dont ils auraient pu se servir comme d'une arme. Il se racla la gorge et s'adressa à eux en anglais.

— Que personne ne tente rien de stupide, les gars. N'oubliez pas que j'étais dans les tranchées, et j'ai beaucoup de comptes à régler.

Ils hochèrent la tête et je notai pour moi-même que le vieux garde parlait un anglais parfait.

Ma mère poussa la porte de la grange à foin et ouvrit la marche en direction des champs. Je passai la dernière. Le capitaine Mielleux avança de sa démarche raide aux côtés de ma mère, tentant de terminer la conversation tandis qu'elle s'éloignait. Je ne pus retenir un sourire et croisai de nouveau le regard de Bill, dans lequel je distinguai à la fois l'amusement et l'approbation. Son visage semblait s'illuminer quand il souriait.

Le capitaine Mielleux dut se rendre compte qu'on se moquait de lui car il s'arrêta soudainement, fit claquer ses talons et lui souhaita une très bonne journée. Ma mère se retourna et le remercia poliment pour l'aide qu'il lui apportait à la ferme. Il reprit la direction de sa voiture avec un air très satisfait de lui-même.

Arrivée à la lisière du premier champ, ma mère fit une démonstration du maniement de la faux aux quatre hommes qui en avaient été équipés. Deux d'entre eux lui jetèrent à peine un regard, mais Bill se concentra pour imiter ses gestes. Je supposais que c'était un citadin et que c'était nouveau pour lui. Elle les fit pratiquer jusqu'à être satisfaite. Les deux qui n'avaient rien suivi avaient à l'évidence déjà effectué de nombreuses récoltes auparavant, mais Bill et son compagnon exécutèrent plusieurs coups maladroits avant de parvenir à couper quoi que ce soit. J'étais embarrassée pour eux, mais ma mère, patiente, positionna correctement le coude droit de Bill jusqu'à ce qu'il fauche proprement les tiges et me jette un regard de plaisir et de triomphe. Je ne pus m'empêcher de lui répondre par un sourire.

Les gardes avaient bien fait de réveiller tôt les prisonniers, car la chaleur s'abattit bientôt d'un ciel sans nuage. Couper le foin était un travail fatigant qui donnait soif ; il fallait tout entreposer dans la grange avant que la pluie ne risque de tomber. Par ces chaudes journées, on n'était jamais à l'abri d'un orage. L'un après l'autre, les hommes demandèrent la permission de retirer leur veste d'uniforme, puis leur chemise au-dessous. Je fus choquée par leur maigreur, par leurs côtes qui ressortaient comme celles d'un cheval négligé. Certains, y compris Bill, portaient des maillots de corps en piteux état. Sans prêter attention au garde qui lui hurlait de se dépêcher de se remettre au travail, il noua soigneusement sa chemise pour en faire un couvre-chef improvisé qui protégeait également sa nuque et ses épaules émaciées. En avisant sa peau pâle, je songeai qu'il prenait sans doute facilement des coups de soleil.

Moi, au soleil, je ne brûlais pas, je ne faisais que brunir.

Ma mère et moi accomplissions la tâche avec eux pour nous assurer qu'ils suivaient ses directives. Qui sait de quelle étrange manière on procédait en Angleterre ?

Quatre des hommes, dont Bill, travaillaient dans les rangées avec leurs faux et coupaient le foin parfumé, tandis que Mère et moi, ainsi que le cinquième homme, suivions, pliés en deux, pour ramasser le foin et former des ballots que l'on ficelait grossièrement avec des tiges avant de les laisser sécher à l'air libre. La progression, lente et régulière, se faisait en silence ; de temps en temps, Mère et moi nous redressions pour jeter un regard alentour.

Elle surveillait les travailleurs munis de faux pour s'assurer qu'ils savaient ce qu'ils faisaient, qu'ils ne manquaient rien, qu'ils n'avaient pas besoin de la pierre à aiguiser pour réaffûter leurs outils. J'observais de mon côté la couleur dorée du champ, le bleu de Chine du ciel et – du coin de l'œil – les mouvements de balancement aisés qu'effectuait désormais Bill avec sa faux. Je voyais les muscles de son dos et de ses épaules onduler. Il y avait quelque chose de fluide et rapide dans ses gestes. Vif et ondoyant.

Bill sifflait pour accompagner ses efforts et balançait la faux en rythme avec la musique. Je ne reconnaissais aucun des airs, mais de temps à autre, les autres hommes se joignaient à lui et chantaient en chœur.

Quand il devint évident que le garde comptait les faire travailler toute la matinée sous la chaleur sans rien boire, Mère m'envoya chercher de l'eau à la ferme, que je leur servis chacun leur tour dans une tasse en fer-blanc. Bill afficha un grand sourire. L'une de ses dents du haut était ébréchée.

— J'aurais aimé... bière, dis-je dans mon anglais hésitant, et son sourire s'agrandit encore.

— Je vais faire comme si c'en était.

Il fit claquer ses lèvres d'un air appréciateur. Je voyais bien qu'il cherchait quelque chose à dire pour prolonger la conversation.

— Vous faites de la bière ici ? demanda-t-il.

Je hochai la tête.

— On fait pousser…

Je ne savais pas comment dire « orge ».

— Vous faites pousser de la bière ? (Il feignit la stupéfaction.) Alors je suis mort et je suis arrivé au paradis.

Un rire m'échappa et le garde s'approcha pour donner un coup de canon de son fusil dans les côtes de Bill, avec une violence suffisante pour lui causer un bleu plus tard, et s'écria en anglais :

— Retourne au boulot. Sale paresseux.

J'appris rapidement qu'il ne fallait pas rire tout fort ou attirer l'attention du garde sur les prisonniers.

Le garde se tenait au bord du champ, à l'ombre d'un arbre décharné, et nous regardait travailler en jouant avec son fusil et en triturant son col serré. La sueur dégoulinait sur son visage. Il ne cessait de chasser un taon tenace ou un moustique et j'espérais qu'il allait se faire piquer. C'était un auxiliaire, et non un membre de l'armée régulière – il était peut-être bien content d'avoir trouvé du travail comme garde de prisonniers de guerre plutôt que de retourner au front. J'étais certaine qu'il savait avec quelle facilité ce groupe d'hommes jeunes pouvaient le maîtriser, s'ils le décidaient. Les seules choses qui le protégeaient d'eux, c'étaient son fusil et son sentiment de suffisance. Et le fait qu'en cas de tentative de fuite, ils se trouvaient au fin fond de l'Europe nazie, à un millier de kilomètres des pays neutres, la Suisse et la Suède. Je sentais que Bill me regardait regarder le garde, mais je ne tournai pas les yeux vers lui.

Les prisonniers furent autorisés à prendre une pause pour déjeuner à midi, et ils sortirent de minuscules quignons de pain de leurs sacs. Après un regard à leurs rations, Mère m'indiqua de retourner à la ferme chercher la miche qu'elle avait cuite la veille, du beurre frais et du fromage. Je ramenai également de la bière, pour amadouer le garde et m'assurer qu'il continuerait à nous amener l'équipe. Je pris soin de lui apporter son déjeuner en premier, et je masquai ma consternation en voyant la part de fromage dont il se servit. J'aurais dû cacher le morceau et ne lui apporter que sa part.

J'emportai ce qu'il restait aux prisonniers, qui étaient étendus à l'ombre d'un grand chêne. Certains dormaient. Seul Bill était assis, adossé au tronc, et m'observait faire le tour des hommes. Chacun me regarda comme si je leur servais le meilleur repas de leur vie. J'avais gardé la part de Bill pour la fin.

Il me sourit en me voyant m'accroupir devant lui avec ma petite part, et je lui rendis son sourire. Ses yeux semblaient encore plus bleus qu'ils ne m'étaient apparus dans la cour de la ferme. Il avait une grande bouche, comme si elle aimait sourire. Les autres ne s'intéressaient qu'à la nourriture que je venais de leur donner, mais lui soutint mon regard.

— Vous faites le pain et le fromage ici aussi ? demanda-t-il plus lentement en articulant.

Je m'efforçai de retrouver mes piètres notions d'anglais et regrettais de ne pas avoir mieux écouté à l'école.

— Oui, on le fait.

— C'est le meilleur que j'aie mangé depuis des années.

Il me sourit jusqu'à ce que je baisse les yeux. Je n'étais pas souvent à court de mots, mais je ne trouvais rien dans mon vocabulaire anglais.

— Je... espère... vous plaît, dis-je lentement.

Ses yeux scintillèrent avec malice.

— Oh, ça me plaît beaucoup.

Mon ventre se noua, comprenant qu'il ne parlait pas du fromage, mais je répliquai en tchèque :

— Vous n'avez pas beaucoup de filles avec lesquelles me comparer.

Je me maudissais de ne pas savoir m'exprimer en anglais.

Je sentis son regard posé sur moi tandis que je rejoignais ma mère.

À la fin de l'après-midi, le plus gros champ avait été récolté et les ballots emportés à la fourche dans notre chariot tiré par un cheval. C'était moi qui m'occupais de la jument, qui lui tenais la tête et la guidais, même si elle était tellement habituée à ce travail qu'elle n'avait pas réellement besoin de moi. Je lui caressai le museau et lui apportai l'herbe la plus douce.

Je savais sans avoir besoin de chercher où se trouvait Bill grâce à son habitude de siffler ou de fredonner quand il travaillait. La musique vibrait en lui.

Il faisait chaud, c'était un pénible labeur, et je retournai deux fois à la maison chercher de l'eau pour les prisonniers. Chaque fois que je leur en apportais, je gardais Bill pour la fin et j'essayais de lui soutirer un mot ou deux, malgré le regard attentif du garde.

— Je m'appelle Bill, déclara-t-il. Et toi ?

— Izabela, répondis-je.

Il répéta deux fois mon prénom avec le plus grand sérieux, « Izabela, Izabela », comme s'il était capital pour lui de le prononcer correctement.

— Il a une signification ? demanda-t-il, mais je ne savais pas comment lui répondre en anglais.

Je haussai les épaules et secouai la tête.

— Je crois qu'il y avait une reine Izabela. D'Espagne, ajouta-t-il, et je secouai de nouveau la tête, étonnée.

— Bill, dis-je. Que signifier ?

— Aucune idée. C'est un nom de roi. Guillaume le Conquérant[1]. (Il désigna avec regret ses vêtements râpés.) Un curieux genre de conquérant.

Je n'avais aucune idée de ce qu'il racontait ni pourquoi il se mit à rire – en silence pour ne pas être entendu par le garde –, mais sa joie était contagieuse et je me mis à glousser en silence à mon tour. J'eus soudain la sensation extraordinaire que dans toute cette épreuve, ce désordre, il était possible d'éprouver de la joie. La même sensation se lisait sur le visage de Bill.

---

1. En anglais, William the Conqueror, Bill étant un diminutif de William. (Toutes les notes sont de la traductrice.)

À la fin de la journée, on était tous recouverts de poussière de foin, qui collait aux cheveux et à notre peau moite.

Le garde surveilla les hommes qui se lavaient à la pompe et l'actionnaient tour à tour pour leur voisin. L'un après l'autre, ils se déshabillèrent jusqu'à la taille et plongèrent leur tête et leur corps sous l'eau glacée, électrisés et galvanisés par le choc de température, en se poussant et en s'aspergeant mutuellement, comme des enfants. Debout à l'entrée de la grange, j'essayais de paraître détachée, de faire semblant de regarder ailleurs, comme si je n'étais pas en train d'observer, comme si je n'attendais pas le tour de Bill.

Mais du coin de l'œil, je le vis retirer sa veste et se mettre torse nu. J'avisai sa maigreur terrible, la blancheur de sa peau, les muscles tendus de ses bras secs, et quelque chose se retourna au fond de moi, comme un poisson fraîchement sorti de l'eau. Il se frotta les cheveux sous le jet d'eau, puis recula et rejeta la tête en arrière, tout en riant, comme s'il n'était pas un prisonnier à moitié affamé, sur une terre très éloignée de la sienne, mais rien qu'un garçon se sachant observé par une fille, en douce, et qui aimait ça. Il remit ses vêtements. Ses cheveux étaient plus sombres quand ils étaient mouillés, et s'éclaircissaient à mesure qu'ils séchaient.

Je retirai mes sabots et m'approchai de la fenêtre du palier, au-dessus des portes du chariot, afin que ma mère ne me voie pas regarder le camion s'éloigner. Mais Bill, lui, trouva le moyen de savoir où j'étais et m'adressa un infime salut au moment où ils tournaient au coin de la route.

Lorsque je pénétrai dans la cuisine, ma mère aplatissait une double portion de pâte à pain sur la table. Marek était en train de jouer par terre avec ses petites voitures. Ma mère avait aux lèvres un sourire comme je ne lui en avais pas vu depuis le départ de mon père et de Jan, mais dès qu'elle me vit, son sourire céda la place à un froncement de sourcils.

— Fais plus attention, dit-elle.

Je rougis de nouveau en me demandant si je serais jamais capable de lui cacher quelque chose.

— Le garde peut voir tout ce que je vois, ajouta-t-elle.

J'en doutais.

— Je sais que c'est dur avec tous les garçons qui sont partis, mais c'est impossible.

— Quels garçons ? demanda Marek.

On ne lui prêta pas attention.

Je détestais qu'on me dise que quelque chose était impossible, décidant sur-le-champ que je devais prouver le contraire. J'avais hérité ça de ma mère ; elle était exactement comme moi. Si quelqu'un lui avait dit qu'elle ne pouvait pas se joindre aux partisans, elle aurait essayé, exactement comme moi.

Sa conception de l'éducation, c'était de me plier à sa volonté, mais je lui avais toujours tenu tête. Petite, j'avais décidé que je ne voulais pas manger de lapin. J'avais serré les lèvres et refusé de manger le plat qu'elle avait préparé. Elle m'avait donc rapporté la même assiette de civet repas après repas, me refusant toute autre nourriture, déclarant : « Si tu ne veux pas manger ça, c'est que tu n'as pas faim. » Je n'avalai rien pendant des jours, jusqu'à en avoir la tête qui tourne. Lorsqu'elle avait sèchement déposé le plat de lapin devant moi pour le petit-déjeuner du troisième jour, une légère couche de moisissure avait commencé à se former à la surface. Mon père s'était alors interposé, comme je savais qu'il le ferait, avait donné le civet aux cochons et dit à ma mère : « Elle est comme toi. » Par la suite, chaque fois que la famille mangeait du civet de lapin, ma mère me préparait une assiette de navets bouillis, même après que je lui ai assuré que j'aimais ça, désormais.

Pourtant, elle avait raison en ce qui concernait le manque de garçons. Il n'y en avait pas un seul de plus de quatorze ans à des kilomètres à la ronde. La minuscule poignée de personnes qui parlait tchèque s'était empressée de rejoindre la résistance, comme mon père et Jan, mais la majorité germanophone s'était engagée dans l'armée nazie ou était partie travailler dans des usines à travers le Reich. De nombreuses anciennes camarades de classe étaient parties elles aussi, et parmi celles qui restaient, la rumeur courait que Matylda et Dagmar s'offraient gratuitement aux soldats cantonnés non loin. Au moins, leurs vies avançaient, tandis que la mienne était figée dans le marbre, la même routine quotidienne depuis mes quinze ans. Cinq longues années pendant lesquelles j'aurais dû faire tant de découvertes, au lieu de quoi mon univers s'était réduit à cette ferme et cette maison, ponctué uniquement par les sorties occasionnelles au marché ou à l'église. Une vie qui me confinait comme des chaussures devenues trop petites.

— Tu as travaillé dur aussi, dit-elle pour essayer de se faire pardonner.

Je souris à contrecœur.

— Et toi donc.

Depuis quand ne s'était-il pas passé un jour sans qu'elle travaille dur ? De quoi était faite sa vie, en dehors du travail ?

Après notre repas, je me glissai dans ma chambre et récupérai le livre d'anglais qui datait de l'école, l'ouvris à la première page et m'appliquai avec une concentration absolue. Je n'aurais pas la même vie que ma mère. J'allais m'en assurer.

2

Quand son groupe de travail avait été déchargé à la ferme de Vražné ce premier matin, Bill avait ressenti des petits picotements dans la nuque, comme si quelque chose allait arriver. Au cours des cinq dernières années, il avait eu la sensation récurrente que son univers s'élargissait et se rétrécissait alternativement, encore et encore, comme s'il vivait dans la cage thoracique d'une espèce de créature vivante. Et ce matin-là, il était sur le point de s'élargir.

Il jeta un coup d'œil à son copain Harry, mais ce dernier bâillait et se grattait, inconscient du caractère spécial de cette journée. Ils étaient partis tôt et une nouvelle journée de dur labeur les attendait. La seule différence que notait Bill, c'était la présence du vieux garde avec eux, ainsi qu'un capitaine habillé chic. En général, on se contentait de les larguer sur le lieu de travail du jour – une clairière, une route en travaux, une ferme – sous la surveillance d'un type du coin armé et zélé, adorateur du régime nazi. Bill se demandait ce que cette ferme avait de spécial pour nécessiter la présence de deux soldats.

La porte de la cuisine s'ouvrit et il sourit. Une femme bien proportionnée, dans les quarante-cinq ans, sortit en sabots et jupe miteuse, les cheveux enveloppés dans un foulard, mais avec l'élégance impérieuse d'une femme qui assistait à un bal. Bill songea : *Ah, voilà la raison de leur présence. Ce n'est absolument pas* nous *qu'ils viennent tenir à l'œil.*

Un instant plus tard, une fille de la moitié de son âge émergea de la maison et s'appuya nonchalamment contre le montant de la porte, comme si elle n'avait aucune idée de l'effet qu'elle produisait sur ces jeunes hommes en manque de femmes. Si la mère était séduisante, la fille était une véritable oasis en plein désert. Bill sentit Harry se redresser à côté de lui et il fit de même. Les yeux de la fille les passèrent en revue pour les jauger. Elle avait des boucles noires, des yeux de chat et un corps aussi souple et svelte que celui de sa mère était rond et féminin. Bill soutint son regard et les murs de la ferme semblèrent reculer.

Il avait déjà éprouvé cette sorte d'élargissement de son univers auparavant. Tout d'abord, en 1939, alors qu'il avait dix-huit ans, que son équipe de football du dimanche avait éclusé trop de bières après un match et qu'ils s'étaient mis au défi de s'engager dans l'armée. Il n'avait pas vraiment eu conscience de renoncer ainsi à tout contrôle sur sa vie pour une période indéterminée ; pas vraiment eu conscience qu'à partir de ce jour, ce serait quelqu'un d'autre qui lui dirait où aller, quoi porter, quoi manger, quand aller se coucher et quand se lever, qui tuer. Mais en entrant dans son camp d'entraînement, il avait compris que sa vie ne serait plus réduite au pub de Stoke Newington, là où il avait grandi, à la navette familière entre Londres et la gare de Paddington où il travaillait, à la maison où il s'entraînait au saxophone ou encore au bar, où il jouait du piano, le soir.

Après leur entraînement de base, son monde s'était de nouveau élargi le jour où il avait franchi la passerelle du bateau à Portsmouth pour une destination de guerre inconnue, pénétré dans une vie remplie de dangers et de possibilités, y compris les nouvelles sensations de mal de mer et de mal du pays. Il lui tardait de revoir sa mère, sa cousine Flora, et même son patron à la billetterie. Les touches de piano lui manquaient, elles qui avaient été comme des extensions de ses propres doigts, une partie de son corps d'aussi loin qu'il s'en souvînt. Il avait subi l'ennui de la haute mer, où les parties de cartes interminables constituaient les seuls divertissements durant le long voyage autour de l'Afrique du Sud et du canal de Suez. Il lui arrivait de jouer de l'harmonica pour les autres. Il aperçut la montagne de la Table en contournant Le Cap et il finit par sentir le sable râpeux du désert sous ses bottes.

Son bataillon planta ses tentes dans l'obscurité glaciale et, le lendemain matin, lorsque Bill repoussa le rabat de la tente, il se retrouva face à une immense pyramide.

— Je crois qu'on est en Égypte, lança-t-il par-dessus son épaule.

— Ils ont intérêt à avoir du thé, à la Naafi[1], répondit Harry.

1. Navy, Army and Air Force Institutes, organisme approvisionnant les forces armées britanniques en biens de consommation.

Mais Bill se fichait du thé ; il avait hâte de pouvoir gravir la pyramide et, une fois au sommet, il se tint debout, les bras écartés, face à un monde qui était devenu bien plus immense qu'il aurait pu l'imaginer.

Ce soir-là, Harry avait accompagné certains des gars faire le tour des bordels locaux, mais Bill avait refusé de se joindre à eux.

— Viens pas te plaindre si tu chopes la chaude-pisse, le prévint-il.

Au lieu de quoi il se contenta des souvenirs des filles restées au pays, et flâna au hasard des rues et des bazars, s'imprégnant de la nouveauté, frémissant d'excitation.

L'univers de Bill continua de s'élargir, puis de se rétracter, des merveilles étincelantes du Caire aux espaces confinés et étouffants d'un char parcourant pesamment le désert des jours durant. Les mitrailleurs prenaient place chacun leur tour dans la tourelle pour prendre l'air frais. Ils devinrent irritables les uns envers les autres, comprimés ensemble dans une boîte en métal sous le soleil torride – une boîte en métal qui pouvait aussi devenir leur cercueil. Pour les vingt et un ans d'Harry, ils ouvrirent une boîte de corned-beef, et il faisait tellement chaud dans le char que la viande était liquide. Ils souffrirent d'un ennui abrutissant, cuisaient le jour et frissonnaient la nuit, jusqu'à ce que, soudain, ils se retrouvent au milieu de la terreur et du vacarme assourdissant de la bataille, entourés d'explosions d'obus, exposés comme une rangée de canards dans un stand de tir forain.

Harry et lui avaient tout traversé ensemble, comme deux serre-livres : Bill le blond d'un côté de l'étagère et Harry avec ses cheveux bruns ondulés, de l'autre. Les filles ne résistaient pas au regard mi-clos de Harry, tandis que les hommes d'un certain genre étaient attirés par la beauté délicate de Bill. Il était arrivé plus d'une fois qu'Harry doive les reprendre. C'était plus qu'une simple amitié de temps de paix. Bill avait vu les mêmes horreurs qu'Harry ; Harry avait éprouvé la terreur de Bill. Ils se faisaient implicitement confiance, surveillaient les arrières de l'autre, partageaient leur nourriture. Ils avaient des désaccords, évidemment, et se rendaient souvent fous mutuellement, mais chacun savait que l'autre le hisserait sur son dos et le transporterait loin du champ de bataille jusqu'à s'écrouler. C'étaient des frères d'armes.

Ils avaient été capturés ensemble pendant la bataille de Tobrouk en 1941. Leur char avait été touché et ils avaient tous dû quitter précipitamment l'habitacle empli de fumée, pour se jeter tout droit dans les bras armés des nazis. Ils n'avaient eu d'autre choix que de lever les mains au-dessus de leur tête et de s'avancer vers leurs ravisseurs.

— J'ai les jambes en coton, dit Bill à Harry.

Harry eut un sourire sombre.

— Au moins, on n'aura plus jamais à monter dans un char.

Ils éclatèrent tous de rire quand l'un des soldats nazis annonça :

— La guerre est finie pour vous, les tommies.

— Mince alors ! s'exclama Bill. Je pensais qu'on entendait ça qu'au cinéma.

Après trois mois passés dans un camp de prisonnier vicieusement gardé en Lybie, où tout le monde eut la diarrhée et frissonna sans couverture pendant les nuits aux températures négatives, où les hommes de la tribu qui les surveillaient suspendaient un homme par les poignets toute la journée sous le soleil torride, rien que pour s'amuser, ils furent emmenés en bateau en Sicile. La cale était tellement bondée de détenus qu'ils furent nombreux à devoir s'allonger comme des sardines sur le pont. Mais Bill et Harry furent ravis d'être là-haut, cernés par le bleu de la mer, entourés par les dauphins qui jouaient à côté du bateau. Avec le ciel qui se déployait au-dessus de lui, Bill eut la sensation de pouvoir respirer pour la première fois depuis des mois. Mais à peine avait-il connu l'expansion de son univers que celui-ci se rétrécit de nouveau, sous la forme d'un fourgon à bestiaux obscur qui les trimballa en cahotant jusque dans le sud de l'Italie et aux quartiers exigus, aux tours de guet et aux fils de fer barbelés d'un camp de prisonniers de guerre.

Les gardes de Mussolini étaient plus aimables que les Lybiens, et la nourriture était meilleure, mais ils n'avaient rien pour occuper leurs longues, très longues journées, et rien non plus pour se protéger des moustiques qui essayaient de les manger vivant dès le coucher du soleil. Certains tuaient le temps en effectuant des paris sur la vitesse à laquelle un lézard pouvait grimper au mur. D'autres essayèrent d'enseigner une langue ou l'algèbre à un groupe. Harry se lança à fond dans la gymnastique. Bill fermait les yeux et jouait un piano imaginaire, ou parfois de la vraie musique sur l'harmonica qu'il avait dans la poche quand leur char avait été touché. Un jour, Bill et Harry tentèrent de s'échapper en grimpant dans le chariot de linge sale au moment où il passait les grilles. La menace du peloton d'exécution, commuée en isolement, leur fit jurer de ne plus jamais essayer.

— Concentrons-nous simplement sur le fait de sortir d'ici vivants, dit Bill, et Harry approuva.

Alors que leur parvenait la nouvelle de l'avancée des Alliés en Italie, leur camp se mit à vibrer d'excitation, puis on annonça la capitulation de Mussolini. Pendant quelques jours, on ne parla plus que de liberté et de libération.

— Tu crois qu'ils vont nous laisser rentrer un peu chez nous, ou alors ils vont nous renvoyer au front ? demanda Harry.

Bill était à peu près certain qu'on ne les renverrait pas chez eux.

Un matin, les gardes avaient disparu, et alors que Bill et Harry pensaient être sur le point d'être libérés, des camions couverts de croix gammées firent leur apparition et de nouveaux gardes prirent la relève. Ils ne parlaient plus italien mais allemand. Les espoirs de liberté s'évanouirent une nouvelle fois. Ils furent rassemblés et emportés dans des trains à bestiaux qui, jour après jour, nuit après nuit, traversèrent les Alpes, l'Autriche, la Tchécoslovaquie puis la Pologne, jusqu'au camp géant de Lamsdorf.

Au sein du camp, le régime était le même que dans celui d'Italie ; deux appels par jour, l'exiguïté, le manque de nourriture et les patrouilles de gardes armés aux barricades. Mais Bill découvrit très vite que Lamsdorf était en réalité un immense centre de traitement destiné à fournir de la main-d'œuvre pour les usines, les mines, carrières et forêts du Troisième Reich. Il ne s'agissait plus des Romains qui avaient besoin d'esclaves pour faire fonctionner leur empire. La Convention de Genève déclarait l'interdiction de capturer des officiers pour les mettre au travail, qui devaient donc rester prisonniers pendant la durée de la guerre, mais les sous-officiers et simples soldats comme Bill et Harry pouvaient être envoyés dans des camps de travail, des *Arbeitskommandos*, à travers de vastes étendues en Pologne, Tchécoslovaquie, Autriche et même directement en Allemagne.

— Fichons le camp d'ici, dit Bill en parcourant des yeux les tours de guet et les clôtures en barbelés. Je n'en peux plus de tout ça.

Harry et lui convinrent qu'ils ne voulaient pas apporter leur aide active à la machine de guerre nazie ; ils refusaient de produire de l'armement, de construire des chars ou d'extraire le charbon qui permettait tout cela, mais ils pensaient pouvoir assumer de participer à la gestion forestière et à l'agriculture ; ils s'inscrivirent donc pour travailler à la scierie de Mankendorf, située au fin fond de la campagne tchécoslovaque contrôlée par les nazis. Ils étaient tous deux des garçons de la ville, et aucun n'avait jamais coupé d'arbre ni même vu la moindre vache de près.

Comparé à la série de camps de prisonniers dans lesquels Bill avait vécu pendant trois longues années, depuis ses vingt ans, c'était la liberté. Ici, ils n'étaient pratiquement pas surveillés, rien qu'une rotation de vieux soldats et un grillage pas plus effrayant qu'un filet de court de tennis, mais personne n'essayait de s'échapper car il n'y avait nulle part où s'enfuir. Comme Harry l'avait rappelé à Bill, ils se trouvaient à près de mille kilomètre de la Suisse, et le trajet qui y menait était jonché de fous de la gâchette et de fervents défenseurs du Troisième Reich.

Rien d'étonnant à ce que Bill fût intrigué lorsque leur ancien garde et le capitaine les emmenèrent tous deux à la ferme pour la première fois. Il ne comprenait pas pourquoi ils avaient besoin d'être surveillés ici, et nulle part ailleurs. Jusqu'à ce qu'il voie la fille et sa mère. Bill jeta un coup d'œil à Harry et se dit que la fille allait forcément tomber sous son charme, comme c'était toujours le cas. Mais Harry bâilla et la fille lui accorda à peine un regard.

Au lieu de quoi elle croisa le regard de Bill et le soutint. Il eut l'impression que l'horizon s'ouvrait tout autour de lui et que le ciel s'éclaircissait.

3

Mon travail, le lendemain, fut de guider la jument et de lui tenir la tête pendant qu'on remplissait et déchargeait le chariot de foin. Bill et Harry étaient dans les champs avec les râteaux et les fourches, et entassaient les ballots à l'arrière du chariot pour les transporter dans la cour de la ferme, où les autres prisonniers exécutaient les ordres de ma mère pour empiler le foin dans la grange.

Le temps devint de plus en plus humide, jusqu'à ce que tout le monde finisse moite de transpiration. Bill lui-même cessa de siffler, et je compris qu'il commençait à fatiguer. Je voulais dire à ma mère qu'on en demandait trop aux prisonniers, mais sa bouche n'était qu'une ligne rigide et je compris que c'était inutile. Un nuage sombre apparaissait à l'horizon. L'heure du déjeuner approchait, mais elle n'autorisa aucun répit.

— Il faut qu'on rentre le foin avant la pluie, dit-elle au garde en allemand.

Je fis le tour des hommes pour leur donner de l'eau et du pain, mais leur pause ne dura qu'un court instant. Bill était à bout de souffle, et ses yeux étaient bleu foncé comme une ardoise humide. Je trouvais curieux qu'ils changent sans cesse de couleur, mais peut-être n'avais-je jamais autant fait attention aux yeux de qui que ce soit auparavant.

On passa l'après-midi à nettoyer toutes les rangées, jusqu'à ce qu'il y ait plus de foin dans la grange que dans le champ.

Bill et moi nous croisions dans le champ en échangeant des sourires secrets. On travaillait de plus en plus vite, propulsés dans une bataille contre les conditions météorologiques. Le nuage noir couvrit le soleil et la lumière s'assombrit comme au crépuscule ; le vent soufflait les feuilles sur le chêne.

Bill et Harry enfourchaient les derniers ballots dans le chariot lorsque le premier éclair zébra le ciel tout entier. Le cheval hennit et tout le monde releva subitement la tête. Je rassurai la jument en comptant à voix haute « *jedna, dvě, tři* », tandis que le tonnerre ébranlait les collines.

— Trois miles, s'écria Bill.

Kilomètres, songeai-je.

— Exactement comme dans *Loin de la foule déchaînée,* de Thomas Hardy, s'écria-t-il.

Je souris pour transmettre mon incompréhension tout en retenant fermement la bride.

— C'est un livre, qui parle d'un terrible orage (il enfourna le dernier ballot de foin dans le chariot) et d'une jolie fille.

Je compris cette partie. Je me fis la promesse d'apprendre à lire suffisamment bien en anglais pour trouver un exemplaire du livre et connaître l'histoire en entier. Harry regarda Bill, puis moi, et dit :

— Je m'arrête là.

Puis il courut en direction de la maison et de la grange. J'émis un claquement à l'intention du cheval et il se mit en marche dans la même direction. Bill nous emboîta le pas.

— Je te le lirai un jour, déclara-t-il au moment où la première grosse goutte de pluie tombait sur mon nez.

Avant que je puisse l'en empêcher, il grimpa sur le chariot en marche et tira une bâche par-dessus le foin qu'il avait eu tant de mal à récolter. Un nouvel éclair éclata et illumina son visage. Je m'efforçai de maintenir la bride de la jument sans avoir le temps de compter avant qu'un coup de tonnerre assourdissant ne retentisse au-dessus du village. Je tournai vivement la tête pour vérifier si la foudre avait touché un arbre, mais aucune flamme ne jaillit dans le ciel. Bill me rejoignit d'un bond et la pluie se mit à tomber, lourde et soudaine, comme si on avait pénétré sous le jet d'une lance à incendie.

La pluie dégoulinait sur nos visages et dans le col de ma robe. Courant tant bien que mal à côté du cheval, je tendis la main à Bill. Il l'attrapa fermement et galopa à mes côtés en me regardant à travers le rideau de pluie. Dans ce regard, je discernai une question, une reconnaissance, une avidité. Je l'attirai vers moi et on s'embrassa en trébuchant d'un pas décalé, les dents s'écrasant contre nos lèvres. J'avais envie de lâcher la jument pour l'embrasser correctement, mais Bill s'écarta.

— Tu dois y aller. C'est trop dangereux, dit-il.

Il recula et contourna le chariot pour entrer dans la grange. Ma mère déboula sous la pluie pour s'assurer que le foin était à l'abri.

— C'est grâce à Bill, lui dis-je.

On détacha la jument du brancard, puis je l'emmenai dans l'écurie qui jouxtait la grange.

Du coin de l'œil, je vis Bill se plier en deux, poser les mains sur ses genoux et souffler après les efforts de la journée et de la course ; il rit et dit quelque chose à Harry. J'espérais qu'il ne lui racontait pas qu'il m'avait embrassée. La pluie martelait le toit de la grange.

Le garde me surprit à regarder Bill et je me tournai vers Mère.

— On a réussi !

Elle me prit la bride de la jument des mains.

— Tu es trempée ! Va te sécher à la maison et ramène à manger pour tout le monde.

Je me retins de jeter un regard à Bill et je me ruai vers la maison en m'éclaboussant les jambes dans les flaques de boue qui s'étaient formées entre les pavés.

Je grimpai à l'étage et retirai mes vêtements mouillés, que je laissai au sol. Dans mon miroir, je vis mon reflet, joli et empourpré malgré mes cheveux hirsutes. Mes pupilles étaient tellement dilatées que mes yeux ne semblaient même plus verts, mais aussi sombres que ceux de ma mère. Je me frottai les cheveux sans pouvoir me départir de mon sourire, enfilai rapidement des vêtements secs, remplis un panier de nourriture et passai le ciré de ma mère par-dessus ma tête et le panier, avant de retourner en courant dans la grange.

Le capitaine Mielleux fit son apparition au moment où je distribuais la nourriture, et ma mère l'accueillit comme un vieil ami, en lui tendant les mains pour les serrer.

— On a réussi ! Merci infiniment.

Il fit claquer ses talons et salua en posant les doigts sur sa casquette, plutôt qu'en effectuant un véritable salut nazi.

— J'en suis très heureux. (Il ressemblait à Marek quand il léchait la préparation pour gâteaux dans le fond du bol.) Tout est à l'abri ?

Ma mère était rouge d'excitation.

— Oui, le chariot est bâché et la grange à foin est pleine. Je n'aurais pas pu faire tout ça sans votre groupe. Vous voulez voir la grange ?

De plus en plus ravi, il serra son manteau autour de ses épaules. Ma mère décrocha la toile cirée que j'avais mise à sécher sur un clou et ils se mirent à traverser la cour boueuse en courant à moitié. Elle aurait pu courir plus vite, mais je supposai qu'elle se retenait par égard pour sa jambe accidentée.

Je n'aimais pas la voir lui manifester de la gentillesse et j'aurais voulu que mon père soit caché quelque part pour lui tirer dessus. De là où je me tenais, j'aurais pu l'avoir facilement entre les omoplates. Le garde me regardait de nouveau au moment où je me retournai, et je dus me souvenir de me montrer beaucoup, beaucoup plus prudente. Je lui apportai un morceau de gâteau et essayai d'exprimer un semblant de gentillesse.

— Ils ont fait du bon travail, dis-je en allemand.

Il semblait heureux que je lui parle. Il était vieux, avec une peau grisâtre qui se fondait avec ses cheveux gris, et des lèvres si fines sous sa moustache grise qu'elles n'ajoutaient aucune touche de couleur à son visage. Lorsqu'il s'exprima, j'aperçus ses dents jaunies.

— Oui, ils savent travailler correctement quand ils le veulent. Mais pas aussi bien que des ouvriers allemands.

— Non, bien sûr que non, dis-je en m'échappant pour apporter du pain aux prisonniers, qui étaient affalés dans la grange.

Ils étaient bien plus fatigués que l'auraient été mon père et mon frère, et bien plus fatigués que moi. Je vibrais d'adrénaline et j'aurais pu repartir pour une journée de travail. Un bref instant, je méprisai leur faiblesse, puis je me rendis compte combien il devait être dur de se démener après des mois, voire des années d'inactivité et de manque de nourriture. J'avais l'impression d'être une pauvre enfant stupide.

Je m'approchai de Bill en dernier. Consciente du regard du garde dans mon dos, je prévins Bill avec mes yeux. Il comprit immédiatement et feignit un grand bâillement à mon approche. Il ne me regarda pas directement ni ne m'adressa un mot, mais nos mains se frôlèrent lorsqu'il s'empara de la nourriture, et ce fut comme si la foudre crépitait entre nous dans l'obscurité de la grange.

Je pivotai d'un air aussi nonchalant que possible et retournai à l'entrée de la grange en balançant mes hanches avec légèreté. La pluie faiblissait, et ma mère et le capitaine Mielleux étaient de retour, plongés dans une conversation au sujet des réparations dont nos dépendances avaient besoin.

Oui, songeai-je. Oui, oui, oui, trouve-lui du travail pour qu'ils continuent à venir pour toujours.

Le capitaine Mielleux tint parole et nous informait, tous les quelques jours, du moment où les prisonniers reviendraient, et de leurs missions. On l'entendait frapper à la porte de la cuisine, et il venait s'enquérir de nos besoins. Ma mère l'invitait à entrer et lui proposait du thé à la menthe ou du café. Elle laissait parfois ses cheveux découverts et lâchés sur ses épaules. Ils étaient bouclés comme les miens, mais des fils argentés étaient apparus depuis le départ de mon père et de Jan. Elle discutait avec lui de la ferme, du temps, de sa ville d'origine, et il lui montrait des photographies de ses enfants. Je détestais les voir échanger ainsi aussi facilement, et je m'assurais de ne jamais les laisser seuls, au cas où il tenterait quelque chose avec elle. Je ne lui faisais pas confiance, mais j'avais besoin qu'il continue d'amener le groupe.

Certains jours, il annonçait que les prisonniers ne pouvaient se libérer d'une autre tâche dans une autre ferme, ou sur la route qu'ils réparaient, et je sombrais alors dans un puits de colère et de morosité. Ces jours-là, j'étais acerbe avec ma mère et je refusais de jouer avec Marek. Je reprenais mon manuel d'anglais avec une furieuse détermination. J'apprenais dix ou vingt mots par jour, je répétais les verbes irréguliers encore et encore, pendant que je marchais, que je cousais ou que je faisais la vaisselle.

— Je suis, tu es, il est ; je suis, tu es, il est…

4

Deux longues semaines s'écoulèrent lentement après l'orage avant que ne se présente la moindre occasion pour Bill et moi de voler un instant d'intimité, malgré les sourires et les regards échangés à travers le champ de pommes de terre. Je restais à l'affût de ses sifflements pour savoir exactement où il travaillait. Ce n'était que lorsqu'il commençait à fatiguer, le soir, qu'il cessait de siffler, et alors je ne cessais de m'inquiéter pour lui et de vérifier qu'il allait bien. Nous étions toujours soumis à l'œil attentif du garde, des autres prisonniers et, le plus vigilant de tous, celui de ma mère. Nos mains se touchaient lorsque je lui passais de l'eau ou du pain, et les mêmes étincelles crépitaient entre nous. Le désir d'être seule avec lui, de l'embrasser pour de bon, devint une obsession au plus profond de mes tripes.

Je m'efforçais de m'attirer les bonnes grâces du garde en lui apportant des friandises de notre garde-manger. Je découvris qu'il avait un faible pour le sucré et je lui amenais du gâteau dès que possible.

— Ça vous ennuie si je vous fais la conversation de temps en temps ? lui demandai-je.

— Pourquoi ça ? Pour que vous puissiez donner mes secrets à votre frère et votre père, j'imagine.

Je pris un air offensé.

— Non. Pas du tout. Plutôt l'inverse.

Il releva les yeux vers moi, la moustache couverte de confiture de fraise. Je repris, hésitante :

— Je pense pouvoir être plus utile au Reich en tant qu'interprète plutôt qu'en m'occupant d'une ferme. Je parle allemand et tchèque, bien sûr, et je voudrais parler l'anglais aussi, mais je n'ai que mes manuels de cours et aucune occasion de pratiquer. J'ai entendu que vous parliez un anglais parfait.

Il se lécha les lèvres, mais sa moustache garda quelques traces de confiture. Il m'observa attentivement, et je m'efforçai de prendre mon air le plus optimiste et candide.

— J'étais instituteur, autrefois, déclara-t-il.

J'espérais que mon père me pardonnerait mon manque de loyauté.

— Si mon père et mon frère n'étaient pas partis avec les… traîtres, j'aurais pu aller à l'université au lieu de rester coincée dans cette ferme avec ma mère, à biner des champs de navets pour le restant de ma vie.

Je fis ma moue la plus maussade en croisant les doigts pour qu'il tombe dans le panneau. C'était en partie vrai, bien sûr. J'avais espéré aller à l'université, et au moment où il était parti, mon père me préparait aux examens d'entrée. Je faisais l'école à la maison depuis mes quinze ans, quand on m'avait demandé de partir après mon refus d'obéir au directeur.

J'avais répété une blague idiote au sujet des sourcils touffus du Président Hácha qui essayaient de s'accoupler avec la moustache d'Hitler. Ce n'était même pas très drôle, mais je faisais frétiller mes sourcils et ma lèvre supérieure, et mes amis avaient ri aux larmes. Puis ils avaient agité la main, toujours hilares, et j'avais cru qu'ils en redemandaient alors qu'ils essayaient de me prévenir de l'apparition du directeur dans mon dos.

Ce dernier m'avait traînée dans son bureau, où trônait un immense portrait d'Hitler, et m'avait ordonné de présenter mes excuses. J'avais serré les lèvres, et alors même que les mots bourdonnaient dans ma bouche comme des guêpes, je ne les avais pas prononcés à voix haute. Ce n'étaient certainement pas ceux qu'il avait envie d'entendre. N'étant pas habitué à la désobéissance, il m'avait dit de rentrer chez moi et de ne revenir que lorsque je serais prête à présenter mes excuses. Ma mère, furieuse, m'avait sommée d'y retourner sur-le-champ.

— Au moins, cet enfant a des principes, avait dit mon père.

— Ce ne sont pas les principes qui vont nous donner à manger. Ni qui la mèneront à l'université, avait répliqué ma mère.

— Tu peux lui enseigner la littérature allemande. Et moi, tout le reste.

Une fois que j'avais été couchée, ce soir-là, ils avaient eu une terrible dispute, mais mon père l'avait emporté et je n'étais jamais retournée à l'école. Jusqu'à son départ, un an auparavant, c'était ma mère et lui qui me donnaient mes leçons. Mes amis me manquaient, et même mes cours, mais je ne comptais pas présenter mes excuses. C'était mon acte de résistance – ma seule manière de participer au combat.

Puis mon père était parti en emmenant Jan avec lui, et en refusant de me donner la chance de les accompagner pour lutter correctement contre le Troisième Reich. J'en voulais à mon père et j'étais malade de jalousie envers Jan. Ils me manquaient, j'avais peur pour eux et je leur en voulais profondément de m'avoir laissée à la ferme. Cinq années de travail, et rien d'autre que le travail, sous la surveillance constante de ma mère. Ma moue maussade n'était pas difficile à montrer au garde.

Il transféra son fusil dans son autre main et se détendit. Il avait manifestement pris une décision.

— Je vous aiderai pour votre anglais. J'étais un très bon instituteur, et j'espère que vous serez une très bonne élève. Je vais vous donner beaucoup de devoirs.

— Je serai une très bonne élève, c'est promis. (J'essayai de réprimer mon sourire.) Dois-je vous apporter mes livres pendant la pause-déjeuner, demain ? Ça vous conviendrait ?

Il acquiesça et consulta sa montre.

— Oui. Apportez-moi vos livres et on verra ce qu'on peut faire. Et maintenant, ces sales fainéants doivent se remettre au travail. Regardez-les prendre leurs aises comme s'ils étaient en vacances.

Je tournai les yeux vers les cinq hommes maigrichons allongés sous les arbres. Ils essayaient simplement de reprendre des forces pour l'après-midi qui s'annonçait, et une vague de fureur me submergea. Mais je gardai la tête tournée, je serrai les poings et je comptai jusqu'à dix.

— De sales fainéants, répétai-je. Les champs de navets ne vont pas se biner tout seuls.

Le garde lança « *Raus, raus* » et les prisonniers se relevèrent et récupérèrent leurs binettes.

— Merci beaucoup, dis-je. Je serai votre meilleure élève. Mais comment dois-je vous appeler ?

Il hésita une seconde avant de répondre :

— Je m'appelle Weber. Vous pouvez m'appeler Herr Weber.

Une abeille s'approcha et je me demandai si je devais le prévenir qu'il avait de la confiture sur la moustache, mais je songeai que ce ne serait que justice si l'abeille le piquait – peut-être au bout de son nez gris.

— Merci, Herr Weber. À demain.

Le lendemain, je passai la pause-déjeuner aux côtés de Herr Weber qui me donna des exercices ennuyeux de grammaire. Les prisonniers me regardèrent avec surprise, mais j'avais l'impression que Bill comprenait qu'il s'agissait d'un moyen de me rapprocher de lui. Je m'acquittais de mes devoirs avec une assiduité inégalée, et au bout de trois leçons, Herr Weber m'annonça que j'étais une bonne élève et que je serais d'une aide précieuse pour le Reich.

— Vous apprenez vite, dit-il. Vous pourriez devenir interprète, un jour.

Je me figeai, comme si une nouvelle question m'avait traversé l'esprit.

— Faudrait-il que j'améliore mon anglais parlé au même titre que ma grammaire ?

Il me jeta un regard légèrement soupçonneux, mais mon sourire innocent le rassura.

— Certainement.

— Mais comment faire ? demandai-je d'un ton perplexe.

Il rit.

— C'est facile !

— Vraiment ?

— Bien sûr. Nous avons tout un tas de professeurs dans le groupe de travailleurs. Savez-vous qu'on a capturé des millions de prisonniers de guerre ? Ils se contentent de lever les mains et de se laisser capturer.

— C'est merveilleux, dis-je, avant d'ajouter tout bas : « Heil Hitler. »

— Plutôt que de paresser à l'heure du déjeuner, ils peuvent vous apprendre l'anglais !

Je frappai dans mes mains, ébahie.

— C'est une merveilleuse idée. Je n'y aurais jamais pensé. Comment peut-on s'organiser ?

Le lendemain, à l'heure du déjeuner, Herr Weber me guida vers les hommes allongés sous les arbres. Il donna un coup de pied à l'un du bout de sa botte, mais je m'assis résolument à côté de Bill, et Herr Weber se contenta de hausser les épaules.

— J'ai cours d'anglais, annonçai-je.

— Tu es une fichue faiseuse de miracle, murmura Bill.

J'ouvris mon manuel et pointai du doigt le chapitre trois : « Rencontre et Échange ».

Bill bondit sur ses pieds.

— Comment allez-vous ? demanda-t-il en tendant la main.

Je me levai et tendis la mienne. Il la serra fermement, mais pas trop.

— Comment allez-vous ? répondis-je.

Les hommes étendus à côté se tournèrent pour regarder le spectacle, mais je ne leur prêtai pas attention.

— Vous venez ici souvent ? demanda-t-il en articulant chaque mot qu'il prononçait d'une voix un peu forte.

— J'habite.

— J'habite *ici*, corrigea-t-il, et je fus ravie.

Bill allait vraiment m'aider à apprendre, pas seulement faire l'imbécile.

— J'habite ici, dans ferme, dis-je.

— J'habite ici, dans *cette* ferme.

On se rassit pour poursuivre le chapitre. Je pris des notes.

Par la suite, je fus en mesure de rejoindre Bill tous les jours, assez ouvertement. On s'installait bien en vue, mais on trouvait toujours le moyen de s'effleurer la main. Mon anglais s'améliora rapidement, mais mon désir de me retrouver seule avec lui devenait accablant. Quand on est affamés, la moindre miette de nourriture ne fait que nous donner encore plus faim.

Notre conversation était parfois guidée par un chapitre du livre, mais le plus souvent, on se contentait de bavarder.

— Aujourd'hui, j'aimerais sortir avec toi, annonça-t-il un jour.

— Où aller nous ?

— Où *irions*-nous ? rectifia-t-il, et je pris note.

— D'abord, je viendrais te chercher. Je trouve ça mieux que de se retrouver sous une horloge ou je ne sais quoi. Je t'apporterais un petit bouquet de violettes pour ta boutonnière.

Je ne connaissais pas ce mot. Avec son accent, il mangeait les consonnes. Je tentais de répéter.

Il rit.

— Mince, je vais devoir faire attention à ma prononciation. Boutonnière, répéta-t-il en accentuant les consonnes. Bouton. Boutonnière.

Je hochai la tête et pris note.

— Puis on prendrait un bus et on irait boire le thé au Lyons Corner House, et la serveuse nous apporterait de grandes assiettes de sandwiches et de scones.

— Des scones ?

— Une sorte de petit pain servi avec du beurre, de la confiture et de la crème.

— Ça l'air très bon.

— Ça *a* l'air très bon, rectifia-t-il doucement, et je notai la correction. Puis on irait au cinéma. On se baladerait à Leicester Square, on regarderait les gens. Ça te plairait ?

— Cénéma ?

— Au cinéma, voir un film.

— Ah oui, j'aime le cénéma.

Je ne lui avouai pas le plaisir rare que c'était pour moi de voir un film. Nous avions un cinéma à Neutitschein, mais il n'était pas facile de quitter la ferme. Parfois, avec les filles du coin, on y allait ensemble à vélo.

— Quel genre de film aimes-tu ? demanda-t-il.

— Films d'amour, répondis-je avec un timide regard en coin, et il rit. Avec musique, ajoutai-je fermement.

— D'accord. On ira voir une comédie musicale romantique. *Le Danseur du dessus.* Musique et danse.

(Bill se mit à chanter doucement :) *"Heaven, I'm in heaven, and my heart beats so that I can barely speak"*[1]...

C'était la première fois que je l'entendais chanter, et c'était un agréable ténor. J'aurais voulu connaître la chanson et pouvoir la chanter avec lui.

— *"... when we're out together dancing, cheek to cheek"*[2].

Je soupirai, un profond soupir de désir pour un monde où ces paroles pourraient être la réalité.

— Donc, après le cinéma, je t'emmènerais danser. Tu aimes danser ?

— J'adore danser. Mais pas beaucoup...

Je ne connaissais pas le mot, et j'agitai la main en direction de la ferme.

— Pas beaucoup d'occasions. Non, je vois ça. C'est un peu le désert pour les dancings !

Le garde nous interrompit et rappela les hommes au travail.

— *Raus, raus.*

Bill passa ses doigts dans ses cheveux. Il se leva et me tendit la main pour m'aider à me redresser.

— C'était très agréable, Izzy. Maintenant, je te ramènerais chez toi et (il baissa la voix pour que personne ne nous entende) peut-être qu'on s'embrasserait devant ta porte.

— J'aimerais bien.

— Moi aussi.

Il me lâcha la main et je me penchai pour ramasser mes livres.

---

1. « Le paradis, je suis au paradis, et mon cœur bat si fort que j'ai du mal à parler. »

2. « Quand on est ensemble, dansant joue contre joue. »

Plus tard cette semaine, Mère décida qu'il était temps de ramasser les cerises. Je ne savais jamais comment elle pouvait savoir précisément à quel moment elles étaient mûres. Elle m'avait dit un jour que je finirais par le savoir aussi, mais je n'avais pas l'intention de rester aussi longtemps à la ferme.

On souleva les filets posés sur les trois cerisiers à l'aide de longues perches, puis ce fut le début de la course – nous contre les oiseaux. Ma mère assigna deux hommes à chaque arbre, puis effectua des allers-retours pour vérifier que les fruits n'étaient pas abîmés. Bill et Harry récoltaient un arbre – ils « se payaient une tranche de rigolade » comme aurait dit Bill – et s'accrochaient des paires de cerises aux oreilles en riant et en chantant une chanson intitulée *Cherry Ripe* avec des voix de faussets.

Une fois les paniers pleins, ma mère vint s'assurer qu'il ne restait plus rien à cueillir dans l'arbre. Les guêpes s'amassaient déjà autour des fruits. Mère écarta une mèche de cheveux de ses yeux.

— Vous feriez mieux d'emporter les filets et les paniers dans la maison, dit-elle avant de s'arrêter et de regarder Bill. Oh, c'est vous.

Elle hésita, jeta un regard autour d'elle, mais les autres prisonniers étaient tout en haut des arbres et elle n'osa pas les laisser sans surveillance.

— Bon, j'imagine que ça ira. (Elle fronça les sourcils.) Pas de lambinage ou d'entourloupe ou vous serez enfermés pendant quinze jours. C'est bien compris ?

— C'est promis, Mère, dis-je de ma voix la plus angélique. On ne sera pas longs.

Elle consulta délibérément sa montre.

— Vous avez intérêt.

Je m'emparai d'un panier et Bill de l'autre.

— Mince, tu es aussi forte que moi, dit-il.

Je m'éloignai aussi rapidement que ma charge me le permettait et Bill dut suivre l'allure. En jetant un coup d'œil derrière moi, je m'aperçus que Mère aidait Harry à suspendre les filets sur ses épaules pour ne pas les laisser traîner au sol.

— Je vois que tu n'es pas seulement une jolie fille, me dit Bill.

Il me trouvait jolie !

— Nous devoir aller doux, dis-je en butant sur les mots.

— On doit être prudents ? supposa-t-il. C'est ça ? Ne rien leur montrer ?

— Oui, oui, prudents. Ma mère voit.

— Les mères voient tout, approuva-t-il.

À l'intérieur, on posa les paniers sur la table de la cuisine. Bill s'empressa de me prendre la main, et un courant électrique remonta dans mon bras. Il porta mes doigts à ses lèvres et on entendit Harry siffler l'air de *Cherry Ripe* à mesure qu'il approchait. Mes entrailles prirent feu.

Harry toussa pour nous prévenir avant de pousser la porte, chargé de filets. Bill lâcha ma main et on se mit à rire comme des enfants en dépêtrant Harry, avant de poser soigneusement les filets sur les dalles pour les raccommoder.

— Je n'aurais jamais cru qu'il y avait tant à faire dans une ferme, dit Bill. On est des gars de la ville, tu vois. De Londres.

Il regarda autour de lui, comme un oiseau, ici et là, pour s'imprégner du cadre : l'évier, la table, le garde-manger, les poêles.

— Oh Seigneur, c'est tellement agréable d'être de nouveau dans une maison. (Il caressa la table.) Tellement normal. Je pourrai t'imaginer ici.

Harry fit un clin d'œil à Bill.

— Je vais dehors faire le guet.

— Il va monter la garde, expliqua Bill tandis que je fermais la porte derrière Harry.

Je jetai un rapide regard par la fenêtre vers la cour de la ferme, puis j'attirai Bill dans la pénombre entre la porte et la fenêtre. Il prit mon visage entre ses mains et me contempla, comme s'il essayait de mémoriser mon visage.

— Tes yeux sont si verts, dit-il, comme ceux d'un chat.

Il se pencha et m'embrassa. Ce baiser ne ressemblait à aucun autre que j'avais pu échanger avec des garçons auparavant, comme si des courants électriques parcouraient ma colonne vertébrale. Je me pressai contre lui et je l'embrassai avec une passion telle que mes genoux se mirent à trembler. La ferme et ma mère étaient complètement oubliées, jusqu'à ce qu'un sifflement retentisse à l'extérieur, et que Bill ne s'écarte.

— Je ne dois pas me faire renvoyer à Lamsdorf, dit-il. Pas maintenant.

Je posai un doigt sur ses lèvres et le guidai vers la porte.

— Tu ne pas aller Lamsdorf, dis-je fermement. Je te reste ici.

— Mon Dieu, je pense bien.

Il secoua la tête avec admiration.

Au moment où j'ouvrais la porte et que la lumière pénétrait dans la cuisine, il jeta un regard en direction de notre salle à manger.

— Un piano ! s'exclama-t-il. Vous avez un piano !

— Sais jouer ?

— C'est ce que je préfère ! Après le fait de t'embrasser. Tu sais jouer ?

Je dus pratiquement le pousser dehors tant il était réticent à s'éloigner de l'instrument.

— J'apprends longtemps, mais mal jouer.

— Et moi, je n'ai jamais pris de cours, dit-il. Mais je joue bien. Drôle de monde.

On reprit la direction des champs et Harry resta à distance. Bill jeta un regard en arrière vers la maison, comme si le fait de connaître l'emplacement du précieux objet pouvait lui permettre d'en jouer.

— On pourrait jouer en duo.

Il mima des gammes imaginaires dans l'air.

— Quelle musique tu aimes ? demandai-je.

— Les airs de jazz, le rag-time, la musique pour danser – tout ce qui passe bien dans un pub. (Il marqua une pause.) Je joue à l'oreille.

— À l'oreille ?

— Sans musique. Je ne sais pas lire les partitions. Je peux reproduire les airs que j'entends. Presque n'importe quel air à la radio.

Je n'avais jamais rencontré quelqu'un capable de faire ça.

— C'est don de Dieu, dis-je, émerveillée, et un sourire radieux illumina son visage.

5

Dans l'enceinte cernée de barbelés à l'extérieur de la scierie de Mankendorf, Bill et Harry jouaient au badminton par-dessus une corde. Bill se servait d'une raquette de tennis de table, et Harry d'une vieille raquette de tennis, mais ce n'était pas pour cette raison que Bill se faisait battre à plate couture. Il ne cessait de jeter des regards vers la route qui venait de Vražné, la route sur laquelle Izzy apparaîtrait si sa mère le lui permettait. La fébrilité l'emportait sur la sensation de faim omniprésente dans son estomac. Le volant de badminton atterrit à ses pieds.

— Trente-six à sept, lança Harry. Tu n'essaies même pas.

De l'autre côté des fils de fer, les filles vulgaires du village tenaient salon avec un groupe de prisonniers situé à l'intérieur. À l'heure du déjeuner aujourd'hui, Bill avait dit à Izzy que d'autres filles venaient au camp et lui avait demandé si elle pouvait y venir aussi. Elle doutait que sa mère l'y autorise, mais il ne pouvait s'empêcher d'espérer.

Bill lança le volant par-dessus la corde à linge au moment où un mouvement vif attira son regard sur la route de Vražné. La robe d'une fille à vélo. C'était elle. Son ventre se noua et il manqua le retour d'Harry.

Harry posa sa main en visière au-dessus de ses yeux et tourna dans la direction du regard de Bill.

— Oh je comprends mieux maintenant, dit-il. Allez, cours, mon pote.

Bill lui jeta sa raquette de tennis de table et se dirigea vers un espace désert de la clôture. Il vit Izzy descendre de vélo et parcourir des yeux les visages à l'intérieur de l'enceinte. Les autres filles lui adressèrent quelques mots, mais elle répondit à peine. Herr Weber était assis en train de fumer avec le propriétaire de la scierie tout en surveillant les hommes sans enthousiasme, et il se redressa à l'approche d'Izzy. Mais elle agita ses manuels d'anglais pour lui montrer son sérieux.

Puis elle repéra Bill à la clôture et lui sourit avec un soulagement manifeste. Quelque chose tressaillit en lui.

Aussi nerveux que s'il s'agissait de son premier rendez-vous, Bill lissa ses cheveux d'une main puis y passa ses doigts de l'autre. Il regarda Izzy poser son vélo et se diriger vers lui, les livres contre sa poitrine. Il contempla les mouvements souples de son corps svelte, le balancement de sa jupe, jusqu'à ce qu'elle se plante à un mètre de lui, de l'autre côté du fil de fer.

— Salut, dit-il maladroitement. Je suis trop content que tu sois venue.

— Ma mère dit c'est bien, répondit-elle en croisant à peine son regard.

— Vraiment ?

Izzy fit un sourire en coin.

— Pas bien, c'est sûr, mais d'accord.

Ils rirent ensemble et la tension s'apaisa.

— Je vois que tu as amené tes livres, dit-il, cherchant quelque chose à dire. C'est une jolie robe.

Mais elle regardait la scierie et la clôture.

— C'est mauvais ici ? demanda-t-elle, inquiète.

— Non, ce n'est pas si terrible, comparé à Lamsdorf et les autres stalags. Ici, on a du rab parce qu'on fait ce qui est appelé des gros travaux.

Il suivit la direction de son regard vers l'usine et pointa du doigt le premier étage.

— On dort là-haut, au-dessus de l'usine. Deux grandes chambres de trente hommes chacune. Dans des lits superposés. Harry dort en dessous de moi. La nuit, on est enfermés, bien sûr. Mais on a un bain tous les samedis et (il engloba les alentours d'un geste du bras, toute la campagne qui était si nouvelle pour lui et dont il était tombé amoureux) tout ça. Des arbres magnifiques. De superbes couchers de soleil au-dessus des collines, et regarde là-bas. Ils nous laissent faire pousser des tomates, de la laitue et des oignons verts – et parfois, on a le droit de se baigner dans la rivière. (Il fit une pause.) En plus, maintenant, tu es là.

— Maintenant je suis là.

Elle sourit.

Bill posa la main sur la clôture et elle vérifia que Herr Weber ne regardait pas avant de s'approcher pour toucher sa main. Il lui parut transférer un peu de sa chaleur à Bill. Puis elle recula de nouveau. Il aurait tellement voulu avoir quelque chose à lui offrir, des fleurs ou du chocolat. Mais il n'avait rien.

— Je veux tout savoir de toi, dit-il.

Elle sourit.

— Pas grand-chose à dire. Je suis une fille de ferme tchèque.

Il secoua la tête.

— Tu es belle et intelligente. Tu apprends tellement vite l'anglais.

— J'ai bon professeur.

Il sourit de nouveau.

— J'ai *un* bon professeur.

— *Un* bon professeur, répéta-t-elle. Un très bon professeur.

— Alors asseyons-nous et dis-moi – parle-moi de toi. Dis-moi tout.

— Tu dis quand je dire mal les choses. J'ai amené dictionnaire. (Elle se corrigea d'elle-même.) J'ai amené *un* dictionnaire.

Bill s'assit en tailleur dans la poussière de son côté de la clôture, et elle s'installa dans l'herbe de l'autre côté. Il avait tellement de questions à poser. Il voulait tout savoir sur Izzy et sa famille, et ce mystérieux pays dans lequel il avait échoué.

— Explique-moi pourquoi la plupart des gens parlent allemand, dans cette région de Tchécoslovaquie, dit-il enfin.

Elle haussa les épaules.

— C'est l'histoire. La guerre. (Elle traça une ligne dans l'herbe et dit :) Un neuf un quatre. (Puis elle l'effaça et traça une autre ligne plus loin.) Un neuf un huit.

Bill répéta les chiffres en se passant la main dans les cheveux.

— Je comprends, 1914 et 1918. Les frontières ont été déplacées après la Première Guerre mondiale ?

Izzy hocha la tête et effaça de nouveau la ligne.

— Et maintenant... (Elle écarta les bras.) Le *Lebensraum*.

C'était l'un des rares mots allemands que Bill connaissait bien.

— Hitler a tout pris, dit-il.

Et elle approuva.

— Tout.

Ils gardèrent tous deux le silence jusqu'à ce que Bill reprenne :

— Toi. Parle-moi de toi. Qu'est-ce que tu veux faire, quand tout sera terminé ?

— Je veux aller université, mais trop tard maintenant. Trop vieille, fit Izzy avec une moue désabusée.

— *Il est* trop tard maintenant. *Je suis* trop vieille, corrigea Bill. Non, c'est faux. Tu as quel âge, d'ailleurs ?

— Vingt. Toi ?

— Vingt-trois. J'avais dix-huit ans quand je suis parti.

Elle fit claquer sa langue d'un air irrité.

— Mon père dit je ne rejoins pas les partisans quand j'ai dix-neuf ans.

Bill se demanda s'il avait mal compris. Elle avait un fort accent.

— Tu as essayé de rejoindre la résistance ?

— Bien sûr. Mon grand frère Jan, il est allé. Je veux aussi. Tuer les soldats d'Hitler. Battre pour le pays. Quitter ferme. Grande aventure. Mais mon père dit pas les filles.

Bill était absolument d'accord avec son père, mais elle paraissait tellement furieuse qu'il préféra garder ça pour lui.

— Je cherchais l'aventure aussi, dit-il tristement. Et regarde où ça m'a mené.

Elle fronçait toujours les sourcils.

— Mais tu as vu monde.

— C'est vrai. On a navigué autour du Cap. On a campé au pied des pyramides. Puis on s'est fait prendre à Tobrouk, manque de chance.

Les images et les sons de cette dernière bataille menaçaient de le submerger et il s'efforça de se concentrer sur Izzy.

— Où est Tobrouk ?

— En Lybie.

En prononçant ce mot, la puanteur du camp lui revint en mémoire et il serra les poings.

— Alors comment tu es ici ? demanda-t-elle.

Il secoua la tête pour se débarrasser des sons et des images.

— Les Fritz veulent nous retenir le plus loin possible de chez nous. Pour nous empêcher de nous enfuir. À toi. Parle-moi de toi.

Elle lui parla, avec des mots hésitants, de sa mère, une fille de ferme germanophone originaire de Vražné, et de son père, un professeur de musique originaire de Prague, le socialiste tchèque qui avait conquis le cœur de sa mère. Bill la corrigeait obligeamment pendant son discours, lui apportant les mots manquants, et elle griffonnait le nouveau vocabulaire dans son carnet. Il songea que leur rencontre était peut-être écrite : un autre musicien qui rencontre une fille de la campagne, comme si l'histoire se répétait. Izzy lui raconta que ses parents étaient partis vivre à la capitale, et la vie excitante qu'ils avaient menée là-bas. Le soleil commençait à se coucher lorsqu'elle lui décrivit la maladie soudaine du père de sa mère, et leur retour à Vražné pour reprendre la ferme familiale. Son père avait abandonné sa carrière de musicien pour rester aux côtés de sa mère. Bill se demandait s'il aurait pu faire la même chose.

— Elle a appris tout à papa pour la ferme, dit Izzy.

— Comme moi, dit Bill. Tu m'as tout appris sur le fauchage et le binage.

— Et prendre le *hnuj*… des vaches et des chevaux pour les champs.

Il resta perplexe un moment, avant d'éclater de rire en plissant le nez.

— Répandre le fumier. Oui. J'ai appris ça aussi.

Il la regarde noter *répandre* et *fumier*.

Avant d'arriver à Vražné, il n'avait jamais réfléchi à l'origine de sa nourriture, au travail qui permettait de la produire. Sa tante avait un petit jardin dans lequel elle faisait pousser des framboises et de la rhubarbe, mais dans son esprit, ces choses poussaient toutes seules, sans intervention ou effort humain. Ils n'avaient pas de jardin au pub, rien qu'une cour remplie de fûts. Il se demandait à présent s'il pourrait un jour revenir à cette vie cernée de briques et de béton.

— Tu penses que tu pourrais vivre en ville ? demanda-t-il.

— Bien sûr. Je veux vivre là-bas. Voir monde. Comme toi. Voir la montagne de la Table et les pyramides. Je veux aventure, voir vie.

Il se frotta le visage.

— Et moi, j'ai eu assez d'aventure pour toute une vie.

Ils se regardèrent un long moment à travers la clôture, et Bill se rendit compte qu'il commençait à faire nuit. Il leva les yeux vers le ciel étoilé. Elle suivit son regard et bondit sur ses pieds.

— Si pas rentrée pour nuit… commença-t-elle.

Il se releva à son tour.

— Ta mère ne te laissera pas revenir. Va... dépêche-toi. Mais sois prudente.

Il tendit la main vers le grillage et elle toucha le bout de ses doigts.

— À bientôt, dit-il.

Il regarda sa bicyclette s'éloigner et disparaître au coin de la route.

Le lendemain, Bill travaillait dans la cour de la ferme d'Izzy lorsque celle-ci déboula, en criant que les cochons s'étaient échappés et qu'elle avait besoin d'aide. Comme au hasard, elle attrapa Bill par la manche et l'entraîna vers la porcherie déserte. Il courut, perplexe, ne sachant trop ce qui l'attendait. Il commençait à comprendre que la vie avec Izzy ne serait jamais monotone. Ils s'arrêtèrent devant la porcherie, où deux truies étaient en liberté. Il n'avait jamais approché de cochon d'aussi près, et ils étaient plus gros qu'il ne l'aurait cru. Izzy se mit à pousser des cris pour les ramener dans la porcherie, en lui demandant de bloquer l'issue. Il se tint bien en retrait et agita les bras, ne sachant si les cochons pouvaient mordre, charger ou le piétiner. L'odeur lui fit monter les larmes aux yeux, mais Izzy ne sembla pas s'en apercevoir. Il la soupçonnait de les avoir délibérément laissés s'échapper.

Une fois les cochons de nouveau enfermés, elle jeta un regard autour d'elle pour vérifier qu'il n'y avait personne. Ses yeux brillaient de joie. Elle tendit la main vers lui dans l'ombre de la porcherie. Il s'approcha et ils s'embrassèrent. Il aurait voulu ne jamais s'arrêter. L'un des porcs éternua et Bill sursauta. Izzy pouvait se permettre son imprudence, mais lui était un soldat, attentif au danger. S'ils se faisaient prendre, elle resterait ici, à la ferme, libre de ses mouvements, avec de l'air frais et de la nourriture saine. Elle se trouverait probablement un autre prisonnier à embrasser. Mais lui serait renvoyé dans l'enfer clos de Lamsdorf.

À contrecœur, il l'embrassa sur le nez et retourna dans la cour.

Pendant les soirées légères de juillet, Bill attendait Izzy près de la clôture. Elle ne venait pas toujours, et il montait alors dans son lit rempli du désespoir d'un long emprisonnement. Il était toujours fatigué, après ses longues journées de travail et le manque de nourriture, mais la vue de son vélo qui filait sur la route faisait affluer l'adrénaline dans ses veines et l'emplissait d'énergie. Pour sa deuxième visite, il avait apporté son harmonica et lui avait timidement demandé si elle voulait qu'il lui joue quelque chose. Il essaya de mettre dans sa musique tout ce qu'il ne trouvait pas dans les mots : le destin étrange et incroyable qui les avait réunis.

À chacune de ses visites, par la suite, elle lui demandait de lui jouer un air d'harmonica, et il arrivait que les autres prisonniers se mettent à chanter avec lui, comme un chœur de voix masculines. Bill choisissait des airs romantiques, laissant ses partenaires parler pour lui : « Des anges dînaient au

Ritz et un rossignol chantait à Berkeley Square[1]. » Il espérait qu'elle comprenait les paroles.

La plupart du temps, ils parlaient d'eux : ce qu'elle aimait et ce qu'elle détestait, leur famille, leurs amis. Bill confia à Izzy combien il détestait être fils unique, et que ses cousins qui vivaient dans la même rue étaient ses meilleurs amis, en particulier sa cousine Flora. Il lui raconta leur parcours, à Harry et lui, entre les divers camps de prisonniers. Il ne lui dit pas qu'il avait été roué de coups par des gardes sadiques, mais il lui dit qu'Harry était devenu comme un frère pour lui.

— Différent de frère, je pense, dit-elle gaiement. Je veux tuer frères des fois.

Ils évoquèrent leurs plats préférés. Il apprit avec stupéfaction que son plat préféré était l'oie. Il pensait que toutes les filles aimaient le chocolat.

— Moi, c'est le gâteau roulé à la confiture. Ou le pudding traditionnel. Ou le Christmas pud...

Il se mit à saliver et, pendant un moment, il put sentir le goût de ces délices perdus depuis longtemps sur sa langue.

Ils parlèrent de ce pour quoi ils étaient doués, et de ce pour quoi ils ne l'étaient pas. Izzy le fit rire en lui racontant le désespoir de son père face à son incapacité à apprendre le piano et le surnom qu'il lui donnait : « doigts de saucisse ». Bill observa les mains élégantes qui tenaient son stylo et son carnet, et eut envie d'embrasser chacune de ses « saucisses ».

1. *A nightingale sang in Berkeley Square*, chanson romantique populaire britannique d'avant-guerre.

— Je pourrais peut-être t'apprendre ? J'aimerais bien enseigner, un jour, quand j'aurai appris le solfège.

— Je peux t'apprendre solfège, dit-elle. Mais personne m'apprend jouer !

Il lui demanda de quoi elle avait peur, et elle répondit qu'elle n'aimait pas les araignées.

— Quoi a peur, toi ?

— D'être renvoyé à Lamsdorf, répondit-il.

— J'ai peur ça aussi.

Ils se regardèrent un long moment. Pour Bill, Izzy était une sorte de miracle, une fleur radieuse sortie du béton, inattendue, inimaginable. Il ne pouvait se figurer qu'il représentait la même chose pour elle – elle qui avait dû avoir tant de choix entre les hommes. Pour elle, il ne devait être qu'une diversion passagère, une nouveauté avec laquelle s'amuser. Il était trop tôt pour lui dire la vérité : ce qu'il redoutait le plus, c'était de ne plus jamais la revoir. Au lieu de quoi il ajouta :

— Et de me retrouver de nouveau devant un peloton d'exécution.

Elle fut horrifiée.

— Quand ça ?

La terreur que lui inspirait encore ce moment le submergea une nouvelle fois, mais il s'efforça d'en faire peu de cas.

— En Italie, sur la route qui nous amenait ici. Harry et moi, on s'est dit qu'on allait essayer de s'échapper, et on s'est fait reprendre dans la journée. Les Ritals nous ont remis aux Fritz, qui nous ont alignés contre un mur. (Elle plaqua sa main sur sa bouche, mais il poursuivit.) Je m'étais toujours demandé ce qui pouvait bien passer par la tête des gens qui se retrouvaient devant un peloton d'exécution, et maintenant je sais.

— Pensé quoi ?

— Je me suis dit : J'espère qu'ils vont se grouiller. Je crois pas que je vais tenir longtemps.

Le souvenir le fit frissonner et elle tendit la main pour toucher ses doigts sur la clôture.

— Je suis heureuse ils pas tiré, dit-elle.

— Je suis heureux aussi. Très heureux.

Les jours où Bill et les autres prisonniers étaient emmenés dans une autre ferme, ou sur la route, son corps semblait s'alourdir et vieillir comme si son âge avait soudain doublé, et le travail lui paraissait dur, extrêmement dur. Mais les matins où leur camion tournait en direction de Vražné, il se mettait à siffler, à se demander quand il verrait Izzy et comment elle s'arrangerait pour leur trouver du temps rien qu'à deux.

Fin juillet, on le laissait parfois travailler seul, pour réparer un tracteur ou l'un des autres engins de la ferme. Cela leur permettait de grappiller quelques minutes à l'abri du regard de sa mère ou de Herr Weber. Izzy avait été surprise que Bill sache réparer les moteurs, mais il lui expliqua que les artilleurs étaient formés pour démonter et remonter les appareils.

— J'ai toujours été doué de mes mains, dit-il. Pour le piano, pour réparer des voitures, et cetera.

Il était trop subtil pour nommer le genre de doux toucher qu'il avait presque oublié – aussi érotique pour la personne touchée que pour celle qui est touchée – et qui lui rappelait à quoi ressemblait le désir, une flamme qui traversait son corps.

Alors que les semaines de l'été défilaient et que le mois d'août arrivait, elle le laissa glisser une main sous sa robe pendant leur baiser, et palper son sein ; plus tard, elle ne l'empêcha pas de soulever sa jupe et de caresser l'intérieur de sa cuisse, puis le tissu de sa culotte jusqu'à effleurer sa moiteur veloutée. Il se pencha pour lécher son téton dur à travers sa robe en coton, jusqu'à ressentir son frisson de libération.

Il devenait chaque fois un peu plus difficile de se remettre à la tâche, de se rappeler qu'à n'importe quel moment, ils pouvaient se faire prendre et que tout serait terminé.

Un soir, à la scierie, Izzy regardait le long de la clôture l'endroit où Matylda et Dagmar posaient de manière provocante, dans leurs vêtements moulants, face à un groupe d'admirateurs qui incluait Harry, à l'intérieur de l'enceinte. Izzy rougit violemment sous les yeux de Bill.

— Tu n'es pas comme elles, la rassura-t-il. Ce qu'on fait n'a rien à voir. C'est complètement différent, entre nous.

Ils évoquaient parfois l'évolution de la guerre. Izzy lui communiquait de menues informations au sujet de l'avancée rapide du front soviétique, détails qu'il transmettait à ses amis. Fin août, il apprit que les Russes étaient dans les montagnes des Carpates en Tchécoslovaquie, et près de Varsovie en Pologne. Il n'avait qu'une vague connaissance de la géographie des lieux, mais il comprit que si l'armée Rouge se rapprochait, lui et le reste des prisonniers seraient renvoyés à Lamsdorf. Son temps avec Izzy touchait à sa fin aussi sûrement que l'été.

Quelques jours plus tard, à la ferme, Bill avait sorti une moissonneuse-lieuse de la grange pour la réparer, lorsqu'il entendit les bruits de pas d'Izzy dans son dos. Elle lui avait apporté son pain et son fromage du midi et il se tourna vers elle avec une vague d'impatience. Ils regardèrent autour d'eux pour s'assurer que sa mère ne venait pas, et plongèrent dans l'obscurité fraîche de la grange pour s'embrasser et se cramponner l'un à l'autre.

Bill s'écarta pour reprendre son souffle.

— Tu es trop belle.

Il inspira le parfum de ses cheveux et souleva ses boucles d'une main.

— J'adore tes cheveux.

Izzy rit.

— Ma mère dit doit me couper les cheveux. Elle veut faire de moi garçon. Elle sort vêtements garçon – de mon frère – pour que je porte quand soldats russes arrivent.

Cette idée eut l'effet d'une gifle glacée sur son visage. Bill se figea et tenta de lire son expression dans la pénombre tout en essayant de réfléchir aux implications du plan de sa mère et de sa nécessité.

— Alors ils se rapprochent, finit-il par dire. Les Fritz ne les retiennent pas. (Il se mit à faire les cent pas.) S'ils viennent, tu dois obéir à ta mère. Tu es trop belle. Ils…

Elle hocha la tête tristement. Le village ne parlait que de ce qui était arrivé aux femmes de chaque village et de chaque ville que les Soviétiques avaient pris. Elle relata lentement l'un des récits qu'elle avait entendus.

— Une mère et deux filles... mon âge. Mère savait les soldats venaient, caché les filles dans... (elle chercha le mot) pièce au-dessus maison.

— Les combles, grenier, précisa Bill en lui faisant signe de continuer.

— Caché dans *comblegrenier*, poussé armoire pour cacher porte. Deux soldats viennent et demandent *molodaya zhenshchina* – des *Fraülein*. La mère dit non, mais alors une fille... atchoum !

— Éternue, dit Bill.

Il savait déjà comment l'histoire se terminait, mais Izzy ne s'arrêta pas. Les mots lui échappaient en chapelets.

— Soldats ont entendu éternuer. Un frappe la mère et elle tombe. L'autre homme frappe. Puis ils descendent filles. Filles crient à l'aide. Poussent filles dans chambre père et mère et ferment. Mère frappe avec ses mains...

Izzy ne croisait plus le regard de Bill. Sa terreur emplissait la grange. Il arpentait le sol en donnant des coups de bâton impuissants dans la paille. Il supportait difficilement de l'écouter et visualisait le visage d'Izzy sur l'une des filles, son corps sur le point d'être violé, sans savoir comment il pourrait s'interposer entre elle et la puissance de l'armée Rouge.

Izzy poursuivit après avoir pris une profonde inspiration, et lui raconta que les filles avaient résisté, griffé, craché, s'étaient débattues, jusqu'à ce que l'un des soldats sorte son arme et leur tire dessus.

— Une fille touchée dans jambe et l'autre dans ventre. Puis les hommes font... la chose... aux deux filles, saignent et crient et peut-être meurent. Après, soldats font même chose à mère. Puis ils partir en riant.

Bill donna un coup de poing dans la porte de la grange, enragé par son impuissance.

— Si tu restes ici et qu'ils te trouvent... je ne pourrai pas te sauver. Mon Dieu, je ne peux pas supporter d'y penser. Promets-moi de faire ce qu'elle te dira. De t'habiller comme un garçon. Promets.

Et Izzy lui fit la promesse, même s'il n'imaginait pas que ça puisse suffire à la protéger. Si seulement elle pouvait s'échapper, songea-t-il. Si seulement il pouvait l'aider à s'enfuir.

Ils ressortirent et Bill se remit au travail dans un silence furieux pendant qu'Izzy retournait au champ. Malgré le soleil radieux, il fut submergé par le désespoir. Bientôt, tout allait changer. Les autres et lui seraient ramenés derrière les clôtures et les tours de guet de Lamsdorf et Izzy – sa chère Izzy – resterait seule ici à la merci de la bestiale armée russe.

6

Nous récoltions les pommes de terre et les betteraves à sucre en septembre, et ma mère travaillait sans relâche. Pour ma plus grande joie, le capitaine Mielleux amena presque chaque jour le groupe de prisonniers. Bill et moi nous retrouvions pour des moments volés dans les abris où étaient entreposées les récoltes pour l'hiver. J'expliquai à Bill que certains fermiers enterraient leurs pommes de terre entourées de paille, pour s'assurer qu'elles restent au sec. Ma mère et moi allions sûrement trouver un endroit pour faire la même chose, afin d'en garder pour nous sans que l'inspecteur local ne soit au courant.

Harry prenait soin de sortir fumer une cigarette de temps en temps et alors, dans l'obscurité odorante de la grange, Bill et moi nous embrassions en chuchotant, chuchotions en nous embrassant.

Un jour, Harry annonça :

— Je vais juste me dégourdir les jambes un moment.

Puis il s'éloigna vers le champ de pommes de terre, la tête entourée d'un halo de fumée.

Je saisis le visage de Bill et l'attirai avidement contre moi. Je le laissai me toucher partout où il le voulait, sachant maintenant que c'était là où je le voulais aussi, et je me pressai contre ses doigts.

— Tu sais que je reviendrai te chercher, quand tout sera terminé, dit-il. Tu le sais, n'est-ce pas ?

Je contemplai son visage, les trois lignes fines qui se creusaient entre ses sourcils quand il était profondément sincère.

Je choisis soigneusement mes mots.

— Mais tout sera différent.

Il fut presque fâché.

— Moi, je ne serai pas différent. Mes sentiments ne seront pas différents. Je t'aime. Je t'aime.

C'étaient de petits mots parfaitement clairs, mais qui soufflaient comme un vent fort dans mes oreilles. Je ne pouvais m'arrêter de sourire lorsque je prononçai les mots que j'avais répétés pendant des semaines devant mon miroir.

— Je t'aime aussi.

— Alors tu dois savoir que je reviendrai ?

Son ton était urgent.

— Je attendrai toi. Même si longtemps, très longtemps.

Il me serra contre lui et embrassa mes paupières.

Maintenant qu'on s'était avoué notre amour, c'était comme si tout avant changé et qu'on était dans l'œil immobile d'un cyclone, avec la folie du monde qui tourbillonnait autour de nous. Les heures passées loin l'un de l'autre étaient presque insupportables, et les moments volés qu'on partageait ne faisaient que nous mettre l'eau à la bouche. Le soir, je pédalais jusqu'à la scierie aussi vite que si les chiens de l'enfer étaient à mes trousses. Et tandis que les hirondelles rejoignaient leurs nids et que je repartais à contrecœur, il me semblait que les pédales étaient trop lourdes à tourner. Bill me regardait toujours partir jusqu'à ce que je sois hors de vue. Je me retournais sur ma selle dans le dernier virage et il levait la main.

Tous les soirs, on s'asseyait par terre de chaque côté de la clôture, ou alors on restait debout s'il avait plu et que le sol était trempé, et on discutait. Il me parlait de son boulot comme employé des chemins de fer.

— Paddington, c'est pas la plus jolie gare, dit-il. Ça, c'est plutôt St Pancras. (Il garda le silence quelques secondes, nostalgique.) C'est l'odeur – les trains, la poussière de charbon, la fumée, une note métallique... Je ne sais pas comment l'expliquer, mais c'est l'odeur de chez moi. (Il chercha ses mots.) C'est comme quand Monsieur Taupe suit Monsieur Rat et qu'il sent l'odeur de son ancienne maison, et qu'elle le submerge…

Je secouai la tête, confuse.

— Monsieur Taupe ?

Bill éclata de rire.

— Oui, vous n'avez pas *Le Vent dans les saules*, ici. Monsieur Taupe, Monsieur Rat, Blaireau et baron Têtard[1].

Je ne comprenais absolument pas de quoi il parlait.

---

1. *The Wind in the Willows* est un classique de la littérature britannique pour enfants paru en 1908.

— Et je parie que tu ne connais pas Winnie l'ourson ou Porcinet, non plus ? Laisse tomber. Ce sont des livres pour enfants. Tu pourras les lire à nos enfants.

Une vague d'amour m'emporta.

— Nos enfants, répétai-je. Oui, nos enfants !

On se regarda en silence un long moment ; puis il me fit la promesse qu'après la guerre, il m'épouserait et me ferait des enfants. Et le monde ne serait que paix et beauté. Avec du vent qui soufflait dans les saules et une maison avenue Winnie.

Maintenant que je savais l'amour de Bill pour moi et qu'on se marierait un jour, mon désir de le voir devenait désespéré. J'attendais chaque fois qu'il me dise « j'aimerais tellement que tu ne sois pas obligée de partir », comme il le faisait tous les soirs. Puis, en rougissant, je répondais : « Je reviens quand ma mère dort ? Tu es enfermé ? »

— Tu ferais ça ? demanda-t-il, le souffle coupé par cette perspective. Si je laisse la fenêtre de la buanderie entrouverte, peut-être que je pourrais me faufiler. Ils la vérifient à peine. J'essaierai ce soir et je te dirai demain.

Il rit tout fort à cette idée.

C'était la mi-septembre et la nuit tombait de plus en plus tôt. Avant la guerre, on voyait des lampes aux fenêtres, des familles qui vivaient leur vie, préparaient le dîner, reprisaient leurs chaussettes. Mais à présent, les volets étaient fermés avant d'allumer les lumières, comme si tout le monde était enfermé dans son petit monde, incapable de contempler l'énormité de ce qui se passait derrière ses murs.

Deux soirs d'affilée, Bill avait laissé la fenêtre de la buanderie légèrement entrebâillée quand le garde était venu faire sa ronde pour les enfermer dans l'usine, et c'était passé inaperçu. Ce soir, il s'en servirait pour se faufiler à l'extérieur. Il m'avait dit que chaque soir, les prisonniers devaient laisser leur pantalon et leurs bottes dans la laverie puisqu'on supposait que personne n'allait essayer de s'échapper en chaussettes et sous-vêtements. Mais la plupart possédaient des pantalons et des bottes de rechange. J'étais soulagée que Bill ait un pantalon de rechange. Je ne pense pas qu'il aurait été romantique de le voir apparaître en sous-vêtements et chaussettes.

Je fis mine d'aller me coucher comme d'habitude et m'allongeai dans l'obscurité, sans me déshabiller. Au moment où ma mère monta, je relevai la couverture jusqu'à mon menton et fis semblant de dormir. Je l'entendis respirer tandis qu'elle restait là à me regarder pendant un long moment. Elle finit par soupirer doucement et par aller dans sa chambre, dont elle ferma la porte derrière elle. Je restai complètement immobile et me concentrai, l'oreille tendue. Je l'entendis bouger. Une latte du plancher grinça, grinça, grinça encore. Puis, enfin, le silence. Elle éteignit sa lampe et le rai de lumière sous ma porte disparut. Je décidai d'attendre encore une heure supplémentaire, à moins de l'entendre ronfler avant. Je m'occupai l'esprit en répétant mes verbes irréguliers, même si l'excitation et l'effervescence me nouaient le ventre. « Être : j'étais, j'ai été ; j'apportais, j'ai apporté ; je venais, je suis venue ; je faisais, j'ai fait... » Qu'est-ce que j'allais faire ce soir ? Cela changerait-il celle que j'étais ?

Une fois assurée que ma mère dormait, je me redressai et récupérai mes chaussures dans une main. Je tournai lentement la poignée et ouvris en silence la porte de ma chambre. Elle frotta légèrement le sol et je me figeai sur le seuil, à l'écoute. Je ne percevais que les sons nocturnes extérieurs : l'aboiement lointain d'un chien, qui réveilla des oies à des kilomètres de là. Je traversai le palier à pas lents, puis descendis les marches en me collant au mur pour réduire le grincement au minimum. Au pied des escaliers, je tendis de nouveau l'oreille. Rien. Je traversai la cuisine obscure, tournai les verrous et ouvris la porte de derrière. C'était impossible à faire dans un silence total. J'attendis de nouveau, mais aucun bruit ne parvenait de l'étage. La porte se referma derrière moi, et je savais que ma mère et Marek dormaient dans une maison ouverte, mais je chassai cette pensée. Je ne serais pas partie longtemps, et elle ne le saurait jamais.

J'avais laissé ma bicyclette à l'extérieur, appuyée contre le mur, afin de pouvoir la pousser en silence sur la route. La demi-lune était plus brillante que je l'aurais cru, et j'étais soulagée de porter des vêtements sombres. J'avais craint de ne pas pouvoir distinguer la route, mais elle se dessinait au clair de lune comme un ruban d'eau. Je songeai à toutes ces personnes endormies derrière les fenêtres closes de leurs maisons, qui ne savaient pas que j'étais en route pour rejoindre mon amoureux ! Je poussai le vélo jusqu'à être hors de vue de la maison, puis je montai dessus et filai dans l'obscurité, emportée par le frisson de la nuit.

À cinq minutes de la scierie, je cachai mon vélo dans une haie et m'approchai à pied en contournant le périmètre clos vers l'arrière, à l'écart de la route où l'on se retrouvait habituellement. Je posai mes mains de chaque côté de ma bouche et poussai le hululement de chouette qui était notre signal. J'attendis, le ventre noué, mais rien ne se passa. Et si le garde avait remarqué la fenêtre entrouverte ? Et si Bill n'avait pas réussi à sortir ? Et si ses bottes de rechange avaient été découvertes ?

Je hululai à nouveau et, cette fois, il y eut un mouvement de l'autre côté des fils de fer. Au début, je redoutai qu'il ne s'agisse pas de Bill du tout, mais peut-être d'un garde venu me dénoncer, m'annoncer que Bill était en état d'arrestation pour tentative d'évasion. Mais je compris que c'était Bill avec un bonnet de laine sur ses cheveux blonds. Il s'approchait de moi sur la fine bande de terre entre le bâtiment et la clôture, secoua ses bottes en l'air et me les lança. Je les rattrapai et les posai par terre. Un pied nu après l'autre, il se mit à escalader la clôture, passa par-dessus et se laissa retomber à côté de moi avec un bruit sourd. On resta tous les deux immobiles un moment, l'oreille tendue, en nous fixant du regard. J'étais tellement nerveuse que je me mis à glousser et plaquai une main sur ma bouche pour étouffer le son.

— Chhh, murmura-t-il. Où sont mes bottes ?

Je les lui donnai et il les enfila sans ménagement.

— Tu devrais attacher tes lacets, dis-je en l'imaginant trébucher avant qu'on ait pu atteindre les arbres.

Il se pencha et fourra les lacets à l'intérieur.

— Voilà, dit-il. Ça te va ? Allez, viens.

Me prenant par la main, il m'entraîna sur la bande de pelouse qui menait aux bois.

Sous la voûte des arbres, il faisait plus sombre et on avait du mal à voir notre chemin. On avança en tâtonnant le long des troncs et des fougères.

On finit par atteindre une petite clairière, et on se retourna vers la silhouette obscure de la scierie, à peine visible à travers les arbres.

— Ça devrait aller, dit-il. Viens là.

Je me jetai pratiquement dans ses bras et je levai le visage pour être embrassée.

Au bout d'un moment, il s'écarta.

— Tu as froid ? Tu trembles comme un lapin.

— Pas froid, répondis-je. Seulement...

Je n'avais pas de mots pour décrire les frissons qui me parcouraient. C'était l'aventure que j'avais tant attendue. J'avais l'impression que ma vie débutait enfin.

— Tu as peur ? demanda-t-il en me contemplant au clair de lune. Je ne ferai jamais rien qui pourrait te blesser. Rien dont tu n'as pas envie. Je t'aime.

— Pas peur. Je t'aime. Je veux…

C'était toujours une joie intense de m'entendre prononcer ces mots. Bill m'attira dans la clairière, où l'on se voyait un peu mieux.

— Viens, asseyons-nous. C'est tellement merveilleux de t'avoir pour moi tout seul sans le moindre garde…

— Ou la moindre mère.

Il s'assit contre le tronc d'un gros chêne et tapota le sol à côté de lui. Je retirai mon manteau et l'étalai sur le sol trempé, puis je me blottis contre lui. Il passa ses bras autour de moi, et on regarda les petits mouvements des feuilles dans le ciel en écoutant les légers bruissements dans les sous-bois. On devait offrir une image paisible, pourtant mon cœur martelait mes côtes et j'avais envie qu'il commence à me faire l'amour. Je voulais être une femme.

Je me tournai dans ses bras, et j'embrassai sa gorge, sa mâchoire bien rasée, ses lèvres qui s'ouvrirent pour moi. Je passai ma langue sur le bord coupant de ses dents de devant, m'appropriant la moindre imperfection. Il m'allongea doucement sur mon manteau sans cesser de m'embrasser. L'un de ses bras était passé sous mon cou, mais l'autre était libre, et il posa la main sur les petits boutons de mon chemisier. Il tritura en vain l'un des boutons puis posa la main sur mon sein, avant de revenir sur les boutons exaspérément minuscules. Je regrettai mon choix de vêtement. Je rompis notre baiser et me hissai sur mes coudes pour me redresser. Il me regarda ôter les boutons un par un et retirer mon chemisier. Il faisait frais et mes poils se dressèrent sur mes bras, mais je m'en fichais. Je retirai mon caraco et tendis les mains dans mon dos pour dégrafer mon soutien-gorge. Au moment de l'enlever, je couvris ma poitrine d'un geste machinal, mais en constatant qu'il me regardait sans faire un geste, je laissai lentement mes bras retomber sur les côtés pour qu'il me voie convenablement au clair de lune.

Il poussa un très long soupir grave, puis tendit la main pour caresser la courbe de mon sein droit jusqu'au téton dur. Je frissonnai, de froid et de plaisir, lorsqu'il prit mon sein gauche dans sa main chaude et approcha sa bouche du droit jusqu'à ce que je craigne de mourir de délectation.

Il m'embrassa de nouveau, guida ma main sur la bosse dure à travers son pantalon, et appuya. La chose tressauta de son propre chef et je retirai ma main, surprise. Il s'écarta pour m'observer.

— Tu as déjà... ? Non, tu l'as jamais fait, c'est ça ?

— Je suis une bonne petite catholique, dis-je d'un ton indigné.

— Bien sûr que oui.

Sa tête était penchée, et à sa façon de s'exprimer, je n'aurais su dire s'il trouvait ça bien ou mal. En temps de paix, la plupart des filles étaient mariées avant d'avoir vingt ans. Beaucoup avaient des enfants. Mais en temps de guerre, rien n'est pareil. Aujourd'hui, c'était le bon moment pour moi, mariée ou non. Un vent frais souffla sur mon torse nu et je serrai mes bras autour de moi.

Le geste lui fit relever la tête et je lus sur son visage la lutte à laquelle il était en proie. Il me contempla un long moment, comme s'il se décidait.

— Alors on ne fera rien avant d'être mariés, dit-il. Il n'y a aucun moyen de savoir ce qui se passera, et je ne veux pas te laisser avec un enfant.

Cela prouvait plus que tout son amour pour moi, et maintenant, j'avais encore plus envie de lui.

— Tu sais que je reviendrai après la guerre et que je t'épouserai ? reprit-il. Tu me crois, n'est-ce pas ?

Je passai le bout de mes ongles sur sa peau nue entre son pull et son pantalon, en espérant l'encourager à reprendre.

— Pourquoi ne pas se marier maintenant ? demandai-je, en parlant de la consommation autant que du sacrement.

Il secoua la tête.

— Tu es folle ! C'est la guerre. Je suis prisonnier.

— Mais on s'aime. Peut-être il y a moyen.

— Même toi, tu ne peux pas réaliser ça.

— Tu veux j'essaie ?

— Oui, oui, je t'épouserais ce soir, ici même, si cet arbre était un prêtre.

Il se releva péniblement et se tourna vers l'arbre.

— Oui, je le veux ! dit-il et je m'agenouillai à côté de lui et m'exclamai :

— Je le veux aussi !

Il m'attira de nouveau contre lui, caressa la chair de poule qui couvrait la peau de mon dos. Je pensais qu'on le ferait peut-être maintenant, et j'en mourais d'envie, mais bientôt, il me dit de remettre mes vêtements parce qu'il faisait froid.

J'étais submergée par un mélange de frustration et de déception, d'amour et de fierté, mais il avait raison ; il commençait à faire vraiment froid. Je commençai donc à me rhabiller.

— Quand on sera mariés, je te ferai l'amour toute la nuit, déclara-t-il.

On resta blottis l'un contre l'autre pendant un long moment, sans parler. Je me demandai si un jour viendrait où il nous semblerait parfaitement normal d'être dans cette position sans nous poser de question.

En approchant de la maison, je sus que quelque chose clochait. Je posai mon vélo contre le mur et tournai la poignée de la porte de derrière. Rien. Elle ne s'ouvrait pas. J'appuyai plus fort. Rien. Puis je perçus du mouvement à l'intérieur. Pendant un instant, je crus, horrifiée, qu'il s'agissait peut-être des Russes, mais alors les verrous se tirèrent et à la place, je me retrouvai face au visage furieux de ma mère.

Elle me tira dans la cuisine et claqua la porte. La bougie posée sur la table vacilla dans le courant d'air.

— Je sais où tu étais, siffla-t-elle en me frappant le bras du plat de la main puis du dos de la main pour ponctuer chacun de ses mots. Petite salope, tu vas nous apporter la honte à tous.

J'évitai un coup sur la tête et contournai la table pour me mettre hors de sa portée.

— Tu ne sais pas que Bill pourrait se faire tuer ? tonna-t-elle. Que *tu* pourrais te faire tuer ?

— Il va revenir pour m'épouser. On est fiancés, protestai-je.

Elle me fit face à la lueur de la bougie qui projetait de petites ombres menaçantes sur son visage.

— Petite idiote, tu ne sais pas qu'ils disent tous ça ? Tu ne sais pas que c'est ce que les hommes disent toujours ? Comment reviendra-t-il, quand on sera les esclaves de la Russie ? Il sera de retour à Londres avec son ancienne petite amie et il ne repensera plus jamais à toi – la stupide petite campagnarde qui l'a laissé faire ce qu'il voulait d'elle.

— Ce n'est pas vrai. On n'a rien fait. Ce n'est pas vrai.

— Il te promettrait n'importe quoi pour te faire des choses. Je ne te croyais pas si bête. Tu vas tomber enceinte de son bâtard et personne ne voudra jamais t'épouser. Tout le monde saura que tu l'as fait gratuitement. On sera la risée de tout le monde.

— Ce n'est pas… On n'a pas… il n'aurait pas…

— Tu es comme Matylda et Dagmar. Je pensais que tu valais mieux qu'elles. Est-ce qu'il te paie ?

— Mère !

J'étais choquée.

— On dit que Matylda et Dagmar le font en échange de cigarettes et de chocolat. Est-ce que tu t'es vendue pour un carré de chocolat anglais ?

J'étais furieuse à mon tour, emportée par le caractère que j'avais hérité d'elle.

— Je ne comprends pas comment tu peux croire ça. Tu m'as élevée. Tu me connais. Ou alors peut-être que toi, tu le ferais pour du chocolat ? C'est ça que te donne le capitaine Mielleux ?

On se fusilla du regard en travers de la table, et elle se laissa tomber sur une chaise. La bougie projetait des lueurs sinistres sur les murs de la cuisine. Je m'assis en face d'elle en me contenant difficilement.

Elle reprit la parole d'une voix plus douce, et je sus qu'elle luttait pour reprendre le contrôle d'elle-même, tout comme moi.

— Dès que la route et la récolte seront terminées, ils retourneront à Lamsdorf et seront envoyés ailleurs, dans un autre camp. Le capitaine Meier me l'a dit. Ton Bill sera envoyé dans une usine de munitions ou une mine, et tu ne le reverras jamais.

— Ce n'est pas vrai.

— Écoute. Les Russes arrivent et les nazis se préparent à se retirer en Allemagne. Ils ne vont pas laisser leurs prisonniers courir librement rejoindre l'armée Rouge et se battre contre eux. Ils ne sont pas si bêtes.

Je l'observai par-dessus la table et, à la lueur vacillante de la bougie, son visage paraissait plus vieux que jamais. Ma colère s'apaisa lentement et j'essayai de parler avec calme, comme une adulte et non un enfant grognon.

— Et je ne suis pas si bête non plus. Je n'ai pas fait ce que tu crois. Pas sans être mariée. Il va revenir. Je le sais, et je l'attendrai.

Ma mère se mordit la lèvre et hocha la tête.

— Alors tu vas souffrir terriblement. Il ne reviendra pas. Une fois qu'il sera rentré chez lui, tu seras comme un rêve – la seule bonne chose qui lui soit arrivée pendant toutes ses années d'enfer. Mais son ancienne vie se refermera autour de lui et il lui sera plus facile de s'y glisser de nouveau que de revenir te chercher.

— Alors c'est moi qui irai le rejoindre.

Je me voyais prendre la route, avec un chapeau et une valise, et monter dans un train qui me ramènerait jusqu'à Bill.

— Izabela, écoute-moi. Je connais mieux le monde que toi.

— On va se *marier*. Tu verras. Je te prouverai que tu avais tort.

Elle tira la bougie vers elle.

— Il est tard. On a les navets à récolter dans quelques heures. On a besoin de sommeil toutes les deux.

Je me levai. Elle avait raison. Nous étions toutes les deux épuisées.

Elle traversa la cuisine munie de la bougie, et s'arrêta au pied des escaliers.

— Une chose.

— Quoi ?

— Promets-moi que tu ne retourneras pas à la scierie la nuit. C'est trop dangereux. S'ils attrapent Bill de l'autre côté de la clôture, ils l'abattront ou le ramèneront tout droit à Lamsdorf pour le punir.

J'hésitai un long moment et la bougie vacilla.

— Très bien, dis-je avec une moue. Je te le promets. Plus la nuit.

J'avais déjà d'autres plans en tête pour nous deux.

7

Le lendemain matin, je quittai la maison de bonne heure pour aller me confesser. Comme je l'espérais, il n'y avait personne à l'église, pas même les fouineuses du village qui semblaient presque vivre ici, toujours à polir le cuivre et à changer les fleurs. Je confessai ma colère contre ma mère et je rougis en mentionnant mes pensées impures et mes actes. Le prêtre me donna l'absolution, mais, avant de quitter le cocon du confessionnal, j'ajoutai :

— Encore une minute, s'il vous plaît.

De l'autre côté de la paroi ajourée, je l'entendis se rasseoir.

Avant de pouvoir me raviser, je bredouillai :

— Je dois... puis-je vous poser une question, mon Père ?

— Tout ce que vous voulez, mon enfant.

C'était un jeune prêtre, nouveau au village, et pas beaucoup plus âgé que moi.

— Est-ce que ce sera un secret si ce n'est pas une confession ? (Je vérifiais.) Personne ne doit être au courant. Pas même ma mère.

Il y eut un silence, puis il répondit :

— Vous pouvez tout me dire et je ne répéterai rien.

Il me semblait percevoir son intérêt, la curiosité qu'il essayait de masquer dans sa voix. J'aurais voulu voir son visage. Je pris une profonde inspiration.

— Je voudrais savoir s'il est possible de se marier en secret, sans publication de bans.

Il resta prudent.

— Les bans sont toujours publiés. Sinon, comment savoir qu'un couple est libre pour le mariage ?

J'insistai.

— Mais en temps de guerre, si la vie des personnes dépend du fait que ce soit secret, est-ce que ce serait possible ?

— Qui est l'homme ? demanda-t-il sèchement.

Cette fois, il ne m'appela pas « mon enfant ».

— Un prisonnier. Un prisonnier de guerre anglais.

Il laissa échapper un long soupir.

— Il faudrait que je demande à l'évêque une autorisation spéciale.

L'évêque avait un jour annoncé franchement son opposition au Troisième Reich, et j'avais bon espoir.

— Pourrez-vous lui poser la question très vite, s'il vous plaît ? Les Russes arrivent et les prisonniers pourraient être déplacés d'un jour à l'autre. Nous voulons nous marier avant leur départ. On n'aura peut-être jamais d'autre occasion. (Je jouai ma dernière carte.) Ou alors on pourrait peut-être demander à l'aumônier du camp britannique. Il passe voir les groupes de travailleurs de temps en temps, mais il est protestant et je ne me sentirais pas convenablement mariée aux yeux de Dieu.

— Non, dit le jeune prêtre. Ce serait pécher. Il se trouve que je dois passer voir l'évêque demain au sujet d'une autre affaire.

— Merci, oh merci infiniment.

— Encore une chose. (Je pouvais presque le voir rougir.) En temps de guerre, les gens font des choses qu'ils... ne feraient pas habituellement. Ce que je veux dire, c'est... ne vous laissez pas entraîner dans le péché de fornication.

— Non, mon Père, nous voulons tous les deux être mariés, répondis-je d'un ton moralisateur.

— Bien, d'accord. Très bien. Je vais voir ce que je peux faire.

Je le remerciai et on quitta tous deux le confessionnal. L'église était vide et on se dirigea ensemble vers la porte.

Le prêtre ouvrit le lourd battant et le soleil doré de fin d'après-midi illumina son visage juvénile. Il essaya d'afficher une expression neutre, mais ses grands yeux honnêtes brillaient d'excitation.

— Même si l'évêque accepte – ce dont je doute – comment cela pourrait-il se faire ?

— Oh, s'il dit oui, je trouverai un moyen.

Il rit à voix haute et, tout à coup, il ressemblait plus à un ami qu'à un prêtre.

— Izabela, dit-il, et je fus surprise qu'il connaisse mon prénom, je vous en crois bien capable.

Il me serra la main.

— Je reviendrai après-demain, dis-je.

Si ma mère fut surprise par mon désir tout frais d'assister à la messe, elle n'en dit rien. Elle ne pouvait pas vraiment me fustiger d'être une salope un jour, et une sainte le lendemain. Je me retrouvai donc à la messe du matin deux jours plus tard, dans un tourbillon d'excitation.

Une fois le service terminé, je me plaçai sur le talus herbeux en contrebas de l'église et j'attendis le départ de la dernière pieuse convive. Le prêtre apparut enfin à la porte et me fit signe d'entrer.

On prit place sur l'un des derniers bancs, sous le balcon. L'endroit semblait sûr et intime.

— J'ai vu l'évêque, commença-t-il prudemment.

— Merci.

Je me tordais les mains d'impatience.

Ses yeux étaient rivés sur les Chemins de Croix peints au plafond. De profil, son nez était crochu, comme celui d'un empereur romain.

— L'évêque dit que c'est tout à fait contraire au règlement et qu'il y a très peu de précédents dans le droit canonique.

— Mais c'est possible ?

Il me jeta un bref regard, d'abord préoccupé, avant de me sourire.

— J'ai l'autorisation. Dans le contexte de la guerre.

Je m'apprêtai à lui sauter au cou, avant de me raviser en me rappelant que c'était un prêtre.

— Oh, merci, merci !

— Il nous faudra deux témoins. Le prisonnier – votre fiancé – parle-t-il tchèque ou allemand ?

— Non.

— Et je ne parle pas anglais. Il nous faudra donc un témoin capable de tout traduire.

Un poids de plomb me tomba sur la poitrine. Nous prenions beaucoup de risques en mettant une autre personne au courant.

Mais le prêtre avait déjà réfléchi.

— L'organiste, M. Novak, parle bien anglais. Il sera sûrement prêt à nous aider.

M. Novak n'était pas un choix qui m'arrangeait. Je le connaissais depuis que j'étais petite. C'était un ami cher à mon père, un autre musicien tchèque.

— Il le dira à ma mère, éructai-je. C'était le meilleur ami de mon père. Il est venu très souvent manger à la maison. Il ne garderait pas le secret...

— C'est un homme bien, me coupa le prêtre. Je pense que c'est un homme qui connaît de nombreux secrets et sait garder ses opinions pour lui.

Essayait-il de me dire que M. Novak était en contact avec la résistance et qu'il était en mesure de passer un message à mon père pour nous mettre en sécurité ?

Je hochai la tête, incertaine.

— D'accord. Vous lui demanderez, s'il vous plaît ? Et dites-lui que ça doit rester un secret. Surtout pour ma mère.

— Il nous faudra un deuxième témoin.

— Je demanderai à Bill de demander à son ami. Je dirai que je les emmène tous les deux chez le dentiste à Mankendorf.

— Très bien. Je vois que vous avez pensé à beaucoup de choses. (Il marqua une pause.) Ce sera pour quand ?

— Ma tante vit à Český Těšín. Elle attend un bébé qui devrait naître dans deux semaines, fin septembre, et ma mère a prévu d'aller la voir avec mon petit frère. Les récoltes seront terminées à ce moment-là.

— Je vois.

— Je viendrai vous apporter un message quand elle partira.

— Très bien. Je parlerai à l'organiste. Et je vais prier pour nous tous que vous ne soyez pas en train de commettre une terrible erreur.

À mon retour à la maison, Bill travaillait dans le champ de navet, mais ma mère et Herr Weber étaient tous les deux présents, alors je m'armai de patience pour me rapprocher petit à petit de lui. Je le regardai se pencher et se redresser, se pencher et se redresser avec des mouvements fluides et gracieux, jusqu'à me trouver enfin à portée de voix.

— Continue de travailler, murmurai-je. Ne me regarde pas.

Il donna l'impression exceptionnelle d'un homme pour qui les navets représentaient la chose la plus fascinante au monde, et pour qui une jolie jeune femme ne suscitait pas le moindre intérêt.

— Salut, Izzy, dit-il sans se retourner. Ma chérie.

Une vague de chaleur se répandit en moi.

— Je dois te demander quelque chose, dis-je timidement en retirant la terre d'une racine de navet avant de le placer dans ma brouette.

— Oui ?

Je m'inquiétai soudain d'avoir pu me faire des illusions, que ma mère puisse avoir raison et que Bill n'avait parlé de mariage que dans le feu de son engouement.

— J'ai... j'ai parlé à prêtre.

Sa tête eut un mouvement saccadé comme s'il devait se retenir de la tourner d'un coup vers moi, mais il continua de tirer et secouer les navets.

Il me sembla entendre sa voix trembler lorsqu'il répondit tout bas :

— Et qu'est-ce qu'il a dit ?

Je pris une profonde inspiration.

— Il a dit oui. Il va nous marier, si tu veux toujours.

Bill risqua un coup d'œil en arrière, et la puissance de son sourire agit comme une lumière dans les ténèbres les plus profondes. Il était heureux. Tout allait bien !

— Bien sûr que je le veux. Tu es la fille la plus incroyable que j'aie jamais rencontrée.

Je souriais aussi à présent. Comment avais-je pu douter une seule seconde de son amour ?

— Nous devons être beaucoup prudents, dis-je en reportant mon attention sur les navets.

Je me déplaçais lentement derrière lui.

— Oui, oui, je comprends. Mais comment ça va se passer ? C'est pour quand ? Je n'arrive pas à y croire.

— C'est vérité, et j'ai un plan.

Il rit tout bas.

— Bien sûr que oui. Dis-moi tout ce que je dois faire.

Je lui détaillai les différentes conditions qu'il allait falloir réunir. D'abord, ma mère qui devait aller à Český Těšín dès que ma tante commencerait à accoucher.

— Elle a eu moment difficile avec dernier bébé. Ma mère me laissera veiller sur ferme. C'est mauvaise partie.

— Pourquoi ? Oh, je comprends. Tu es triste de te marier sans ta mère ?

Je compris que je n'avais pas encore annoncé à Bill que mon plan, c'était d'abandonner la ferme, d'abandonner les animaux que j'avais nourris et dont je m'étais occupée, d'abandonner toute ma vie et ma famille pour cette occasion d'être avec lui. Je ne lui avais pas dit que j'espérais être récupérée par les partisans et que l'on pourrait se battre aux côtés de mon père et Jan pour la résistance. Je pensais réellement pouvoir échapper aux Russes, combattre le Troisième Reich et être avec Bill, tout ça en même temps.

— Non. Oui. Mais seul moyen.

Je lui rappelai qu'on m'avait autorisée, plus tôt, à emmener les prisonniers chez le dentiste à Mankendorf et il hocha la tête.

— Jim est revenu avec la moitié de ses dents en moins !

— Oui. Alors Harry et toi devez commencer à avoir mal aux dents. Tous les deux douleurs. Moments différents.

— J'ai compris ! (Sa joie était évidente.) Donc, le jour où ta mère s'en va, Harry et moi, on devra tous les deux avoir une rage de dents, et tu nous emmèneras chez le dentiste. Mais en fait, eh bien... en fait, ce sera notre mariage. Et il sera mon témoin.

— Notre mariage, répétai-je, exaltée de prononcer les mots à voix haute. Notre mariage.

8

À la fin du mois de septembre, un télégramme arriva enfin pour nous annoncer que ma tante était entrée en travail, et ma mère s'affaira dans la maison comme une mouche agaçante. Elle me rappela de ne pas grimper aux échelles en son absence. Je devais prendre garde à ne pas tomber dans le puits, je devais m'habiller comme un garçon pour le cas où les Russes débarqueraient. Elle avait déjà reprisé les vêtements de mon frère qui ne lui allaient plus. Elle m'avait fait essayer une de ses paires de bottes, qui étaient dans un meilleur état que les miennes étant donné qu'il avait grandi trop vite pour pouvoir les user. Elles étaient trop grandes, et je la regardai faire bouillir de la laine pour la transformer en feutre et coudre des chaussons pour créer une épaisse et solide doublure. Elle était même montée au grenier pour en redescendre avec un corset rose d'aspect étrange, une bande de tissu raide pourvu de bretelles qui se laçait sur le côté. Il appartenait à ma grand-tante dans les années

1920, à l'époque où il était à la mode de s'aplatir la poitrine. Tout était prêt pour ma transformation en garçon.

— Tu ne pars que quelques jours, fis-je remarquer. Les Russes ne vont pas avancer aussi vite.

Elle replia un chemisier sans me prêter attention.

— Et tu ne verras pas ce garçon, Bill.

— Je ne pourrai pas l'éviter si le capitaine Mielleux les amène travailler ici, répliquai-je.

— Arrête de l'appeler comme ça. C'est le capitaine Meier. Tu n'iras pas rejoindre Bill la nuit, comme une... une espèce de fille de mauvaise vie. Tu m'entends ?

— Je t'entends, rétorquai-je avec le ton irrité qu'elle attendait de moi.

En mon for intérieur, je peinais à contenir la joie qui pétillait en moi comme les bulles d'une limonade. C'était imminent. Le jour de mon mariage arrivait enfin !

Ma mère continua de me bombarder d'instructions et d'avertissements tout en descendant sa valise au rez-de-chaussée. Je la suivis, chargée de celle de mon frère. Marek attendait déjà devant la porte, prêt à partir, pressé de voir ses cousins, d'être l'enfant important qu'on emmenait assister à la naissance d'un nouveau bébé.

Notre voisin attendait à l'extérieur avec son chariot pour les emmener à la gare. Ce ne fut qu'à ce moment-là, une fois le pied dehors, que ma mère s'arrêta et me regarda réellement, d'une femme à une autre.

— Ça va aller ?

Je ris.

— Bien sûr que oui. J'ai vingt ans. Je suis une adulte. À mon âge, tu étais déjà mariée et tu attendais Jan.

Elle hocha la tête mais son hésitation subsistait.

— Ne fais rien d'idiot, finit-elle par dire, avant de me serrer brièvement et intensément contre elle, ce qui me prit par surprise.

Ses bras avaient la force de deux cordes autour de moi, et j'imprimai cette sensation dans ma mémoire, car je ne savais pas combien de temps il se passerait avant que je la revoie.

— Tout ira bien, dis-je d'une voix légèrement fêlée, alors que je voulais me montrer rassurante. (Je me raclai la gorge.) Tout se passera bien.

Elle m'observa de ses yeux vifs et pénétrants, pour essayer de déceler la vérité, puis rejoignit le chariot d'un pas rapide.

— Embrasse Tante pour moi, lançai-je. J'espère que tout se passera bien.

Je suivis des yeux le chariot disparaissant au coin du virage. Puis je retournai dans la cuisine, où je me mis à chanter et danser.

— C'est aujourd'hui, c'est aujourd'hui. C'est le grand jour !

Je courus jusqu'à la grange chercher les sacs en toile cirée dans leur cachette sous les poutres. Ils étaient déjà couverts de poussière et me firent éternuer. Je jetai un œil à l'extérieur pour m'assurer que la voie était libre, avant de les emporter jusque dans ma chambre. Je me hâtai de récupérer dans celle de Jan les vêtements que j'avais choisis pour me transformer en le garçon des rêves de ma mère, le garçon à qui on aurait permis de rejoindre les partisans. Puis dans le tiroir de mon père, je choisis les vêtements qui transformeraient Bill en ouvrier agricole itinérant.

Au début, Bill s'opposa à mon plan de nous enfuir ensemble dans mon déguisement de garçon. Il disait que c'était trop dangereux, que dès qu'on aurait remarqué sa disparition, les nazis seraient à ses trousses et les trouveraient tous les deux. Son visage s'était fermé à la perspective d'une patrouille de chien sur nos talons. Il soutenait que l'on pouvait se faire tuer tous les deux.

Mais je l'avais travaillé au corps, en lui rappelant d'abord ce qui m'arriverait probablement si je restais à la ferme et que les Russes arrivaient, en lui répétant les récits horrifiques des atrocités commises par les Russes et qui circulaient parmi les femmes du village, jusqu'à ce qu'il comprenne qu'il devait m'aider à m'enfuir. Je lui assurai également que mon père nous trouverait. Je ne comptais évidemment pas confier nos projets à M. Novak, mais une fois que nous aurions disparu tous les deux, j'étais certaine qu'il trouverait un moyen de mettre mon père au courant, et qu'il viendrait nous récupérer et nous rallier à la résistance. Je lui brossai un tableau nous représentant, avec mon père et Jan, cachés dans les montagnes avec les partisans. Bill me parla de Robin des Bois et Belle Marianne. Oui, on serait comme eux, on vivrait dans la forêt et on combattrait les méchants côte à côte jusqu'à la fin de la guerre. Ensemble. Et on pourrait faire en privé toutes les choses que pouvait faire un couple marié, quand bon nous semblerait.

Alors, lentement, il s'était laissé convaincre – ne voyant peut-être aucune alternative face à l'avancée des Soviétiques, ou peut-être séduit par ma certitude quant à notre délivrance par les partisans et le tableau que je lui avais brossé de notre combat ensemble pour la résistance. Et peut-être, comme moi, en pensant principalement au sexe.

Je m'attelai donc à nos préparatifs en chantant, tout en me précipitant à la fenêtre de temps à autre pour vérifier que le chariot ne ramenait pas ma mère à la maison. Je contemplai le corset aplatisseur de poitrine de ma grand-tante et je pouffai devant l'horrible vêtement. J'ouvris un tiroir et en sortis ma ceinture hygiénique et des bouts de tissu. J'avais cousu un double fond au sac en toile cirée et créé un compartiment secret, dans lequel je fourrai la ceinture et les tissus, ainsi qu'un petit maillot de corps de Marek.

Au claquement des sabots sur la route, je plaquai le sac contre ma poitrine, mais un coup d'œil à la fenêtre m'apprit qu'il s'agissait seulement de notre voisin qui rentrait, seul. Ma mère était réellement partie. C'était le jour de mon mariage ! J'étais étourdie par la joie et l'excitation.

J'emballai rapidement mes bagages en cochant mentalement les affaires que j'avais identifiées pour chacun de nous. Je m'étais déniché le vieux manteau marron de Jan pour moi, et Bill porterait la petite cape à capuche en toile cirée par-dessus son manteau pour lui ôter son aspect militaire.

Une fois les préparatifs terminés et les sacs bourrés, j'enfilai mes sous-vêtements les plus récents et ma robe bleue. Elle était un peu délavée, mais j'admirai mon reflet dans le miroir de la chambre de Mère en songeant : *C'est moi, je suis la mariée.* Mes boucles étaient soyeuses et mes yeux brillaient d'excitation. Je récupérai l'alliance de ma grand-mère dans sa cachette et la glissai en lieu sûr dans mon soutien-gorge. Je passai mon manteau par-dessus ma robe et le boutonnai jusqu'en haut. Dans le cellier, j'ouvris la dernière bouteille d'eau-de-vie de prune de ma mère et en servis une tasse, avant de remettre de l'eau dans la bouteille et de la refermer. J'enroulai la bouteille dans du coton et la déposai dans le panier de mon vélo. Puis je poussai ma bicyclette sur la route, le cœur gonflé d'enthousiasme.

Je me rendis d'abord à la gare en empruntant la route que ma mère aurait prise si quelque chose avait mal tourné et qu'elle avait dû rebrousser chemin. Je posai mon vélo contre le mur de la gare et observai attentivement le quai. Désert. Ils étaient bel et bien partis.

Ensuite, je pédalai jusqu'à l'église, bien contente qu'elle ne se trouve pas sur la route principale, comme à Mankendorf, où n'importe qui aurait pu me voir, mais au sommet de la colline, derrière les arbres. Depuis la route, seuls son clocher à bulbe et son toit rouge étaient visibles. Je dus mettre pied à terre et pousser la bicyclette sur la dernière pente abrupte, craignant l'odeur de transpiration sur ma robe de mariée. Je posai la main une brève seconde sur les murs blancs et rassurants de l'église, puis je cachai mon vélo derrière avant de pousser la grande porte. J'avais le ventre complètement noué.

Le prêtre me vit approcher et se signa.

— C'est aujourd'hui, lançai-je. C'est possible pour aujourd'hui ? Pour maintenant ?

— Vous êtes sûre ? demanda-t-il.

— Je n'ai jamais été aussi sûre de toute ma vie.

— Très bien. Si vous amenez le marié et son témoin, je vais chercher M. Novak.

Je remontai sur ma selle d'un geste prompt, puis je descendis en roue libre la pente qui menait à la route. Une voiture en provenance de Mankendorf fit une embardée pour m'éviter et faillit quitter la route. Je chancelai violemment, craignant par-dessus tout que la bouteille ne se brise.

— Espèce d'idiote, j'aurais pu te tuer ! cria le conducteur.

Le choc me ramena à la prudence et je vérifiai constamment autour de moi tout en pédalant. Tout était si beau – le vert des arbres et des champs, le chant des oiseaux, les collines au loin.

J'arrivai au champ où le groupe récoltait les betteraves à sucre. En me voyant approcher, Bill laissa échapper un gémissement et agrippa sa joue.

— Aïe ! C'est encore cette satanée dent. J'en ai pas dormi de la nuit. Il va falloir me l'arracher.

Alors que je posais ma bicyclette et que je me dirigeais vers eux, j'entendis Harry rajouter :

— J'en ai une qui me torture aussi.

Herr Weber ricana.

— Ça pleure comme des bébés pour un petit mal de dents. Le foin qu'ils vont faire s'il faut leur enlever !

J'observai Bill et Harry.

— Ce serait peut-être pour le mieux.

— C'est le moyen le plus rapide qu'ils se remettent au boulot, ajouta Herr Weber.

— Ma mère ne peut pas les emmener. Elle est partie voir sa sœur, et je n'ai pas vraiment le temps aujourd'hui, dis-je, de mauvaise humeur, mais j'imagine que je pourrais caser ça quelque part si je m'occupe des cochons plus tard. (Je me penchai pour récupérer la bouteille d'eau-de-vie de prune dans le panier de mon vélo en disant :) Oh, Mère m'a dit de vous amener ça, Herr Weber.

Je la tins contre moi en faisant mine de consulter une montre imaginaire.

— Il va falloir que je les emmène maintenant ou un autre jour. Le dentiste ferme à midi.

Bill poussa un grognement un peu trop dramatique et Herr Weber m'observa attentivement une seconde ou deux. Je m'efforçai de paraître nonchalante et légèrement irritée en même temps, ce qui était assez délicat.

Il finit par tendre la main vers la bouteille et nous fit un signe de la main.

— Allez-y. Plus vite vous irez, plus vite vous reviendrez.

— C'est ce que je dis toujours, répondis-je avec un sourire.

Je me tournai vers Bill et Harry.

— Venez ! lançai-je en anglais d'une voix stricte. Je n'ai pas toute la journée.

Ils échangèrent un sourire en coin, hors de la vue de Herr Weber, qui était en train de cacher sa bouteille.

Je poussai mon vélo et ils marchèrent à mes côtés en direction du village et de l'église. Dès qu'on fut hors de la vue du garde, on s'autorisa à sourire.

— Tu as vu sa tête ? demanda Bill.

Je ris à voix haute.

— Vous très mauvais acteurs.

— Tu ne pourras jamais croire ce qu'elle te raconte, fit remarquer Harry, quand on voit l'audace avec laquelle elle lui a menti.

— Et elle est tellement autoritaire, approuva Bill. Tu seras comme ça quand tu seras ma femme ?

Mon cœur bondit dans ma poitrine à la mention des mots « ma femme ».

— Est-ce qu'on doit promettre d'obéir, ici ? demanda Harry.

— Oh oui, dis-je. Je promets d'obéir !

— Je voudrais bien voir ça, fit Bill en haussant les sourcils.

On rit de plus belle puis on emprunta le virage qui menait à l'église qui se dressait devant nous. Bill la regarda et ralentit.

— Tu as apporté la bague ? me demanda Harry.

Je touchai ma poitrine.

— Oui. J'ai.

Bill s'arrêta et je songeai : Oh non, il a changé d'avis, mais il passa d'un pied sur l'autre et dit :

— Écoute, Izzy – deux secondes, Harry – tu es sûre de toi ? Tu es sûre de savoir dans quoi tu t'embraques ?

Harry se tourna sur le côté pour examiner une partie de tronc d'arbre.

Je hochai intensément la tête en sondant le visage de Bill pour essayer de savoir s'il m'aimait toujours.

— Oui, oui. Je sais. Je veux.

Il eut ce sourire soudain qui illuminait tout son visage, et je me détendis, mais rien qu'un peu.

— Et toi ? Tu veux ?

— Oh oui, je le veux vraiment, répondit-il sans se départir de son sourire.

Harry se retourna.

— Bon, ravi que ce soit réglé. J'ai cru que j'étais au chômage.

On laissa mon vélo derrière l'église et on pénétra dans sa fraîche obscurité. Le prêtre se hâta de venir nous accueillir et de verrouiller la porte derrière nous. L'orgue jouait doucement, ce qui voulait dire que M. Novak était déjà là.

Je déboutonnai mon manteau et le posai sur la dernière rangée de bancs.

Harry poussa un sifflement appréciateur et Bill dit :

— Tu es superbe.

Je n'arrivais pas à arrêter de sourire.

— Excuse, dis-je en me tournant pour retirer l'alliance de mon soutien-gorge.

Puis on s'approcha des marches de l'autel. L'orgue s'arrêta et M. Novak apparut. Il paraissait inquiet et me demanda, en tchèque :

— Es-tu vraiment sûre de faire le bon choix ? Il peut se passer des années avant que vous soyez réunis.

— Oui ! insistai-je. Oui, aidez-nous, s'il vous plaît. Les prisonniers risquent d'être emmenés à tout moment.

— Et si vous êtes mariés, il reviendra te chercher un jour. (Il sourit.) Très bien. C'est ce qu'aurait fait ton père, alors je vais donner ta main en son nom.

M. Novak se posta tout près de nous sur les marches de l'autel pour traduire toutes les phrases à l'intention de Bill, qui hochait constamment la tête pour montrer qu'il comprenait. Certains termes étaient difficiles, spécifiques, mais M. Novak marquait si peu d'hésitation dans sa traduction que je compris qu'il avait beaucoup pratiqué. Comment pouvais-je le remercier ?

Avant que je m'en rende compte, on était arrivés au moment de prononcer le nom de l'autre et de faire nos promesses. Bill me regarda au fond des yeux et dit :

— Je le veux.

Puis ce fut mon tour, je me fis des promesses en tchèque dans ma tête, et en anglais pour Bill.

— *Dělám* – Je le veux.

L'alliance de ma grand-mère, refroidie après avoir reposé sur la Bible, me fut passée au doigt par Bill. Elle était légèrement grande. Je la serrai avec mes doigts voisins pour en éprouver la nouveauté.

— Vous êtes mari et femme, déclara le prêtre, et c'était terminé.

J'étais mariée à Bill ! J'étais Mme King !

Bill m'embrassa et je dus le repousser en riant. Il serra Harry dans ses bras, qui brandissait le poing en l'air.

Le prêtre me félicita avec raideur et s'éloigna.

— Je vous suis tellement reconnaissante, dis-je à M. Novak. Nous vous sommes tellement reconnaissants. Vous n'imaginez pas à quel point.

Il s'adoucit légèrement.

— Tu as toujours été une aventurière, Izabela, comme ton père. J'espère que tes parents me le pardonneront quand ils vous verront ensemble, après la guerre. Je suis désolé que ton père ne soit pas là pour voir comme tu es belle. (Il serra la main de Bill.) Comportez-vous bien avec elle. Si j'apprends que vous avez été cruel envers cette jeune femme, je regretterai d'avoir participé à cet événement.

— Jamais, monsieur, répondit Bill. Jamais de ma vie, je vous le promets.

Son visage exprimait une telle joie que personne n'aurait pu douter de sa parole.

Je me tournai vers M. Novak.

— Pourriez-vous passer un message…

Mais il m'interrompit en leva la main pour me réduire au silence, comme si c'était une question qu'il avait anticipée, et sa voix était claire et curieusement forte :

— Personne au village n'a aucun contact avec eux. Tu dois le savoir.

— Mais…

Je me tus. Pensait-il que quelqu'un dans l'église écoutait ? Dans ce cas, ils étaient au courant pour le mariage et feraient bientôt arrêter Bill.

M. Novak agita la main.

— Allez-y, maintenant. Ramène-le au travail avant que quelqu'un ne se mette à votre recherche.

On le remercia à la hâte et on se dirigea vers la porte. Je cherchai le prêtre des yeux pour le remercier à son tour, mais il n'était nulle part en vue.

Je remis mon manteau pendant que Bill faisait ses adieux à Harry. Je les regardai se serrer la main, puis Bill serrer farouchement Harry contre lui. Je n'avais pas pensé au sort d'Harry, qui serait séparé de l'ami qui l'avait accompagné dans les pires expériences possibles, y compris affronter un peloton d'exécution. Ils n'avaient pas été séparés pendant cinq longues années.

— Bonne chance, partenaire, dit Harry d'une voix étranglée.

Bill le relâcha et je vis les larmes briller dans ses yeux.

— Je te retrouverai quand on sera de retour à la maison.

Harry lui donna un petit coup de poing sur le bras.

— Tu as intérêt.

Et il se détourna.

Le plan, c'était que Harry retourne au champ en disant qu'on lui avait arraché sa dent, mais que le dentiste avait dû garder Bill pour la nuit à cause d'un vilain abcès et qu'il s'était évanoui après le retrait de la dent. Plus tard, quand ils découvriraient la disparition de Bill, Harry dirait qu'il n'avait aucune idée d'où il avait pu passer.

Je lui serrai la main et le remerciai, puis on se sépara. Harry prit la direction du champ, et Bill et moi, celle de ma maison. Arrivé au virage, Bill se retourna, mais Harry avait déjà disparu.

Bill bavarda pendant tout le trajet, en relatant les détails du mariage comme si je n'y avais pas assisté, et je compris lentement qu'il était aussi nerveux que moi concernant la suite.

— Et tu as tout fait comme il fallait, dit-il. Tu es censée avoir quelque chose d'emprunté, quelque chose de bleu, quelque chose d'ancien et quelque chose de neuf !

— Ma robe bleue, acquiesçai-je. L'alliance de ma grand-mère ancienne, et empruntée.

— Deux en un ! dit-il avec un rire.

J'essayai de trouver ce que je possédais de neuf. Ce que j'avais de plus récent, c'étaient mes sous-vêtements, mais j'étais trop timide pour prononcer ce mot.

— Neuf ? répétai-je, comme s'il s'agissait d'un mystère qui devait être résolu, sans quoi tout notre mariage serait voué à l'échec.

— C'est moi ! s'exclama-t-il avec délice. Je suis tout neuf ! Je suis ton nouveau mari !

On se regarda, stupéfaits de notre chance.

Une fois de retour à la maison, je fermai à clé la porte de la cuisine, puis Bill m'embrassa en se pressant contre moi jusqu'à ce que je ne puisse presque plus respirer.

— Attends, dis-je en le repoussant.

Il s'assit sur le bord de la table pour reprendre son souffle et me regarda ouvrir le garde-manger pour récupérer la tasse d'eau-de-vie de prune.

— Tu es tellement belle, dit-il. Je ne peux pas attendre une seconde de plus.

Mais je versai l'eau-de-vie dans deux verres et on trinqua.

— À nous, annonça Bill, les jeunes mariés.

— À nous, répétai-je. *Na zdravi !*

— *Na zdravi !* répéta-t-il laborieusement, avant de vider son verre d'un trait, ce qui lui arracha une toux.

— C'est de la gnôle ! s'exclama-t-il en s'étouffant.

J'éclatai de rire en sirotant mon verre plus lentement, puis je le pris par la main pour le guider vers ma chambre à l'étage.

Je tirai les rideaux pour assombrir la pièce tandis qu'il recommençait à m'embrasser. L'eau-de-vie m'était montée à la tête et je me sentais étourdie, humide entre les jambes. Bill tremblait tellement que je dus l'aider à déboutonner ma robe. Je la laissai tomber par terre et me retrouvai en sous-vêtements. Il me tint à bout de bras pour me contempler, puis il sortit quelque chose de sa poche qu'il posa sur la table de nuit. Je savais qu'il devait s'agir d'une capote, car il m'avait dit qu'il fallait en utiliser une pour que je ne tombe pas enceinte. J'espérais que ce n'était pas considéré comme un péché, étant donné que nous étions en temps de guerre.

Et puis, de nouveau, on s'embrassait en se touchant partout. C'était différent de nos rencontres volées dans la grange ou dans les bois, car cette fois, on retirait un par un les derniers vêtements de l'autre jusqu'à se retrouver complètement nus. J'aperçus alors sa chose, qui était dressée devant moi. Il semblait en être assez fier. J'espérais qu'il aimait mon corps plus que moi, j'aimais cette partie de son anatomie. Il m'écarta de lui pour m'observer avidement, contempler mes seins et mon triangle de poils, au point que je finis par me couvrir. Je songeai à la longue période qui s'était écoulée depuis qu'il avait dû voir une femme nue – même en photo – et m'efforçai de ne pas me demander de qui il pouvait bien s'agir.

— Tu es parfaite, souffla-t-il en m'allongeant sur l'étroit lit d'enfant.

Il s'allongea à moitié sur moi, à moitié à côté de moi, et nos corps se touchaient sur toute leur longueur. La perversité de tout ça, la maison familiale et mon lit de jeune fille, était formidablement excitante. Il se retourna pour faire quelque chose avec la capote, puis il me souleva au-dessus de lui. Il y eut une sensation d'enfoncement, puis de glissement, et nous étions entièrement unis ; mais il s'arrêta très vite de bouger et tout sembla terminé. Je ne savais pas trop ce qu'il venait de se passer, et si c'était ainsi que c'était censé se passer, mais il parut humilié et je devinai que ça n'aurait pas dû s'arrêter là.

— Je suis vraiment désolé. Ce sera mieux la prochaine fois, je te le promets. C'était trop pour moi.

— Tout est magnifique, dis-je. Tu es magnifique, je t'aime.

Il glissa un doigt entre mes jambes, mais je le retins. Ça me suffisait qu'on soit mariés dans les règles.

Il enroula alors ses bras et ses jambes autour de moi, embrassa mon front, et je restai étendue là à me délecter de cette proximité, à ne plus jamais vouloir bouger. Mais au bout d'un moment, je sentis ma peau commencer à se refroidir et la chair de poule ramper sur mes côtes.

Je me rendis dans la salle de bains et trouvai du sang à l'intérieur de mes cuisses. Je m'en glorifiai. Ça signifiait que j'étais réellement mariée ; j'étais la femme de Bill, jusqu'à ce que la mort nous sépare. Je me demandai si je devais récupérer ma ceinture hygiénique dans le double-fond de mon sac en toile, mais en me nettoyant, je constatai que le saignement s'était déjà arrêté.

Je sortis de la salle de bains enveloppée dans une serviette, et Bill m'embrassa. Son truc reposait maintenant mollement contre sa cuisse, et je le préférais comme ça. Mais j'eus tout le loisir de saisir sa maigreur extrême. Il avait les bras et les jambes musclés, mais aussi décharnés que des bâtons. Je pouvais distinguer chacune de ses côtes et, lorsqu'il se retourna, il n'avait pas de fesses. La peur me noua les entrailles. Qu'est-ce que j'étais en train de faire, si sa captivité l'avait mis dans cet état ? Ce n'était pas un jeu ; c'était sérieux. Je devais trouver une occasion de me battre dans la guerre qui lui avait fait ça. Et nous ne devions jamais nous faire prendre. Il me sourit et je chassai mes pensées. Il y avait un peu de sang et de liquide sur mon dessus-de-lit. Je songeai qu'il fallait le nettoyer avant de quitter la maison.

J'enfilai les sous-vêtements longs de mon frère et j'étais en train de passer la bretelle du corset aplatisseur de ma grand-tante lorsque Bill ressortit de la salle de bains, une petite serviette nouée autour de la taille. Un spasme de désir comprima mon ventre à la vue de son corps blanc et lisse. Il me regardait de la même manière, et je croisai machinalement les bras autour de mon torse. Bill les écarta doucement et embrassa chacun de mes seins. Je sentis son truc durcir de nouveau. *Si vite ?* songeai-je. Il y avait tellement de choses que je ne connaissais pas. Mais il n'essaya pas de remettre ça et se contenta de m'aider à passer le corset et à le resserrer sur le côté.

— Je suis désolé que tu doives les écraser comme ça, dit-il en posant une main sur ma poitrine.

Je devais me concentrer ou j'allais commencer à le supplier de refaire de moi sa femme.

— Plus serré, dis-je.

Il tira sur les lacets et le bandeau m'aplatit complètement.

— Qu'est-ce que c'est que ce truc ?

Il m'observait avec la tête penchée sur le côté comme un oiseau.

— C'était la mode. Pour ressembler garçon.

— Oui, dit-il lentement. Ça fonctionne. Si on ne sait pas ce qu'on regarde. Quelle drôle de mode. Qui voudrait faire ça ?

— Les années 1920, expliquai-je. Filles veulent ressembler garçons. Veulent faire choses qu'ils faisaient à guerre. Conduire camion. Travailler.

Il rit.

— Qui pourrait avoir envie de conduire un camion ?

Je compris que j'avais beaucoup de choses à lui apprendre au sujet des femmes.

— Tu t'habilles, lui ordonnai-je, et il rit.

— Tu vois... quelle autorité.

J'observai Bill tout en enfilant les vêtements de mon frère par-dessus le corset. C'était étrange de le voir revêtir des affaires qui avaient appartenu à mon père et à mon frère. À présent, Bill allait devoir être un mari, un père et un frère pour moi. Je chassai cette pensée avant de me mettre à pleurer, puis je m'attelai à remettre l'alliance de ma grand-mère à sa place et à nettoyer le sang sur ma couverture. Une fois que le lit fut refait, on ramassa nos sacs en toile cirée et je jetai un regard attentif et grave à ma chambre.

Bill comprit que je faisais mes adieux et m'accorda un instant, mais pas assez long pour que je me laisse submerger par les émotions.

— Je suis affamé, dit-il, et je me rendis compte que moi aussi.

Dans la cuisine, on s'attaqua au pain, au fromage et aux saucisses, et j'en emballai dans du papier gras dont je remplis nos sacs à ras bord, ne laissant de la place que pour des gourdes d'eau.

— Les cheveux, dis-je.

— Les cheveux, acquiesça-t-il.

Je posai une serviette sur mes épaules et lui tendis un peigne et des ciseaux.

— J'adore tes boucles, ça me désole de faire ça.

— Coupe, ordonnai-je, moi-même au bord des larmes.

À chaque mèche qui tombait, les cheveux raccourcis remontaient sur ma tête et je me surpris à aimer la sensation de légèreté. Il recula.

— Je pense que ça ira, dit-il d'un air de doute. Je ne suis pas un coiffeur-né.

— Je vais voir.

Il y avait un miroir posé sur la cheminée dans le salon, et je traversai le couloir pour ouvrir la porte. Dans le rai de lumière provenant de la cuisine dans mon dos, je vis un garçon s'avancer vers la cheminée. Mes cheveux étaient courts, mais pas trop. Ils bouclaient autour de mon visage. J'avais un air très différent, mais ce n'était pas laid comme je l'avais craint.

Bill approcha derrière moi et regarda notre reflet.

— Garçon ? demandai-je.

— Un très beau garçon, dit-il avant de me retourner et de m'embrasser de nouveau.

Je lui rendis son baiser avant de m'écarter, sachant que si on ne s'arrêtait pas tout de suite, on serait de nouveau obligés de se déshabiller.

— Tu restes la plus belle fille que j'aie jamais vue de ma vie.

— Garçon ! répliquai-je fermement. Maintenant, garçon.

Il joua quelques notes au piano – la marche nuptiale – puis se jeta sur le tabouret et se mit à jouer pour de bon, glorieux, en bougeant son corps comme s'il faisait partie de l'instrument.

— Tu joues, dis-je. J'écoute pendant travail.

Tout effort de conviction me fut épargné.

Dans la cuisine, je balayai la moindre mèche de cheveux et les fis brûler dans le fourneau, puis je lavai notre vaisselle. La musique de Bill m'enveloppait et me transportait. Voilà à quoi ressemblerait notre vie ensemble, remplie d'harmonie.

Après que j'ai terminé mes tâches, Bill s'arracha du piano pour m'accompagner dans la cour éclairée par le crépuscule, où il me regarda traire la vache, nourrir le cheval, les poules et les cochons, à qui je donnai une double ration. Je leur caressai le museau en murmurant : « Adieu. Je suis désolée. » Le capitaine Mielleux s'occuperait d'eux.

Dans la chambre de ma mère, je cachai un mot que j'avais rédigé sur son oreiller, sous sa couverture.

Ma chère maman,

Bill et moi nous sommes mariés, mariés en bonne et due forme, à l'église, et nous sommes partis vers le nord pour essayer d'entrer en contact avec Père et Jan. Essaie d'être heureuse pour moi, je t'en prie. Je suis désolée pour le travail supplémentaire que je te laisse. Embrasse fort Marek pour moi. Je t'aime,

Izabela King

L'écriture de mon nom Izabela King m'avait procuré un formidable élan de joie la veille au soir, même si je m'étais demandé si ce n'était pas tenter le diable de l'écrire avant le mariage. Mais maintenant que la cérémonie avait eu lieu, c'était la réalité de mon identité. J'espérai qu'elle croirait à mon mensonge indiquant que nous avions pris la direction du nord.

J'avais aussi rédigé un autre mot, en allemand, à l'intention le capitaine Mielleux, que j'allais déposer sous la porte de notre voisin le plus proche au nord, avant de rebrousser chemin et de prendre la direction de l'ouest. Celui-ci disait :

Cher Capitaine Meier,

J'ai reçu un télégramme de ma tante à Český Těšín. J'espère que vous pourrez vous occuper de la ferme jusqu'à notre retour, ma mère et moi.

Izabela

J'espérais ainsi gagner quelques jours.

Puis on enfila nos manteaux et nos chapeaux, on hissa nos sacs et couvertures sur nos épaules, et on partit dans l'obscurité.

9

Bill et Izzy s'étaient mis d'accord pour se déplacer la nuit et dormir le jour, mais Bill, qui n'était pas habitué à l'obscurité nocturne, sans réverbères, dut marcher très lentement. La nuit, à la campagne, était beaucoup plus noire qu'il aurait pu l'imaginer.

Izzy connaissait suffisamment la région pour avoir prévu leurs cachettes au cours des deux premiers jours, et elle guida Bill à l'écart de la route, dans un champ inégal menant à une voie de chemin de fer qui allait à Hranice, Lipník et Přerov. Elle bouillonnait d'excitation, mais Bill était persuadé qu'ils n'iraient pas loin avant que les gardes se lancent à sa recherche malgré la fausse piste qu'avait laissée Izzy dans ses notes. Le mieux qu'il pouvait espérer, c'était de l'éloigner du chemin des soldats russes pour la remettre en toute sécurité à son père et son frère.

Les étoiles étaient souvent cachées par un nuage, et Izzy perdait parfois le rythme de ses pas sur les rails et trébuchait. Bill faisait de plus grandes enjambées et semblait trouver plus facile d'instaurer un rythme lent et régulier sur l'air qu'il jouait en boucle dans sa tête.

Chaque fois que la silhouette sombre d'un bâtiment se dressait sur le côté, il gardait le silence et son cœur battait plus fort dans sa poitrine tandis qu'il tendait l'oreille, à l'affût d'une patrouille de soldats. C'était pire que son évasion avec Harry. À présent, il était responsable d'Izzy, et elle était comme un enfant surexcité qui parlait sans arrêt. Elle lui compliquait vraiment la tâche pour assurer sa sécurité.

Il faisait déjà jour lorsqu'ils quittèrent la voie ferrée pour trouver la ferme que cherchait Izzy. Elle avait dit à Bill que cette ferme n'était plus occupée que par une seule femme désormais et, à en juger par l'état de délabrement de la plupart des dépendances, il n'eut pas de mal à la croire. Izzy l'attira dans l'une des écuries désaffectées et le guida, en haut d'un escalier branlant, dans les anciens quartiers du palefrenier.

Ils poussèrent la porte et furent accueillis par un nuage de poussière. Bill était enchanté. Personne n'avait mis le pied ici depuis des années. La poussière les fit éternuer, mais l'endroit était privé, à l'abri du vent, et il y avait même un lit. Bill cala une chaise sous la poignée de la porte, ce qui impressionna Izzy qui n'avait jamais vu ça auparavant. Il se garda bien de lui dire à quel point ce serait inefficace si des gardes essayaient d'enfoncer la porte. Il avait autre chose en tête.

Il la déshabilla lentement, en laissant tomber ses vêtements au sol un par un. Il dénoua son corset puis la contempla à la lueur qui filtrait par une petite lucarne couverte de toiles d'araignée. Cette fois, il était bien décidé à faire durer le plaisir.

— Allonge-toi sur le lit, dit-il en retirant ses bottes et ses chaussettes, sans jamais la quitter des yeux.

Il se tourna pour retirer son caleçon et enfiler la capote, puis s'assit sur le lit à côté d'elle.

— Maintenant, je vais te montrer comment on fait pour de vrai.

Ils firent l'amour cinq fois au cours de la journée, en alternant des sommes poisseux et profonds, et des allers-retours pour aller boire ou descendre faire leurs besoins dans un coin. À son troisième réveil, Bill était conscient de chaque bruissement dans la vieille écurie, mais il écoutait surtout la respiration somnolente d'Izzy. Allongé sur le dos, sa tête posée au creux de son épaule, il songea : *C'est ça, le paradis… pas de danser joue contre joue.*

Lorsqu'ils se réveillèrent de nouveau et s'aperçurent qu'il commençait à faire nuit, ils se mirent à récupérer leurs vêtements éparpillés à travers la chambre, où ils les avaient jetés dans la poussière. Bill décida que le lendemain, il plierait convenablement les affaires d'Izzy.

— Je veux laver, grogna-t-elle, et Bill aussi en avait envie, mais il s'efforça de rester léger.

— Je sais. Moi aussi. Je sens le bouc.

À l'extérieur, au crépuscule, il dénicha un tonneau d'eau et y plongea un chiffon afin qu'ils puissent se laver du mieux possible.

Bill remplit leurs gourdes et dès que la nuit fut totalement tombée, ils reprirent leur route le long de la voie ferrée. En général, Izzy parlait, mais parfois, ils se contentaient de se tenir la main en écoutant les bruits nocturnes. Puis l'esprit de Bill vagabondait vers le passé, jusqu'au présent et vers l'avenir, en boucle. Ce n'était qu'à leur arrivée dans une gare qu'il se souvenait d'avoir peur, de guetter le moindre mouvement ou la moindre lumière qui pourrait signifier la fin de tout ; ce n'était qu'à ce moment-là qu'il se rappelait que tout ce bonheur était aussi fragile qu'une coquille d'œuf.

Au lever du soleil après leur troisième nuit de marche, ils tombèrent sur une petite maison abandonnée et prirent à peine le temps de fermer à clé avant de se déshabiller mutuellement. Bill avait utilisé toute sa réserve de capotes et se força à se retirer rapidement.

— Ce n'est pas si bon, se plaignit Izzy.

— À qui le dis-tu ! répondit Bill en riant. Mais je ne veux pas que tu tombes enceinte.

— Je m'en fiche, dit-elle en passant une main sur son ventre. Je veux bien avoir ton bébé.

Bill lui prit la main.

— Mais pas ici, pas maintenant. Même si je vais avoir beaucoup de mal à te laisser tranquille.

Il se pencha pour lécher la peau de sa gorge jusqu'à son nombril. Et plus tard, il dormit lui-même comme un bébé alors qu'il s'était promis de veiller pour la protéger.

Ils continuèrent ainsi pendant cinq jours, à marcher la nuit et à se blottir l'un contre l'autre la journée dans des greniers à foin, des granges et des dépendances. Quand ils arrivèrent à la fin de leur réserve de nourriture, ils se mirent à voler. Izzy suggéra de se rendre dans une ferme et de proposer d'acheter à manger, mais Bill ne voulait pas qu'elle se montre, au cas où les gardes interrogent les fermiers. Ils essayaient de deviner si sa mère était rentrée de Český Těšín et si les gardes avaient compris qu'ils avaient pris la fuite ensemble.

Lors de leur sixième jour, ils trouvèrent un abri de chasse abandonné. C'était une pièce équipée d'un lit simple dans une alcôve, ainsi que d'une table, deux chaises et un tapis de fourrure devant une cheminée.

— Je peux avoir feu ? le supplia Izzy. Pour s'allonger, sans vêtements.

— Tu étais une fille bien et je t'ai transformée en prostituée, dit Bill, totalement satisfait de lui-même.

— C'est quoi *prosti-tuée* ? demanda-t-elle avec une moue, et pour toute réponse, il la plaqua contre le mur.

Plus tard, Bill alluma le feu malgré ses craintes d'attirer l'attention en plein jour.

— Regarde tes yeux verts, on dirait une sorcière, dit-il en caressant le visage d'Izzy. Je me suis toujours considéré comme un mec raisonnable. Comment tu as fait pour me convaincre de m'enfuir avec toi, si ce n'est en m'ayant jeté un sort ? Pourquoi j'ai allumé un feu qui pourrait attirer tous les nazis à la ronde ? Tu as dû m'ensorceler.

— C'est l'ensorcellement de l'amour, dit-elle en passant son doigt sur son torse imberbe. Je te fais faire n'importe quoi. (Elle toucha le bout de son pénis.) Je te fais faire ça.

Il gémit.

— Encore ?

— Encore, souffla-t-elle dans son oreille.

Plus tard, ce fut comme si une nouvelle pensée l'avait frappée.

— Comment tu sais tout ça ? Quoi faire ?

Bill somnolait et n'avait pas envie de parler, mais elle lui donna un coup dans les côtes.

— Comment tu sais ?

— Comment je sais quoi ? Il faut que je dorme, Izzy. Tu m'épuises.

— Oui, dormir, mais d'abord dire. Comment tu sais ce que filles aiment ?

Tout à coup, il était réveillé.

— Ha ! C'est un don, j'imagine, plaisanta-t-il.

— Non. Pas rire. Dire. Avec quelle autre fille tu faire ça ?

— Oh, allez… pas maintenant, quand même ?

— Mari dit tout à femme, ordonna-t-elle.

— Tu savais que je l'avais déjà fait.

— Je sais. Mais maintenant, dois me dire nom de la fille. Flora, oui ?

Bill fut effaré. Qu'est-ce qui lui avait bien pu faire croire une chose pareille ?

— Mon Dieu, non. Ce serait comme le faire avec ma sœur.

— Nom, alors.

Bill hésita. Son jugement lui disait de ne pas prendre la chose au sérieux et de dédramatiser, d'attirer Izzy vers un sujet plus sûr. Mais une partie de lui estimait qu'ils ne devaient avoir aucun secret l'un pour l'autre. Tout devait être limpide entre eux.

— Londres, ce n'est pas comme Vražné, commença-t-il. Et toutes les filles ne sont pas des filles bien, comme toi.

Il se redressa et contempla la courbe douce de son corps à la lueur des braises.

— Je dois savoir, insista-t-elle.

— OK. Si tu « dois savoir », au pub – le pub de mes parents – il y a deux filles de joie. Plus toutes jeunes.

Voyant qu'elle ne comprenait pas, il commençait à trouver que c'était une très mauvaise idée, mais il ne voyait plus comment faire marche arrière.

— Qui font le tapin. Ce ne sont pas des mauvaises filles, mais elles n'ont pas de mari et doivent gagner leur vie.

— Faire sexe pour argent ?

— Oui. C'est ça.

— Tu paies argent ?

Elle était scandalisée et il fut tout aussi indigné.

— Non. Je n'ai jamais payé. Pas même en Égypte. Une des filles – elle s'appelait Kath –, quand j'avais dix-huit ans, m'a dit qu'elle m'offrirait un cadeau que je n'oublierais jamais.

— *Děvka !* cracha Izzy, mais Bill protesta.

— Ce n'était pas que ça. On est allés chez elle.

Izzy écoutait en silence, à présent.

— Elle m'a dit qu'elle allait me donner une leçon bien plus utile que tout ce qu'on m'a appris à l'école. Elle voulait me montrer comment rendre ma femme heureuse. (Il gloussa d'un air complaisant.) Et elle a réussi !

Izzy lui donna une forte tape dans le dos, et Bill sursauta, pris par surprise.

— Tu trouves drôle mettre ta chose dans sale *děvka* et ensuite dans moi ? siffla-t-elle.

Elle est jalouse, songea Bill, un peu content.

— Tu es dégoûtant, cracha-t-elle. Je pas pareille que sale *děvka.*

Et elle essaya à nouveau de le frapper.

Il l'attrapa par les poignets pour stopper les coups. Elle était presque aussi forte que lui et ils s'empoignèrent, entravés par les couvertures autour de leurs jambes. Il retomba en arrière et l'entraîna avec lui. La bouche d'Izzy entra en contact avec son épaule et elle le mordit férocement.

Il poussa un cri de douleur et de surprise, puis la repoussa. Izzy s'écarta et il bondit sur ses pieds en tenant d'une main l'endroit qu'elle avait mordu. Il recula derrière la table.

— Reprends le contrôle de toi-même, ordonna-t-il.

Ils contournèrent la table, tous les deux nus, et il sentit du sang affleurer sous ses doigts. Izzy se couvrit en plaquant un bras en travers de sa poitrine et une main devant son entrejambe.

— Pas regard ! ordonna-t-elle.

Bill leva sa main humide vers lui.

— Tu m'as fait saigner. (Il observa la marque de morsure.) Je ne savais pas que tu avais un tel caractère. (*C'est un fichu chat sauvage*, songea-t-il, *je ne la connais pas du tout.*) Tu ne comptes pas t'excuser ? demanda-t-il en pressant un chiffon sale sur la plaie.

— Je pas parler, dit-elle.

— Eh bien, ce n'est pas très sympa, dit-il. Je t'ai seulement dit la vérité, comme tu le voulais. Et en plus, Kath avait raison, tu as aimé. Tu as adoré.

Izzy s'enveloppa dans une couverture et alla s'allonger sur le lit froid dans l'alcôve en lui tournant le dos, tandis qu'il retournait s'installer sur le lit de fortune devant le feu. Il souleva le chiffon de la blessure qui avait cessé de saigner, et se rhabilla lentement.

— Il fait plus chaud ici pour dormir, suggéra-t-il, mais Izzy ne bougea pas.

Il s'allongea en regrettant la chaleur de son corps et en se demandant ce qu'ils allaient découvrir de plus chez l'autre ; il se demandait combien de temps il leur restait.

Lorsque la nuit fut tombée et que le moment vint de se remettre en route, il eut du mal à la réveiller. Izzy semblait toujours décidée à ne pas lui parler, alors il entretint un déluge de bavardage léger. Il évoqua les différentes sortes de cheminées, qui brûlaient du charbon à Londres, et non du bois, et ne fit aucune remarque sur son absence de réponse. Ils rassemblèrent leurs affaires et se mirent en route, avec la sensation que quelque chose s'était brisé entre eux qui ne pourrait jamais être réparé.

Elle trébucha sur les rails et il la rattrapa par le coude. Elle secoua le bras pour se libérer.

— Écoute, Izzy, dit-il, presque dans un murmure. On pourrait se faire capturer à n'importe quel moment. On pourrait ne jamais se revoir. Je suis désolé que tu n'aies pas été ma première. Mais je ne peux pas changer ce qui s'est passé avant notre rencontre. Tu es l'amour de ma vie.

Dès ses premiers mots, des larmes se mirent à couler des yeux d'Izzy et elle trébucha. Et cette fois, lorsqu'il la rattrapa, elle le laissa faire. Puis elle s'arrêta et se mit à sangloter franchement. Bill la prit dans ses bras et elle se mit à hurler contre son épaule. Les larmes et la morve s'écoulèrent sur la cape en toile cirée. Il caressa ses boucles douces jusqu'à ce que ses larmes cessent ; puis il sortit un chiffon de sa poche pour qu'elle puisse se moucher.

Il était raidi par le sang séché de la morsure qu'elle lui avait infligée.

— Désolée, sanglota-t-elle. Désolée pour mordre, pour gifle, pour crier. Tu peux me frapper.

Il secoua la tête.

— Je ne frapperais jamais une femme. Je l'ai trop vu faire. Jamais. Jamais.

Elle l'embrassa sur les lèvres.

— Toi raison. Nous vivants. Et jamais je ne parle plus. Trop difficile.

Bien qu'ils soient de nouveau amoureux, un subtil changement s'était opéré et la réalité de leur situation commençait enfin à leur apparaître. Bill avait conscience qu'ils avançaient trop lentement et finit par reconnaître la vérité : les partisans n'étaient pas à la recherche d'Izzy ; ils avaient plus important à faire, comme faire exploser des ponts et mener des combats. Izzy et lui étaient seuls et minuscules au milieu d'un immense continent qui grouillait de soldats nazis prêts à les écraser sous leurs bottes comme des cafards.

Ils marchèrent deux nuits supplémentaires, plus sobres, plus réalistes, et plus affamés à présent. Ils se cachaient dans des granges froides et des dépendances pendant la journée et s'accrochaient l'un à l'autre avec un nouveau désespoir.

Durant leur progression, ils se mirent à évoquer ce qui se passerait s'ils se faisaient prendre. Bill savait ce qui lui arriverait : on le renverrait à Lamsdorf pour un isolement de trente jours ; mais il ne connaissait pas la punition que l'on réserverait à Izzy pour avoir aidé un prisonnier à s'enfuir. Il craignait qu'elle ne soit fusillée. Aussi impossible que celui puisse paraître, il valait peut-être mieux qu'on la prenne également pour un autre prisonnier de guerre en fuite.

— Tu ne pourrais plus parler, prévint-il et Izzy hocha sombrement la tête.

— Il va falloir qu'on te trouve un nom, et que tu apprennes un matricule, comme le ferait n'importe quel Anglais.

Il lui dit que son « parent proche » britannique serait informé, et qu'il faudrait que ce soit Flora, si seulement ils trouvaient le moyen de faire savoir à Flora que ce prisonnier fictif était relié à lui.

— Je sais ! Ton nom, ce sera Cousins, parce que Flora et moi sommes cousins.

Bill testa plusieurs prénoms possibles pendant leur progression nocturne, et finit par décider que le prénom de Cousins serait Algernon, car Flora et lui avaient l'habitude de jouer à Biggles et Algernon.

— Des personnages de roman, lui expliqua Bill. Elle comprendra tout de suite. On y jouait tout le temps quand on était petits. Tu seras donc Algernon Cousins. Il est très jeune, pour expliquer le fait que tu ne te rases pas. Peut-être qu'il aura menti sur son âge alors qu'il n'avait que quinze ou seize ans.

Izzy hocha la tête.

— Je suis petit pour un garçon.

— Il aura été harcelé à l'école à cause de sa petite taille, à cause de son prénom stupide, mais ça l'aura endurci.

— Et quel travail il fait ? Garçon de ferme ?

— Non, parce qu'il aura une adresse londonienne – l'adresse de Flora. Il pourrait être garçon d'écurie, s'occuper des chevaux qui tirent les chariots de charbon. Les dadas. Ce sera son surnom : Dada Cousins.

Il expliqua à Izzy que les petits Anglais appelaient les chevaux des « dadas », sans pouvoir lui dire pourquoi.

Lors de leur moment de repos, ce jour-là, il lui montra comment écrire son nom et son adresse, et elle mémorisa un matricule inventé : celui de Harry avec deux numéros différents.

— Ça fonctionnera ? demanda Izzy d'un air de doute.

Bill, qui ne voyait pas comment cela pouvait effectivement fonctionner, s'efforça de paraître confiant.

— Bien sûr. Il *faut* que ça fonctionne.

Tandis que s'entamait la soirée du huitième jour, ils étaient endormis dans le grenier à foin d'une grange lorsqu'ils furent réveillés par des voix à l'extérieur. Ils s'agrippèrent l'un à l'autre et Bill s'assit. Les voix semblaient au nombre de deux.

— Merde ! murmura Bill en reconnaissant la voix du capitaine Meier et de Herr Weber. Vite, cache-toi.

Ils se levèrent d'un bond. Bill récupéra leurs bottes et Izzy roula la couverture. Au-dessus de leurs têtes, les poutres épaisses s'entrecroisaient pour soutenir le toit.

— Là-haut, ordonna Bill tout bas.

Izzy passa les sacs en toile et la couverture à Bill, et il se hissa sur la pointe des pieds pour les déposer sur la poutre la plus proche.

La porte principale de la grange s'ouvrit sous leurs pieds et un rai de lumière du soir filtra à l'intérieur. Bill dispersa d'un coup de pied la paille sur laquelle ils étaient étendus.

Le capitaine et Herr Weber pénétrèrent dans la grange en parlant en allemand. Bill aurait voulu pouvoir comprendre ce qu'ils disaient. Il guida Izzy sur la pointe des pieds dans le coin le plus sombre du grenier, puis enroula ses bras autour de ses genoux pour la hisser jusqu'à la poutre. Au prix d'un gros effort, elle parvint à s'agripper à la poutre et à s'y allonger.

— Bombardier King, lança Herr Weber en anglais, vous êtes là ? Si oui, je vous arrête. Rendez-vous maintenant et ça ne se passera pas si mal pour vous.

Izzy tendit la main pour aider Bill à monter, mais il s'écarta en silence, le plus loin possible d'elle. S'ils le trouvaient en premier, il dirait qu'ils s'étaient querellés et séparés depuis plusieurs jours. Il était prêt à tout pour ne pas dénoncer Izzy.

De nouveaux mots furent échangés en allemand sous leurs pieds ; le capitaine Meier indiquait vraisemblablement quoi dire à Herr Weber, et celui-ci reprit en anglais :

— Vous êtes là ? Izabela est-elle avec vous ? Les SS la fusilleront pour avoir aidé un prisonnier à s'échapper. Sa mère est rentrée à la ferme et elle est folle d'inquiétude. Vous devez vous rendre immédiatement. C'est votre dernière chance.

Bill, qui avait pourtant été capable d'atteindre la poutre pour cacher leurs affaires, éprouvait des difficultés à trouver une prise pour se hisser. À mi-chemin, sa main glissa et il retomba sur ses pieds.

Herr Weber prononça quelques mots d'une voix excitée et se dirigea vers l'échelle menant au grenier. Le capitaine Meier resta en bas.

Bill bondit en l'air, saisit la poutre et souleva son corps. Herr Weber montait lentement l'échelle et Bill s'aplatit juste au moment où le casque de l'homme apparaissait dans le grenier. Bill pressa son visage contre la poutre et vit les rayons de la torche de Herr Weber balayer l'espace. Son cœur cognait tellement fort qu'il craignait que l'autre puisse l'entendre.

Herr Weber enfonça sa baïonnette plusieurs fois dans le tas de paille sur lequel ils s'étaient allongés. Bill releva les yeux et vit le pan du grand manteau d'Izzy pendre sous la poutre qui la soutenait. Persuadé qu'Herr Weber la repérerait, il se prépara à se laisser tomber pour détourner son attention. Mais le rayon de la torche balaya une nouvelle fois le grenier et Herr Weber lança : *Nein, nicht hier*, au capitaine Meier. Il reposa sa baïonnette sur son épaule et tâta le premier barreau de l'échelle avec son pied.

Une autre conversation lui parvint d'en bas, puis Herr Weber lança une fois de plus, en anglais :

— Si vous êtes là, bombardier King, sachez que c'était votre dernière chance. Nous devons maintenant signaler votre disparition et bientôt, les SS vous retrouveront avec leur patrouille de chiens. Nous ne pourrons plus rien pour vous. Izabela, si vous êtes là, songez à tout ce que vous gâchez. Vous êtes une si bonne étudiante. Je pourrais encore vous aider à devenir interprète ou à aller à l'université.

Les deux soldats attendirent plusieurs minutes, à l'écoute, avant de tomber d'accord.

— *Nein, nicht hier.*

Puis ils quittèrent la grange.

Il se passa encore un moment avant que Bill ne perçoive le boitillement distinctif du capitaine Meier qui revint, seul, et lança quelque chose en allemand. Quelque chose apparemment destiné à Izzy. Son prénom fut tout ce qu'il fut en mesure de comprendre. Il retint son souffle et attendit, songeant qu'elle déciderait peut-être de les rejoindre à présent, mais elle ne bougea pas. Puis le capitaine Meier s'en alla, la porte se referma en claquant et une lourde poutre fut glissée à l'extérieur, enfermant Bill et Izzy à l'intérieur. Bill pensa qu'ils allaient mourir de soif ici en quelques jours, si les SS ne les trouvaient pas avant.

Ils entendirent le capitaine Meier et Herr Weber frapper à la porte de la ferme, et une femme à la voix âgée s'entretenir avec eux.

Bill leva la tête et regarda Izzy de l'autre côté du grenier. Il lui fit signe de remonter son manteau entre ses jambes. Ils pouvaient encore revenir. Il appuya son visage contre la poutre.

— Reste calme, reste calme, se dit-il pour lui-même. Tends l'oreille. (Les soldats semblaient être entrés dans la ferme.) Attends, se répéta-t-il. Attends et reste calme.

Ils finirent par ressortir dans la cour et il y eut une nouvelle conversation avant que les portes de leur véhicule blindé ne se referment. Bill l'écouta s'éloigner dans la nuit. Izzy et lui attendirent en silence.

Au bout d'une vingtaine de minutes, des pas traversèrent la cour en silence. Quelqu'un retira péniblement la poutre qui bloquait la porte. Bill l'entendit retomber par terre. Dans la grange au-dessous d'eux, deux voix âgées murmuraient en tchèque. Les deux personnes s'agitèrent comme des rats, puis refermèrent la porte derrière elles, mais sans la bloquer cette fois.

La faible lumière qui pénétrait dans la grange s'estompa à mesure que la nuit tombait. Bill et Izzy attendirent longtemps. Très longtemps. Ils n'échangèrent aucun mot. Les jambes de Bill fourmillaient à cause de sa position prolongée. Ils attendirent qu'il fasse complètement noir à l'extérieur.

Puis Bill finit par murmurer :

— Je pense que c'est bon maintenant.

Il se laissa tomber au sol. Pourtant, tout en prononçant cette phrase, il songeait : *Izzy ne sera plus jamais en sécurité, et c'est ma faute.*

Il s'avança sous la poutre où elle était cachée.

— Izzy, ça va ? Laisse-toi tomber. Je te rattrape.

Elle se laissa chuter dans ses bras.

— Qu'a dit le capitaine ? demanda-t-il. Comment nous ont-ils trouvés ?

— Il a promis à ma mère d'essayer de nous retrouver en premier et de me ramener. Il connaît toutes les fermes de la zone et ils vérifient toutes granges et dépendances. Il va devoir dire que toi disparu, mais il ne dira pas que je suis avec toi. Il dira que je suis allée aider ma tante.

Ils gardèrent tous deux le silence et Bill se demanda pourquoi le capitaine était prêt à les aider. C'était un risque pour lui, et pour Herr Weber. Peut-être qu'ils avaient tous les deux développé de l'affection pour Izzy ; il pouvait aisément le comprendre. Ou peut-être que le capitaine Meier aimait sa mère. Ou peut-être... peut-être que c'étaient tout simplement des hommes bons, un professeur et un fermier qui se retrouvaient mêlés à des horreurs qui dépassaient l'entendement et essayaient de faire ce qu'ils pouvaient, à leur niveau, pour réparer une injustice, en sauvant une fille qui avait perdu la raison.

— Tu aurais dû les accompagner, déclara Bill.

Elle passa ses bras autour de lui.

— Je ne te quitterai jamais.

Il l'embrassa sur le front et ils se cramponnèrent l'un à l'autre comme deux enfants apeurés. Être à deux était leur seul refuge à présent, aussi fragile qu'une tente au milieu d'une avalanche.

10

Notre dixième nuit de marche était tranquille et silencieuse, en dehors du léger craquement de nos bottes sur la route de campagne rocailleuse. L'éclat de la lune disparut derrière un nuage et on dut ralentir le pas car on voyait à peine devant nous. La route et les haies étaient sombres comme de la suie et je n'arrivais plus à faire la distinction entre les deux. Le sol était inégal, surélevé en son centre d'un monticule touffu. J'avançais chaque pied avec précaution pour éviter de me tordre la cheville dans un nid-de-poule ou de basculer dans un fossé. Je me cramponnais à la main de Bill pour m'empêcher de tomber et je songeai que si nous pouvions à peine distinguer la route, alors personne ne pouvait nous voir non plus. C'était cependant un maigre réconfort.

Hors de l'obscurité, des murs de maisons se dressèrent de chaque côté de la route.

— Nous y voilà, déclara Bill, il y aura peut-être un petit grenier à foin dans lequel se blottir.

Je sus que le désir monta en chacun de nous à cette pensée. Je sentis mon visage rougir et j'étais soulagée qu'il ne puisse pas le voir et se moquer de moi.

Mais en approchant, on constata que c'était l'entrée de la rue d'un village. On hésita. Les portes d'entrées s'ouvraient directement sur la rue et chaque fois qu'on passait devant l'une d'entre elles, je me crispai à l'idée qu'on puisse nous découvrir. Mon pouls battait aussi fort que la pluie sur le toit d'une grange.

Bill ajusta son pas au mien pour n'émettre le son que d'une foulée, résonnant légèrement sur les murs alentour. Il me serra fermement la main et je me demandai s'il avait peur, lui aussi. On remonta la rue, prêts à faire volte-face à tout moment et à nous retirer dans les ténèbres enveloppantes.

Je tentai au début de me convaincre qu'il ne s'agissait que d'un hameau – un endroit dont j'avais même oublié le nom – qui pourrait offrir une possibilité de nourriture et d'abri, un poulailler abandonné ou un garage où se cacher. Je m'imaginai une tarte laissée à refroidir sur le rebord d'une fenêtre et oubliée à la nuit tombée, des pommes stockées dans un abri. Mais à mesure qu'on avançait, il devenait évident que cet endroit était bien plus vaste qu'un village.

Une queue de chat remua et mon cœur bondit. Des silhouettes semblaient rôder dans chaque embrasure de porte et je plissai les yeux, dans l'espoir de découvrir mon père ou mon frère, ou l'une de leur bande de partisans envoyée pour me secourir et nous cacher. Je l'implorais en silence, *trouve-moi, papa* – tatinku – *je t'en supplie, trouve-moi maintenant.*

Mais à chaque porte, les silhouettes se dissipaient dans une obscurité plus profonde encore, et l'espoir s'envola. J'étais une idiote. Comment avais-je pu m'imaginer que mon père saurait où nous étions et viendrait nous mettre à l'abri ? Avais-je simplement essayé de lui prouver qu'il aurait dû m'emmener ? Pensais-je pouvoir lui montrer que j'étais aussi courageuse que Jan ?

On avançait main dans la main – un couple à l'allure étrange, si quelqu'un nous voyait. Bill vêtu de vêtements d'ouvrier agricole mal ajustés, moi habillée comme un garçon, tous les deux grossis par d'épaisses couches de laine, car les nuits étaient déjà fraîches et cela semblait le moyen le plus facile de les transporter ; tous les deux avec nos paquetages en toile cirée et une couverture jetée sur le dos. Un couple de clochards, ni plus ni moins.

La ville nous cernait, obstruant toutes nos lignes de fuite. Je craignais de nous avoir menés jusqu'à Prostějov, sans savoir comment, car j'étais persuadée que c'était plus au nord. Les maisons s'agrandirent et les rues s'élargirent. On dépassa un petit parc. J'envisageai un instant de nous cacher là dans les buissons, avant de comprendre que les chiens et les enfants nous débusqueraient dès le matin. Derrière le parc s'élevaient de hauts édifices publics, banques et bureaux, où les équipes de ménage et les employés arriveraient bientôt au travail. On tomba sur une partie de l'ancien mur de la ville et une tour de garde en pierre surmontée d'un toit pointu comme un chapeau de sorcière. Je sus alors que nous allions dans la mauvaise direction.

— C'est vieille ville. Centre-ville, murmurai-je en tirant Bill par la manche.

Je sentis Bill secouer la tête plus que je ne le vis, puis il se passa une main dans les cheveux, qu'il dressa ainsi sur sa tête. Il baissa la voix à son minimum.

— Non, je suis sûr qu'on contourne la ville vers le sud. On sera bientôt de nouveau en rase campagne. Par ici.

J'éprouvai un pincement d'exaspération.

— Non. Mauvaise direction.

— Écoute, jusque-là, on a tout fait à ta façon. C'est mon tour.

— Mais mauvais tour, insistai-je.

— Je croyais que tu avais promis d'obéir, dit-il sur le ton de la plaisanterie, mais je sentis l'irritation me gagner.

— Pas obéir aux idées stupides, répliquai-je sèchement.

— Et c'était l'idée stupide de qui, tout ça ? demanda-t-il avec un geste du bras qui englobait à la fois notre mariage et notre évasion. S'enfuir et t'habiller comme un garçon ? Se faire sauver par ton père ? C'est la chose la plus stupide que j'aie jamais faite.

J'étais vexée, mais je ravalai ma colère et me forçai à garder le silence. Je ne voulais plus jamais me disputer avec lui après la dernière fois. Je devais apprendre à me maîtriser. Je luttai contre moi-même, jusqu'à parvenir à articuler :

— OK. Ta façon. Toi fou.

Il se remit en marche et je le suivis lentement, au cas où la tour de garde abriterait des soldats nazis. Esquivant sur la gauche, on se retrouva sur une longue route de maisons mitoyennes qui faisaient face à l'ancien mur. On contourna la tour et on se mit à l'abri dans les ombres du mur, l'oreille tendue, à l'affût de bruits de pas, ou de voix dans l'obscurité. Une fois plus loin, je tentai de détendre l'atmosphère et murmurai :

— Quelle chose la plus stupide jamais faite, après celle-là ?

C'était un jeu auquel on jouait pendant nos marches nocturnes : quel est ton plus ancien souvenir ? Quelle est la situation la plus gênante que tu aies vécue ?

— Monter sur le toit du hangar récupérer une balle, parce que Flora me l'avait demandé. Je suis tombé, je me suis cassé la dent de devant et le poignet. Ça me fait encore mal quand il fait froid. J'aurais dû retenir la leçon qu'il ne faut pas faire ce que me demandent les filles.

Je lui donnai un petit coup de poing dans l'épaule. Encore cette Flora. Eh bien j'allais lui montrer, à Flora, parce que maintenant, il était tout à moi et elle ne le récupérerait jamais. Il ne me retourna pas la question, mais il posa le doigt sur ses lèvres et s'arrêta en regardant la rue déserte. Puis on reprit notre route en silence.

Ce fut à ce moment-là qu'on entendit les chiens. Rien qu'un aboiement au début, qui résonnait dans le silence nocturne. On s'agrippa les mains l'un de l'autre et on s'immobilisa un moment.

— Ce n'est qu'un chien domestique, murmura-t-il. Il aboie sur des ombres.

Puis un autre aboiement. Et encore un autre. Ils n'étaient pas étouffés par les murs d'un bâtiment, mais bien en liberté, comme nous, dans les rues.

On s'éloigna instinctivement de la source du son, et les bâtiments semblèrent se refermer autour de nous. Mon cœur tambourinait dans ma poitrine et mon souffle s'accélérait. On hâta le pas. Les aboiements des chiens, de plus en plus proches, résonnaient entre les murs – ils étaient peut-être deux, trois. On se retourna pour les voir, mais l'obscurité était absolue. Nous savions pertinemment que nos bottes faisaient du bruit sur la route pavée.

Puis des cris retentirent derrière nous ; des voix d'hommes, excités d'avoir trouvé de quoi tromper l'ennui de leur garde nocturne, encourageant les chiens, impatients de partir en chasse. Quelle que soit la direction qu'on prît, les chiens et les hommes se rapprochaient, et nos bottes résonnaient plus fort.

— J'avais un chien à la maison, souffla Bill. Rusty.

On avait des chiens aussi, bien sûr, mais c'étaient des chiens de ferme, des chiens de labeur – ils montraient les dents quand ils trouvaient des rats dans la grange. Je levai la tête vers le ciel qui apparaissait entre les bâtiments en m'efforçant de chasser de mon esprit l'image des chiens déchiquetant un rat. Leur salive. Le sang. Une étoile disparut derrière un nuage et sa faible lueur s'éteignit.

Prostějov s'emplit de bruits : notre respiration, le battement du sang dans nos oreilles, le claquement de nos bottes sur la route, l'aboiement des chiens, la course et les cris des hommes qui se rapprochaient toujours plus. On aurait peut-être pu s'arrêter, frapper à une porte et implorer de l'aide, mais on n'en fit rien. On continuait en courant de plus en plus vite, Bill me traînant à sa suite. J'étais à bout de souffle et mon sac de toile frappait lourdement contre mes jambes.

Il y eut enfin une ouverture dans la rangée de maisons, un porche voûté qui menait à une étroite galerie bordée de boutiques obscures. Vers l'extrémité de la galerie se trouvait un endroit plus sombre encore, qui ressemblait à un autre tournant, mais il ne s'agissait que d'une large embrasure de porte, surélevée de deux marches dans un renfoncement, et qu'on ne voyait qu'en arrivant à sa hauteur.

À présent les chiens étaient presque sur nous et Bill me tira dans le renfoncement, jeta ses bras autour de moi et me serra très fort en murmurant dans mes cheveux : « Je suis désolé. » Puis il me repoussa, pour qu'on ne nous découvre pas en train de nous toucher.

Un renfoncement de porte constituait une piètre cachette et le son des chiens pisteurs était assourdissant dans la ruelle. Ils nous trouvèrent facilement et aboyèrent, grognèrent en faisant claquer leurs mâchoires à nos pieds en signe de triomphe. Trois gros bergers allemands prêts à nous déchiqueter comme des loups, mais entraînés à attendre les hommes qui apparurent derrière eux en poussant des cris d'excitation. Je fermai les yeux et j'attendis la morsure des chiens, en espérant que tout serait terminé rapidement.

Tout sembla se produire en même temps : les chiens, les hommes, la lueur de la torche sur mon visage. Je levai un bras pour me protéger les yeux et j'entendis le souffle haletant des hommes, l'éclat de leurs voix. Mes dents claquaient et je dus les serrer de toutes mes forces. Les voix derrière le faisceau se transformèrent en un cri désincarné proféré en allemand par l'un des officiers supérieurs.

— Les mains en l'air ! Contre le mur !

On descendit les deux marches en trébuchant. Bill passa d'un côté de la porte, moi de l'autre.

Je levai les mains contre le mur et j'aplatis mon visage contre les briques rugueuses pour m'empêcher de tomber.

Au-delà, je percevais les habitants trottiner comme des souris, écouter avec excitation et peut-être – qui sait ? – de la compassion. Je me mordis la lèvre, déterminée à retenir mes larmes, à ne pas en finir de cette manière.

Puis je sentis des mains sur moi qui palpaient mes vêtements, en quête d'une arme qu'elles ne trouvèrent pas. Dans la poche de Bill, ils trouvèrent les pinces coupantes et la truelle de mon père, qu'ils jetèrent sur les pavés. Ils ramassèrent nos sacs et les hissèrent sur leurs épaules. J'étais bêtement soulagée de porter le pull que ma mère m'avait tricoté. Au moins il resterait avec moi, pour l'instant. Ils me firent pivoter et la lumière de la torche m'aveugla.

Ils balayèrent mon visage avec le faisceau tout en discutant de notre sort. Toujours aveuglée, on me poussa dans la rue, un canon de pistolet pointé dans mon dos pour m'inciter à avancer. Je trébuchai en avant, comme si je tombais dans un abysse.

Mes yeux s'adaptèrent de nouveau progressivement à l'obscurité, mais un halo rond et violet persistait là où le faisceau s'était gravé dans ma rétine. La rue sombre et pavée finit par redevenir nette, ainsi que les bâtiments noirs, comme ils l'étaient juste avant, comme si le monde n'avait pas basculé pour toujours. Un canon de fusil s'enfonça dans mon dos à travers mes couches de vêtements.

Bill marchait à côté de moi, un autre soldat dans son dos armé d'un fusil. Devant nous se trouvaient le responsable et les deux maîtres-chiens.

Chacun tenait une torche qui éclairait leurs bottes brillantes. Derrière, je percevais le reniflement du troisième chien. Mes pas devinrent plus réguliers à mesure que ma vue revenait, et je me concentrai sur la torche devant moi. Je distinguai les nuages de vapeur formés par le souffle des hommes et des chiens qui haletaient en tête. J'avais l'estomac noué par la terreur, mais je marchais car il n'y avait rien d'autre à faire, concentrée sur mes pieds – gauche, droite, gauche, droite – en me répétant en anglais : « Gauche, droite, sois forte. Gauche, droite, sois forte... »

On emprunta une route sinueuse, des arcades et des ruelles, jusqu'à déboucher, au-delà d'une arche de pierre, sur une large place carrée entourée de hauts édifices – des hôtels et manoirs, certainement.

En face se dressait l'hôtel de ville, drapé de bannières et drapeaux nazis. Sa tour de l'horloge à colonnades surmontée d'un dôme se découpait contre le ciel. En approchant, je pus lire l'heure : six heures du matin. Des véhicules blindés et des camions marqués de croix gammées étaient garés sur la place. Deux sentinelles montaient la garde de chaque côté des imposantes portes vitrées dorées et accueillirent notre groupe avec un salut et un « Heil Hitler ».

Une porte s'ouvrit brièvement et on nous poussa rapidement à l'intérieur afin de ne pas laisser la lumière et la chaleur s'échapper. Le hall était lumineux comparé à l'obscurité extérieure, et je levai la main pour abriter mes yeux. On me força à la baisser d'un coup de crosse et je retins un cri. Je serrai les poings sur les côtés, concentrée sur la douleur à l'endroit où l'on m'avait frappée. D'autres sentinelles et un sergent assis derrière un bureau nous regardèrent avec curiosité, mais personne ne me pointa du doigt pour demander si j'étais une femme.

On se trouvait dans un long hall d'entrée muni d'un haut plafond. Autrefois, il n'y avait pas si longtemps, mais dans un monde différent, la réceptionniste de la mairie aurait été assise là, une femme âgée aux cheveux gris et aux chaussures à lacets confortables. Le hall était éclairé par d'énormes ampoules suspendues à quatre colonnes massives en marbre et projetaient une lueur caverneuse. Sur la gauche, des marches menaient aux portes du tribunal d'instance de Prostějov. De l'autre côté du couloir, des portes vitrées surmontées de fenêtres laissaient apparaître les premières lueurs du ciel. Il était trop tard pour nous.

Le soldat qui nous avait attrapés relata les détails en allemand, en exagérant légèrement la durée de la traque et la difficulté de la capture. Je songeai comme il était étrange que Bill ne comprenne rien de tout ça. On semblait à présent former véritablement deux parties d'un tout. Je pouvais tout entendre et tout comprendre, mais seul lui pouvait parler.

Les soldats avaient supposé que nous étions deux prisonniers en fuite, mais si je prononçais le moindre mot, que j'émettais le moindre son, ils comprendraient aussitôt que j'étais une fille. Étais-je encore une fille ? Une femme ou, devrais-je dire, une épouse ? Je songeai au proverbe « *Mluviti stříbro, mlčeti zlato* – La parole est d'argent, mais le silence est d'or. » À partir de maintenant, je devais être une femme d'or.

L'homme au bureau fit un geste du pouce et on gravit deux volées de marches ornées. Le palier s'ouvrait sur une salle d'attente au sol carrelé à damier rouge et jaune, comme un échiquier. Je songeai à quel point nous étions de tout petits pions dans ce jeu. Un sergent roux à l'air fatigué, assis derrière un bureau, nous fit signe de nous placer devant lui. Un simple soldat juvénile armé d'un fusil était avachi sur le côté.

— Nom, grade, matricule, lança le sergent en anglais.

Quand on s'entraînait avec Bill, ce n'était qu'un simulacre. Maintenant, nous étions réellement dans cette situation, et je sentis ma tête tourner.

Bill donna ses renseignements, qui furent notés. Le sergent me regarda. Avec mes deux mains, je mimai un carnet et un stylo.

— Il ne parle pas, leur expliqua Bill. Il est muet.

Il se couvrit la bouche d'une main, se tourna vers moi et hocha la tête. Son regard bleu était assombri par l'angoisse.

Je commençai à bouger ma main gauche, aussi lentement que possible, et le jeune soldat pointa son fusil sur moi. Le cœur battant, je plongeai la main dans la doublure de ma poche pour en sortir le papier à cigarette roulé que Bill m'avait donné, et je le dépliai d'une main incertaine.

Le sergent poussa un soupir exagéré et me signala de lui donner le papier, tandis que le soldat se détendait. Je lui tendis le papier, sur lequel Bill avait écrit *Soldat Algernon Cousins,* ainsi que mon rang fictif et mon matricule. Je m'étais également entraînée à l'écrire, en prenant soin de former mes lettres à la manière anglaise et à ne pas barrer le chiffre sept. La barre sur un sept pouvait tout faire capoter. La panique me submergeait par vagues.

Il lissa le papier et lut les renseignements à voix haute. Puis il me fit de nouveau signe de me pencher vers lui. J'étais persuadée qu'il s'apercevrait que j'étais une fille et non le soldat Cousins, qu'on allait m'arracher à Bill et que je ne le reverrais jamais. Le sergent m'observa avec une telle dureté que la terreur me fit tourner la tête. Il vérifia de nouveau les informations écrites par Bill sur le papier, puis soupira et me fit signe de reculer contre le mur.

Nos noms et matricules furent dûment notés dans un registre et le sergent nous indiqua de nous asseoir sur deux chaises contre le mur. Je faillis m'y laisser tomber, tellement heureuse de m'asseoir, consciente du tremblement incontrôlable de mes jambes et de la palpitation lancinante sur le dos de ma main.

Avec un nouveau soupir, le sergent se leva, contourna son bureau et renversa nos sacs sur le sol pour en passer le contenu au crible. L'harmonica de Bill, dans la pochette en feutre que je lui avais confectionnée, tournoya sur le carrelage et le sergent s'en approcha prudemment, comme s'il pouvait s'agir d'une grenade. Quand il comprit ce que c'était, il rit avec soulagement et le passa au jeune soldat, qui se mit à souffler malhabilement dedans, leur arrachant à tous les deux des rires tonitruants. Le son résonna dans l'espace au plafond haut et, soudain, ils ressemblaient tous deux à de jeunes hommes ordinaires en proie à ce que Bill aurait appelé « une tranche de rigolade », jusqu'à ce qu'un autre soldat fasse son apparition et les exhorte au silence. Ils avaient réveillé le capitaine. Le sergent accusa le jeune soldat, qui rangea furieusement l'harmonica dans sa pochette.

Le sergent revint au contenu de nos sacs, examina minutieusement les photos de Bill, cherchant des cigarettes, des armes, de la nourriture – qui sait ? Il manipula du bout des doigts les patates douces boueuses qu'on avait récupérées dans un champ. Il ne trouva pas le compartiment secret au fond de mon sac, qui contenait ma ceinture hygiénique et les chiffons dont j'aurais été incapable d'expliquer la présence. Bien entendu, Bill non plus n'était pas au courant de leur existence. Comment expliquer une chose pareille à un homme ? Mon sang pulsait dans ma gorge.

N'ayant rien trouvé d'intéressant, le sergent ordonna au soldat de tout ranger dans les sacs et de les déposer à nos pieds. Certaines des affaires de Bill atterrirent dans mon sac, et vice versa.

Assise sous le regard des soldats, incapable de bouger, de toucher Bill, de m'échapper, je fus submergée par l'égoïsme de ma décision de m'enfuir avec lui. C'était mon désir de me battre pour mon pays, d'être avec Bill et de revoir mon père et mon frère qui nous avaient menés ici. Quelle idiote j'avais été de m'accrocher si longtemps à l'illusion puérile que mon père nous retrouverait et nous mettrait à l'abri. Je jetai un regard à la date sur le calendrier mural au-dessus du bureau – octobre 1944, quinze mois depuis le départ de mon père et de Jan pour joindre la résistance et leur refus de m'emmener. Peut-être même qu'ils étaient morts. Dans l'espoir de calmer le sentiment de panique qui s'emparait de moi, je me mis à compter les carreaux rouge et jaune au sol.

Le temps s'écoula lentement – des minutes qui pouvaient être nos dernières passées ensemble – et le tremblement de mes jambes et la douleur dans ma main persistaient. Les soldats nazis entraient et sortaient, mais aucun ne nous prêtait attention. Ils n'éprouvaient ni curiosité ni intérêt. À leurs yeux, nous avions encore moins de valeur que des meubles. Je levai la tête vers le plafond à caissons d'imitation médiévale et les escaliers sculptés. Je pris conscience que j'étais assoiffée.

Bill se pencha en avant et prit sa tête blonde dans ses longs doigts fins. J'avais envie de tendre la main pour essuyer la sueur et la terre de son visage avec un mouchoir en soie, mais je n'osai pas le toucher. Sa tête ainsi penchée semblait tellement fragile, perdue. Qu'est-ce que j'avais fait ? Qu'est-ce que j'avais fait ?

Une crampe se mit à me nouer le ventre de manière répétée. Je serrai mes bras autour de moi et, lorsque le spasme fut passé, je me levai. Le sergent à son bureau perçut mon mouvement et releva la tête. Je serrai mon ventre de mes deux bras et me penchai en deux pour mimer la diarrhée.

— Emmène-le aux chiottes avant qu'il se chie dessus, aboya-t-il à l'intention du soldat.

Je retirai la couverture que j'avais passée sur mes épaules et je sentis le regard inquiet de Bill me suivre tandis que le soldat m'emmenait en bas des marches, avant de me faire passer une porte grandiose vers une cour murée. Puis on passa une porte banale qui menait aux toilettes.

Le garde laissa un pied dans l'entrebâillement de la porte pendant que j'écartais péniblement mon manteau et que je baissais le pantalon et les sous-vêtements peu familiers, mais il se détourna du bruit et de l'odeur. Heureusement que Bill n'était pas là pour m'entendre. Quand mes entrailles furent entièrement vidées et que la douleur eut cessé, je souris avec ironie en trouvant des carrés de journaux allemands soigneusement découpés pour m'essuyer. Ce fut une satisfaction de maculer d'excréments les mots de propagande et, après avoir tiré la chasse et être sortie des cabinets, je trouvai même de l'eau et du savon. Comme ces choses étaient vite devenues un luxe…

De retour à l'étage, Bill surveillait la porte du coin de l'œil, et je vis sur son visage une tension et une fatigue que je n'y avais jamais décelées auparavant et qui lui donnaient l'air bien plus âgé que ses vingt-trois ans. Son regard demandait : « Est-ce que tu vas bien ? » et je hochai la tête avec un semblant de sourire. Il avait quémandé un verre d'eau et on le partagea en buvant prudemment, ne sachant pas quand on aurait de nouveau accès à une boisson ou de la nourriture. J'avais l'estomac vide à présent, et je n'avais jamais eu aussi faim de ma vie.

Notre température commença à remonter et je déboutonnai mon manteau, sans l'enlever pour autant. La sueur dégoulinait dans mon dos jusqu'à la naissance de mes fesses. La chaleur me rendait somnolente et je fermai les yeux peut-être une heure, jusqu'à ce qu'on nous secoue sans ménagement pour nous pousser dans les escaliers menant à la cour. Un camion approcha, on donna nos renseignements au chauffeur, et on nous poussa à l'arrière. J'avais envie de leur dire que nous bousculer jusqu'à nous faire trébucher nous ralentissait plutôt qu'autre chose, mais je baissai les yeux et tins ma langue. À l'arrière du camion, on découvrit des piles de caisses et, sur des bancs en bois, un garde et quatre autres prisonniers recapturés, vêtus d'une étrange panoplie de manteaux et casquettes.

Tout le monde se salua d'un signe de la tête, et un des hommes lança avec un accent américain :

— Nous y revoilà.

— Aussi heureux que possible, répondit Bill, comme s'il s'agissait d'un mantra secret[1].

Un autre Américain répondit, avec un accent allemand bidon, comme si c'était une très vieille blague :

— La guerre est finie pour vous, tommy.

Bill éclata d'un rire tellement bruyant que je sursautai. Les deux Américains se présentèrent et Bill leur raconta que j'étais britannique, mais muet suite à un traumatisme. Ils m'avisèrent avec intérêt et compassion. L'un des autres prisonniers était français, et Bill lui dit « *Bonjour* » avec un accent épouvantable.

— Lui est russe, annonça l'un des Américains en désignant le quatrième prisonnier.

Personne ne connaissait un mot de russe.

Le camion démarra et on cahota sur la cour pavée. L'horloge de la tour indiquait à présent huit heures du matin, et il faisait suffisamment jour pour voir que les dômes ornés de l'hôtel de ville étaient verts. Bill et moi étions côte à côte et le camion traversa la ville en brinquebalant. On serrait nos cuisses l'une contre l'autre, tous les

1. « *Here we are again / Happy as can be* », paroles de la chanson britannique *Jolly Good Company* composée par Raymon Wallace en 1931, dont le refrain est devenu célèbre.

deux conscients que c'était peut-être notre dernier contact physique. Les cloches de différentes églises retentirent, ce qui me rappela qu'on était dimanche. Je pensai à ma mère et à Marek, qui devaient se dépêcher, en retard comme d'habitude, pour rejoindre le confort familier de notre église paroissiale. Je me les représentais là-bas, les yeux rougis de ma mère et la ligne dure de sa bouche, comme c'était le cas depuis si longtemps, après le départ de mon père et de mon frère.

— N'épouse jamais un idiot d'idéaliste ou un casse-cou, m'avait-elle dit amèrement.

Je songeais à présent que j'étais peut-être les deux – les traits de caractère de mon père me traversaient comme une ligne de fracture dans le marbre.

Je me concentrai sur ce que je parvenais à distinguer depuis l'arrière du camion ; Prostějov qui s'éloignait, les églises, un théâtre, les grands édifices du centre cédant progressivement la place aux maisons à deux étages, puis à un étage, puis aux rangées de maisons basses et mitoyennes de la banlieue, avant de nous retrouver de nouveau en rase campagne.

Le Russe restait assis, le regard rivé droit devant lui, comme s'il était seul. Je l'observai avec curiosité du coin de l'œil. C'était le premier de cette race terrifiante sur lequel je posais les yeux. Il ressemblait à n'importe quel homme.

— Est-ce qu'on sait où on nous emmène ? demanda Bill aux Américains.

— À Lamsdorf, répondit l'un, et le prisonnier russe émit un son étouffé qui aurait pu être un gémissement.

Bill secoua la tête avec compassion.

— On dépose des courses au passage, ajouta l'autre Américain en indiquant la pile de caisses. Ça risque de prendre un peu de temps. (Il m'adressa un sourire d'encouragement.) Profitez du voyage !

Il avait dû voir combien j'étais terrifiée et penser que j'étais très jeune. J'avais envie de lui dire que je n'étais pas un gamin apeuré, mais une fille téméraire de vingt ans qui avait abandonné le confort et la sécurité de son foyer pour se jeter dans les bras d'un quasi-inconnu, mettant leurs deux vies en grand danger. Au lieu de ça, je m'efforçai d'esquisser un sourire.

Tandis que le camion suivait les méandres de la route et nous secouait dans tous les sens, je sentis la nausée me gagner. Je m'écartai de l'Américain sur ma gauche et m'appuyai contre Bill sur ma droite.

La forme des maisons commença à changer. Les toits devenaient plus raides et l'un des Américains pointa du doigt un tas de bois contre un mur qui montait jusqu'au toit.

— Il doit faire super froid dans le coin, dit-il.

Bill hocha la tête.

— Glacial. Comme au Canada.

— Je viens de Floride, répondit le soldat.

— Mince alors, ça va te changer. On se caille les miches, déclara Bill.

Je ne voyais pas le rapport avec les miches, mais je songeai que l'Américain allait bientôt avoir très froid à l'approche de l'hiver polonais. Je me demandais si je serais encore vivante pour assister aux premières chutes de neige.

De temps en temps, je m'autorisais à regarder Bill, en limitant la fréquence pour ne pas me faire surprendre. J'observais son nez légèrement retroussé, sa barbe blond-roux naissante et inégale, ses lobes d'oreilles collés à son visage, ses cils pâles. J'aimais ces détails et je voulais les mémoriser pour toujours. Je m'autorisais plus régulièrement à regarder ses mains posées sur ses cuisses, la crasse sous ses ongles, ses longs doigts blancs, la veine turquoise sur le dos de sa main gauche. J'avais envie de les couvrir de baisers, consciente que chacun pouvait être le dernier. Je sentais parfois ses yeux posés sur moi, et je relevais la tête pour échanger le plus bref des regards. D'aussi près, ses yeux avaient la couleur bleu-gris d'un lac par un jour d'orage.

Vers le milieu de la matinée, le camion s'arrêta à Mährisch Schönberg et on nous permit de descendre pour qu'ils puissent décharger certaines caisses. On autorisa les prisonniers à uriner contre un arbre. Je refis le geste de la diarrhée et, après m'avoir donné un morceau de journal, on m'autorisa à m'éloigner de la route. Le garde garda son fusil pointé sur moi, au cas où j'essaierais de m'échapper. Ce qu'il ne savait pas, c'était que, maintenant et pour toujours, je devais être là où était Bill.

Après que nous avions repris la route, la campagne s'étirait au-dessous tandis qu'on prenait de la hauteur. De l'arrière du camion, on ne pouvait voir que là où on venait de passer, et non là où on allait, mais à l'occasion d'un virage, on put apercevoir les montagnes qui se profilaient devant, l'une après l'autre, d'un bleu de plus en plus intense à mesure qu'elles s'estompaient dans le lointain.

— C'est comme les Alpes[1], déclara le Français.

1. En français dans le texte original.

— C'est bien loin de Picadilly, répondit Bill.

Les fermes que l'on dépassait à présent étaient grandes et carrées, avec les réserves situées dans les soubassements, et l'espace de vie au-dessus. Aucune n'avait la structure familière des fermes que je connaissais, formées de quatre bâtiments construits autour d'une cour. Il y avait des champs de pierre où il était impossible de faire pousser quoi que ce soit, et des rivières peu profondes à débit rapide. On n'avait parcouru qu'une courte distance, mais tout me paraissait déjà étranger.

Il restait un arrêt à Frývaldov, et on resta debout à côté du camion pendant que le reste des caisses était déchargé. C'était l'heure de déjeuner, et le chauffeur nazi et le garde s'assirent contre un mur pour avaler des saucisses et du pain. On les regarda comme des chiens affamés, et je crus bien que j'allais m'évanouir d'inanition.

Après avoir brièvement échangé quelques mots avec son partenaire, le garde nous donna un quignon de pain, à Bill, moi, aux Américains et au Français, mais pas au Russe. Je grignotai mon morceau comme une petite souris pour essayer de le faire durer, et en sauvegardai une petite partie, que j'avais l'intention de donner au Russe à l'abri des regards. Mais la faim l'emporta et je l'avalai également. Je repensai aux histoires concernant ce que les soldats russes avaient fait aux femmes, mais j'avais honte de mon comportement. Ce n'était pas chrétien. Les gardes firent passer une gourde d'eau et chacun but une gorgée avant d'essuyer le goulot avec sa manche. Je la tendis au Russe, mais le garde me l'arracha des mains.

On passa un point de contrôle et je me rendis compte que je quittais mon pays natal pour la première fois de ma vie. C'était un choc pour moi de comprendre qu'ici, si je parlais, personne ne me comprendrait ; en fait, les gens se moqueraient de moi, parce que les Polonais trouvaient le tchèque amusant. Je songeai : *Je ne voudrais pas qu'on se moque de moi* ; puis je me demandai aussitôt comment, en pareil danger, je pouvais m'inquiéter de paraître ridicule. Je n'étais encore vraiment qu'une gamine.

Puis on redescendit l'autre versant des montagnes Jeseník pour revenir dans les terres agricoles plates. Le brouillard s'abattit et les arbres à l'horizon prirent un aspect de bavures de charbon. De grandes avenues d'arbres s'étendaient derrière notre camion sur les longues routes étroites. La route qui défilait m'éloignait un peu plus de ma mère, de mon frère, de tout ce que je connaissais, pour les laisser dans le brouillard.

C'était le milieu de l'après-midi lorsque le camion passa lentement les portes d'un immense camp de prisonniers de guerre, cerné de tours de guet et de clôtures en fil de fer barbelé. La peur me prit au ventre et déclencha des vagues de nausée. J'appuyai ma jambe contre celle de Bill, de la hanche au genou, comme un dernier baiser. Mon imagination s'emballa et j'imaginai qu'on me perçait à jour avant d'être arrachée à Bill, que je ne reverrais jamais. Je voyais déjà des soldats nazis se mettre en rang pour me violer en forçant Bill à regarder, jusqu'à ce que l'un d'entre eux ait la gentillesse de me coller une balle dans la tête. J'espérais qu'il ne pensait pas à la même chose.

On nous fit descendre de l'autre côté des portes et les prisonniers nous observèrent par-delà une deuxième clôture en fil de fer barbelé. Leur intérêt venait peut-être du fait qu'on représentait la seule chose qui rompait leur longue monotonie, même si de nouveaux prisonniers devaient arriver chaque jour. Peut-être espéraient-ils retrouver de vieux amis. Ils scrutèrent nos visages et nos vêtements et je me demandai quel geste ou quelle expression risquerait de trahir mon sexe.

— Britannique ? s'écria quelqu'un.

Bill tourna la tête dans la direction de la voix et acquiesça.

— Bienvenue au camp de vacances, lança la voix.

Bill esquissa un sourire sinistre et répondit :

— C'est à quelle heure le concours de beauté ?

Des rires éclatèrent autour de nous et le garde tourna la tête. Je n'avais jamais compris le besoin des Britanniques de faire des blagues sur tout et n'importe quoi, mais je commençais à saisir que c'était une manifestation de courage.

Bill parcourait les visages des yeux pour voir s'il reconnaissait quelqu'un. C'était peu probable selon lui, car les hommes partaient très rapidement d'ici pour rejoindre les camps de travail *Arbeitskommandos.* Peut-être pensait-il à Harry et regrettait-il de l'avoir quitté. Ou bien il cherchait seulement un visage familier dans cet océan d'inconnus.

On nous poussa vers d'autres portes. Les deux rangées de barbelés me paraissaient bien fragiles, jusqu'à ce que je lève les yeux vers la tour et que je distingue les fusils, et que j'imagine les gardes, blessés ou trop âgés pour partir au front, prêts à appuyer sur la gâchette pour prouver qu'ils étaient encore des hommes.

Au cours de nos longues nuits de marche, Bill m'avait prévenue de ce qui pouvait nous attendre si on se faisait prendre. D'abord, on serait répertoriés dans leurs interminables registres. Nom, grade et matricule, une nouvelle fois. Puis il se pouvait qu'ils nous épouillent, et c'était là que résidait le plus grand danger. Dans certains camps, les prisonniers étaient emmenés dans les stations d'épouillage, déshabillés, douchés ou nettoyés au jet, puis brossés sous les bras et les parties génitales avec de l'anti-poux. Si on m'emmenait là-bas, c'était terminé pour moi. Terminé pour nous deux. Ce serait la fin.

Il m'avait également appris que les prisonniers en fuite étaient généralement mis à l'isolement pendant trente jours. J'avais déjà du mal à m'imaginer passer une demi-heure seule dans une cellule froide et humide, sans parler d'être un mois entier loin de Bill, loin de tout autre être humain, et si loin de ma mère.

Je me mordis la langue, en espérant qu'un « Je vous salue Marie » empêcherait la peur de jaillir de mes lèvres. *Je vous salue Marie*, répétai-je en boucle dans ma tête.

Devant, je distinguai les blocs de longs bâtiments de plain-pied qui devaient être les « baraquements ». Sous nos pieds, la boue était devenue aussi dure qu'une route à force de piétinements. On nous poussa dans le troisième bâtiment, ou un sergent nazi en surpoids demanda à Bill son nom et son matricule. Bill répondit promptement, le regard rivé droit devant lui. Je répétai dans ma tête les renseignements qu'on avait déterminés pour moi.

— De quel groupe de travail vous êtes-vous échappé ? demanda le sergent.

— Je n'arrive pas à me souvenir, répondit Bill. On est partis faire un tour et je me suis un peu perdu.

Je craignais qu'ils ne le frappent pour son insolence, mais les gardes semblaient habitués à cet humour britannique.

Le sergent me fit signe d'avancer et me demanda mon nom. Je posai deux doigts sur mes lèvres et mimai un crayon et un papier.

— Permission de parler, dit Bill.

Le sergent haussa les sourcils et se tourna vers un jeune soldat au regard indolent.

— Appelle le sergent Maddox, ordonna-t-il en allemand.

Au moment où le soldat s'en allait, le téléphone sonna. Peut-être quelqu'un pour signaler la fuite d'une Tchèque.

— Attendez, nous dit-il avant de décrocher. Non, les navets ne sont pas arrivés, déclara-t-il.

Une conversation sur les réserves de légumes ! La normalité de la situation calma le rythme affolé de mon cœur. Je me concentrai sur la traduction anglaise.

On attendit. Le sergent nous considérait sans vraiment nous voir et je détournai les yeux pour observer son bureau, ses meubles de rangement, sa lampe, sa machine à écrire, les manteaux et couvre-chefs sur les patères – tant d'objets ordinaires dans cet univers anormal – jusqu'à ce que la porte se rouvre sur le soldat à l'œil indolent, cette fois-ci accompagné d'un jeune soldat britannique, certainement le sergent Maddox.

L'expression inquiète de Maddox avait gravé une profonde ride prématurée sur son front, et ses lunettes à monture métallique étaient rafistolées avec du scotch. Il avait probablement notre âge, mais les lunettes et la ride lui donnaient l'air plus vieux.

Le sergent obèse mit un terme à sa conversation sur les légumes avec un « Heil Hitler » et indiqua à Bill de s'adresser au sergent britannique.

Bill me désigna.

— C'est un peu spécial. Il entend, mais il ne parle pas. Je pense qu'il a une sorte de traumatisme. Je l'ai trouvé sur la route. Il va devoir écrire ses renseignements.

Maddox repoussa une mèche de cheveux bruns et traduisit, en bon allemand scolaire, tout en remontant ses lunettes sur le nez. Le sergent se leva lentement et se dirigea vers moi. Je gardai les yeux rivés sur le mur derrière ses épaules, comme si j'essayais de lire les plus petites lignes d'une notice. Il se pencha très près, au point que je pus sentir son haleine et presque son ventre appuyer contre moi. Je gardai le regard fixé sur l'horloge murale derrière son oreille. J'avais l'impression qu'il pouvait entendre le tic-tac de mon cœur.

Il finit par se redresser et lança au jeune soldat par-dessus son épaule :

— Un garçon imberbe. Fou, silencieux, imberbe. C'est notre ennemi le plus redoutable. Les Britanniques sont aussi désespérés que les Russes. Ils savent que nous allons gagner.

Il désigna le formulaire sur son bureau et me donna un crayon bien taillé.

— Écris, dit-il en anglais.

Je notai mes renseignements inventés. Là où on me demandait le nom de ma mère, j'inscrivis le nom de Flora et son adresse à Londres. Bill m'avait dit que lorsque la Croix-Rouge lui enverrait une carte pour lui signaler la capture de son « fils », elle reconnaîtrait dans mon nom une invention de Bill et saurait qu'il ne fallait pas nous dénoncer. Sur la ligne « profession », j'écrivis *garçon d'écurie*, comme on l'avait décidé. Je m'efforçais de former mes lettres à la manière anglaise, mais ma main tremblait sévèrement.

Le soldat à l'œil indolent s'empara du formulaire et repassa sur mes mots, puis déverrouilla un tiroir dont il sortit révérencieusement un appareil pour nous prendre en photo, Bill et moi. Pour la première fois de ma vie, je tentai de paraître laide face à l'objectif, d'affaisser mon visage et d'afficher une mine maussade, comme une adolescente qui en voudrait à sa mère.

Il sortit le formulaire de la machine à écrire et un petit tampon du tiroir. Il me prit la main, qu'il serra trop fort en appuyant sur le bleu qui était en train de s'y coller, et pressa mon pouce sur le bloc, avant de l'apposer sur une partie délimitée du formulaire. J'avais envie de lui dire que j'aurais parfaitement été capable de le faire moi-même – même mieux, d'ailleurs – mais je pinçai les lèvres. Quand il en eût terminé avec moi, il fit la même chose avec Bill. Une machine imprima des plaques d'identité avec nos informations et le jeune garde nous les tendit. On passa tous les deux la chaîne autour de notre cou. On était étiquetés. J'étais le soldat Cousins.

Le téléphone se mit de nouveau à sonner et le sergent décrocha avant de poser la paume sur le combiné. Maddox croisa mon regard et me sourit d'un air encourageant. Il avait une petite bouche soignée et de doux yeux noisette derrière ses lunettes. On pouvait entendre des cris à l'autre bout du fil, et le sergent paraissait confus. À l'évidence, il voulait nous éloigner.

— Je peux les emmener à l'épouillage, proposa Maddox en allemand.

Le sergent agita la main en couvrant le combiné.

— Confisquez ses vêtements et faites couper les cheveux du gamin. On dirait un pédé.

— Lui couper les cheveux, répéta Maddox, et je me demandai à quoi j'allais ressembler quand ils en auraient terminé avec moi.

Le sergent hocha la tête, nous fit signe d'accompagner Maddox et se mit à parler avec respect dans le combiné. On était congédiés.

Sainte Marie, dis-je dans ma tête. *Sainte Marie, je suis en vie. Je vous salue, Marie. Je vous salue, Marie.*

DEUXIÈME PARTIE

Camp de prisonniers de Lamsdorf,
Pologne

Octobre 1944

11

Bill a l'estomac noué par la peur et le désespoir ; Lamsdorf est le dernier endroit sur terre où il a envie d'être avec Izzy. Il promène nerveusement son regard autour de lui, conscient d'être le centre de toute l'attention des prisonniers tandis qu'ils suivent le sergent Maddox entre les longues rangées d'immenses baraquements en bois.

C'est tellement pire que la première fois où on l'a amené ici avec Harry... À cette époque-là, après plusieurs jours de voyage, entassés dans des wagons à bestiaux sombres et puants, le retour derrière les barbelés et sous les tours de guet avait presque été un soulagement. Mais cette fois-ci, sa précieuse amoureuse se trouve entre les mains des nazis. Il ne veut pas penser à ce qu'ils feront quand ils découvriront que c'est une fille, ce dont il ne doute pas. Ce n'est qu'une question de temps. La découverte de sa présence à Lamsdorf pourrait être plus fatale encore que le sort qu'elle aurait subi à la merci des Russes, et il est submergé par l'angoisse.

Il jette un coup d'œil à sa femme. Elle marche la tête baissée, les yeux rivés sur la terre compacte sous leurs pieds. Izzy a les poings serrés, le corps en alerte, prêt à bondir ou à se battre, et il sait sans le moindre doute qu'il serait prêt à mourir pour la sauver.

Il avise une nouvelle fois les blocs de baraquements familiers, avec leurs volets aux fenêtres. Il se souvient de la stupéfaction que leur a inspirée l'immensité de ce camp, à Harry et lui, les milliers de jeunes hommes qui doivent transiter par cet endroit avant d'être envoyés dans des camps de travail.

Ils passent devant des prisonniers vêtus de kaki qui errent ou déambulent par deux ou trois et qui les dévisagent, identifiant les prisonniers récemment capturés à leurs tenues de fermiers.

— Pas de chance, mon pote, lance l'un, et Bill hoche la tête.

Izzy, elle, ne relève pas la sienne.

Deux rats déboulent devant eux et disparaissent sous l'un des baraquements. Maddox donne un coup de pied inutile dans la poussière dans leur direction. Il y avait des rats dans tous les camps où Bill a été emprisonné. Il ne pourra jamais comprendre comment ils peuvent avoir le poil aussi soyeux, alors que tous les détenus humains meurent de faim. Ce qu'il déteste le plus chez eux, c'est leur liberté de mouvement, leur faculté d'aller et venir sous les clôtures de barbelés.

— Sales bêtes, dit Maddox. La livraison de mort-aux-rats est en retard. Dès qu'elle arrivera, on en répandra sous les baraquements.

Maddox reprend sa présentation officielle.

— Le camp peut accueillir jusqu'à treize mille prisonniers britanniques, mais en réalité, c'est un camp de transit. Il y en a douze mille autres dans les camps de travail. Et Dieu sait combien d'autres nationalités ; Américains, Australiens, Français...

Bill hoche la tête en direction d'Izzy.

— Je suis déjà venu, mais pas lui.

— Alors comme vous le savez, les fugitifs sont généralement envoyés à l'isolement, poursuit Maddox, mais on a amené un groupe de la Royal Air Force il y a deux jours, alors il y a une liste d'attente. Ils vous affecteront à du boulot extra-sale à la place, tenez-vous prêts.

C'est un léger soulagement pour Bill. Au moins, Izzy n'aura pas à affronter l'isolement solitaire, et ils ne seront pas séparés... pour l'instant. Il chasse de son esprit la voix dans sa tête qui réplique : *Mais pour combien de temps ?*

— Vous avez loupé les colis de la Croix-Rouge, reprend Maddox. On les a reçus hier, j'en ai peur, mais je vais voir ce que je peux trouver. On doit d'abord confisquer ses vêtements.

Il les guide dans un baraquement équipé d'un comptoir. Derrière, un soldat britannique se lève pour les accueillir en disant :

— Pas de chance.

Puis il les détaille de haut en bas. Bill voit qu'Izzy garde les yeux rivés droit devant elle et évite tout contact visuel, et son cœur martèle ses côtes en attendant que le soldat remarque qu'elle est une fille, mais il se contente de s'adresser à quelqu'un hors de vue.

— Un d'environ 1,75 m et maigrichon. L'autre doit être le plus petit qu'on ait eu : dans les 1,60 m. Bas du cul. Sans vouloir te vexer, petit.

Le soldat se penche par-dessus le comptoir pour observer leurs pieds et demande à Maddox :

— Tu penses que ça ira ? Les bottes se font rares.

— Je pense, oui, répond Maddox. C'est pas des bottes de l'armée, mais ce ne sont pas des chaussures.

— Sous-vêtements ? On n'a plus de chaussettes.

Bill s'efforce de garder le contrôle de sa respiration. Cette conversation au sujet des vêtements paraît surréaliste compte tenu du danger que court Izzy. Il se force à parler pour les faire sortir d'ici le plus rapidement possible, l'éloigner de ces regards inquisiteurs.

— Je pense que ça ira pour les sous-vêtements, dit-il.

— Je n'ai plus de pardessus non plus, dit le soldat. Il va falloir persuader les plantons de les laisser garder les leurs. On en aura peut-être des belges, la semaine prochaine.

Bill retire péniblement sa cape cirée et sa capuche.

— Mon manteau vient de l'armée, dit-il. J'ai seulement rajouté ça.

Maddox et le soldat examinent le vieux manteau marron d'Izzy, qui le serre contre elle d'un geste défensif. Ils décident qu'il fera l'affaire pour l'instant.

Un soldat muni d'une pile de fournitures apparaît : pantalon de l'armée britannique, veste et chemise d'uniforme, gamelle en fer-blanc, cuiller et fourchette pour chacun.

Sur le chemin du retour, ils se faufilent entre des groupes d'hommes qui n'ont rien d'autre à faire que les dévisager. Placés à intervalles réguliers, au sol et dans les tours, les gardes armés les observent sans relâche. Bill n'est plus qu'un paquet de nerfs. Un garde de très grande taille les jauge attentivement, et le sang de Bill se fige dans ses veines.

Tandis qu'ils s'éloignent, il murmure à Izzy :

— Il était déjà là avant. C'est un enfoiré à l'œil perçant.

Ils suivent Maddox vers un autre bâtiment. Bill sent le regard du garde dans leur dos, et songe combien celui-ci aimerait utiliser son fusil. Maddox ouvre la porte avec un grand geste ironique.

— Bienvenue au Ritz. Les latrines et les lavabos de votre secteur. Un quarante trous. Vous pouvez vous changer ici et je prendrai vos vêtements pour confiscation.

Bien qu'ils doivent traverser une salle de lavabos jusqu'aux latrines, l'odeur les prend à la gorge dès l'ouverture de la porte. Dans les latrines, de longues planches percées de trous sont alignées le long de chaque mur, où les hommes s'assoient les uns en face des autres en rangs ouverts pour faire leurs affaires. Bill n'ose pas regarder Izzy, bien conscient du dégoût qu'elle doit éprouver. Deux hommes sont sur le trône et lèvent la tête sans manifester le moindre intérêt.

— Il y a une bassine dans les baraquements pour la nuit. Il y a un roulement pour la nettoyer. (Il marque une pause et désigne les planches.) Vous avez besoin... ?

Izzy jette un regard impuissant à Bill et commence à se diriger vers le banc. Maddox fouille dans sa poche et en ressort une feuille de papier toilette.

— Toujours prêt, dit-il gentiment, et elle n'eut aucune expression. Tu n'as jamais été scout, hein ?

Bill se force à rire.

— Fais de ton mieux !

Izzy esquisse un sourire forcé comme si elle comprenait.

Bill s'avance vers un trou dans le banc et commence à déboutonner sa braguette. Izzy soulève le lourd manteau de son frère, mais le garde drapé devant elle tout en se tortillant pour baisser son pantalon et son sous-vêtement et uriner dans le trou malodorant.

Maddox les attend à côté d'une rangée de lavabos bas en métal. Les robinets sortent d'un tuyau en cuivre au-dessus d'eux. Le débit est brutal et l'eau, glaciale. Bill se lave les mains à côté d'Izzy et une nouvelle alarme parcourt son corps. Comment Izzy va-t-elle pouvoir se laver sans révéler son identité ? Comment pourrait-il réellement la protéger, à lui seul ? Il essaie de se concentrer sur ce que dit Maddox.

— Vous avez des poux ? Il y a une station d'épouillage.

Bill secoue la tête.

— On était dans une ferme, très propre.

— La chance, dit Maddox. Vous pouvez vous changer maintenant ?

Bill se dévêtit rapidement en surveillant Izzy du coin de l'œil, qui retire ses bottes pour ôter le pantalon de son frère au-dessous de son long manteau. Elle enfile le pantalon de l'armée, roule le bas et récupère la vieille ceinture du pantalon de son frère, puis jette un regard angoissé à Bill en commençant à déboutonner son manteau. La pitié et l'appréhension lui nouent les entrailles.

Maddox leur propose de tenir leurs manteaux étant donné qu'il n'y a aucun endroit propre et sec pour les étendre. Il sourit d'un air encourageant et Bill estime qu'il y a quelque chose de fiable dans les yeux derrière ces lunettes. Bill passe son pull par-dessus sa tête et, dans la seconde d'obscurité au moment où il enfonce ses bras dans les manches, il se rend compte de l'impossibilité absolue de surveiller Izzy à chaque instant.

— Tu peux récupérer ton pull, déclare Maddox. Il n'y a que le pantalon que je dois confisquer. Les chemises civiles sont autorisées, du moment qu'elles n'ont pas de col.

Une fois qu'elle est habillée, Bill croise le regard d'Izzy et hoche légèrement la tête pour lui signifier qu'elle ressemble bien à un soldat britannique à présent et qu'elle n'attirera pas l'attention. Elle passe les doigts sur le col de la veste d'uniforme, le visage blanc, tiré. Elle se mord l'intérieur de la lèvre.

Bill jette un regard à Maddox, qui les attend patiemment en nettoyant ses lunettes sur sa manche, et prend une décision. Il doit le dire à Maddox. Il est incapable de protéger Izzy seul.

À l'extérieur, aussitôt qu'ils sont hors de portée de voix, Bill jette un coup d'œil entre les rangées de baraquements et touche la manche de Maddox.

— Excuse-moi, dit-il.

— Oh, désolé, je suis le sergent Maddox, Ralph Maddox – appelle-moi Ralph.

Il tend la main à Bill, puis à Izzy.

Ils se serrent la main.

— Je m'appelle Bill. Lui, c'est Cousins. Mais avant qu'on aille plus loin, je dois te dire quelque chose.

Izzy secoue violemment la tête, en vain. Bill a besoin d'aide, et c'est maintenant ou jamais. Ralph

Maddox comprend que ce « quelque chose » est sérieux. Il inspecte lui aussi les rangées de baraquements avant de faire signe à Bill de poursuivre. Ils avancent d'un pas plus lent, Bill entre Ralph et Izzy. Bill désigne cette dernière, qui rive les yeux au sol.

— Ce type, là – le soldat Cousins. Je suis désolé si ça te cause des ennuis, mais il n'est pas soldat. La vérité, c'est que, eh bien... c'est une fille, et c'est ma femme.

Les sourcils de Ralph bondissent jusque dans ses cheveux et il plisse les yeux dans la direction d'Izzy, mais poursuit sa marche.

— Nom d'un chien. Eh bien, je suis... secoué. (Bill sait qu'il essaie de ne pas jurer devant une dame.) Si c'est pas un comble ! Que faire ? Que faire ?

Ils font quelques pas supplémentaires et Izzy lève la tête. Bill perçoit la terreur et le désespoir gravés sur son visage et prie pour que Ralph les remarque aussi.

Ils approchent du baraquement qui constitue certainement leur destination, et devant lequel trois hommes fument.

Bill et Izzy attendent que Ralph dise quelque chose, et il s'arrête pour la regarder bien en face, en remontant ses lunettes sur son nez, les yeux plissés. Le sillon entre ses sourcils se creuse. Le trouble s'accentue sur son visage. Puis il se détend lentement.

— Tu pourrais être l'une de mes sœurs, dit-il simplement, et les yeux d'Izzy s'emplissent de larmes.

Bill est submergé par le soulagement. S'il peut partager ce fardeau avec quelqu'un, il sera peut-être capable de la protéger.

Ils atteignent l'entrée du baraquement 17, le numéro indiqué au-dessus de la porte. Il est situé juste sous une tour de guet. Un garde posté sur la plateforme les surveille distraitement, mais son fusil est pointé sur la clôture de barbelés.

— Faisons un autre tour, dit Ralph, et ils se mettent à contourner le baraquement, le long de la clôture. Il faut que je réfléchisse.

Ils longent en silence le bloc qui réunit trois baraquements, chacun pourvu d'une porte et de deux fenêtres. Bill jette un œil vers celles-ci et songe que chaque baraquement est rempli d'étrangers qui risqueraient d'être plus observateurs que Ralph Maddox.

— Je vais devoir leur dire, dit Ralph d'un ton décisif.

Une vague d'horreur parcourt le corps de Bill, et il perçoit la consternation sur les traits d'Izzy.

— Vraiment ? dit-il. Ça ne peut pas rester entre nous ?

Il peut éventuellement accorder sa confiance à cet homme à l'air gentil qui a plusieurs sœurs, mais comment l'accorder à tout un baraquement d'étrangers ? Ils doivent être une centaine, et chacun d'entre eux pourrait trahir Izzy.

— C'est le seul moyen, dit Ralph. Toi et moi, on ne peut pas rester sur nos gardes en permanence. On va avoir besoin d'aide. (Il consulte sa montre.) On a juste le temps maintenant. Les principaux groupes de travailleurs ne seront de retour que dans une demi-heure. À ce moment précis, il n'y aura qu'une vingtaine d'hommes dans le baraquement. Des hommes de confiance.

Ils retournent le long du bloc adjacent et Bill sent qu'il n'a pas le choix. C'est comme si toute capacité de contrôler sa vie venait de lui échapper.

— Si c'est ce que tu penses, dit-il malgré lui.

Les yeux d'Izzy brillent de fureur et Bill doit détourner les siens.

Ralph Maddox ouvre la porte du baraquement 17 et les fait vite entrer. Bill voit Izzy analyser rapidement les lieux – une immense pièce carrée, avec des rangées de lits superposés séparées par des allées. Deux fenêtres et une porte derrière eux, et la même chose à l'autre bout de l'allée. Le bavardage ambiant s'arrête à leur entrée. La pièce est enfumée et empeste l'homme, comme si on n'avait pas aéré depuis longtemps. Les couchettes s'élèvent trois par trois, placées bout à bout des deux côtés de l'allée. Sur leur gauche s'étend une rangée d'environ dix lits, avec juste assez d'espace entre eux pour permettre à un homme de grimper sur sa couchette. Ça semble être la même chose sur leur droite, mais à mesure que leurs yeux s'ajustent à la semi-pénombre, ils distinguent seulement deux séries de couchettes à cet endroit, l'une derrière l'autre. Entre la rangée la plus proche d'eux, des hommes sont assis face à face sur les lits du bas et jouent aux cartes.

— Comme des sardines, fait Bill à Izzy sur un ton d'excuse, comme si c'était sa faute, d'une certaine manière, que quatre-vingt-dix hommes doivent être entassés dans ce petit espace.

Au centre de l'allée se dresse un fourneau en fer, mais il fait froid dans la pièce et Bill sait qu'il ne sera allumé que lorsque les températures seront bien plus basses encore. De chaque côté du fourneau se trouvent des tables et des bancs, où sont assis deux hommes vêtus de kaki. Quelques-uns sont étendus sur leur couchette, assoupis, d'autres en train de lire, ou simplement le regard perdu dans l'obscurité.

Ralph Maddox s'adresse à un homme sur sa droite :

— Est-ce que la compagnie B est là ?

L'homme acquiesce.

— Tous présents.

— Et personne d'autre ?

— Pas encore.

— Faites le guet. J'ai quelque chose à dire à tout le monde.

À l'annonce de nouvelles à venir, les hommes relèvent les yeux. Personne ne veut prendre le rôle du guetteur qui manquera l'information, mais Ralph désigne deux hommes et leur promet de leur expliquer par la suite.

Il leur donne à chacun une cigarette et ils enfilent leur manteau avant de sortir. L'un emprunte la porte derrière eux, et l'autre celle située à l'autre bout de la pièce, pendant que le reste du groupe obéit à l'ordre de Ralph de se regrouper.

Au feu vert des guetteurs, Ralph lève la main pour obtenir le silence. La vingtaine d'hommes se tait immédiatement. Bill se rend compte qu'ils respectent Ralph, mais il ne sait pas s'il sera en mesure de les contrôler une fois qu'ils auront appris pour Izzy. Il est accablé par le désespoir et la culpabilité.

Ralph garde la voix basse, mais tout le monde peut l'entendre.

— Voici Bill, qui nous rejoint de la VIIIe Armée et d'un camp de travailleurs en Tchécoslovaquie.

Un murmure s'élève et Ralph brandit de nouveau la main.

— Et voici… Doucement, messieurs…

Il tire Izzy à ses côtés et garde une main posée sur son épaule.

Elle fixe durement ses bottes et se mord l'intérieur de la joue. Bill serre les poings et écarte les pieds pour avoir le meilleur équilibre, au cas où il devrait la défendre.

— Voici sa femme.

Une vague de cris jaillit autour d'eux. Un des hommes fait claquer sa tasse en fer-blanc sur la table. D'autres applaudissent. Tout près, quelqu'un lance :

— Une femme dans le camp !

Les voix s'enchaînent :

— Elle va se taper tout le monde ?

— Prem's.

— Mets-la dans un lit différent chaque nuit !

Bill se place devant Izzy, lève les poings et regrette que Harry ne soit pas derrière lui.

Ralph garde la main sur l'épaule d'Izzy et s'exclame :

— Silence !

Mais cette fois, il faut plusieurs secondes pour que le murmure d'excitation ne s'estompe. Les hommes se rapprochent pour avoir une meilleure vue sur Izzy.

Elle relève lentement la tête et les regarde dans les yeux, un par un. Bill scrute leur visage, à l'affût du moindre élan. Il lit l'exaltation et l'ardeur dans leurs yeux, mais personne ne fait un geste vers elle.

— C'est la dernière fois que j'entends ce genre de chose ! aboie Ralph. C'est l'épouse d'un soldat britannique et nous allons devoir faire front commun jour et nuit pour assurer sa sécurité. Je ne sais pas si on peut y arriver. (Il marque une pause et regarde autour de lui.) Mais je sais qu'on y arrivera seulement en se serrant les coudes.

L'air au sein du baraquement semble se charger d'électricité.

— Max ? lance Ralph après une pause.

Les autres prisonniers se tournent vers un homme toujours allongé sur sa couchette, recroquevillé, dos à eux. Max se tourne lentement et les regarde d'un air absent. Puis, comme s'ils lui apparaissaient lentement, il soupire et descend de son lit, les cheveux ébouriffés. Tout le monde l'observe. C'est un homme maigre, avec un visage long et lugubre et de profonds cercles sous les yeux, comme s'il n'avait pas dormi depuis des semaines. Il a les joues creuses et Bill distingue son crâne sous la chair. La foule s'écarte pour le laisser s'approcher de Ralph.

— Comptez sur moi, déclare-t-il.

Un infime accent américain transparaît dans sa voix. Il se racle la gorge et tout le monde écoute attentivement.

— On ne doit pas oublier qu'elle n'est pas militaire. Elle n'est pas protégée par la Convention de Genève. S'ils la trouvent, ils diront que c'est une espionne. (Il hoche la tête en direction de Bill et Izzy, et ses yeux sont deux puits obscurs de tristesse.) Désolée de vous le dire, les gars, mais ils fusillent les espions.

Bill et Izzy échangent un regard, atterrés. *Comment pourrait-elle être une espionne ?* se demande Bill. *Que dirait-elle ? À qui le dirait-elle ?* C'est une nouvelle horreur qu'il n'avait pas envisagée. Il consulte les visages des autres prisonniers et se demande ce que les nazis font aux hommes qui abritent des espions.

Sur la droite d'Izzy, un homme trapu aux cheveux blond-roux et aux yeux d'un bleu perçant fend la foule. Son accent écossais accroche les mots au point que Bill le comprend à peine.

— Je suis avec vous. (Il jette un regard circulaire.) D'ailleurs, je tuerai quiconque s'en prendrait à la jeune dame.

À en juger par le silence qui accueille cette menace fortuite, Bill soupçonne que le groupe le prend au mot.

Un autre homme, à la fine moustache, fait un pas en avant.

— Je suis avec vous, annonce-t-il.

Mais quelque chose dans la façon dont son regard calculé s'attarde un peu trop sur Izzy déplaît à Bill. Il a des yeux bordés de longs cils noirs, comme ceux d'une vache, mais ils n'expriment rien de la douceur d'un regard bovin.

— OK. Comptez sur moi, ajoute un autre homme, puis un autre, et encore un autre.

— T'inquiète pas, ma belle, dit quelqu'un. Il faudra d'abord nous passer sur le corps.

Un assentiment commun se mêle à un bourdonnement d'excitation dans la pièce. Bill baisse lentement les poings.

Ralph hoche la tête.

— Bien, les gars. Ça doit rester notre secret. Notre secret absolu. Il se fera appeler Cousins par tous. Il est enregistré ici comme le soldat Algernon Cousins. (Il glousse.) Vous vous rappelez peut-être qu'Algernon était le cousin de Biggles.

Un rire général traverse le baraquement et semble détendre l'atmosphère.

— L'histoire, c'est qu'il souffre d'un traumatisme et qu'il ne parle pas.

Bill jette un regard circulaire avec une grimace pleine d'espoir.

— Si on y arrive…

— Vous aurez tout un tas de parrains pour votre premier, lance quelqu'un, et la tension se relâche de nouveau dans un éclat de rires.

— Racontez-nous l'histoire, demande quelqu'un d'autre.

Chacun des visages arbore un mélange d'amusement et d'admiration, et Bill ne peut s'empêcher de se prêter au jeu.

— Je faisais partie d'un groupe de travailleurs basé dans une scierie à Mankendorf. On a envoyé cinq d'entre nous dans la ferme de sa mère pour l'aider à faire les récoltes. J'imagine qu'on peut parler de coup de foudre.

Il récolte un mélange de grognements et d'acclamations.

— On s'est mariés il y a une dizaine de jours. (Bill marque une pause théâtrale en faisant frétiller ses sourcils d'un air suggestif, et il récolte de nouvelles acclamations.) On se déplaçait la nuit. Son père et son frère sont engagés dans la résistance, alors on s'est dit qu'on aurait peut-être de la chance et qu'on s'en sortirait...

Cinq petits coups bien nets retentissent à la porte la plus éloignée et, aussitôt, tout le monde retourne à sa place et entame un bavardage innocent. La porte s'ouvre et le guetteur entre, accompagné d'un souffle d'air frais.

— Le planton est dans le coin, annonce-t-il. Et les groupes de travail sont de retour.

Le jour baisse de l'autre côté des fenêtres. Ralph hoche la tête et les hommes retournent à leur couchette, à leur jeu de cartes, se fondent dans l'obscurité.

Ralph se tapote la lèvre de l'index et s'adresse à Izzy.

— Je pense qu'on va te cacher à la vue de tous, Cousins, dit-il en indiquant le premier lit près de la porte. Je vais me décaler, et tu viendras ici près de la fenêtre, sur la couchette du milieu, avec Bill en dessous de toi. Il fait plus chaud au-dessus, mais les insectes tombent du plafond. Je m'installerai dans la couchette suivante.

Bill sent Izzy frissonner et se rappelle sa peur des araignées. Comme tout cela paraît insignifiant à présent.

— On gardera la couchette au-dessus de toi libre aussi longtemps que possible, ajoute Raph.

— Merci, dit Bill. Désolée de vous causer des ennuis.

Pendant que l'on déplace les affaires de Ralph, la porte la plus proche s'ouvre de nouveau et une file d'hommes sales à l'air épuisé pénètrent à l'intérieur. Ils ne parlent pas beaucoup, rejoignent leurs couchettes, retirent leurs bottes de travail et s'allongent. Izzy se recroqueville dans les ombres du lit, mais Bill constate qu'ils sont trop fatigués pour prêter attention aux nouveaux arrivants.

Le guetteur lance :

— Plantons en approche !

Et trois gardes nazis entrent par la porte à l'autre bout de l'allée.

— Inspection du baraquement, lance le sergent obèse qui a enregistré Bill et Izzy.

Ralph leur fait signe de rester où ils sont et se hâte de rejoindre les gardes en lançant :

— Grouillez-vous, les gars. Debout à côté de votre couchette.

Dans les ombres sur la droite, quelqu'un s'exclame :

— Oh non, j'étais justement en train de rêver que je donnais une grosse saucisse anglaise à la charmante dame du commandant.

Les rires retentissent mais les gardes les ignorent. Bill se dit qu'ils ne comprennent peut-être pas l'anglais.

Les prisonniers se dressent à côté de leurs couchettes tandis que les gardes avancent, renversant un plateau d'échecs dont une partie était en cours, bousculant délibérément des tasses en fer-blanc dans lesquelles les hommes buvaient un thé, fouillant dans les précieux paquets ouverts sur certains lits.

Sales brutes, songe Bill en détournant le regard à leur approche.

Le jeune garde à l'œil paresseux accroche leurs sacs, des couvertures et un matelas en paille sur chacun de leur lit. Le sergent leur jette un coup d'œil et s'adresse à Ralph en anglais :

— Ils devraient être à l'isolement. Ça viendra, quand on en aura terminé avec ces enfoirés de *Terrorflieger* de la RAF. Pour l'instant, corvée de latrines.

— Mais ce sont les Russes qui font ça, proteste Ralph.

— Eh bien maintenant, ce sont eux aussi. C'est leur punition. Le garçon d'écurie pourra tenir le cheval.

Ralph s'apprête à répliquer, mais se ravise.

— OK, je vais leur faire le topo. (Il tend leurs pantalons aux nazis.) Vêtements civils confisqués.

Le sergent les observe de haut en bas, puis passe au lit suivant. Il ne prête aucune attention particulière à Izzy, et le soulagement est si intense que Bill se sent chanceler. Il relève les yeux et le prisonnier à la fine moustache étudie Izzy avec une expression que Bill n'arrive pas à déchiffrer.

12

Le crépuscule tombe sur le camp. À la sortie du baraquement, on se met en rang pour être fouillés. Devant moi, le garde palpe les prisonniers et une terreur sauvage rugit en moi à mesure que la ligne avance et que mon tour se rapproche. Il est en train de fouiller Bill, ses bras squelettiques et son torse, puis les mains de l'horrible nazi se posent sur mes jambes et mes hanches.

Dans la pénombre, quelqu'un lance :

— Gros lards à tête carrée. Vous allez perdre la guerre. Comme vous l'avez déjà perdue avant.

Le garde qui me fouille se fige momentanément. Je sens la cigarette dans son haleine et je ne sais s'il me regarde, moi, ou derrière moi. Un chœur de joyeuse dérision s'élève dans le crépuscule.

— Vous allez perdre la guerre, comme vous l'avez déjà perdue avant !

Le garde me fait signe d'avancer et se met à fouiller l'homme derrière moi. Je trébuche en tremblant et je prends de grandes inspirations. Je m'efforce de marcher comme un homme, gauche, droite, en me répétant inlassablement ces deux mots en anglais.

Sur le terrain de manœuvres, des milliers d'hommes se mettent en rang. Les gardes se déplacent entre eux pour les compter et reviennent donner le nombre au commandant. Notre garde a des sourcils blancs et touffus, et des poils blancs qui lui sortent des oreilles. Il scrute mon visage et je m'attends à ce qu'il remarque aussitôt que je suis une fille. Au passage du garde, je fixe des yeux le sommet d'un sapin derrière la clôture. Je m'efforce de me concentrer sur le vent froid qui agite les branches les plus hautes. J'essaie d'imaginer que je suis un oiseau posé là-haut qui observe la scène, les plumes soulevées par la brise, prêt à prendre son envol à tout moment et à retrouver sa liberté. Rentrer chez moi. Le garde passe et mon rythme cardiaque ralentit. Notre groupe doit être compté deux fois et le froid du début de l'automne transperce mes vêtements.

Le compte est enfin terminé et les prisonniers se mettent tous en marche en direction des latrines et des lavabos. Je choisis un trou dans un coin sombre des latrines puantes, pendant que Bill, l'homme aux cheveux blond-roux, l'homme à la fine moustache et l'homme à la face lugubre se présentent. J'entends l'homme au visage triste dire s'appeler Max, le blond-roux se faire appeler Scotty. L'homme à la fine moustache s'appelle Tucker. C'est le seul à me jeter un regard par-dessus son épaule pendant que je suis assise. Ils me bloquent à la vue du grand garde qui passe devant la porte de temps en temps pour jeter un œil. J'imagine que les gardes n'ont pas plus envie d'entrer dans cet endroit infect que nous.

Les vingt hommes de la « compagnie B » s'arrangent pour ne pas utiliser les trous à côté de moi, et me laissent une distance respectueuse. Un homme qui ne connaît pas mon secret se laisse lourdement tomber à côté de moi en lâchant un pet bruyant.

À notre entrée dans la salle d'eau, quelqu'un me tend un morceau de savon, quelqu'un d'autre une brosse à dents en fin de vie et un autre, une serviette crasseuse. Je dois retenir mes larmes devant tant de gentillesse, et je plaque ma langue contre mon palais pour ne pas les remercier. J'espère qu'ils peuvent percevoir ma gratitude.

Le savon est de mauvaise qualité, mais c'est agréable de se laver les mains. Je me sers d'un coin de la serviette pour me laver le visage. Je me demande quand je serai de nouveau en mesure de me laver le corps. L'eau froide me picote la peau du visage et je n'ai jamais été aussi terrifiée mais, curieusement, je ne me suis jamais sentie aussi vivante non plus. Tout est plus vif, bruyant et plus perçant que jamais. Les plaisanteries des hommes ricochent autour de moi. Le garde s'arrête à la porte et regarde deux hommes qui font les idiots. Il ne s'intéresse pas à moi. Ils entament une chanson enjouée et d'autres se joignent à eux : "*Roll me over, in the clover, roll me over, lay me down and do it again*[1]."

Je me demande si ceux qui connaissent mon secret sont en train de penser à Bill et moi en chantant. Tucker chante de bon cœur, ses yeux bovins

---

1. Chanson populaire britannique et qui décrit une partie de jambes en l'air : « Fais-moi rouler dans les prés, fais-moi rouler, allonge-moi et recommence. »

fixés sur moi, avec sa fine moustache qui monte et qui descend sur sa lèvre, et je suis la première à détourner les yeux. Une sensation de malaise fait fourmiller mon cuir chevelu.

Au moment de quitter les lavabos, il fait presque noir dehors et le projecteur de chacune des tours du camp se déplace le long des doubles rangées de clôtures, par-dessus les milliers de prisonniers.

De retour dans notre baraquement, les volets ont été fermés de l'extérieur. Je suis terrifiée à l'idée d'être enfermée, mais au moins je suis à l'écart des gardes nazis. Certains s'assoient sur leur couchette pour retirer leurs bottes et les nouer ensemble. Je remarque que peu d'entre eux ont des chaussettes. On dirait que la plupart ont les pieds enveloppés dans des bandes de tissu.

— *Fuss-lag.* Ça s'appelle des *portianki*[1], dit l'un d'eux avec un sourire en coin en remarquant mon regard. Ça vaut pas des chaussettes en laine.

Les hommes se mettent à préparer leur maigre repas du soir. La terreur a tenu la faim éloignée, mais je me rends compte que de nombreuses heures se sont écoulées depuis que Bill et moi nous sommes assis sur le remblai de la voie ferrée pour manger nos quignons de pain.

Je pense aux boulettes que ma mère servira bientôt, et le souvenir de l'odeur des petits plats dans notre cuisine est presque accablant. Je dois faire attention aux souvenirs que je laisse me traverser l'esprit.

---

1. « *Foot-rags* » en anglais ou « chaussettes russes », expression typiquement française, pour désigner le *portianki*, carré de tissu utilisé pour envelopper les pieds des soldats russes.

Ralph Maddox annonce à Bill que nous formerons lui et moi un tandem pour partager la nourriture et les paquets de la Croix-Rouge quand ils arrivent. Ce soir, on reçoit un tiers de miche noire à se partager entre nous.

L'homme triste prénommé Max dit :

— La Convention de Genève précise qu'ils sont censés nous donner les mêmes rations qu'ils donnent à leurs militaires. Je plains ces pauvres couillons, s'ils n'ont que ça.

Je me demande s'il est avocat. Il y a ce genre de sérieux chez lui.

Quelques hommes peuvent s'asseoir aux tables au centre du baraquement, mais la plupart se retirent sur leurs propres couchettes pour manger ou sur celle de leur compagnon du bas. On s'installe sur celle de Bill, Ralph et Max en face de nous. Scotty a disparu avec un groupe de ses propres amis, mais je croise parfois son regard et il me lance un clin d'œil. Ses yeux n'ont pas le gris-bleu de ceux de Bill, mais la clarté d'un lac sous la glace. J'éprouve un léger réconfort de savoir qu'il me surveille, qu'il reste en alerte. Tucker aussi joue aux cartes, à une place d'où il a une vue dégagée sur moi. J'essaie de m'enfoncer autant que possible dans l'ombre de la couchette supérieure, de me retirer, comme un serpent dans une coquille. Si je pouvais, je disparaîtrais complètement.

La plupart des hommes autour de nous se servent du bord de leur plaque d'identité de prisonnier comme d'une règle et d'un couteau pour partager le pain en parts égales, mais Bill se contente de déchirer grossièrement le nôtre en deux et me donne la plus grosse part. Je ne proteste pas, mais dès qu'il a le dos tourné, je procède à l'échange. Les hommes sortent leur paquet de la veille, et dans leur groupe de deux ou trois, ils débattent avec sérieux de ce qu'ils mettront sur leur pain, de la margarine ou de la confiture pour en faire un « pudding ». Certains ont de la viande rose en conserve, qu'ils appellent du Spam, et ce pâté est lui aussi divisé en parts minutieusement calculées. Je comprends déjà que les paquets font toute la différence entre la lente famine et la survie.

Ralph et Max nous donnent à chacun un petit morceau de leur viande rose et je comprends, sans qu'on ait besoin de me le dire, que c'est un sacré sacrifice.

— J'essaierai de vous obtenir un colis demain, dit Ralph. C'est généralement le mardi ou le vendredi, mais on ne sait jamais.

Jusqu'à présent, j'étais trop effrayée pour avoir faim, mais à mesure que le pain et la viande disparaissent dans mon ventre, ils rappellent à mon estomac combien il était vide. Je suis plus affamée en terminant qu'avant de commencer.

De nombreux hommes sortent d'étranges appareils fabriqués avec du fer-blanc. Une boîte verticale est reliée à une boîte placée à l'horizontale par un lien fait à partir d'un lacet, le tout fixé sur une planche.

— Ici, on appelle ça des souffleurs, explique Bill. Ce sont des réchauds. Regarde. On peut allumer son bois, ou autre, au fond de cette boîte, et ensuite tourner la poignée, et ça enroule la poulie et actionne un ventilateur pour activer le feu avec le minimum de combustible. On peut se faire du thé ou du café quand on veut. Celui qui a inventé le souffleur est un fichu génie. Je nous en fabriquerai un dès qu'on aura des boîtes vides.

Je regarde Ralph faire apparaître une petite flamme – de quoi faire chauffer de l'eau pour une tasse de thé. Ils prennent sa préparation très au sérieux, et je hoche la tête en signe de remerciement lorsqu'on me dépose une tasse chaude entre les mains, même si je n'aime pas le goût du lait en poudre qu'ils y ajoutent.

Scotty approche du bout de mon lit. Il ne dit rien, mais tend le bras et dépose quelque chose en équilibre sur le cadre en bois. Il m'adresse un clin d'œil rassurant avant de se détourner, et malgré la pénombre ambiante, ses yeux sont d'un bleu étonnant. D'autres hommes qui sont « dans le secret » le suivent des yeux et, avant de remballer leurs colis, quelques-uns en prélèvent quelque chose et s'approchent du bout de ma couchette, où ils déposent une offrande. Certains se baissent avec un sourire timide, et j'éprouve soudain le désir puéril de bondir pour voir ce qu'ils ont posé. Mais j'essaie de me rendre invisible tout autant que muette, et je me recroqueville dans les ombres. Je suis soulagée que Tucker n'approche pas. Je touche précautionneusement le bleu sur ma main. La douleur me prouve que tout ça est atrocement réel.

Bill se plonge dans une conversation avec Ralph Maddox et Max-les-yeux-tristes. Ils parlent un anglais trop rapide pour que je puisse suivre l'intégralité de leur échange, et ils ont tous un accent légèrement différent. Je comprends qu'il y a eu une arrivée massive de prisonniers américains et de pilotes de la RAF après une bataille à l'ouest d'ici. Ils ne cessent de me jeter des regards sérieux, inquiets et, d'un seul coup, je comprends pleinement que je ne suis pas la seule en danger, mais que j'ai également mis tous les hommes de ce baraquement en péril.

Bill m'adresse de temps à autre un sourire encourageant, mais ne m'insère pas dans la conversation. Je reste assise à regarder ces trois hommes qui contrôlent désormais mon destin. Max le lugubre est en mouvement constant ; il agite rapidement une jambe ou l'autre, et il accompagne ses paroles de gestes. Il a une voix calme, mais son visage est dramatique. Je vois les émotions y défiler, mais il y a une noirceur en lui et il a les yeux profondément cernés d'un homme qui dort mal. Je me dis qu'il doit être bon de l'avoir comme ami, mais pas comme ennemi.

Ralph Maddox est plus lent est plus réfléchi dans ses mouvements, comme un homme qui aurait le double de son âge, bien qu'aucun ne doive être beaucoup plus âgé que Bill. Seul Scotty pourrait avoir la trentaine. Je me concentre sur leur manière de parler pour ancrer mon esprit et me retenir de hurler de peur.

Ralph ne cesse de remonter ses lunettes sur son nez, comme si elles étaient trop grandes pour lui maintenant qu'elles tiennent avec du scotch. Il repousse ses cheveux bruns qui lui tombent sur le front et s'exprime avec une autorité tranquille qui incite les autres à l'écouter avec attention.

Et mon cher Bill, gracieux et indolent, allongé sur la couchette, tellement à l'aise avec son corps, raconte tout bas notre histoire aux autres ; il esquisse parfois un sourire comme si on appuyait sur un interrupteur, ce qui pousse les autres à l'imiter, même malgré eux. En le regardant, je sais que je l'accompagnerais n'importe où, même si c'était mon dernier jour sur terre.

Au bout d'un moment, je déporte mon regard à travers les nuages de fumée de cigarette qui flottent dans le baraquement ; les prisonniers sont rassemblés par petits groupes, généralement par deux, parfois par trois, discutent ou lisent, écrivent dans des carnets ou sur des lettres, jouent aux cartes. Scotty est assis avec trois compagnons autour d'un carton renversé, et joue aux cartes, l'air plus déterminé que jamais. Plusieurs cigarettes sont posées sur le carton, faisant de toute évidence office de mises. Tucker fait aussi partie du jeu et ne me quitte pas des yeux.

— On se pieute ? demande Bill.

Je ne sais pas ce que ça veut dire.

— Se coucher, explique-t-il. Voir si on arrive à dormir.

Je hoche la tête avec reconnaissance. Peut-être qu'à mon réveil, je découvrirai que tout ça n'était qu'un cauchemar, et que Bill et moi sommes toujours sur la route, en direction de l'ouest, dans l'attente de retrouver mon père.

Au moment où on se lève, Ralph interrompt la conversation et s'approche de nous pour nous désigner la bassine près de la porte.

— Tu as besoin de ça ? me demande-t-il. On peut se mettre autour de toi.

Je pense à ma vessie. Je n'ai pas bu grand-chose depuis mon dernier tour aux latrines, et je décide que je peux me retenir jusqu'au matin, mais je lui suis reconnaissante de sa gentillesse et de sa prévenance. J'essaie de tout exprimer dans un léger signe de la tête et un sourire.

— Alors dormez bien, dit-il. Faites de beaux rêves.

Personne ne me prête attention lorsque je grimpe sur la couchette du milieu. Bill passe sa tête et me touche furtivement l'épaule avant de s'allonger sur le lit du dessous. À l'abri de ma couchette, j'observe les prisonniers, plongés dans leurs jeux, leurs livres ou leurs pensées. La fumée semble flotter dans l'air et m'arrache une toux. Quand je me tourne sur la droite, la fenêtre obturée n'est pas loin ; sur la gauche se trouve un autre lit, où, à portée de main, un étranger va pouvoir m'observer, aussi proche qu'un mari de sa femme. Je saisis la couverture qu'on m'a remise, aussi rêche que celle qu'on donne aux chevaux chez moi, et la cale entre les lattes du dessus pour créer un rideau derrière lequel me cacher.

Au bout de mon matelas se trouvent toujours les petites offrandes des prisonniers : il y a sept carrés de chocolat. J'ai envie de crier mes remerciements, mais je sais que je ne dois pas. Je réfléchis : dois-je tous les manger à l'instant, au cas où ce serait ma dernière nuit ? Aurais-je la volonté de me limiter à un carré par jour pour les faire durer une semaine – si je parviens à vivre jusque-là ? Comme il est étrange de se demander s'il nous reste une nuit ou une semaine à vivre. Tous mes rêves et mes espoirs se sont réduits à cet endroit, ces quelques heures, le corps de Bill sur la couchette au-dessous de moi. J'aligne soigneusement les carrés de chocolat au-dessus de mon sac qui me sert d'oreiller. Je dois garder l'espoir de tenir une semaine.

Il fait trop froid pour retirer le moindre vêtement, alors je m'allonge telle quelle, dans mon uniforme de l'armée britannique, enveloppée dans ma couverture tchèque. Je regarde le bleu qui se forme sur ma main et songe que j'ai de la chance de m'en être tirée sans autre blessure jusque-là. J'étends le manteau de Jan sur mes pieds, pour pouvoir le remonter au cours de la nuit si j'ai froid. Le matelas en paille est dur et bosselé, mais sous les puissants relents de la fumée de cigarette et les corps crasseux qui emplissent le baraquement, il sent la ferme. Je pourrais presque me trouver dans notre écurie, enveloppée dans une couverture qui sent encore vaguement la lessive de ma mère. Je ferme les paupières et je trouve un certain réconfort d'avoir la tête posée sur mon sac rempli de vêtements de chez moi, du caleçon long de mon frère et de son pull tricoté. Alors que je me tortille pour trouver une position confortable, le lit tout entier oscille légèrement. Le dessous de la couchette supérieure est tout près de moi et j'espère qu'il n'y a pas d'araignée. Comme c'est stupide de craindre les araignées quand il y a toute une armée de nazis de l'autre côté du mur, prêts à m'arracher à Bill et à me fusiller, ou pire encore.

Je laisse tomber ma main sur le côté du lit, à l'abri des regards, du côté de la fenêtre obturée, et Bill la serre brièvement, comme je l'espérais. Mon nouveau corps d'épouse se languit du sien, de le serrer contre moi et de m'endormir dans ses bras une fois de plus.

Puis il retire sa main et je remonte la mienne. Je cherche un carré de chocolat et le pose sur ma langue pour qu'il fonde le plus lentement possible. Il a le goût de tout le bonheur qu'on a connu ces dix derniers jours.

À l'écoute du bourdonnement de voix autour de moi, je me dis que je dois fournir des efforts pour incarner Algernon Cousins, le garçon qui soigne et nourrit les chevaux ; un garçon qui a quitté son foyer très jeune pour se débrouiller tout seul dans le monde ; dur et autonome. Un garçon presque invisible. Ce n'est pas un moulin à paroles irréfléchi comme moi, mais un taiseux qui préfère la compagnie des chevaux à celle des hommes. *On sait à quoi s'en tenir avec les chevaux*, penserait-il. Il observe, écoute, aussi alerte que l'est une jument au claquement d'une langue, mais ne parle qu'en cas d'absolue nécessité. Toutes ses actions sont réfléchies et non impulsives comme les miennes ; il ne veut pas effrayer les chevaux avec des mouvements ou des sons brusques. Il a appris à se maîtriser, ce qui le rend peu propice à la colère. Cousins a passé tellement de temps en compagnie des chevaux qu'il semble en avoir acquis certaines caractéristiques, leur état de vigilance, mais aussi leur patience, leur force et leur endurance. Voilà qui je serai, demain. Le nouveau moi. Dada Cousins.

Je me replie sur moi-même et me mets à compter – je n'ai pas dormi depuis vingt-sept heures, en dehors de quelques minutes dans le camion et à la mairie. Ces heures ont été les plus épuisantes de ma vie. Je formule mes prières. Je sollicite un miracle qui me permettrait de ne pas être découverte, de rester en vie avec Bill, de survivre tous les deux et de rester indemnes. Je prie pour ma famille et, lorsque je pense à ma mère, ma gorge se noue. Je me force à penser à autre chose ; au chocolat qui a presque entièrement fondu dans ma bouche ; comme tout cela en vaut la peine si ce n'est que pour passer un seul jour de plus avec Bill.

13

À mon réveil, le lendemain matin, je me rappelle immédiatement où je me trouve avec un serrement au cœur. Le lit en bois est dur sous le fin matelas de paille et mon sac ne forme qu'un oreiller bosselé. Je reste allongée un moment, à l'écoute des respirations, des ronflements et des grognements qui me font penser à des porcs. Je me suis réveillée à cause de ma terrible envie d'uriner. La terreur s'empare de moi. Comment vais-je pouvoir me soulager ?

J'entends la voix de Dada Cousins, le nouveau moi, dans ma tête.

Tout doux, dit-il comme si j'étais un poney nerveux. *Tout doux.*

Les volets sont toujours fermés de l'autre côté de la fenêtre, et un faible rai de lumière gris filtre sur les contours. Il doit être encore très tôt.

Je serre la couverture autour de moi et je balance mes jambes sur le côté du lit, vers la fenêtre. Je tâte la couchette de Bill au-dessous de la mienne du bout du pied, puis je me laisse glisser. Une fois au sol, je me penche pour essayer de distinguer son visage dans le noir ; puis je rejoins prudemment l'allée. Personne ne bouge. Je sens l'odeur de la bassine plus que je ne la vois, et en sonde le rebord.

Priant pour que ce ne soit pas le moment précis où les volets ou la porte s'ouvrent, ou qu'un prisonnier étranger ne se lève pour uriner, je déboutonne mon pantalon de l'armée, baisse le caleçon de mon frère, soulève prudemment la couverture derrière moi pour ne pas faire pipi dessus, et je m'accroupis tant bien que mal pour pouvoir viser la bassine et non le sol. C'est un vrai soulagement de laisser ma vessie se vider, mais je dois me secouer comme un garçon et je n'ai rien pour m'essuyer à part ma main. J'espère qu'il ne se passera pas trop longtemps avant que je puisse me laver.

Je remonte mes vêtements et retourne vers le lit, ne marquant qu'une légère pause pour embrasser les doigts de mon autre main et les déposer sur le front de Bill. Il remue mais ne se réveille pas. Je lance la couverture sur ma couchette avant d'y grimper à mon tour.

Une fois là-haut, je m'assois contre le mur et plonge la main sous mes vêtements pour replacer le corset aplatisseur de poitrine. C'est la première fois que je dors avec et je me sens à l'étroit, mal à l'aise. J'éprouve de la pitié pour mes pauvres seins comprimés au-dessous. Une fois le corset remis en place, je me rallonge et me blottis du côté de la fenêtre. Le sommeil ne reviendra pas, alors je fixe des yeux le rai de lumière gris qui blanchit, en me demandant si je vis mes dernières heures avec Bill. Si ce jour sera mon dernier sur terre.

Quand on retire les volets et qu'un grand coup retentit simultanément à la porte, accompagné d'un « *Raus* », je sursaute et ma tête heurte la couchette supérieure. Mon cœur cogne sauvagement et le désespoir me submerge. Je sais que l'heure est venue de la découverte de mon identité et de tout ce que ça implique.

Je plie ma couverture et en lisse la surface de la main, comme si c'était une amie à qui je devais dire au revoir. Tout dans la vie me semble soudain tellement précieux. Je touche le sac qui vient de chez moi, et j'emporte le manteau de Jan en descendant du lit. Bill m'adresse un clin d'œil inquiet et me tapote brièvement le bras.

La porte s'ouvre brusquement et un souffle froid s'engouffre autour de mes jambes à travers le pantalon de l'armée. J'enfile le manteau et je m'assois sur le lit de Bill pour mettre mes bottes, reconnaissante de la doublure en feutre cousue par ma mère – je la bénis en pensée, au cas où ce serait la dernière fois que je suis en mesure de le faire. On se met en rang. Ralph est en tête, Max derrière lui, puis moi, Bill, Scotty, ensuite Tucker et tous les autres anonymes qui s'alignent.

Ralph guide le rang à l'extérieur, dans l'air froid. Je suppose qu'il est environ sept heures et le soleil se lève tout juste au-dessus du camp. On suit Ralph entre les baraquements jusqu'au terrain de rassemblement, sur lequel on reforme les rangs pour être comptés une nouvelle fois. Le garde en charge du compte s'approche de moi. C'est un homme que je n'ai jamais vu auparavant. Il se gratte de manière obsessionnelle, d'abord un bras, puis l'autre. Plus il approche, plus mon rythme cardiaque s'accélère.

Quand il arrive à mon niveau, je retiens mon souffle et je garde les yeux rivés devant moi, mais il ne me regarde pas vraiment et se contente de murmurer les nombres dans sa barbe. Je distingue une méchante plaque d'eczéma sous le col de son uniforme. Il a sûrement envie d'en finir le plus vite possible pour rentrer à l'intérieur, prendre un copieux petit-déjeuner et se gratter tranquillement. Dès qu'il s'éloigne, ma crainte reflue légèrement.

Le compte ne semble pas satisfaisant et doit être recommencé, sous les cris hostiles et les grognements des prisonniers. Cette fois, le garde me regarde de plus près et je croise mes bras sur ma poitrine, mais il poursuit son chemin sans commentaire. Il se met à bruiner et je remonte le col de mon manteau. La chair de poule rampe sur mes poignets. Heureusement que les manches du manteau de mon frère sont suffisamment longues pour couvrir presque entièrement mes mains.

Finalement, le compte y est. Ralph se tourne vers moi.

— Tu dois avoir faim.

Je hoche la tête, les yeux rivés au sol, m'efforçant de ne croiser le regard de personne, de me rendre invisible. Je veux des œufs, et du fromage, et un gros morceau du pain au seigle de ma mère.

— Ça doit être un sacré effort de ne rien dire. J'en serais incapable, dit-il.

Je lève la tête et lui souris. Si seulement il savait quelle pipelette j'étais.

— C'est mieux. (Il sourit.) Maintenant, j'ai un petit cadeau pour toi.

Il sort de sa poche un demi-rouleau de papier toilette. J'hésite.

— Si je peux m'en passer ? reprend-il. Écoute, oui, j'en ai un autre. J'ai fait des réserves, juste au cas où on aurait une occasion de s'enfuir.

Je tends la main pour le récupérer et le remercie d'un signe de tête en me demandant combien de temps je vais devoir le faire durer.

La plupart, y compris Ralph, Max et Tucker, prennent la direction des latrines et des lavabos, mais Bill et moi devons d'abord retourner au baraquement pour vider la bassine contenant les excrétions de la nuit. Scotty s'est porté volontaire pour nous aider. Il dit que le seau sera trop lourd pour Bill et moi. J'ai envie de lui dire que je suis plus forte que j'en ai l'air.

Scotty s'accroupit à côté de l'objet et nous fait signe d'approcher pour répartir le poids entre nous trois.

J'espère que l'aide de Scotty n'attirera pas d'attention excessive sur nous, mais la cuve est étonnamment lourde et le contenu s'agite de façon alarmante tandis qu'on le porte jusqu'aux latrines pour le vider. Il est difficile pour trois personnes de marcher en rythme. Un puissant relent d'ammoniaque s'élève de l'urine, et on tourne tous la tête sur le côté, les yeux larmoyants. On parvient tant bien que mal à la faire basculer dans l'un des trous, non sans éclaboussures.

Bill emporte la cuve jusqu'aux lavabos et Scotty nous indique une brosse rigide et du savon carbonique posé sur le bord d'une fenêtre. Je m'en empare, je m'agenouille sur le sol et je me mets à frotter le contenant. L'eau est gelée et mes mains rougissent violemment, mais la cuve est propre et je suis heureuse d'avoir servi à quelque chose.

Pour me laver, je choisis le robinet le plus proche du mur, là où l'eau s'écoule dans le drain. Le grand garde passe régulièrement la porte de la salle d'eau, mais Bill, Ralph, Max, Scotty, Tucker, ou l'un des vingt autres prisonniers à qui l'on a confié mon secret, parviennent à se positionner nonchalamment entre la porte et moi. Je commence à comprendre pourquoi il fallait le dire à un plus grand nombre. Certains des prisonniers qui m'entourent se déshabillent jusqu'à la taille, tandis que d'autres se contentent de s'asperger le visage. Je me lave le visage de mes deux mains en coupe, comme un homme, et je me sers d'un chiffon pour m'essuyer sous mes vêtements. Je vois les autres me jeter des regards curieux – ceux qui sont au courant. Certains d'entre eux sont barbus, mais Ralph semble vouloir se raser très soigneusement.

— C'est une façon de leur montrer qu'ils ne nous ont pas anéantis, dit-il.

Bill s'installe au lavabo voisin du mien et se met à se raser dans un morceau de miroir en fredonnant. Une fois qu'il a fini, il me tend le rasoir et le savon. Je reste perplexe l'espace d'une seconde, puis je commence à faire semblant de me laver en passant doucement le rasoir sur la fine couche de savon de mes joues. Max et Ralph s'éloignent d'un pas nonchalant, afin que le garde puisse me voir me « raser » s'il regarde dans ma direction. Je dois penser davantage comme un garçon si je ne veux pas me trahir. Bill me prend la main une seconde au moment où je lui rends le rasoir.

— De rien, mon pote, dit-il.

Une fois nos ablutions terminées, Max nous emmène jusqu'aux cuisines. Mes yeux se promènent dans tous les sens, attentifs aux gardes et aux armes, pour essayer d'observer les autres prisonniers et de les imiter, la peur au ventre. J'allonge le pas pour m'adapter à celui de Max.

« Marche comme Dada Cousins, me dis-je en anglais. Comme un petit dur. »

— N'essaie même pas le café de gland, conseille Max. Le thé à la menthe n'est pas trop mauvais, une fois qu'on s'y est habitué. Et tu pourras avoir ta propre boisson dès que tu auras reçu un colis.

De retour au baraquement, je sirote mon thé à la menthe, tandis que Bill et moi partageons une autre maigre tranche du pain qu'on nous a donné hier soir. Je suis déjà tellement affamée que j'ai l'impression d'avoir l'estomac collé à la colonne vertébrale. Ralph a disparu et revient triomphalement avec un colis de la Croix-Rouge pour nous. Apparemment, celui-ci est canadien, ce qui signifie qu'il ne contient pas de cigarettes, contrairement aux colis britanniques et américains. Je me dis que ça n'a pas d'importance puisqu'on ne fume pas. Mais Bill m'explique :

— On a besoin de cigarettes. Ici, les clopes, c'est comme de l'argent.

Je coupe la ficelle avec ma plaque d'identité et j'ouvre le papier brun comme un enfant, impatiente de voir ce qu'il contient. Une femme, de l'autre côté de l'océan, a soigneusement empaqueté des rangées de boîtes. Je les saisis une par une pour lire les étiquettes et essayer de traduire l'anglais : lait en poudre, beurre, fromage, corned beef, pâté de porc. Qu'est-ce que ça peut bien être ?

— C'est la viande rose qu'on a eue hier soir, déclare Bill. On en rendra un peu à Max et Ralph.

Je découvre du savon avec ravissement, et je reste perplexe devant les choses nommées harengs, pruneaux et marmelade.

Tucker approche de nos couchettes et inspecte le contenu de notre colis, puis fait un signe à Ralph.

— Bien joué d'en avoir trouvé un si vite.

Il me lance un clin d'œil avant de retourner au fond du baraquement, et je voudrais lui sauter dessus pour le gifler.

— Bon sang, du café au lieu du thé, dit Bill avec regret, tandis que de mon côté, je suis ravie.

— Je t'échange mon thé, propose Ralph, et j'ai envie de crier mon désaccord, mais Bill a l'air fou de joie, alors je détourne la tête pour masquer ma déception.

Je préfère le café, mais si je dois incarner un Anglais, je comprends que je suis censée boire du thé.

— Je m'en ferai bien un, dit Bill, et Max lui tend l'ingénieux petit réchaud avant de se retirer sur sa couchette avec un livre.

Les cernes noirs sous ses yeux semblent encore plus prononcés aujourd'hui, et je me demande pourquoi il n'arrive pas à dormir. Plissant les yeux dans la faible clarté, je vois qu'il a une petite bibliothèque au-dessus de son lit. J'aimerais bien savoir ce qu'il lit et où il trouve ses livres.

— Qu'est-ce qu'on va prendre pour le petit-déjeuner ? me demande Bill. Ce colis doit nous durer une semaine – peut-être plus, si les colis n'arrivent pas. Un petit morceau de fromage ?

Je hoche la tête, un œil sur les gâteaux secs. Ces derniers s'appellent Pilot biscuits[1]. Je commence à comprendre qu'à cause de mon mutisme, Bill prendra toutes les décisions pour nous deux. Comme mes parents seraient stupéfaits de me voir aussi docile, moi qui discutais pour un rien à la maison.

« Tu n'es qu'une égoïste et une capricieuse », disait ma mère.

Je saisis les biscuits avec un regard implorant.

— Alors juste un seul, dit Bill.

Mais au moment où je m'apprête à en prendre un, quelqu'un s'écrie :

— Plantons en approche !

Le garde aux sourcils en broussaille entre bruyamment dans le baraquement et se dirige droit vers nous. Je m'agrippe aux bords du lit, comme un naufragé dans son radeau en pleine tempête. Il vient pour moi. C'est terminé.

Le garde s'empare du contenu de notre précieux colis et poignarde le couvercle de chaque boîte avec un couteau, mais personne ne semble surpris par cet étrange comportement. Quand il a fini, il jette un regard nonchalant autour de lui et quitte les lieux. Je respire de nouveau et relâche le lit. Est-ce que je m'imaginais vraiment pouvoir leur résister s'ils avaient voulu me traîner dehors ?

— C'est pour nous empêcher de faire des réserves, explique Bill. Ça commence à s'abîmer dès que la boîte est percée. (Il se tourne vers Ralph.) Est-ce qu'on a besoin de tout se trimballer avec nous ?

---

1. « Biscuits de mer » en français, galette sèche de longue conservation composée d'eau et de farine.

— Pas ici. Pas dans ce baraquement. Il n'est jamais vide.

Bill acquiesce et se tourne de nouveau vers moi. Je vois bien qu'il est ravi de pouvoir m'expliquer les choses de la vie ici, d'être l'expert.

— Dans certains camps, dans certains baraquements, les hommes volent la nourriture et les vêtements des autres pendant leur absence, alors ils doivent les transporter avec eux toute la journée dans des sacs. On dirait qu'on a atterri dans un bon baraquement. Pas de voleurs.

Max relève les yeux de son livre.

— Tout ça grâce à Ralph.

Ralph agite la main d'un air modeste.

Je range certaines des boîtes dans le colis et Bill les ressort.

— Cachons-en quelques-unes, dit-il, juste au cas où.

On dissémine donc quelques boîtes autour de nos matelas. Je cache le chocolat sur la couchette au-dessus de ma tête.

Ensuite, Ralph lance :

— Allez venez. J'ai promis de vous emmener à l'épouillage et au coupe-tif. Et ensuite, j'ai bien peur que vous soyez de corvée de vidange cet après-midi.

Je crains de quitter la sécurité relative du baraquement pour les dangers indicibles de la station d'épouillage et de la mystérieuse vidange, mais je n'ai d'autre choix que de suivre.

On serpente tous les trois entre les baraquements en direction de la station d'épouillage. Les autres prisonniers flânent autour des baraquements en discutant. Je me demande bien ce qu'ils peuvent encore avoir à se dire après tant de temps passé ensemble – des années peut-être, comme c'était le cas pour Bill et Harry. Les gardes patrouillent aux clôtures. Celui aux épais sourcils me regarde au passage.

Ralph et Bill ont le genre de conversation parfaitement classique que peuvent partager deux inconnus, comme si ma vie n'était pas menacée. J'ai envie d'attirer l'attention de Bill sur moi, mais au lieu de ça, je me concentre sur ma démarche, les mains enfoncées dans les poches comme un garçon.

— D'où tu viens ? demande Ralph.

— Londres, Stoke Newington, répond Bill.

— Je crois que c'est tout près de chez Max. Il vient d'Amérique à la base, de Brooklyn, mais il vivait dans un endroit qui s'appelle Hoxton depuis ses quatorze ans.

— Hoxton, c'est au bout de ma rue. (Bill est ravi.) On est pratiquement voisins ! Et toi ? Tu viens du Nord ?

— Manchester. Tu y es déjà allé ?

— Non. C'est sympa ?

— Il pleut beaucoup. Mais c'est chez moi, quoi.

Ils gardent tous deux le silence un moment à l'évocation de leur pays, et je me représente ma mère en train de traire la vache, de nourrir les poules, de se débrouiller seule, sans aide. Je lui transmets mes excuses par la pensée.

On s'arrête dans un autre baraquement avant l'épouillage tant redouté. Le garde rongé par l'eczéma surveille l'entrée en se grattant l'intérieur du coude. Il jette un regard à mes cheveux et ricane. Un coin du baraquement a été agencé en coiffeur pour homme, et les prisonniers attendent leur tour contre le mur à l'extérieur. Le coiffeur est un prisonnier qui fait la même coupe à tout le monde : rasé presque à blanc à l'arrière et sur les côtés, et court au-dessus. Je ne veux pas que mes cheveux ressemblent à ça, mais je n'ai pas le choix ; je n'aurai plus jamais le choix de rien.

Dans la file d'attente, on discute avec animation du match de cricket qui doit avoir lieu plus tard dans la semaine. Je me concentre intensément, mais le tout est confus et implique de nombreux termes qui semblent inventés : arceau, balle déviée, rebond sur le batteur. Les avis sont très partagés concernant les joueurs qualifiés et l'équipe qui a le plus de chance de gagner. Ils évoquent aussi les deux « tests[1] » de cet été, les « Staches – Stalag Ashes[2] ». Je pense aux tests scolaires, à la vie que j'aurais eue si j'étais allée à l'université, si Hitler n'était pas venu.

Les hommes avancent dans la queue disciplinée jusqu'à ce que vienne leur tour de s'asseoir dans le fauteuil du coiffeur. Certains n'ont pas vraiment besoin d'une coupe, mais s'installent dans le fauteuil pour passer quelque chose au coiffeur ; celui-ci prend une note dans un livre avec un bout de crayon, ou se penche sous le fauteuil pour échanger un objet caché dans sa main. J'essaie de ne pas trop regarder. Ralph et Bill ne disent rien.

Bill passe le premier et je suis navrée de voir le sort réservé à ses beaux cheveux blonds. Ils sont si courts que je peux distinguer son crâne rose sous ses cheveux blonds.

---

1. Le Test-Cricket est une forme de cricket international, dans lequel on dispute des « test-matchs ».

2. The Ashes (Les Cendres) est une série de test-matchs qui opposent les équipes d'Angleterre et d'Australie depuis 1882.

— Voilà... ça te durera un moment et ça empêchera les insectes de piquer, annonce le coiffeur.

J'ai envie de m'enfuir du baraquement, mais mon tour est venu et je m'efforce de prendre place. Je vois mon reflet dans le miroir cassé installé par le coiffeur. Mes cheveux ont poussé pendant les onze jours de cavale. Ils sont beaux. Le coiffeur place un morceau de serviette crasseux sur mes épaules et récupère ses ciseaux.

Il soulève une de mes boucles et lance à la file d'attente :

— Shirley Temple peut aller se rhabiller !

Tous les yeux pivotent vers moi. Ils vont forcément se rendre compte que je suis une fille ?

— Il est resté un peu trop longtemps sur le *Good Ship Lollipop*[1], plaisante Bill.

Je plaque un sourire sur mon visage. Comment Bill peut-il rire, alors qu'il se souvient du jour où il m'a coupé les cheveux, avec tant de douceur et de déférence, en me disant qu'il aimait mes boucles ?

— ... tout ça pour atterrir ici, au magasin de bonbons[2] !

Les ciseaux du coiffeur se rapprochent de mon crâne.

— Tu veux pas nous chanter une chanson, Shirl ?

— Il ne parle pas, intervient doucement Ralph. Traumatisme de guerre.

Les hommes dans le baraquement m'observent avec un intérêt accru, et je fixe des yeux mon reflet

1. *On the Good Ship Lollipop* est une chanson interprétée par Shirley Temple dans le film *Shirley Aviatrice* sortie en 1934.

2. Paroles de la chanson *On the Good Ship Lollipop* : *"It's a sweet trip to a candy shop."*

dans le miroir. Mon reflet, mais qui n'est pas moi du tout. La peur au ventre.

— Pauvre type, dit le coiffeur en rasant les cheveux autour de mon oreille gauche. On sait où ?

— Pas sûr, répond Bill. Peut-être Tobrouk. C'est là qu'on m'a pris. Il comprend. Il est seulement muet.

L'un des hommes présents étudie nos visages une seconde, pour voir s'il nous reconnaît, avant de détourner les yeux.

La discussion sur le cricket reprend, puis le coiffeur s'attaque aux boucles qui commençaient à tomber joliment sur mon front. Je suis tondue à ras, et le résultat m'horrifie. Comme si ça ne suffisait pas, il sort un rasoir et commence à me raser la nuque et le contour des oreilles. Je m'agrippe aux accoudoirs et je lutte pour ne rien montrer de l'horreur que j'éprouve. Je suis tellement laide ! Comment Bill va-t-il encore pouvoir m'aimer à présent ?

— Et voilà, fiston, dit le coiffeur avec gentillesse. J'ai pas de brillantine, malheureusement, alors j'ai coupé plus court au-dessus, style Yankee.

Il retire les petits cheveux de ma nuque avec un blaireau et ôte la serviette. J'ai froid, je me sens nue et malheureuse.

Je me lève et je passe une main dans mes cheveux hérissés. Encore plus courts que ne l'ont jamais été ceux de mon frère. Quelle horreur ! Je me tourne vers Bill et n'ose pas croiser son regard. Il semble légèrement surpris par la transformation, mais je ne lis aucune répulsion dans ses yeux.

— C'est mieux, déclare Ralph, et ils hochent la tête.

Bill se racle la gorge.

— Beaucoup mieux.

Une fois de nouveau à l'air libre, je prends de longues inspirations en me concentrant pour ne pas pleurer, et je suis Bill et Ralph, tête baissée. Je sens le garde à l'eczéma m'observer, mais je suis incapable de croiser son regard. Au bout d'un moment, Bill ralentit à ma hauteur, jette un coup d'œil circulaire et murmure :

— Tu es toujours la plus belle fille du monde. Toujours ma chérie.

Je ne le crois pas, mais sa gentillesse me rapproche encore davantage des larmes et je n'ose établir le contact.

— Je ressemble à un cochon écorché ! s'exclame-t-il en riant tristement, mais je ne souris pas.

Je suis prise au piège d'un voile de tristesse, qui me fait presque oublier ma peur de la station d'épouillage, jusqu'au moment où on arrive devant.

Il n'y a qu'un garde. Il retire sa casquette pour gratter son crâne chauve et nous accorde à peine un regard. Peut-être que mon horrible nouvelle coupe me rend plus invisible encore. Peut-être bien, oui. Il inspecte nos plaques d'identité et inscrit un numéro dans son registre, puis lève un regard impatient vers Ralph.

Du coin de l'œil, je vois ce dernier lui donner une poignée de cigarettes, et le garde ouvre la porte pour nous laisser entrer.

— Je sais que vous n'avez pas de poux, et les nouvelles coupes vont aider, dit Ralph, mais ça ne vous fera peut-être pas mal de faire vos aisselles. Les poux sont porteurs du typhus, et ils adorent les aisselles et les entrejambes.

— Et ça gratte comme pas possible, ajoute Bill.

Ralph pointe du doigt un seau de poudre blanche et une brosse, puis retourne auprès du garde, nous laissant seuls, Bill et moi. À travers la porte, j'entends Ralph entamer une conversation en allemand.

Bill m'embrasse rapidement et on se cramponne l'un à l'autre pendant un long moment. Il me semble entendre battre son cœur. C'est peut-être la dernière fois.

Il passe sa main sur mon crâne rasé.

— Tu es toujours magnifique, murmure-t-il de nouveau. Je t'aimerai toujours.

Un gros nœud se forme dans ma gorge qui m'empêche de répondre.

Il ôte sa veste militaire ainsi que sa chemise, lève les bras pour que je brosse les fins poils blonds au-dessous, puis il se tourne de l'autre côté. Son corps blanc est couvert par la chair de poule.

— On devrait aussi faire les coutures de nos vêtements, dit-il, en retirant son pantalon avant de le retourner. Les endroits où ces cons aiment se cacher. Et sur ton tu-sais-quoi. Je vais faire le mien.

Il me tourne le dos et frotte une pleine poignée de poudre à l'avant de son sous-vêtement, pendant que j'applique la poudre sur les coutures de sa veste et de son pantalon. Quand on en a terminé avec ses vêtements, il désigne mes boutons.

— Je vais surveiller la porte, si tu peux le faire toute seule ?

Je retire ma veste, je déboutonne ma chemise et expose le maillot de corps à manches longues de Jan qui recouvre mon corset. Je renifle prudemment la brosse, puis j'applique la poudre blanche sous chaque aisselle avant de reboutonner rapidement ma chemise. Comme Bill, je tamponne un peu de poudre dans mon caleçon sur mes poils pubiens.

Je frotte promptement les coutures intérieures de la veste et du pantalon, je remets les vêtements à l'endroit et touche la main de Bill. Il a gardé les yeux sur la porte pendant tout le temps, campé sur ses jambes, prêt à se battre pour moi.

Il se retourne.

— Tu es mon amour pour toujours.

Les larmes me montent aux yeux.

— Non. Pas de ça ici.

Il essuie mes larmes avec sa manche.

Je soutiens son regard et je hoche la tête, n'osant pas dire un mot.

Quand il constate que j'ai repris le contrôle de moi-même, il ouvre la porte.

— Ce truc empeste, dit-il à Ralph. Les vapeurs ont déjà attaqué Cousins !

Je fais mine de me frotter les yeux.

On s'éloigne lentement tous les trois et je songe : *On l'a fait. On a passé l'épreuve de l'épouillage.*

J'entame tout juste une prière de remerciement lorsqu'un cri retentit derrière nous, en provenance du garde nazi chauve. Je jette un bref coup d'œil à Bill, au cas où ce soit ma dernière occasion de mémoriser son adorable visage, puis je me force à me retourner. Le garde brandit un morceau de papier que Ralph a laissé tomber. Le soulagement me submerge de nouveau et Ralph lui cède deux autres cigarettes.

Sur le chemin du retour au braquement, on fait un autre passage aux latrines, et je me regarde dans le miroir où les hommes se rasent. Mes yeux paraissent plus grands désormais, mes pommettes plus anguleuses, mon menton carré. J'appellerais ça un rasage de crâne plutôt qu'une coupe de cheveux. Je déteste, je déteste tellement le résultat, je voudrais pouvoir cacher ma laideur à Bill.

Dans le baraquement, je vide mon sac sur mon lit et farfouille pour trouver le bonnet de laine tricoté par ma mère. Je refusais de le porter quand elle me l'a donné car il me semblait trop masculin, trop affreux, mais je m'empresse de l'enfiler quand je le trouve et je range tout le reste. Je décide de ne plus le quitter. Je ne mourrai pas en ayant l'air moche. Une petite voix au fond de ma tête murmure : *Je croyais que tu allais incarner Cousins ? Il ne ferait pas tout un foin pour une stupide coupe de cheveux.* Mais je ne suis pas Cousins, du moins pas encore. Je tire le bonnet sur mes sourcils et mes oreilles.

— Tu as froid ? me demande Bill avec compassion.

Les hommes sont vraiment idiots, je songe.

À midi, quelqu'un passe avec un seau de soupe claire qu'ils appellent « bouillon » et une petite pomme de terre chacun. Ensuite, Ralph apprend que le « chariot de vidange » est arrivé pour notre corvée de latrines. Il repousse les cheveux de son front et me jette un regard tendu.

— Il va peut-être te falloir une écharpe pour couvrir ton nez et ta bouche.

Je reconnais le but du « chariot de vidange » en le voyant se garer le long du bloc des latrines. J'ai déjà vu les fosses d'aisance se faire vider à la maison et je sais à quoi m'attendre, même si je ne me suis jamais retrouvée aussi près.

Le véhicule ressemble à une citerne montée sur un chariot, tirée par un vieux cheval. Je caresse son museau. Ma jument me manque tant que cela me fait l'effet d'une douleur physique. Un prisonnier russe est en charge du chariot, et je comprends que c'est notre punition – accomplir la tâche la plus méprisable. Une trappe s'ouvre dans la fosse et, au moment où le Russe l'entrouvre, la puanteur et les émanations m'arrachent un haut-le-cœur.

— Putain de merde ! s'exclame Bill en détournant la tête.

Le Russe lâche le tuyau en caoutchouc dégoulinant de crasse dans la trappe et j'enroule à la hâte l'écharpe autour de mon nez et de ma bouche, même si ça ne change pas grand-chose.

Il nous montre comment fixer le tuyau puis actionner un levier. On entend les excrétions se faire aspirer par le tuyau dans la cuve. C'est répugnant. Le conduit vibre et s'agite et je redoute que les fixations ne lâchent à tout moment et nous éclaboussent d'excréments.

Dès que le bruit d'aspiration se modifie, le Russe éteint le moteur et retire le tuyau puant du trou, puis nous le tend pour qu'on le replace sur le chariot. Je me dis qu'on a terminé, mais il nous fait signe de l'accompagner jusqu'aux latrines suivantes.

Il guide le cheval et je marche de l'autre côté en posant de temps en temps la main sur sa fourrure chaude, regrettant que la familière odeur chevaline ne recouvre pas l'odeur des déchets humains. On a la charge des suivantes, pendant que le Russe reste en retrait. J'essaie de ne pas toucher la merde sur le tuyau, mais c'est impossible et je sens sa mollesse humide sur mes doigts. Je garde mes mains à l'écart de mes vêtements. Une fois notre tâche achevée, le Russe guide le cheval à l'entrée du camp, d'où les chariots partiront.

Un garde que je n'ai encore jamais vu s'approche de nous et mon cœur fait un bond dans ma poitrine. Il se pince le nez pour nous dire, dans un anglais écorché, qu'on doit retrouver le Russe ici, demain, à huit heures trente tapantes.

— D'accord, acquiesce Bill. On aura fini plus tôt. Comment on retourne au 17 ?

Le garde pointe du doigt le trajet jusqu'à notre bloc de baraquements et, en chemin, je m'efforce de respirer dans mon écharpe, mais je sens toujours les excréments sur moi. Peut-être que je sens aussi ma peur. Je perçois le regard du garde et je m'efforce de marcher comme Cousins et non comme une fille. Une fois parvenus aux lavabos, on se lave les mains et on retire nos vestes, on remonte nos manches et on se frotte vigoureusement les bras avec du savon carbonique. Toucher la merde d'autres personnes ! J'ai l'impression que je suis souillée à vie.

J'aimerais rester dans la sécurité relative du baraquement 17, mais Ralph insiste pour nous emmener faire un tour le long de la clôture.

— Vous avez besoin d'exercice, dit-il fermement, ou vos muscles fondront.

J'ai comme l'impression que cela s'adresse davantage à Max qu'à moi et, sans surprise, Max enfile ses bottes pour nous accompagner.

Quelle que soit la direction dans laquelle je regarde, je ne vois que le danger – un garde, un fusil, des barbelés, des prisonniers capables de me dénoncer pour un quignon de pain. Je marche à grands pas, les poings serrés dans mes poches. Je ne me laisserai pas faire sans me battre. Cousins ne se laisserait pas faire sans se battre. Je suis Cousins. Max et Ralph marchent juste devant nous, échangent parfois quelques mots ou gardent le silence quelques instants, comme le feraient de vieux amis. Je remarque de nouveau le léger boitillement de Ralph et je me dis que Max doit ralentir le pas pour s'adapter au sien.

En regardant autour de moi, je commence à percevoir l'ampleur de cet endroit, où l'on peut marcher sans fin sans quitter le camp britannique.

Le soir venu, les hommes se séparent en petits groupes au sein du baraquement. Ralph apprend l'allemand à un groupe autour de la table. J'écoute un moment, regrettant de ne pouvoir le corriger de temps en temps. Toujours sur sa couchette, Max griffonne furieusement dans un carnet. Bill et moi lisons un exemplaire du magazine du camp, appelé *Le Clairon.*

Cette nuit-là, je rêve de chez moi et je me réveille le visage baigné de larmes en repensant au mot que j'ai laissé à ma mère. Je revois mon écriture, soignée et rebelle. Je me représente ses mains calleuses et ses ongles cassés, ma lettre insouciante pressée contre son cœur, ou plus vraisemblablement roulée en boule et jetée à travers la pièce, avec Marek qui essaie d'apaiser sa colère. Je pleure en silence dans mon sac-oreiller jusqu'à ne plus avoir de larmes. Puis je me fais la promesse que ce doit être la dernière fois. Dada Cousins ne pleurerait jamais. Le rai de lumière grise autour des volets devient blanc, et une autre journée commence.

Après avoir terminé notre corvée avec le chariot de vidange puant et être revenus au baraquement, à l'aube d'une nouvelle longue journée de néant, Ralph nous demande :

— Ça vous dirait de visiter l'exposition d'art et artisanat cet après-midi ? C'est le tour de notre baraquement.

— Une exposition d'art et artisanat ? répète Bill, apparemment ébahi.

Ralph rit.

— Il faut faire la queue pour entrer. On voit des trucs assez étonnants. Il y a des types sacrément doués ici. Ça vous dit ?

Les heures passent, une interminable minute après l'autre, jusqu'à ce que vienne l'heure de nous rendre à l'exposition. J'enfonce alors mon bonnet sur mes oreilles pour indiquer que je suis prête. Un sentiment d'anticipation se mêle à mon angoisse continuelle. Je suis une boule de nerfs à vif et de perception accrue.

Ralph et Max ouvrent la voie en direction d'un baraquement qu'ils appellent « l'école », devant lequel serpente une longue file d'attente. Un garde au nez rouge et bulbeux, et aux petits yeux enfoncés, surveille la queue. Je me dis que ce sera lui qui me démasquera.

Pendant l'attente, Bill et Max évoquent des lieux qu'ils connaissent à Londres. Haggerston, Shoreditch, Hackney. Ils habitaient à quelques kilomètres à peine l'un de l'autre. Il me paraît curieux qu'ils puissent être voisins sans se connaître.

— Qu'est-ce que tu faisais dans la vie civile ?

— Employé à Paddington, répond Bill. Sur la ligne Great Western. Et toi ?

— Oh, un peu de tout. La librairie socialiste un jour, un imprimeur le lendemain. J'aidais ici et là avec le Transport and General Worker's Union[1].

Je comprends avec un frisson que Max est socialiste, comme mon père.

Bill se tourne vers Ralph.

— Et toi ?

— Oh, j'étais à la fac.

Il semble presque s'excuser, comme si c'était une sorte de maladie.

Bill paraît hésiter légèrement.

— C'était quoi ta matière... enfin, si c'est comme ça qu'on dit ?

— Je voulais faire médecine, mais je ne supportais pas la vue du sang, alors au bout d'un an, j'ai changé pour m'inscrire en lettres classiques. Ça ne sert pas à grand-monde, fait Ralph avec un sourire ironique.

Je n'ai jamais vu Bill rester pantois, et je comprends qu'aucun de nos compagnons n'évolue dans le milieu social auquel il est habitué.

— Comment ça se fait que... ?

Bill s'interrompt.

— Que je ne sois pas officier ? termine Ralph. C'est pas compliqué. Je ne me voyais pas mener une charge hors des tranchées, et tout ça. La responsabilité du baraquement 17 est amplement suffisante.

Je garde la tête baissée tandis que la file avance. Certains prisonniers s'accroupissent, certains fument, certains parlent sans s'arrêter et d'autres

1. Syndicat britannique aujourd'hui devenu le premier de Grande-Bretagne après fusion avec le syndicat Amicus en 2007.

gardent le silence comme moi. Je me demande si eux aussi ont peur.

Notre tour arrive enfin, et l'école se révèle être un cabinet de curiosités. Je me détends légèrement en voyant tout le monde se concentrer sur les pièces exposées. On commence par la section artisanat, qui comprend une maquette détaillée d'une machine à vapeur fabriquée à partir de vieilles boîtes de conserve.

Bill fait claquer ses lèvres d'un air appréciateur.

— J'aimerais bien rencontrer le type qui a fait ça, déclare-t-il sans s'adresser à personne en particulier.

Il y a une maquette de ferme, que j'examine attentivement. La maison est séparée de la grange et de l'écurie, ce qui est, selon moi, une idée stupide. J'ai envie de leur dire qu'il est beaucoup plus pratique de les organiser autour d'une cour.

On peut admirer une maquette de la ville industrielle de Glasgow et une du port de Tel Aviv, et la plus grande merveille de toutes – haute d'un mètre et gravée, comme l'indique l'affiche, dans du savon – représente la mosquée d'Omar, à Jérusalem. Je m'émerveille devant les choix autant que devant le talent : Glasgow, Tel Aviv, Jérusalem. Ces hommes sont des citoyens du monde, alors que ma vie a été si insignifiante et confinée. Nous sommes pourtant tous rassemblés ici et réduits à la même impuissance.

On passe à la section dessins et peintures. La plupart sont humoristiques et concernent la vie au camp. Puis on arrive à l'arrière d'un groupe de prisonniers qui se sont arrêtés, créant un embouteillage. Un soldat britannique ne cesse de répéter :

— Allez, espèces de connards, avancez. Les autres aussi ont le droit de se rincer l'œil.

Je tends le cou pour essayer de distinguer quelque chose par-dessus les épaules devant moi et, quand on finit par avancer, je peux alors voir deux grands dessins au fusain de femmes nues, aux longs cheveux lâchés sur leurs épaules. On leur a dessiné de gros seins et des poils pubiens très fournis. Je ne peux m'empêcher de rougir.

— Voilà de quoi te mettre au garde-à-vous. Si j'avais une demi-heure tout seul avec elle...

Quelqu'un d'autre intervient :

— Une demi-heure ? Dis plutôt trois minutes.

Des rires bruyants éclatent.

Je jette un regard à mes compagnons. Ralph a le regard vague, mais il se pourrait qu'il regarde légèrement sur le côté des dessins. Max a une expression amère et angoissée ; ces femmes nues ne lui procurent aucune joie. Les yeux de Bill lui sortent presque de la tête, comme dans une bande dessinée. Il reluque la photo comme si je n'existais plus, et j'éprouve une furieuse jalousie pour ces femmes imaginaires, avec leurs cascades de cheveux et leurs seins gonflés comme des ballons. J'ai envie de lui crier de me regarder, moi, mais je comprends que Dada Cousins est censé lui aussi rester bouche bée, alors j'enfonce profondément mes mains dans mes poches et mes ongles dans mes paumes pour essayer de contrôler ma colère ; puis je me force à observer de près les points qui forment les tétons et les gribouillis qui représentent les poils pubiens.

— Avancez, les gars, dit le soldat-conservateur. Laissez les autres avoir leur tour. Vous pourrez vous branler plus tard.

Bill me tapote le bras et on se faufile à travers la foule. J'ai envie de lui demander si ce genre de dessin le met au « garde-à-vous », et si mes petits seins lui plaisent autant que leurs gros.

Une fois à l'extérieur, j'essaie de marcher comme un garçon qui viendrait de se mettre « au garde-à-vous », en me demandant quel effet ça doit faire. Comme ça doit être étrange de ne pas pouvoir contrôler une partie de son corps, qui se dresse de son propre chef sans qu'on puisse lui dire de se coucher. Ça ne me plairait pas du tout.

Max garde le silence sur le trajet du retour jusqu'au baraquement, mais Bill et Ralph discutent de ce qu'ils viennent de voir et rigolent au sujet des dessins. Bill pousse un soupir nostalgique et j'ai envie de le gifler d'y penser encore. Ralph soupire à son tour, mais je ne peux pas m'empêcher de penser qu'il fait semblant autant que moi.

À l'approche du baraquement, Tucker nous emboîte le pas, évoque les dessins des filles et fait rouler ses yeux bovins vers moi. Il marche d'un pas nonchalant et attend le moment d'arriver au baraquement, quand les autres sont devant nous, hors de portée de voix, pour lancer :

— Ah, encore une chose. Je pense que ça vaudrait la peine que tu me donnes un petit quelque chose de temps en temps, si tu veux que je me taise.

Bill s'arrête net et regarde nerveusement autour de lui.

— Qu'est-ce que tu veux dire ?

— Eh ben, c'est dur de garder le silence alors que j'ai aussi faim. Un mot à l'oreille d'un planton pourrait me faire gagner un colis supplémentaire.

On s'est arrêtés et je regarde Bill, attendant qu'il dise ou fasse quelque chose, mais il ne parvient qu'à répondre :

— Tu as entendu Max : ils la tueront s'ils l'apprennent.

Tucker affiche un petit sourire en coin.

— Ce serait dommage, c'est sûr. Elle est tellement jolie et tout ça. Je ne lui veux aucun mal. J'ai juste besoin d'un peu de bouffe en plus. Et de clopes. J'ai des dettes à payer. Vous pourriez me laisser une boîte et des clopes au bout de votre couchette, juste au-dessous de votre couverture. Je viendrai les chercher après l'extinction des feux.

Bill fixe le sol des yeux.

— On n'a pas de clopes. On a reçu un colis canadien.

Tucker réfléchit.

— Alors disons deux boîtes.

La colère monte en moi, presque aveuglante.

— Espèce d'enfoiré ! gronde Bill en serrant les poings.

Mais Tucker n'en a pas terminé.

— Et bien sûr, si tu le racontes à Ralph Maddox ou tes autres nouveaux copains, je vais tout droit vendre ma petite info aux plantons.

14

Les premiers jours de Bill et Izzy à Lamsdorf se déroulent dans un mélange de peur, d'ennui et de faim. Le pire, ce sont la fouille, l'appel et les latrines, et le cœur de Bill s'affole chaque fois qu'un nazi s'approche d'Izzy, même s'il admire la façon dont elle regarde froidement les gardes. Presque chaque jour, les hommes du baraquement 17 au courant de son secret sont forcés de mettre en scène toutes sortes de diversions pour détourner leur attention. Pendant la fouille routinière, le garde à l'œil paresseux palpe son corps et laisse ses mains une seconde de plus que nécessaire sur sa taille, mais Bill, toujours vigilant, pousse Max pour qu'il trébuche et bouscule le garde. Et le moment passe. Bill est épuisé à force de guetter le danger en permanence, de ne jamais pouvoir la quitter des yeux.

Chaque soir, ils laissent une petite quantité de nourriture pour Tucker au bout de la couchette de Bill, qui a toujours disparu au petit matin. Les rations de Bill et Izzy sont réduites au-delà du tolérable et leurs estomacs sont torturés par la faim. Tucker semble prendre plaisir à leur rappeler la facilité avec laquelle il pourrait les trahir ; il se plante tout près du garde dans la salle d'eau pour le désigner d'un léger signe de la tête, ou traîne à proximité du garde rongé par l'eczéma près de la clôture et ouvre la bouche comme s'il s'apprêtait à parler, avant de faire mine de se raviser. Bill le hait plus qu'il n'a jamais détesté quiconque. Chaque jour, il se dit qu'il va le prendre à partie, mais il n'arrive pas à trouver de quelle manière le faire sans qu'il aille se plaindre aux gardes. Chaque jour, il se décide à se confier à Ralph, certain qu'il saurait quoi faire, avant de se demander : *Comment Ralph pourrait l'empêcher d'aller voir les gardes ?* Il aurait toujours une occasion d'aller balancer leur secret. Bill se surprend à rêver de moyens de tuer Tucker sans se faire prendre, puis il est atterré par ses pensées. Tuer au cœur d'une bataille, c'est une chose, mais il ne sait pas s'il serait capable de plonger un couteau dans un corps. Les pensées tourbillonnent sans relâche dans sa tête, comme des guêpes prises au piège dans un bocal.

Chaque nouveau matin annonce une longue journée de néant, dans la promiscuité des corps transpirants qui se pressent de tous côtés, et il ne peut qu'imaginer l'oppression qu'Izzy doit ressentir, elle qui est habituée aux grands espaces et à la solitude. Même ceux qui la protègent ne peuvent s'empêcher de la parcourir longuement des yeux, avant de les détourner promptement dès que Bill les surprend. Il ne peut qu'imaginer combien elle doit souffrir de n'avoir jamais la moindre minute de solitude ou de tranquillité, même au lit ou aux toilettes. Combien elle doit regretter les champs et le ciel. Il sait que lui-même éprouve ce manque alors qu'il n'a pas grandi au milieu de la nature.

Les journées paraissent interminables, comme si, au camp, le temps s'écoulait à un rythme différent. À l'époque, Bill et Harry occupaient leurs longues heures à lire, participer à un match de football, regarder un match de cricket, ou bien Bill jouait du piano dans le baraquement qui faisait office d'église. À présent, Izzy et lui s'acquittent de leur corvée de latrines et effectuent une promenade quotidienne avec Ralph autour du camp, et parfois avec Max ou Scotty. S'ensuivent les longues, très longues heures jusqu'au coucher. Il emmène Izzy à la bibliothèque du camp et choisit *Les Grandes Espérances*, qu'il commence à lui lire, tout bas, blottis sur sa couchette, en suivant chaque mot du doigt, et Izzy note tous ceux qui sont nouveaux pour elle. Mais on ne peut pas lire toute la journée et les conversations qu'il avait avec Harry lui manquent. Il est émerveillé par la détermination d'Izzy à garder le silence, mais il regrette la possibilité de discuter pour passer le temps.

Il se demande comment Max peut supporter de passer la majorité de la journée dans son lit, à lire ou griffonner dans son carnet de son écriture de fourmi, ou de rester simplement allongé en agitant nerveusement une jambe, les yeux rivés sur les lattes au-dessus de sa tête. Bill ne comprend pas pourquoi Max ne sort pas rejoindre un club ou pratiquer un sport, ou enseigner quelque chose à l'école du camp. Tous ceux qui choisissent de rester enfermés dans le baraquement toute la journée sont un mystère pour lui. Il pense à la messe de son mariage – dans la richesse comme dans la pauvreté, dans la santé comme dans la maladie. Les vœux ne mentionnaient pas d'être coincés dans un baraquement étouffant toute la journée.

Il éprouve une gratitude ridicule lorsque Ralph s'approche d'eux, une fois de retour de l'appel, et dit :

— J'ai vu que tu avais un harmonica. Tu joues un autre instrument ?

— Seulement du piano, répond Bill. Mais pas forcément bien.

— Tu aimes quels compositeurs ? demande Ralph.

— Oh, je n'ai jamais pris de cours. Mes parents dirigent un pub et on a toujours eu un piano dans la salle. J'ai commencé à tapoter dessus quand j'étais petit, et je me suis amélioré petit à petit. Ma mère a toujours dit que je devais prendre des cours, apprendre le solfège et tout ça. Mais mon père ne voyait pas l'intérêt. Il disait que je jouais assez bien pour le pub, et que ce n'était pas comme si j'allais devenir concertiste.

— Dommage, dit Ralph. Tu aurais pu.

Izzy hoche la tête à côté de lui, mais Bill affiche une moue ironique.

— Trop tard, maintenant. C'est quand même pratique pour chanter. J'avais aussi un saxo à la maison, mais ça, il faut apprendre correctement.

— Peut-être que le chef d'orchestre pourrait t'apprendre. C'est un type bien. Je peux lui demander, si tu veux ?

— Je n'ai pas l'intention de rester ici aussi longtemps.

Ralph sourit.

— C'est juste.

Et il ouvre la porte du baraquement.

Le cœur serré, Bill ajoute :

— La première fois que j'étais ici, j'allais jouer du piano à l'église, quand il était libre.

— Tu n'as qu'à y retourner, le presse Ralph. Vas-y maintenant ! Max et moi, on va rester avec Cousins. Tu as besoin de sortir.

Izzy hoche vigoureusement la tête et Bill est submergé. Il a envie de sortir d'ici sur-le-champ. Il serre la main de Ralph et se demande comment il va pouvoir le remercier.

— Tu penses que ça plairait aux gars que je joue de l'harmonica, un soir, pour chanter un peu ?

Il faisait ça souvent avec Harry, dans les camps précédents.

— On leur demandera, répond Ralph. Je pense qu'ils seront ravis. Chanter, ça remonte le moral.

Ce soir-là, Bill joue donc pendant près d'une heure et la plupart des hommes reprennent en chœur des chansons familières. Max reste allongé sur sa couchette sans se joindre à eux, les yeux fermés, et Izzy se tapit sur son lit en regardant Bill.

En s'endormant, Bill songe à quel point il est incompréhensible qu'une espèce capable d'inventer la musique et d'éprouver de l'amour puisse également tuer et mutiler, affamer et se faire du chantage.

Chaque jour qui passe, Bill se répète qu'il a eu bien raison de faire confiance à Ralph. Il sait à présent que ce dernier est l'un des « hommes de confiance » des nazis, qui lui ont donné la responsabilité de leur baraquement et du maintien de l'ordre, et qu'ils comptent sur son niveau d'allemand pour transmettre les ordres. Mais il sait également que les prisonniers lui font confiance pour traiter tout le monde avec justesse et faire connaître leurs besoins au commandant. Cela fait de lui une personne rare. Il s'en sort bien, pour un habitant du Nord, songe Bill. Le Nord n'est qu'un seul lieu indifférencié aux yeux de Bill, qui n'est jamais allé au-delà du terminus de la ligne Picadilly.

Bill se méfie davantage de Max-les-yeux-tristes. Il pique sa curiosité avec son accent nasillard de Brooklyn, comme si un autre Max se cachait à l'intérieur, et peut-être encore un autre à l'intérieur, comme les poupées russes de Flora. Il n'est pas certain qu'il aimerait celui du milieu, si jamais il parvenait à le rencontrer. Max est à l'évidence très intelligent mais lui fait l'effet d'une bombe à retardement, prête à s'autodétruire, et Bill n'a pas envie d'être trop près quand ça arrivera.

Scotty est plus simple et franc, sans vice. Il est tel qu'on le perçoit. *Un diamant brut*, se dit Bill.

Il se demande si Izzy capte les nuances entre leurs accents : le sien, de Londres, celui du Nord de Ralph, et les traces yankee de Max. Peut-être qu'à ses oreilles, tout se ressemble. À part celui de Scotty, évidemment.

Il pense à la façon dont, en temps de paix, on s'en tient principalement à un milieu social semblable au sien, à des cercles de même niveau d'éducation, avec des intérêts et une vision du monde similaires. Il ne se serait jamais lié d'amitié avec un étudiant d'université, un agitateur, un riveteur et une fille de ferme.

Au fil des jours, Bill découvre avec bonheur que Ralph lui fait confiance en retour. Un soir, alors que la plupart des prisonniers se rendent au théâtre du camp, Ralph avoue à Bill qu'il aimerait qu'ils restent. Bill aurait souhaité y emmener Izzy, mais il se sent fier qu'on réclame sa présence. Lorsque le groupe principal quitte le baraquement, il ne reste que six prisonniers. Bill est soulagé que Tucker soit parti. En son absence, il se sent libéré d'une certaine tension. Bill envisage l'idée de saisir l'occasion de confier à Ralph le chantage qu'il leur fait subir, mais que pourrait-il faire ?

Une sentinelle est postée à l'entrée et, à partir de plusieurs boîtes de conserve de lait en poudre, Scotty assemble habilement les pièces d'un récepteur à cristal. Il possède un couteau pliable, dont il se sert pour dénuder les fils. Il range ensuite le couteau dans une niche sous une photo de sa sœur et de ses deux enfants au-dessus de son lit. Bill songe qu'un jour, il se servira peut-être de ce couteau contre Tucker.

Bill est captivé par la construction de la radio et Scotty est enchanté de lui montrer le tube enroulé d'un fil de cuivre, et les deux autres tubes recouverts de papier aluminium qui s'emboîtent l'un dans l'autre. D'autres fils relient les deux parties, qui rejoignent un long fil de cuivre. Le tout est fixé sur un socle de bois pas plus gros qu'un livre. Bill hoche la tête d'un geste appréciateur et murmure à Izzy :

— Je pourrais en fabriquer une.

Scotty se dresse pour relier le fil à un autre cordon de cuivre fixé au-dessus des chevrons qui court sur toute la longueur du baraquement. Ce mince fil de cuivre scintillant est l'antenne qui les connectera au monde.

Une fois que la radio est prête, Scotty tend un écouteur à Ralph, et celui-ci indique de donner l'autre à Bill. Bill sait que c'est une véritable faveur ainsi qu'une marque de confiance. Ils tendent l'oreille pendant que Scotty déplace les tubes en alu pour capter une station. Une voix retentit fortement au milieu des grésillements.

— C'est de l'allemand, annonce Bill en tendant son écouteur à Izzy.

Ralph se met à retranscrire en sténo ce qu'il entend et Izzy demande un crayon pour prendre ses propres notes. Max lui fournit papier et crayon. Bill observe avec fierté sa concentration et les mouvements rapides de sa main.

À mesure que l'émission se déroule, Ralph relève la tête vers Izzy et aucun d'eux ne peut cacher l'horreur que leur inspire ce qu'ils entendent. Lorsqu'ils cessent d'écrire, les autres les regardent attentivement.

— Je peux ? demande Ralph en prenant le papier d'Izzy comme pour confirmer ses propres craintes.

Le froncement de ses sourcils s'accentue, et il remonte ses lunettes avant de relever la tête.

— Ça pourrait être de la propagande nazie, commence-t-il lentement, mais ils disent que l'armée nationale polonaise a été entièrement déroutée et arrêtée. Et – prions pour que ce ne soit pas vrai – que l'intégralité de la population civile de Varsovie a été rassemblée et envoyée dans des camps de transit.

Un silence s'installe le temps que tout le monde assimile l'information. Bill se demande comment ça peut être vrai. Tous les hommes, toutes les femmes et tous les enfants de Varsovie dans des camps nazis comme Lamsdorf ? Est-ce seulement possible ?

— Et où était Staline ? explose Max. Où est l'armée Rouge ?

Ralph secoue la tête.

— Campée à l'extérieur de la ville, d'après la retransmission.

— Merde, fait Bill.

Ralph tend l'écouteur à Scotty pour qu'il procède à des ajustements, et il trouve enfin ce qu'ils ont tous espéré : une voix distante en provenance de Londres. Pour Bill, c'est comme d'entendre la voix de Dieu quand on a presque cessé de croire en lui. Londres est un endroit réel, qui existe toujours et, aussi incroyable que ce soit, les paroles hachées retentissent parmi eux, dans le baraquement 17. Ils répètent ce qu'ils entendent d'une voix excitée. Les informations anglaises sont bien différentes des allemandes. Elles évoquent une rencontre entre Staline et Churchill pour discuter de l'avenir des États des Balkans. Tous s'accordent à dire que c'est un signe de l'approche de la fin de la guerre.

— Pourquoi ils ne parlent pas de Varsovie ? demande Bill.

Ralph hausse les épaules.

— C'était peut-être seulement de la propagande nazie.

Mais Bill voit bien qu'il n'y croit pas.

Après que la radio a été démontée et rangée, Ralph se tourne vers Izzy.

— C'est un avantage que tu comprennes l'allemand, déclare-t-il en passant ses notes en revue. Ton écriture ne fait pas très anglaise. Tu veux que je t'apprenne la sténo ?

Izzy hoche vigoureusement la tête et Bill est ravi que Ralph lui propose quelque chose pour passer le temps, quelque chose qui mettra son cerveau à contribution. Il se demande combien de personnes, à Varsovie, ont aimé leur épouse autant qu'il aime Izzy, et ne les reverront jamais.

Les autres reviennent du théâtre en chantant bruyamment. Tucker sautille pour effectuer une danse idiote, et Bill comprend qu'il a à peine pensé à lui au cours des deux dernières heures.

Puis un homme piétine le pied d'un autre et se fait brutalement bousculer avant de répliquer, et les chants sont interrompus par les vociférations des deux. Le premier balance un coup de poing et le second s'agrippe à lui.

Ralph et Bill s'interposent et d'autres les rejoignent pour les séparer.

— Arrêtez tout de suite, s'exclame Ralph. Vous allez finir à l'isolement !

Le garde aux sourcils en broussaille ouvre brusquement la porte, attiré par le tumulte, et Izzy se retire sur la couchette de Bill. Le silence s'abat sur la pièce comme une chape.

Ralph relâche sa poigne sur l'un des opposants pour la transformer en étreinte amicale, et la voix de Max s'élève à la cantonade depuis sa couchette, comme s'il n'avait pas vu le garde :

— Je vous avais dit que c'était une faute du batteur !

Bill saisit le message et réplique :

— L'arbitre demande à tester sa vue.

Et d'autres s'en mêlent en discutant avec volubilité de cricket.

Le garde lance un regard suspicieux avant de disparaître.

— Bien joué, Max et Bill, félicite Ralph. Maintenant, tous les deux, serrez-vous la main.

Les deux prisonniers qui se battaient s'exécutent à contrecœur et retournent vers leur lit en se plaignant auprès de leurs groupes mutuels.

— Désolée, murmure Bill à Izzy. Il y a tout le temps des bagarres dans les camps. Tout le monde a les nerfs à vif.

Izzy hoche tristement la tête, et il sait qu'elle aussi est sur les dents. L'ennui, la tension, tout ce monde qui se bouscule en permanence autour d'eux finit par les rendre irritables, même eux. Il détourne les yeux et Tucker croise son regard en mangeant leur nourriture sur sa couchette. Il lève sa tasse en fer-blanc à l'intention de Bill et Izzy. Bill repense au couteau de Tucker.

Il n'y a rien d'étonnant à ce que les discussions dans le baraquement tournent principalement autour de la nourriture. C'est toujours la même chose depuis qu'il a été capturé. Avant son arrestation, il aurait attendu d'un groupe d'hommes qu'ils parlent de filles ou de sport, mais au lieu de ça, c'est une litanie constante de *fish and chips*, de tourte au steak et rognons, de pommes de terre rôties. En l'absence de sexe, la nourriture est devenue une obsession comparable aux premiers jours des émois amoureux. Tous les prisonniers sont maintenant amoureux du souvenir de la nourriture et la faim les torture en permanence. À peine ont-ils terminé l'un de leurs maigres repas qu'ils commencent à programmer le suivant, à s'inquiéter de l'arrivée des colis et à se demander ce qu'ils contiendront. L'obsession de Bill est encore amplifiée par sa responsabilité de subvenir aux besoins d'Izzy et de la nourrir convenablement.

L'un des prisonniers écrit de manière obsessionnelle les plats toujours plus exotiques qu'il mangera après la guerre et les affiche au pied de son lit, à la vue de tous, comme on affiche un poster de vedette ou des cartes obscènes.

Le mardi, malgré ce qui était prévu, les colis n'arrivent pas et il ne reste que deux boîtes à Bill et Izzy – l'une de marmelade, l'autre de pâté. Tucker se plante devant eux et pointe le pâté du doigt. Izzy secoue furieusement la tête, mais Bill lui retient le bras.

— On n'a pas le choix, murmure-t-il.

Elle ne pense qu'à son propre estomac, mais lui doit se préoccuper de sa vie, songe-t-il.

Le sourire en coin qu'affiche Tucker en s'emparant du pâté est aussi difficile à supporter que la faim. Ils étalent une fine couche de marmelade sur du pain sec. Le goût amer semble de circonstance.

Le lendemain matin, Ralph entre dans le baraquement, le front barré d'une profonde ride préoccupée, et lève la main pour réclamer le silence.

— Désolé, tout le monde. Toujours pas de colis aujourd'hui. On croise les doigts pour vendredi. Essayez de tenir jusque-là.

Bill regarde Izzy avec consternation. Ils n'ont rien d'autre, pour les trois prochains jours, que leur ration de pain, un peu de marmelade et le bouillon de midi. Il n'en veut pas aux nazis de les affamer ; il en veut à Tucker. Il essaie de se convaincre que ce n'est qu'une affaire de trois jours ; pour protéger Izzy, il peut se passer d'un peu de nourriture pendant trois jours.

Au moment où ils quittent la salle d'eau le lendemain matin, tandis que Bill porte la cuve fraîchement récurée, Tucker apparaît soudain au coin du baraquement et leur emboîte le pas.

— Bonjour tout le monde, dit-il d'une voix enjouée.

Le grand garde se trouve à quelques mètres, aussi vigilant que d'habitude. Bill sait que c'est la raison pour laquelle Tucker a choisi cet endroit pour leur parler. Il resserre les doigts sur la cuve avec colère.

— Un peu emmerdant cette histoire de colis, ajoute-t-il.

De nouveau, Bill ne répond pas mais essaie de s'éloigner de lui le plus possible. Tucker les suit d'un pas lourd, juste hors du champ de vision d'Izzy.

— Alors je me suis dit que vous feriez mieux de me donner votre ration de pain, jusqu'à l'arrivée des colis.

Bill s'arrête net et lâche la cuve.

— Sale enfoiré, dit-il en tenant tête à Tucker.

Ce dernier fait un pas en arrière avec un sourire et bat des cils. Izzy saisit le bras de Bill et le retient.

Tucker rit.

— Ou alors je pourrais tout dire au planton tout de suite ?

Il se tourne vers le garde qui approche en lançant, d'une voix dont il a du mal à étouffer l'excitation :

— Qu'est-ce qui se passe ici ?

— Rien, répond Bill, et le grand garde se penche vers eux, un peu essoufflé, pour examiner chaque visage.

Tucker se tourne vers lui et se racle la gorge.

— Seulement que…

Bill l'interrompt.

— Tu l'auras.

— Seulement que Cousins est…

— J'ai dit que tu l'aurais.

— Un supporter de Chelsea. Je ne supporte pas les supporters de Chelsea.

Il sourit au garde et pivote pour s'éloigner, maintenant assuré que Bill ne tentera rien d'autre.

Le garde étudie attentivement Bill, puis Izzy. Le sang monte au visage de Bill lorsqu'il se penche pour récupérer la cuve, qui est lourde, même vide. Il voudrait pouvoir la balancer sur Tucker, mais il se retient.

— Tout se passera bien, dit-il à Izzy en repartant. (Il espère avoir l'air convaincant.) On lui donnera la moitié, pas tout. On sera un peu à court pour aujourd'hui et demain, mais il y aura un autre colis vendredi, et si on nous en donne un avec des cigarettes, on pourra lui donner à la place.

C'est étrange, mais sans même qu'elle ait besoin de parler, il sait qu'elle lui en veut de ne pas s'être imposé – c'est inscrit dans sa façon de se tenir loin de lui et d'éviter son regard. Mais que peut-il faire ?

Ce soir-là, ils divisent leur pain restant et en laissent la moitié pour Tucker au bout de la couchette de Bill. Ils s'endorment le ventre vide.

15

Je me réveille chaque matin le ventre creusé par la faim et la poitrine oppressée par la terreur. Je reste allongée un moment pour laisser la panique affluer, puis je la force à refluer, je contrôle ma respiration jusqu'à ce que mon rythme cardiaque revienne à peu près à la normale, et je peux lever la tête pour affronter la journée. Bill perçoit ma peur, mais il sourit.

— Tête haute.

Et ses yeux sont tellement emplis d'amour que je lui pardonne de laisser Tucker nous faire chanter. Je sais qu'il fait de son mieux pour me protéger. On doit se préparer à affronter tous les obstacles, côte à côte. J'essaie de laisser la fille effrayée dans son lit et j'emporte Cousins dans le camp.

Une préoccupation très particulière a commencé à me hanter. Mes dernières règles ont commencé une semaine avant notre mariage, et on était en cavale pendant dix jours. Je suis réglée comme une horloge à vingt-huit jours. J'imagine qu'il y a un léger risque que je sois enceinte, mais Bill a pris tellement de précautions. Au mieux, il me reste quelques jours avant qu'une tache rouge sur mon pantalon ne me trahisse. Alors, les menaces de Tucker ne seront plus que du vent.

À ma grande surprise, je ne plonge pas dans la dépression. C'est même plutôt l'inverse. La vie n'a jamais été aussi précieuse. Je regarde Bill avec envie, comme si j'essayais de me nourrir de chaque mouvement de sa tête et de ses adorables mains. Je vois les feuilles des bouleaux derrière la clôture commencer à jaunir, un éclat doré derrière un nuage noir, ou je relève la tête au son du chant d'un merle. Tout est plus vif, plus net que jamais, comme si je faisais de longs adieux à la vie.

Le bon sens me souffle que je n'ai plus que quelques jours à vivre, mais une autre partie de mon cerveau s'accroche au mince espoir que peut-être je m'en sortirai et qu'il y a une vie possible pour Bill et moi après la guerre. Je décide que je dois vivre « comme si », sans quoi je pourrais tout aussi bien me dénoncer tout de suite. Je me concentre donc tout au long de la journée et de la soirée pour écouter les conversations autour de moi, essayer d'améliorer mon anglais. Pendant les heures interminables passées au baraquement, j'écoute les hommes jouer aux cartes ou parler de choses banales : poux, chaussettes, colis, nourriture.

Souvent, ce qui se dit à mon sujet est prononcé trop rapidement et je ne peux pas demander :

— Arrêtez, s'il vous plaît. Qu'est-ce que ça veut dire, ce que vous venez de dire, là ?

Je n'ai aucun moyen de savoir quels mots sont acceptables en société et lesquels uniquement entre soldats. De quoi j'aurais l'air si je vais prendre le thé avec des ladys anglaises et que je m'exprime comme un prisonnier dans une caserne ?

Bill continue de me lire *Les Grandes Espérances.* C'est un très gros livre et je n'en connaîtrai jamais la fin car il me reste trop peu de jours. Mais je le laisse divaguer au sujet de ses propres espérances pour notre vie en Angleterre après la guerre.

— On aura une petite maison, dans la même rue que ma mère, mon père et Flora pour qu'ils puissent t'aider à t'installer. On devra vivre au pub au début, évidemment, mais il y a beaucoup d'espace et des toilettes à l'intérieur. Comme ce sera amusant de te voir dans mon ancienne chambre !

Tucker passe au bout du lit à ce moment-là. Derrière la tête de Bill, il se lèche les lèvres d'un geste lent et révoltant, et mon ventre gronde de faim.

Le jeudi, je dévore mon bouillon et ma pomme de terre comme l'un de nos chiens à la ferme quand on les nourrit. Tout disparaît en quelques secondes. Mon estomac gronde et se serre, et rien ne peut distraire mes pensées de la nourriture. Je pensais savoir ce qu'étaient la faim et l'ennui, mais je n'en avais pas la moindre idée. Tant de choses m'étaient inconnues.

Maintenant que Ralph a encouragé Bill à me laisser avec Max et lui, Bill est toujours en train de demander s'il peut « filer rien qu'un instant » pour aller jouer du piano, au football ou assister à un match de cricket. Je suis heureuse qu'il puisse s'échapper de cet horrible baraquement, mais pour être totalement honnête, je lui en veux aussi un peu de s'occuper et de réussir à détourner ses pensées de la faim.

Je me demande si c'est à ça que ressemblera mon quotidien, si on arrive un jour en Angleterre. Est-ce qu'il partira au travail, jouer au football ou du piano, pendant que je resterai à la maison, à faire le ménage et la cuisine, sans plus de liberté que ma mère ? Peut-être que si je vais en Angleterre, je devrai continuer à incarner Cousins la journée – et être autorisée à faire tout ce que peuvent faire les garçons.

En l'absence de Bill, Ralph tient parole et commence à m'apprendre la sténographie Pitman. Quand il m'offre un petit carnet de papier quadrillé et un petit crayon, j'ai l'impression de recevoir des cadeaux d'une valeur inestimable que je garde précieusement. Je cherche désespérément de quoi occuper mon esprit, je me surprends à aimer la discipline de l'apprentissage et de la répétition mais aussi l'ingéniosité d'un système qui peut être utilisé dans n'importe quelle langue.

Pendant notre leçon, Max s'extirpe de son lit et nous annonce qu'il se rend à la bibliothèque du camp.

— Tu veux que je t'accompagne ? demande Ralph avec empressement en posant son crayon, mais Max secoue la tête et s'en va sans même avoir répondu.

Je trouve ça assez grossier. Ralph masque sa déception et se reconcentre sur moi, même s'il est évident qu'il n'a plus la tête à son cours.

En avisant le vide relatif du baraquement autour de lui, Ralph se met à chuchoter pour me parler de Max par phrases saccadées.

— Tu sais que tu l'as sauvé ?

Je ne sais pas de quoi il parle.

— Max. Ton arrivée lui a sauvé la vie. C'est pour ça que je n'en ferai jamais assez pour toi.

Je patiente et Ralph poursuit, comme si mon silence était un aimant qui lui tirait les mots de la bouche.

— Avant que tu viennes, environ six jours avant, Max a reçu une lettre. La lettre que tous les hommes ici redoutent de recevoir. Qu'ils redoutent plus que les nazis, carrément. Une lettre de sa fiancée, Rachel – une sale égoïste – qui lui annonce qu'elle s'est mariée. Et ce n'est pas tout, qu'elle a épousé son frère. Tu imagines un peu ? Le propre frère de Max qui lui vole sa fiancée pendant qu'il est détenu comme prisonnier de guerre. C'est plus bas que tout. Et Max s'est retiré dans son lit. J'ai déjà vu ça auparavant : des hommes jeunes et capables qui tournent leur visage vers le mur et attendent la mort. J'ai cru que je l'avais perdu.

Ralph lutte pour contrôler son émotion, accentuant la ride sur son front. Il relève les yeux vers moi.

— Tu ne peux pas imaginer comme il était différent avant ça. Il fait partie de ces gens que tu adores et que tu détestes en même temps parce qu'ils font tout bien. Ce n'est pas seulement qu'il sait tout faire, mais il est drôle, vraiment drôle, et toujours calme et positif, il mobilise tout le monde quand ils veulent abandonner. Il y a tant de personnes qui lui doivent la vie. Il est sportif en plus – pas comme moi. Avant la guerre, on a voulu le faire signer pour une carrière de footballeur professionnel, mais il a dit qu'il voulait devenir écrivain. (Ralph secoue la tête avec incrédulité.) Il écrit des trucs incroyables. Des poèmes, des histoires... tout.

Je pensais qu'il était invincible, comme un dieu, celui qui serait toujours là et saurait toujours quoi faire. Et puis, quand la lettre est arrivée, il s'est comme effondré sur lui-même. Il ne voulait plus ni lire, ni écrire, ni manger ou quitter son lit.

Il marque une pause, plongé dans ses souvenirs.

— Et puis vous êtes arrivés et tu vois, ça lui a donné une raison de vivre. Il est même retourné à la bibliothèque et il se remet à écrire. Alors je te dois tout, parce que si quoi que ce soit...

Je hoche la tête et touche brièvement le dos de sa main. Je sais. Et je suis contente qu'il se soit confié à moi, car à présent, le comportement incohérent de Max a trouvé une explication. Que ferais-je, si Bill avait épousé quelqu'un d'autre ? Je ne voudrais plus vivre non plus. Je décide de chercher des petites choses à faire qui rendraient Max heureux.

À son retour de la bibliothèque, je lui fais passer un mot, qui dit : *Qu'est-ce que tu lis ?*

Il paraît surpris, et le tressautement de sa jambe s'arrête un instant. Il se tourne et me montre deux livres.

— Tolstoï, dit-il, même si je suis surpris qu'ils nous laissent lire des auteurs russes, puisqu'ils les estiment inférieurs aux humains. Et H.G. Wells, *Abrégé de l'histoire du monde.*

Il me tend le livre d'histoire, qui est étonnamment court. Je le tourne et le retourne. On dirait que ce seul livre contient tout l'enseignement d'une université. J'ai presque envie de le lui voler. J'écris : *Je pourrai le lire après ?* et le tressautement constant de sa jambe se calme.

— Tu t'intéresses à la politique et à l'histoire ?

C'est le cas désormais. J'acquiesce et Max sourit. C'est peut-être la première fois que je le vois sourire et ça atténue un peu son apparence de tête de mort. Il a des dents bien blanches et alignées.

— OK. Je vais lire un chapitre et je t'en parlerai. Et quand j'aurai terminé le livre, je te le passerai. Ça te va ?

Je songe à ce que ferait Cousins, et je lui tends la main. Ainsi commence mon éducation politique – et ma mission pour sauver Max.

Chaque fois que le piano est libre, Bill en profite pour aller jouer et je l'accompagne parfois. Vendredi, il pleut et de nombreux prisonniers sont attirés par la musique. Le grand garde nous suit et reste pour s'abriter de la pluie. Puis Bill se met à jouer des airs qu'ils connaissent et tout le monde se met à chanter, morceau après morceau, pendant tout ce long après-midi humide.

Bill joue la chanson du rossignol et celle qui évoque une danse joue contre joue, et je sais qu'elles me sont destinées. Le grand garde remarque que je ne me joins pas à eux et j'essaie de mimer mon trou de mémoire, puis je pivote sur ma chaise pour dissimuler mon visage. Je sens son regard sur l'arrière de mon crâne.

Le soir, les colis finissent par arriver et on en obtient un américain, avec des cigarettes. Bill prend Tucker dans un coin et passe un rapide marché. Cette semaine, ce sera les clopes et pas la nourriture. Mais je ne lui fais pas confiance pour respecter le moindre marché.

L'un des moyens pour notre baraquement d'oublier la faim et l'ennui pendant une heure, le soir venu, c'est les « soirées film » organisées par Ralph, où il nous raconte l'histoire d'un film – dans les moindres détails, comme s'il se le passait dans la tête. L'un d'eux s'appelle *Une femme disparaît* et je me dis : *c'est moi.*

Un autre moyen de passer le temps est d'organiser des débats. L'un d'eux concerne la question du socialisme après la guerre. Les deux partis sont établis, chacun représenté par un orateur éloquent. Max défend le socialisme et se déclare en faveur d'un nouvel ordre.

— Vous vous souvenez de la bataille de Cable Street, dit-il à tous les hommes qui se sont approchés pour écouter. Comme on a battu Mosley et ses chemises noires. Si la guerre n'était pas arrivée, on aurait pu nous aussi avoir un Parti nazi en Angleterre. Mais les gens de l'East End se sont soulevés et les ont empêchés de défiler.

Je jette un regard à Bill pendant le discours de Max, en me demandant s'il a participé à cette glorieuse bataille contre les fascistes, mais il fixe ses pieds des yeux et je n'arrive pas à déchiffrer l'expression sur son visage.

Max est lancé.

— Quand ce sera fini, il n'y aura plus de dames et de seigneurs pendant que les travailleurs meurent de faim. Les écoles privées doivent être supprimées pour que tout le monde reçoive la même éducation. Terminé, les gouvernements remplis de types issus d'Eton[1]. Terminé, les médecins pour les riches pen-

1. Eton College est une prestigieuse école pour garçons âgés de treize à dix-huit ans, élitiste et très coûteuse, principalement fréquentée par l'aristocratie.

dant que les pauvres succombent de maladies évitables. La Grande Guerre n'a rien changé pour les travailleurs. Cette guerre doit changer la vie de tout le monde, ou alors à quoi aura-t-elle servi ?

Bill finit par relever les yeux et hoche la tête. Un tonnerre d'applaudissements accueille la fin du discours de Max. La tâche de l'homme qui se prononce contre le socialisme est ardue, et son discours, dans lequel il essaie de décrire les pires excès du socialisme russe, est accueilli par des huées et des sifflets. Les hommes ne sont pas d'humeur à entendre ça.

— Les Russes sont nos alliés, s'exclame quelqu'un, ils meurent en nombre.

Et il se met à frapper des pieds. D'autres se joignent à lui et Ralph, qui préside le débat, doit lever la main pour réclamer le silence. Une fois que le calme est revenu dans le baraquement, l'homme qui s'exprime contre le socialisme termine lamentablement :

— Bien sûr qu'on veut tous un monde meilleur, avec des richesses réparties plus équitablement, mais on doit se prémunir contre le socialisme totalitaire tout autant que contre le fascisme.

Il se rassoit sous quelques vagues applaudissements modérés. Tout le monde s'accorde à dire que Max a remporté le débat, et le baraquement s'emplit de discussions enthousiastes sur la vie différente qu'ils vivront après la guerre.

Max vient s'asseoir avec nous.

— La clé, c'est l'éducation, déclare-t-il. Je ne suis jamais retourné à l'école quand on a quitté Brooklyn, j'avais quatorze ans.

— Moi aussi, j'ai arrêté l'école à quatorze ans, ajoute Bill. J'étais reçu pour le secondaire, mais mes parents n'avaient pas les moyens de payer l'uniforme.

— Et moi, intervient Ralph, je ne suis allé au secondaire que parce que j'ai obtenu une bourse.

Je pense qu'il cherche à tout prix à montrer qu'il est « l'un des leurs » malgré son meilleur niveau d'éducation.

— L'université de Manchester est remplie d'idiots qui sortent d'écoles privées et passent leur temps à se saouler sans prendre la peine d'assister aux cours, alors que des types comme vous deux auraient fait un vrai usage de cette opportunité.

— Voilà ce que je veux, confie Max. Je veux voir si j'obtiens une place au Ruskin College, étudier la politique, pour savoir vraiment de quoi je parle.

Bill le regarde avec émerveillement, visiblement confronté à des idées qu'il n'a jamais entendues auparavant, ni même envisagées comme des possibilités.

Tous trois continuent jusqu'à l'extinction des feux, excités par le monde différent qui les attend après la guerre. Je me demande si ce sera la même chose pour les filles. Je me demande si je vivrai assez longtemps pour le découvrir.

Quelques jours plus tard, deux semaines après notre arrivée à Lamsdorf, je regarde Bill jouer au football, debout sur la ligne de touche, Ralph à mes côtés. Tucker se trouve de l'autre côté du terrain. Ses yeux se posent sur moi, et il continue de me regarder tout en se décrottant le nez, dont il mange le contenu. Cousins regarde à travers lui, vers un ailleurs. Les hommes plus proches de nous s'éloignent et Ralph me dit à voix basse, dissimulée par les cris de la foule :

— J'ai quelque chose à te demander. C'est un peu délicat, et j'espère que tu ne m'en voudras pas. J'ai trois sœurs, tu vois ; j'ai été élevé dans une maison remplie de femmes. Et même ma première année de médecine m'a appris certaines choses. Je me demandais quand tu aurais ta « visite mensuelle », et de quoi tu auras besoin. (Je le regarde avec surprise, et il poursuit péniblement :) Je me demandais quand tu avais eu tes règles pour la dernière fois. Mes sœurs appelaient ça les « ragnagnas ».

Měsíčky ! Il est au courant pour les *měsíčky* ! Je sens une rougeur envahir mon cou et mon visage, et il penche la tête, content qu'on se soit compris. Je jette un regard au garde pour voir s'il a remarqué ma rougeur, mais sa tête est tournée de l'autre côté.

J'éprouve une immense vague de soulagement et de gratitude envers Ralph et ses sœurs. Je me demandais si les Anglais étaient au courant de l'existence de ces choses, et comment diable j'allais pouvoir en parler à Bill. Le compartiment caché au fond de mon sac contient une partie de ce dont je vais avoir besoin : la ceinture sanitaire cirée et des morceaux de tissu. La ceinture est une invention de ma mère pour éviter toute fuite.

— Si je te trouve quelques chiffons, est-ce que tu as les autres choses qu'il te faut ? demande Ralph et je lui signifie ma profonde reconnaissance sans pour autant arriver à croiser son regard. Il faudra que tu me le dises, je suis désolé, pour qu'on puisse t'abriter dans la salle d'eau.

Je hoche de nouveau la tête, les joues aussi rouges que si j'avais pris un coup de soleil.

— On mettra au point un signal. (Il a visiblement pensé à tout.) Tu viendras me voir et tu poseras la main à plat sur ton ventre. (Il me fait une démonstration.) Compris ?

Je pose ma main droite sur mon ventre, où viendra la douleur, pour lui montrer que j'ai compris. Il baisse les yeux.

— Bien. Je parlerai à Bill de notre accord. Tout se passera bien.

On dirait qu'il essaie de s'en convaincre autant que moi.

Il reporte son attention sur le match et on regarde tous les deux Bill pousser le ballon à l'autre bout du terrain de ses longues jambes gracieuses. Mes joues reprennent progressivement leur couleur normale.

Il faut que tout se passe bien. Il le faut.

Le lendemain, Bill me tend timidement une pile soignée de bandes de tissus découpées. Je reconnais certains des *fuss-lag*, portés par les hommes qui n'ont pas de chaussettes – des dons faits par ceux qui sont au courant de notre secret. Je suis horrifiée que ma honte doive être aussi publique, mais remplie de gratitude pour leur générosité désintéressée. Je me demande qui, par conséquent, aura des ampoules ou froid aux pieds. Pas Tucker, j'en suis sûre. Bill est partagé entre la honte et la satisfaction en constatant mon évident soulagement. Ce sera suffisant pour la totalité de mes règles.

Le soir, après l'extinction des feux, une fois sous la couverture, j'enfile la ceinture hygiénique doublée de quelques chiffons. Et je ne me suis pas trompée. Au réveil, j'éprouve les crampes familières. Dès que possible, je fais signe à Ralph, ma main à plat sur mon ventre, et il me signifie son encouragement d'un geste de la tête. Les crampes sont aussi intenses que d'habitude et je dois rester debout deux heures pendant l'appel sans rien devoir laisser transparaître sur mon visage, malgré la douleur et la sensation d'humidité. J'essaie de me dire que je suis Cousins, que j'ai une blessure au ventre qui m'a été infligée par les gardes. Il ne veut pas leur donner la satisfaction de les laisser voir qu'ils lui ont fait mal. Je lève la tête et fixe mon regard au-delà des barbelés, les mains enfoncées dans mes poches, les poings serrés pour gérer la douleur.

Bill me tient compagnie au baraquement pendant la majeure partie de la journée, qui s'écoule à une lenteur insupportable, une minute après l'autre. Il ne peut pas me faire la lecture toute la journée et s'éloigne parfois pour jouer aux cartes tandis que je m'allonge sur ma couchette. J'essaie de dormir pour passer le temps. On est tous les deux tristes et à cran.

Le soir est le moment plus terrifiant de tous, lorsque je dois m'accroupir devant le lavabo le plus éloigné de la salle d'eau pour nettoyer les chiffons usés et imbibés de sang, que je regarde s'écouler dans le drain. Bill, Scotty, Max et Ralph prennent nonchalamment position autour de moi. Il y a tellement de sang ! On dirait que j'ai commis un meurtre.

C'est plus facile le matin, quand je peux nettoyer le tissu en même temps que la cuve de la nuit, mais chaque soir, ma honte est étalée aux yeux de tous – une rouge accusation qui tourbillonne dans le drain.

Mes amis prennent position entre la porte et moi pour que je ne me fasse pas prendre au beau milieu de ma tâche humiliante. Je sais que je ne serai jamais en mesure de rendre la pareille à ces vingt hommes qui me cachent. De retour au baraquement, je suspends les bouts de tissu aux lattes de la couchette supérieure toujours vide pour les faire sécher.

Le soir de mon quatrième jour de règles, je suis accroupie à mon endroit habituel le plus proche du drain. L'eau froide a fait rougir mes mains presque aussi sûrement que le sang qui s'écoule des chiffons. J'essaie de me servir de mon corps pour dissimuler ma tâche, mais au moment où la dernière trace disparaît, j'entends le sifflement d'avertissement de Bill et je relève la tête.

Le grand garde se dirige vers moi et écarte Ralph et Max du chemin. Il arbore l'expression de l'un de nos chiens quand il sent la présence d'un rat.

Je baisse les yeux et essore promptement les bouts de tissu. Scotty et l'un des autres prisonniers de notre baraquement commencent à feindre une dispute près de l'entrée, et le garde leur jette un regard, mais ils ne représentent pas le même intérêt que moi, ou ce que je suis en train de faire.

Il vient se planter à côté de moi et mes jambes se mettent à trembler. Ses bottes reluisent. Je presse les dernières gouttes d'eau et je me sers d'une main pour me relever. Je tremble tellement que je dois me tenir au tuyau.

— Qu'est-ce qui se passe ici ? demande le garde.

Ralph répond nonchalamment en allemand.

— Certains prisonniers lui ont donné des cigarettes pour qu'il lave leurs *portianki*. Sale boulot !

Le garde se sert du bout du canon de son fusil pour soulever ma main gauche qui tient les tissus dégoulinants.

— Pourquoi il a aussi honte ?

Je suis stupéfaite par l'aisance de Ralph.

— C'est dégoûtant, je trouve, juste pour quelques clopes. Moi, je le ferais pas !

Le garde me dévisage et je lui rends son regard, comme le ferait Cousins, alors même que mes genoux se sont transformés en gelée. Il finit par ricaner.

— D'accord la petite blanchisseuse, tu peux laver mes *fuss-lag* aussi !

Il m'examine encore un long moment avant de se tourner vers Scotty, qui est en train de transformer sa fausse dispute en bagarre simulée.

Ralph l'accompagne pour interrompre la « querelle » et Bill s'approche de moi.

— Il va peut-être falloir arrêter de fumer, dit-il d'une voix forte. Et tu n'auras plus à faire ça. (Il me prend les chiffons des mains et recommence à les essorer.) Ce qu'il te faut, c'est une essoreuse.

En me touchant la main, il peut sentir le tremblement qui me secoue jusqu'à l'os. Je m'adosse contre le mur, submergée par des vagues de nausée.

— On va boire quelque chose de chaud, dit-il en m'entraînant à l'extérieur.

De retour au baraquement, il me fait asseoir sur sa couchette. J'ai les mains glacées, et il les frotte entre les siennes. Je les retire et m'assois dessus. Et si l'un des hommes qui n'est pas au courant de notre secret nous surprend ?

— Viens, ma chérie, dit-il doucement, malgré le léger tremblement dans sa voix. Je vais te préparer une bonne tasse de thé. Avec beaucoup de sucre, cette fois. Tu te sentiras mieux. Tu verras. Et ensuite, on étendra ces *fuss-lag* pour qu'ils sèchent.

Pour une fois, le thé sucré est bon et, à mesure que je bois, les tremblements commencent à se calmer. Pourtant, la perspective d'avoir d'autres chiffons à laver demain soir m'emplit de crainte. Au moins, ce sera bientôt terminé. Encore un jour, peut-être. « Faites que les saignements s'arrêtent », dis-je en guise de prière.

Ce soir, la plupart des prisonniers assistent à un événement qui a lieu hors du baraquement. Tandis que Bill s'occupe du réchaud, Tucker s'arrête devant notre lit et touche une boîte de poires qu'il veut qu'on lui cède, cette nuit. Il jette un coup d'œil à Bill, qui est hors de portée de voix, et se tourne vers moi.

— Qu'est-ce que tu as d'autre pour moi ? murmure-t-il. Quelque chose que tu as caché ? Bill ne le remarquera pas.

Je commence à secouer vigoureusement la tête, comme si ça pouvait me débarrasser du son de sa voix geignarde qui ajoute :

— J'ai trop faim pour garder ce secret plus longtemps. Je parie que les gardes s'amuseraient bien avec toi et me récompenseraient avec un bon gueuleton.

Je suis furieuse que tant d'hommes dans ce baraquement prennent tous ces risques chaque jour pour me protéger, pour me cacher, pendant que ce porc ose me menacer. Je lui fais signe de s'écarter avec colère, et Tucker récupère la boîte de poires qu'il glisse dans sa poche.

— Si tu ne me trouves rien de mieux que ça, j'aurai un petit mot avec le commandant à l'appel, ce soir.

Cette fois, la nuance dans sa voix me dit qu'il ne s'agit pas d'une menace supplémentaire. Il a réellement l'intention de la mettre à exécution. Je regarde Tucker s'éloigner d'un pas léger et la fureur monte en moi, comme la vapeur dans une bouilloire. Je ne le laisserai pas me détruire. Quand il s'arrête pour parler à Ralph et Max, je me glisse vers la couchette de Scotty et je passe les doigts sous la photo pour récupérer son canif.

Je m'insère entre Ralph et Max et je fais face à Tucker. D'un geste prompt, je brandis le couteau et Tucker bondit en arrière en supposant que je vais l'attaquer, mais au lieu de ça, je le colle sous ma gorge. J'attrape sa main et l'enroule autour de la mienne en lui faisant appuyer la lame froide contre ma peau. Je plonge dans son regard.

— Alors vas-y, je siffle. Gros dur. Tue-moi.

L'air terrifié, Tucker essaie de retirer sa main. Il ne veut pas me trancher la gorge, même s'il serait ravi de laisser quelqu'un d'autre le faire. Ralph et Max nous séparent. Bill se jette vers nous par-dessus le lit de Ralph, renversant un colis qui se vide de son contenu.

Ralph saisit ma main qui tient le couteau pendant que Max et Bill agrippent Tucker et lui maintiennent les mains dans le dos. Certains relèvent les yeux, mais lorsqu'ils constatent que Ralph a la situation sous contrôle, ils perdent tout intérêt pour la scène.

— Cousins, murmure Ralph d'un ton d'urgence. Qu'est-ce qui se passe ?

Je désigne Bill. J'ai terminé de parler, je me suis fait comprendre.

Bill secoue le bras de Tucker et, sans relâcher son emprise, lui murmure :

— Cet enfoiré nous fait chanter depuis le premier jour. (Il ponctue son propos en lui tordant le bras de plus belle.) Il nous prend notre bouffe. Il menace de balancer Cousins aux gardiens si on n'obéit pas. Il nous menace aussi si on vient vous prévenir. Je ne savais pas quoi faire.

Avec une telle rapidité que j'ai l'impression de l'avoir imaginé, Max enfonce son genou dans l'entrejambe de Tucker, qui se plie en deux de douleur.

— Sale putain de lâche. Tu l'aurais assassinée de sang-froid.

Ralph lève une main en signe d'avertissement.

— Max !

Et Max relâche soudain Tucker. Bill l'imite et il s'affale au sol entre les lits, les deux mains plaquées sur ses testicules.

Ralph se penche au-dessus de lui.

— Tu sais ce qui se passerait si je disais aux autres ce que tu as fait, espèce de misérable rat.

Tucker relève la tête, le visage froissé par la douleur.

— Leur dis pas. Leur dis pas. J'irai dans un autre baraquement. Je décampe.

— Oh, non. Tu vas rester ici et je vais te mettre sous surveillance. Il se passera pas une minute du jour ou de la nuit sans qu'on t'ait à l'œil. Et tu as plutôt intérêt à devenir aussi muet que Cousins ou je laisse le reste du baraquement te mettre en pièces.

Tucker hoche la tête comme un jouet mécanique.

— Le dis pas à Scotty, d'accord ? Pitié. Il...

Ralph approche son visage tout près du sien.

— Il quoi ? Il te tuera ? Comme tu t'apprêtais à le faire avec Cousins ? Je suis très, très tenté.

Max et lui remettent Tucker sur ses pieds et le poussent jusqu'à son lit. Ralph va toucher quelques mots aux autres et, immédiatement, deux d'entre eux viennent se placer le long du lit de Tucker. Ce dernier se recroqueville dans les ombres de sa couchette.

Je bous toujours de colère. Bill tend la main pour me calmer.

— Est-ce que ça va ? Tu es tellement courageuse.

J'ai agi sous le coup de la fureur pure et je me rends compte à présent que ça aurait pu très mal tourner. Le genre de prise de risque inconsidérée que je m'étais promis d'arrêter. J'agite le canif devant Bill et le replace dans sa cachette derrière la photo de Scotty. Je me suis à peine détournée que Scotty reparaît dans le baraquement. Ralph m'adresse un signe de la tête. Je comprends qu'il expliquera à Scotty ce qu'il s'est passé et s'assurera que ce dernier trouve une nouvelle cachette à son couteau.

Bill ramasse les affaires qu'il a renversées en bondissant sur le lit pour me sauver. Une fois qu'il a tout réuni, il relève les yeux vers moi et sourit :

— C'était bon d'entendre ta voix. J'avais presque oublié à quel point tu peux être effrayante.

16

— On ne peut pas rester là, laisse échapper Bill à Max et Ralph, plus tard dans la soirée. Je dois installer Cousins dans un autre baraquement.

Ralph retire ses lunettes et les nettoie consciencieusement avant de les remettre.

— Tu as raison. C'est trop dangereux ici. Mais on serait tous bien mieux dans un camp de travail. Il y a moins de gardes.

Bill hoche vigoureusement la tête et je me souviens comme la surveillance était allégée à la scierie de Mankendorf et à notre ferme. Ce serait un immense soulagement de nous retrouver dans un endroit comme ça.

Max se joint à nous.

— On pourrait peut-être trouver un *Arbeitskommando* en Tchécoslovaquie, dit-il calmement. On pourrait même avoir une chance de faire passer un message à la résistance.

Mon cœur bondit à la pensée que mon père et mon frère pourraient enfin venir à mon secours, et j'agrippe la main de Bill. Je ne sais pas si ce serait difficile de cacher mes règles dans un camp de travail, mais je sais que je n'ai pas envie d'être ici quand elles reviendront. Et je veux mettre autant de distance que possible entre Tucker et moi. Même sous surveillance, je sais qu'il n'est pas digne de confiance.

— Rien qu'une chose, reprend Ralph : je ne pourrai pas supporter d'aller dans une mine. Tout mais pas une mine. Je ne tiendrai pas cinq minutes dans un espace confiné.

Je suis ravie qu'ils soient tous d'accord pour ne pas aller dans une mine. La vue du ciel chaque jour me donne de l'espoir. Je sais que mon père et ma mère peuvent lever les yeux et voir le même soleil et les mêmes nuages que moi, et je me sens connectée à eux. Je ne sais pas si je pourrais vivre dans l'obscurité.

Scotty remarque notre conversation discrète et s'approche. Il se tient maladroitement en tortillant sa casquette entre ses mains.

— Si vous voulez partir en groupe de travail, je serais content de venir avec vous, si vous voulez bien.

Tout le monde échange un regard avant d'acquiescer. Ce serait très rassurant d'avoir quelqu'un de notre côté qui a la réputation de savoir se défendre dans une bagarre.

Le lendemain matin, en lieu et place de notre habituelle promenade le long de la clôture, on prend tous les cinq la direction du baraquement qui fait office de bourse du travail et gère les demandes de travailleurs dans un immense rayon autour de Lamsdorf. En chemin, Max m'apprend qu'il existe six cents camps de travail *Arbeitskommandos* en lien avec Lamsdorf, dans lesquels travaillent des prisonniers britanniques. Il dit que les nazis ne sont pas censés nous envoyer dans des usines de munitions ou quoi que ce soit qui participe directement à l'effort de guerre, mais c'est bien connu : ils le font quand même.

Je commence à remarquer l'odeur curieuse et âcre qui flotte dans l'air et je vois les hommes qui nous entourent lever le nez en secouant la tête.

— Le vent a changé de direction, dit Ralph.

Je regarde Bill. Est-ce qu'il sait d'où provient cette horrible odeur ? Ralph, Scotty et lui évitent mon regard et Max m'emboîte le pas.

— L'odeur ? fait-il.

Max ne mâchera pas ses mots.

— La rumeur dit qu'elle vient du camp où ils emmènent les Juifs et les Tziganes. On dit que c'est l'odeur de milliers de corps qui brûlent. Des femmes et des enfants qui ne sont d'aucune utilité dans les camps de travail.

Je reste figée sur place et je fixe Max des yeux. Ma propre horreur se reflète sur son visage. Est-ce seulement possible ? Est-ce que même les nazis sont capables de faire ça à d'autres êtres humains ? Un sentiment de fureur monte en moi, et je me remets en marche pour doubler Ralph, Scotty et Bill. Tous trois s'efforcent de suivre mon allure.

— Qu'est-ce qui presse comme ça ? lancent-ils. Tu as un bus à prendre ?

Mais je suis aveuglée par la rage contre le monde entier, la guerre, cette cruauté qui dépasse l'entendement. J'ai envie de bondir sur la clôture, de la secouer en hurlant ma rage, mais tout ce que je peux faire, c'est marcher, marcher, de plus en plus vite, sans savoir où je vais, poussée par le désespoir d'échapper à cet épouvantable charnier. Ralph et Max ralentissent légèrement, mais Bill et Scotty restent à mes côtés, font le tour des baraquements jusqu'à ce que je finisse par ralentir le pas et par laisser Ralph et Max nous rattraper.

J'entends Bill déclarer à ce dernier :

— Tu n'aurais pas dû lui dire.

Je me tourne pour fusiller Bill du regard. Il lève les mains.

— Désolé, désolé. Oui, évidemment que tu dois le savoir. Mais c'est tellement horrible, je voulais t'épargner.

— Il faut qu'on reste en vie et qu'on se tire d'ici, dit Ralph. On doit survivre et raconter ce qu'on sait au monde entier.

Je suis sûre qu'il s'adresse à Max.

La « bourse du travail » est un baraquement destiné à envoyer les prisonniers dans les camps de travail *Arbeitskommandos* appropriés, et je constate maintenant par moi-même de quelle manière le Troisième Reich existe grâce à l'esclavage de ses ennemis capturés.

Le baraquement est géré par deux « hommes de confiance », un Britannique et un Australien. Aux murs sont accrochées les listes des centaines d'usines, mines et carrières qui cherchent du personnel.

— Prêts à vous rendre utile au Reich ? demande l'Australien.

— On a entendu dire que la Tchécoslovaquie était très agréable à cette période de l'année, répond Bill.

L'Australien pousse un index de cartes vers lui.

— Pas de mines, dit Ralph. Je suis claustrophobe. Je hurlerais à en faire écrouler le plafond.

— De l'expérience ?

— J'ai travaillé dans une scierie et dans une ferme, précise Bill et j'ai construit des traîneaux. (Il me désigne.) Lui est doué avec les chevaux.

— Il n'y a pas beaucoup de travail agricole à cette période de l'année, dit l'Australien. Et vous deux ? Qu'est-ce que vous savez faire ?

— La comptabilité, et je parle allemand, répond Ralph.

L'Australien écrit quelque chose et Max enchaîne :

— Je sais organiser un syndicat.

L'Australien hausse les sourcils.

— Hum, mieux vaut ne pas trop le crier sur tous les toits.

— Moi, j'ai travaillé dans une carrière, ajoute Scotty, un chantier naval, une usine de chapeaux et une usine de biscuits. On préférerait une usine de biscuits, si vous avez ça.

Tout le monde rit, mais je le regarde avec un nouvel intérêt.

L'Australien sort une carte de son index.

— J'ai ça. C'est pas une usine de biscuits. La carrière de Saubsdorf. E166. District de Jeseník, région d'Olomouc. Ils veulent cinq nouveaux hommes.

Il prononce mal Jeseník, aussi me faut-il un moment avant de reconnaître l'endroit. Puis mon cœur bondit. Je serai de retour dans mon pays ! Ce sera si beau dans les montagnes. C'est sûrement là que se cache la résistance.

L'Australien nous observe attentivement et je nous regarde de son point de vue : Bill, mince mais nerveux ; moi, petit pour un homme et maigrelet après avoir passé un mois sans les petits plats de ma mère et seulement la moitié d'une ration de colis ; Max, sa silhouette squelettique agitée d'une force nerveuse ; Ralph, un type à lunettes vaguement féminin ; Scotty, dur et carré.

— C'est un travail difficile. Vous êtes sûrs d'être partants ?

— On va se concerter, dit Ralph, et on se retire dans un coin du baraquement pour chuchoter entre nous.

— C'est dur, le travail dans une carrière, dit Scotty.

Ralph me désigne et demande à Bill :

— Il y arrivera ?

Bill fouille mon regard et y lit mon enthousiasme.

— Tout vaudra mieux qu'ici, et il est plus fort qu'il en a l'air. On pourra peut-être le couvrir ou lui trouver du boulot dans un bureau, une fois là-bas.

On tombe donc d'accord. On ira à la carrière de Saubsdorf. Je serai de retour en Tchécoslovaquie et je pourrai peut-être même trouver le moyen d'envoyer un message à ma mère.

L'Australien remplit les papiers et nous tend une feuille à chacun.

— Vous devez rassembler vos affaires, vous serez transférés dans le camp *Arbeits* jusqu'à ce qu'on puisse vous emmener. Ça ne devrait pas prendre plus d'un jour ou deux.

Sur le chemin du retour vers notre baraquement, j'ai l'impression d'avoir des ailes. Je retourne dans mon pays natal, où on pourra facilement s'échapper et rejoindre les partisans. Ma joie doit être évidente car Bill et les autres me sourient avec indulgence dès qu'ils croisent mon regard.

On commence à remballer nos maigres affaires dans nos sacs, et les hommes de confiance de notre baraquement approchent un par un pour nous souhaiter bonne chance.

Ils me serrent tous vigoureusement la main et certains me murmurent des mots qui me font monter les larmes aux yeux.

— J'avais presque abandonné tout espoir jusqu'à ton arrivée.

— Si tu y arrives, on y arrivera tous.

— T'avoir avec nous, ça m'a donné quelque chose sur quoi me concentrer. Un but. Tu vas me manquer.

— Je crois qu'on s'en sortira, maintenant qu'on t'a rencontrée.

J'ai du mal à croire que Bill et moi avons passé moins d'un mois à Lamsdorf. Ça m'a fait l'impression d'une éternité. Je me demande si la familiarité des ronflements sonores de Bert va me manquer, ou les craquements d'articulations de Chalky, ou même la manie d'Harold de se nettoyer les oreilles avec les doigts. Je jette un regard au lit de Tucker, qui n'est pas là, et j'éprouve un élan de panique.

Ralph s'en aperçoit et me dit :

— Je te promets qu'il est sous surveillance. Ils ne le laisseront pas parler.

On enfile nos manteaux, on hisse nos sacs sur nos épaules, on se drape de nos couvertures et on emporte les précieux restes des derniers colis de la Croix-Rouge à la main tout en faisant nos adieux.

Pour rejoindre le camp *Arbeits*, on doit traverser une des premières clôtures et montrer notre feuille de papier au garde.

C'est celui des latrines qui est de service ici aujourd'hui, et il est en train de se curer les ongles. Il s'ennuie. Il se déride à notre approche et nous ordonne de nous arrêter. Je n'aime pas l'enthousiasme avec lequel il fouille dans nos maigres possessions ; il y prend beaucoup trop de plaisir. Il fait bien exprès d'ouvrir chacun de nos sacs et de regarder à l'intérieur, de plonger ses doigts dans certaines de nos boîtes ouvertes, comme s'il cherchait quelque chose, se lèche les doigts et les replonge dans notre nourriture. Et puis, comme je m'en doutais, il se tourne vers moi.

— Alors notre petite blanchisseuse s'en va, dit-il en allemand.

Bill et Scotty s'agitent nerveusement, mais Ralph lève une main en guise d'avertissement tandis que le garde me contourne lentement en me toisant.

— Il y a toujours eu quelque chose qui me dérangeait chez toi, reprend-il. Je n'ai jamais cru à cette histoire de mutisme.

Il s'arrête et, sans prévenir, il enfonce la crosse de son fusil sur mon coup-de-pied droit. Je ne peux retenir un hoquet de douleur et je me plie en deux pour agripper mon pied, mais je ne laisse échapper aucun mot. Ralph et Max retiennent fermement Bill, qui murmure un chapelet d'injures, mais le garde l'ignore.

Je me redresse et cette fois, confrontée au harcèlement, ce n'est pas l'humeur ingérable d'Izzy qui prend le dessus, mais l'implacable résistance de Cousins. Le garde semble déçu de ne pas m'avoir fait prononcer un mot, mais j'incarne Cousins jusque dans mes entrailles et je le regarde droit dans les yeux en mimant silencieusement « Va te faire foutre ! », puis je brandis mon bras droit en effectuant le signe V[1] que je plante sous son nez.

Le garde me fusille du regard. Ce geste pourrait me mener tout droit à l'isolement, pendant que Bill s'en irait au camp de travail sans moi. Mais à ma grande surprise, le garde rit.

— Allez vas-y, va jouer les muets au fond des mines, dit-il en nous faisant signe de passer.

Je boite en direction de la deuxième clôture d'enceinte, et on montre notre feuille à un nouveau garde, responsable du camp *Arbeits*. La grille se verrouille derrière nous et on nous mène à notre nouveau baraquement. Étant donné qu'on ne va y passer qu'un jour ou deux, mes amis ont décidé de ne révéler mon secret à personne.

J'éprouve un moment de terreur en comprenant que les couchettes vides sont éparpillées à travers le baraquement, mais deux places libres se profilent sur des lits attenants, et Bill et moi nous y installons. Les matelas en paille sont vieux et aplatis. Cette fois, on est situés au beau milieu de la pièce, entourés de prisonniers. Je dois faire encore plus attention à garder un silence absolu. Bill explique immédiatement aux prisonniers que je suis muet à la suite d'un traumatisme.

— Il me colle au train depuis que je l'ai trouvé, explique-t-il avec un haussement d'épaules.

Ils m'observent avec curiosité un moment avant de retourner à leurs occupations, et je respire de nouveau.

---

1. Dans la culture anglaise, ce signe constitue une insulte, lorsque la paume de la main est tournée vers la personne qui exécute le geste.

Lors de l'appel du lendemain, un garde énonce les noms de ceux qui doivent partir, et les nôtres n'en font pas partie ; on a donc une journée entière à tuer sans les distractions du camp principal. Je rembourre mes bottes avant de les lacer, et je peux rejoindre les autres qui marchent le long de la clôture, comme des lions en cage, portant toutes nos possessions dans nos sacs. On s'arrête pour regarder une procession de prisonniers que l'on ramène de la voie ferrée en direction du camp russe, juste de l'autre côté des bois. Alors qu'ils passent tout près de la clôture, Ralph dit :

— Oh mon Dieu, regardez-les.

Les soldats russes sont sales et barbus, et on voit clairement sous leurs longs manteaux que leurs corps ne sont plus que des sacs d'os. Certains ont les pieds nus, lacérés et ensanglantés. L'un d'eux trébuche et son compagnon l'aide à se redresser. Les gardes nazis les poussent avec leurs fusils en les insultant, comme s'il s'agissait d'un troupeau de bétail à rassembler.

— Hitler les considère comme des *Untermenschen*, des sous-hommes. Staline n'a pas signé la Convention de Genève, alors ils peuvent faire ce qu'ils veulent des Russes.

Bill retire le sac de son épaule et cherche sa ration de pain à l'intérieur. Il le divise en trois morceaux qu'il lance par-dessus les barbelés. Les Russes les attrapent et les fourrent en entier dans leur bouche. J'ouvre mon sac à mon tour, dans l'intention de l'imiter, mais les gardes nous ont repérés.

— Arrêtez ! Écartez-vous de la clôture ou je tire. Ces animaux ne méritent pas votre bon pain allemand.

On commence à reculer dès les premiers cris dans un réflexe de défense.

— Éloignez-vous ou vous finirez un mois à l'isolement.

On recule à une distance de sécurité, sans pour autant quitter des yeux les pauvres Russes qui continuent d'avancer. Comment Dieu peut-Il permettre ça ? Les voit-Il seulement ? Est-ce qu'Il est là ? Je me détourne des autres et je fais le signe de croix pour me protéger des pensées blasphématoires de Cousins, puis on reprend en silence la direction de notre baraquement.

Le lendemain matin, le grand garde s'approche de la clôture avec un message manuscrit destiné à Ralph de la part d'un de nos amis du baraquement 17. Ralph nettoie ses lunettes, puis lit à voix haute :

— Écoutez tout le monde, voici ce que ça dit : Tucker retrouvé mort dans son lit. Le doc soupçonne de la mort-aux-rats dans sa nourriture.

Je plaque ma main sur ma bouche, parcourue par une vague de soulagement.

— Bon débarras, fait Bill sans croiser mon regard.

Cela peut-il être l'œuvre de Bill ? Mon gentil mari est-il capable de tuer un homme pour me défendre ?

Scotty se frappe la cuisse avec joie.

— De la mort-aux-rats !

C'est peut-être lui le coupable, mais il a l'air trop amusé pour un meurtrier.

Pas Ralph, je suis sûre que ça ne peut pas être Ralph.

— Toutes ses boîtes ont été déjà percées, dit-il, et tout le monde sait qu'il y a de la mort-aux-rats sous les baraquements. C'était l'histoire d'une minute. Mais qui peut avoir fait ça ?

Max soupire.

— On peut dire que c'est une punition adaptée au crime.

Je pense que c'est peut-être lui.

Lui, ou Scotty, ou Bill.

J'aurais voulu que ce soit moi.

On passe cinq interminables journées dans le camp *Arbeits* et je dois me contenir, frustrée par cette oisiveté forcée. Seul Cousins garde le contrôle en me répétant : « Tout doux, tout doux. » Et ça commence à me démanger – entre les jambes, sous les bras et à l'arrière de mon crâne. Il semblerait que les matelas pullulent de poux.

Il pleut des cordes pendant l'appel et j'ai presque perdu tout espoir que nos noms soient appelés, lorsque j'entends :

— Sergent Ralph Maddox, bombardier William King, soldat Algernon Cousins, soldat Maximilian Greenberg, soldat Alistair Forsyth... Présentez-vous à la porte à dix heures.

On fait un tour aux toilettes. J'ai pris soin de ne boire que quelques gorgées de thé à la menthe ce matin, ne sachant pas quand j'allais pouvoir me soulager de nouveau. On se présente aux immenses portes surmontées de l'aigle nazi. À l'extérieur, le monde. La Pologne. Une trentaine d'autres prisonniers sont réunis là.

Nos documents de voyage sont passés en revue, les portes s'ouvrent et on commence à laisser derrière nous les tours de guet et les sentinelles. Déjà, sur la route de la gare, l'air me paraît différent, chargé de l'odeur de l'automne. Ici, on est suffisamment près des arbres pour entendre le vent souffler dans les feuilles, et je passe le trajet à contempler les différentes nuances de vert dans les pins, d'or et de bronze dans les bouleaux. Le chemin est jonché de feuilles jaune vif qui tourbillonnent sur notre passage.

Deux gardes se tiennent devant le guichet sur le quai. Il y a un aspect tellement normal à ces civils qui achètent des billets de train et attendent sur le quai à côté de nous, que j'ai envie d'enlacer Bill d'excitation. Mais mon enthousiasme retombe à mesure que l'attente se prolonge ; une heure s'écoule, puis deux, avant qu'on nous autorise enfin à nous asseoir sur le quai froid.

Un train de marchandise s'arrête sur la voie et les énormes portes des wagons sont tirées, laissant apparaître des centaines de soldats russes entassés les uns sur les autres. Ils sortent en trébuchant, se soutenant comme ils peuvent. Ils arborent des barbes de plusieurs jours et semblent à moitié morts de fatigue et de faim. On échange des regards silencieux, sous le choc, et notre humeur s'assombrit encore.

Après que nous avons attendu trois heures, un autre train s'arrête en gare.

Comme l'a prédit Ralph, on est chargés dans un fourgon à bestiaux, mais n'étant qu'une trentaine, tout le monde à la place de s'asseoir sur la paille sale. On claque les grandes portes derrière nous et j'éprouve un moment de panique à l'idée qu'on puisse nous laisser étouffer là-dedans, dans le noir. Mais mes yeux finissent par s'ajuster à la faible lueur et je comprends qu'un rai de lumière s'infiltre par des trous d'aération. Le train se remet en marche et, malgré l'inconfort, mon cœur se gonfle de nouveau de joie à mesure que le camp s'éloigne. Le train avance à une lenteur telle qu'on irait plus vite à pied et, au bout d'un moment, je me mets à somnoler, bercée par le mouvement. Quelques heures plus tard, le train s'arrête et on espère être arrivés quelque part.

— Ça doit être une voie d'évitement, conclut Bill en essayant de voir quelque chose par une mince fente. Je ne vois rien. Seulement des arbres.

On finit par se remettre en route, et tout juste quand je me dis que le trajet n'en finira jamais, ou peut-être qu'on est tous morts et que ce train nous mène au purgatoire, on s'arrête et les portes s'ouvrent brusquement. L'air frais pénètre à l'intérieur et on lève les bras pour se couvrir les yeux. Alors qu'on saute au bas du train, quelqu'un ne trouve plus sa musette de nourriture, et il semblerait qu'elle ait été volée par un autre prisonnier pendant qu'on était dans le noir. Je suis dégoûtée que ces compatriotes se volent entre eux.

Un auxiliaire aux joues flasques et au visage rouge nous appelle par nos noms et notre groupe de cinq se sépare des autres prisonniers de Lamsdorf. On vérifie nos documents et l'auxiliaire nous dit d'avancer vers l'extrémité du quai. Il donne un bon coup de crosse de fusil dans le dos de Bill et Scotty et lance, en allemand :

— Croyez pas que vous puissiez tenter quoi que ce soit parce que je ne suis pas de l'armée régulière. Vous avez tué mon frère, enfoirés d'Anglais.

Pendant l'attente, Bill et moi partageons un morceau de pain et la fin du pâté. La viande est tiède et je me demande s'il est bien prudent de la manger, mais on l'engloutit malgré tout. Les hommes envisagent de se préparer une boisson chaude, mais décident que c'est trop risqué si notre train arrive subitement.

Un autre train entre en station et cette fois, on ne nous charge pas dans un fourgon à bestiaux, mais on nous autorise à monter dans le wagon des troisièmes classes. Bill pétille d'excitation et on charge nos sacs et colis sur le porte-bagages. Ralph et lui ont eu une longue conversation au sujet des voyages en train.

— Tu peux ajouter celui-ci sur la liste.

Il sourit à Ralph.

On prend place sur les banquettes en bois et on regarde la campagne défiler. C'est merveilleux de pouvoir contempler l'horizon, voir des fermes qui tournent comme d'habitude, des animaux brouter dans les champs, des cultures tardives en attente d'être récoltées. Le garde, dans le coin, ne nous embête pas. C'est comme une excursion, une journée de congé. Le grand air et le mouvement ont un goût de liberté. Des gens ordinaires traversent notre wagon dans le couloir et nous jettent un regard, certains compatissants, certains curieux, mais une femme crache sur la vitre.

Notre train passe des terres plates de la Pologne aux montagnes Jeseník, grimpant de plus en plus. Il n'y a plus de bouleaux, seulement des pins à feuillage persistant, avec leurs grosses branches déployées comme pour accueillir les neiges de l'hiver.

Notre train finit par arriver à Saubsdorf. Il s'agit de la région tchèque de la Silésie, où de nombreuses personnes parlent allemand, comme elles le faisaient chez elles. À l'extérieur de la gare, un chariot tiré par deux gros chevaux nous attend.

Je caresse le museau de l'un d'eux tandis que l'auxiliaire nous remet à un civil d'âge moyen, vêtu d'un manteau vert bien coupé et d'un chapeau bavarois. Il est armé d'un petit pistolet.

Le civil nous regarde tous monter dans le chariot, et s'adresse à nous en allemand avec un fort accent tchèque.

— Je suis Herr Rauchbach, le propriétaire de la carrière de Saubsdorf.

J'espère qu'il voue sa loyauté à la Tchécoslovaquie et non au Troisième Reich.

Ralph traduit à l'attention de Bill, Max et Scotty, et répond à Herr Rauchbach, en allemand, que nous sommes de bons travailleurs déterminés à contribuer à la productivité de sa carrière.

Pendant le petit discours de Ralph, Herr Rauchbach nous jauge de ses yeux sombres et enfoncés. Il hausse les sourcils et hoche la tête, puis se hisse derrière le jeune homme puissamment bâti qui tient les rênes des chevaux. Mon cœur fait un bond quand il s'adresse à lui dans ma langue chérie.

— Ce groupe m'a l'air encore pire que le denier. Des mecs de la ville et un garçon maigrichon.

Le garçon maigrichon, ça doit être moi !

Le conducteur des rênes pivote sur son siège pour nous regarder tandis que Herr Rauchbach poursuit :

— Emmenons-les à la carrière principale et prenons-en des plus forts pour aller à Supíkovice.

Son compagnon me regarde lentement de haut en bas et affiche un sourire sans joie.

— Alors il fera nuit et il faudra tout recommencer demain matin.

Lui aussi parle tchèque avec un accent de Silésie, alors que sa langue maternelle est l'allemand. Il est presque beau, avec une mâchoire carrée et un cou épais, mais ses traits n'expriment nullement l'intelligence de Herr Rauchbach.

Ce dernier fait claquer sa langue avec impatience.

— Oui, oui, très bien, Kurt. S'ils ne sont pas meilleurs, on les emmènera à Saubsdorf dans quelques jours. Fais ce que tu peux d'eux. Mais ne les pousse pas trop dès le début.

Kurt effleure les chevaux du bout de son fouet et on prend la route pour s'enfoncer dans les forêts et les montagnes, loin, très loin de Lamsdorf.

TROISIÈME PARTIE

Carrière de Supíkovice,
Tchécoslovaquie occupée

Octobre 1944 à janvier 1945

17

Sur le chemin entre la gare et la carrière, Bill et Izzy sont projetés l'un contre l'autre comme des sacs de maïs par le mouvement de trot des chevaux. Le crépuscule de la fin du mois d'octobre tombe aussi rapidement que le chariot cahote sur les nids-de-poule. Herr Rauchbach et Kurt tournent le dos aux prisonniers, mais Kurt pivote de temps en temps en agitant son pistolet. Bill a vu son lot de jeunes fous de la gâchette auparavant, et ça le rend nerveux.

Le sol du chariot est dur et recouvert d'une poussière blanche qui macule leurs vêtements. Ils essaient de s'asseoir sur leurs sacs, mais ne cessent d'être bousculés sur le côté et Bill sent les bleus se former sur ses fesses et ses jambes osseuses. Il craint qu'il n'arrive la même chose à Izzy. À mesure que la lumière décline, l'air frais de la montagne commence à pénétrer leurs vêtements. Avec difficulté, ils récupèrent leurs couvertures sur lesquelles ils sont assis et s'enroulent à l'intérieur. Izzy se blottit contre Bill, même s'il a du mal à croire qu'il puisse dégager la moindre chaleur.

Quand il la regarde, il voit que malgré le froid et l'inconfort, elle contemple avec un plaisir non dissimulé la beauté des montagnes dans le crépuscule. Les cimes, les rochers escarpés et les contours hérissés des pins dessinent leurs formes sombres contre le ciel indigo. Izzy perçoit le regard de Bill et lui adresse un grand sourire. Il lui sourit au moment précis où Kurt se retourne, et celui-ci capte leur joie et leur proximité. Il regarde durement Izzy, d'une manière qui met Bill mal à l'aise, et il la sent se raidir et baisser la tête. Un instant plus tard, Kurt, qui leur tourne de nouveau le dos, adresse quelques mots à voix basse à Herr Rauchbach. Bill se demande si Izzy parvient à distinguer quelque chose par-dessus le claquement des sabots et le bruit des roues sur la route.

Il fait complètement nuit lorsqu'ils arrivent à la carrière. Les chevaux marchent au pas et de gros nuages de buée s'échappent de leurs naseaux lorsqu'ils grimpent la pente raide menant aux bâtiments obscurs. Kurt met pied à terre et contourne le chariot pour baisser le hayon, puis leur indique de descendre d'un geste menaçant de son pistolet.

Les cinq prisonniers rassemblent leurs affaires dans le noir et prennent la direction des bâtiments en les serrant contre eux. Bill remarque qu'il n'y a aucune clôture. Sur leur droite s'élève une maison en pierre, mais ils entrent par l'extension attenante à colombages et de plain-pied. Bill espère qu'ils ne dormiront pas ici, étant donné le manque d'isolation pour maintenir la chaleur pendant l'hiver. Mais il ne s'agit pas des quartiers de nuit. À l'intérieur, ils découvrent un bureau en désordre, des piles de papiers et un poêle en fonte éteint.

Herr Rauchbach leur fait traverser la pièce et déverrouille la porte menant à la maison de pierre. Kurt ferme la marche. Lorsqu'ils retirent leur chapeau dans le couloir, Bill voit que Kurt a des cheveux châtain clair et une calvitie naissante, alors que le propriétaire a des cheveux sombres et fournis. Ils ne sont certainement pas père et fils.

Au bout du couloir s'ouvre une pièce équipée de trois lits superposés, mais ils poursuivent leur chemin à l'arrière de la maison, où ils sont accueillis par la chaleur d'un fourneau de cuisine et une forte odeur de choux et de fumée de cigarette.

Ils posent leurs sacs et couvertures en tas et avancent. *Les lieux ressemblent un peu à la cuisine de la ferme d'Izzy*, songe Bill, avec un évier profond, un fourneau et une grande table pourvue d'une dizaine de chaises, toutes occupées par des prisonniers britanniques en uniformes kaki. L'un d'eux se lève.

— Bienvenue à l'hôtel, dit-il en tendant la main. Johnson, Frank.

Ralph fait un pas vers lui et lui serre la main.

— Maddox. Ralph. (Il fait approcher Izzy.) Et voici Cousins ; il ne parle pas, mais c'est un bon travailleur.

Frank la jauge d'un air dubitatif. Suivent les présentations de Bill, Max et Scotty, et les cinq nouveaux arrivants se dirigent vers la chaleur du fourneau.

Herr Rauchbach prononce quelques mots en allemand et Ralph fait la traduction.

— Il va s'en aller. On doit être prêt à se mettre au travail dès le lever du jour, à sept heures. Kurt viendra verrouiller les portes.

Ils écoutent Herr Rauchbach et Kurt repartir par le couloir, et les verrous se remettre en place.

L'un des autres prisonniers s'est approché d'une grande marmite sur le fourneau.

— Il en reste ? lui demande Frank.

— Il devrait y en avoir assez, répond-il.

Bill et les autres s'attaquent avidement aux bols de soupe aux choux fumante. Il trouve qu'elle a un goût merveilleux, bien meilleur que le bouillon de Lamsdorf ; il y a des morceaux de pomme de terre et de navets, et même un petit morceau de viande de lapin. Il retourne chercher les restes de leur colis dans son sac, pour compléter le repas.

Frank avise avec envie le colis de nourriture.

— Les colis mettent du temps à arriver jusqu'ici, dit-il, mais Rauchbach nous nourrit mieux qu'au camp. Il y a beaucoup de patates, et de la viande une fois par semaine.

Il s'exprime avec un accent prononcé du Yorkshire, et Ralph et lui font une blague au sujet de la guerre des Deux Roses et du comté d'York. Bill lui parle de cricket. Il remarque que Frank a l'habitude de répéter ce que disent les autres, comme s'il s'appropriait leurs pensées. Ils évoquent Lamsdorf et les camps où chacun d'eux a été emprisonné avant d'arriver ici. Bill essaie de déterminer s'il peut faire confiance à ces nouveaux hommes pour leur confier leur secret. Il décide d'attendre encore un peu.

Ralph s'essuie la bouche du revers de la main.

— Le patron, il est comment ?

Frank se lève pour aller fermer la porte du couloir.

— C'est un bon patron. Très juste. Je ne pense pas qu'il soit fan du Reich, mais il joue le jeu. Le travail à la carrière principale est dur – dix heures par jour – et il a beaucoup de commandes à remplir en trop peu de temps. C'est pour ça qu'il a rouvert cette petite annexe à la carrière principale de Saubsdorf. Mais ce n'est pas un mauvais bougre. C'est de son acolyte, Kurt, que vous devez vous méfier. Il a un côté vicieux. Et vos hommes les plus jeunes ne doivent pas se retrouver seuls avec lui, si vous voyez ce que je veux dire.

Il fait un signe de tête entendu à Izzy, qui l'incline pour indiquer qu'elle a compris. Bill se demande, mal à l'aise, s'il n'expose pas Izzy à un danger plus grand encore en l'ayant amenée ici. Ralph, lui, examine la pièce.

— La fille de Rauchbach, Rosa, travaille dans le bureau ici, reprend Frank. Ce bâtiment en bois que vous avez traversé. C'est une fille adorable. Très compatissante. Elle est interprète. Elle parle allemand, tchèque et un peu anglais. Et on a une cuisinière. Et certaines Tchèques prennent notre linge et nous ramènent des trucs du marché noir si on a des cigarettes à échanger. Alors ça pourrait être pire.

— Et la nuit ? demande Bill.

— La nuit ? On a trois chambres. Je vous montrerai dans une minute. On est dix-sept en ce moment, en vous comptant tous les cinq. Deux chambres à l'étage et une en bas. Des lits superposés. On s'est tous déplacés à l'étage, sachant que vous arriviez, alors vous pouvez prendre la chambre du bas. Ce n'est pas la meilleure, désolé – c'est celle que vous avez traversée, mais elle est à côté de la cuisine. Ne vous emballez pas : les placards sont vides.

Bill songe que les chambres du haut doivent être plus chaudes.

Frank désigne les étagères vides, où devraient s'aligner les bocaux de confitures et de légumes marinés en prévision de l'hiver, et poursuit :

— Les lits sont en bois. Les mêmes que d'habitude. Et par là (il indique une autre porte), c'est les latrines et la salle d'eau, dans un abri. Après y avoir fait nos affaires le soir, on doit y laisser nos pantalons et nos bottes. Il fait un peu frisquet pour revenir en traversant la cour. J'ai un pyjama, que j'ai emporté avec moi. Et puis Kurt nous enferme à l'intérieur. Il y a des barreaux aux fenêtres, bien entendu. Des bocaux pour les besoins nocturnes.

Il hausse les épaules.

Comme si l'évocation de son nom l'avait fait apparaître, Kurt ouvre la porte de la cour et pénètre dans la cuisine. Il pointe du doigt les nouveaux arrivants et dit quelque chose en allemand.

Ralph traduit avec un haussement d'épaules désolé.

— Dernière chance pour utiliser les « chiottes », apparemment.

Il remercie poliment Kurt en allemand avant de se tourner vers ses amis.

— Prenons nos pyjamas et partons en reconnaissance des commodités.

Ils suivent Kurt dans la cour au bas d'une volée de marches, où se dresse une cabane en bois ouverte à leur intention. À une extrémité, l'habituel banc percé de trous, et plus près de la porte, trois grands lavabos surmontés de robinets. Il n'y a pas de douche. C'est là qu'ils sont tous censés se débarrasser de la crasse de la carrière. Les sanitaires ne sont pas aussi propres que ceux de Lamsdorf et ne sont pas chauffés. Bill songe que les robinets gèleront en plein hiver.

Kurt ne semble pas avoir très envie de s'attarder dans la pièce odorante. Ils ont au moins la relative intimité de leur groupe de cinq. C'est mieux que les latrines à quarante trous de Lamsdorf. Bill est reconnaissant envers les autres, qui opèrent un « demi-tour » le temps qu'Izzy aille aux toilettes, en discutant d'une voix forte de leur trajet pour masquer son embarras, et qui détournent la tête quand elle retire son pantalon et enfile le pyjama de son frère.

Une fois habillés, dans un assortiment de bas de pyjamas et de longs caleçons d'hiver, ils rajoutent leurs pantalons et leurs bottes au gros tas formé sur le sol en béton. Bill se dit qu'ils seront glacés au moment de les remettre demain matin. Il se demande de nouveau s'ils n'ont pas commis une grosse erreur et n'auraient pas dû rester à Lamsdorf, surtout maintenant que Tucker est mort. Ils retournent en courant à la cuisine en chaussettes. Kurt ferme et verrouille de l'extérieur la porte de derrière.

— Venez. Je vais vous montrer votre chambre, propose Frank.

Bill, Izzy et Ralph le suivent, tandis que Max et Scotty restent discuter avec les autres prisonniers.

Bill estime que leur chambre devait être un salon à l'époque où le bâtiment servait de maison, et elle est froide comparée à la cuisine. Il y a un brûleur à bois dans la cheminée, mais il n'est pas allumé.

Trois doubles lits superposés ont été placés contre les murs et une petite table sous la fenêtre, surmontée d'une faible ampoule. Les rideaux en vichy suspendus à la fenêtre confèrent une étrange gaieté à la pièce malgré les barreaux. C'est petit pour cinq personnes, mais c'est une vraie chambre, dans une maison, et ils ne doivent la partager avec personne d'autre ; c'est une espèce de luxe après la petite centaine du baraquement de Lamsdorf.

Quelques instants plus tard, Kurt refait son apparition, passe la tête dans leur chambre et les regarde dans leurs bas de pyjamas. Il s'arrête sur Izzy, qui fait mine de secouer une couverture.

Il finit par repartir et ils entendent la porte suivante se refermer, puis le son d'une clé qu'on tourne, suivi par celui de gros verrous qu'on ferme de l'extérieur. Kurt est parti, mais ils sont enfermés comme des rats. Bill se dit que s'il y avait un incendie, il serait incapable de sauver Izzy. Il prend tristement conscience qu'avant leur rencontre, il ne se préoccupait pas de grand-chose en dehors de son prochain repas. Aujourd'hui, l'inquiétude est omniprésente dans son quotidien.

— Vous êtes arrivés à bon port, déclare Frank en passant à son tour la tête dans la chambre. Vous avez besoin d'autre chose ?

— Non, merci, répond Ralph.

Frank commence à se retourner, puis se ravise.

— C'est assez pénible, le travail à la carrière. Les lumières ici s'éteignent à dix heures, mais vous aurez peut-être envie de vous coucher plus tôt.

— Merci, dit Ralph. Je pense que oui. Vous avez des nouvelles de la guerre ? Ça fait des jours qu'on n'a pas pu écouter la radio.

Frank hésite un moment, puis leur annonce que l'armée Rouge avance, combat aux côtés des partisans et a libéré Belgrade, puis la Prusse orientale, et la Roumanie. Izzy a l'air inquiète, et Bill se demande si son père et son frère sont en train de se battre aux côtés des troupes soviétiques ou même s'ils sont encore en vie. Il se dit qu'il vaut peut-être mieux que son père ne les ait pas trouvés et emmenés rejoindre les partisans. Ils auraient pu se retrouver en plein cœur de la bataille à l'heure qu'il est.

— Et Hitler a ordonné l'appel de tous les hommes entre seize et soixante ans pour rejoindre la défense civile, reprend Frank. Ça doit vouloir dire qu'ils sont à court de vrais soldats. Peut-être que ce sera effectivement terminé avant Noël.

— Hum, fait Ralph. C'est pas la première fois que j'entends ça. Mais merci. (Il regarde autour de lui. Leurs sacs sont toujours par terre au milieu de la pièce.) Quel lit tu veux, Cousins ?

— N'ayez pas peur des petites bêtes, lance Frank avant de repartir vers la cuisine.

Izzy plisse le nez, examine chacun des lits et se gratte la tête.

Bill rit.

— Ce n'est qu'une blague ! Mais il se peut qu'il y ait des bêtes comme des punaises de lit dans n'importe quelle couchette.

Ralph suggère :

— Écoute, tu n'as qu'à prendre la couchette du haut, là, et Bill se mettra au-dessous.

Il désigne la couchette contre le mur attenant à la cuisine, et Bill sait qu'il la cède à Izzy parce qu'elle doit être moins froide.

Scotty et Max reviennent de la cuisine et avisent l'autre lit superposé.

— On peut tirer au sort, suggère Scotty.

Il sort de sa poche deux allumettes et casse la tête de l'une d'elle, puis les enfonce entre ses doigts en laissant ressortir l'extrémité. Il tend la main à Max.

— La plus courte obtient le mur extérieur.

Max hésite un moment avant de faire son choix. Il tire la plus longue.

— Bon d'accord, dit Scotty. Nous autres Écossais sommes plus robustes que vous, les Anglais. (Il jette ses affaires sur le lit du haut.) Tu peux poser tes affaires au pied, ici.

Il grimpe, s'allonge avec ses vêtements et allume une cigarette. La fumée grise s'enroule autour de l'ampoule nue.

Max déballe sa petite bibliothèque de livres qu'il installe sur le rebord de la fenêtre, derrière le rideau, et s'assoit à la table pour écrire dans son journal.

Constatant que tous les autres sont occupés, Izzy articule en silence les mots « Je t'aime » à Bill qui lui répond les mêmes.

Il reste un long moment allongé dans le noir, inquiet de ce dans quoi il a embarqué Izzy. Le travail sera-t-il trop dur pour elle ? Kurt va-t-il représenter un problème plus grave que Tucker ?

18

Je me réveille avant les autres, avant les premières lueurs de l'aube, et je roule sur le côté. Savoir que je suis de nouveau en Tchécoslovaquie m'emplit d'une joie intense et momentanée, puis d'une aigreur tout aussi forte à l'idée d'être si proche de ma famille mais dans l'incapacité de la voir ou de lui parler. Le lit en bois me rentre dans la hanche. Je me gratte sous les bras et la tête. Je sens des bosses dans mon cou. Les démangeaisons ont commencé au camp *Arbeits*, et je suis certaine à présent que j'ai des poux.

Alors qu'il fait encore noir, le garde prénommé Kurt ouvre une porte et s'écrie : « *Raus, raus.* Récupérez vos pantalons et vos bottes », et les lumières de la maison s'allument.

Je descends la première de ma couchette et me rends dans la salle d'eau pour chercher mes affaires et éviter de croiser tous les inconnus en pyjama, mais Kurt est déjà là-bas et me regarde me pencher pour ramasser mes bottes doublées et le plus petit des pantalons. Ils sont très froids au toucher.

Je me rappelle le conseil de ne pas me retrouver seule avec Kurt et, à ce moment précis, les autres font leur entrée dans la salle d'eau et commencent à récupérer leurs vêtements glacés. Je me faufile pour retourner m'habiller dans la chambre.

Tout le monde s'active dans la cuisine pour prendre un petit-déjeuner composé de café de gland et de flocons d'avoine. Certains l'emportent dans leur chambre, tandis que d'autres le prennent à la table commune. Scotty semble satisfait par les flocons d'avoine, qu'il appelle porridge. Pour moi, ça ressemble à quelque chose qu'on donnerait à nos chevaux. On se rend dans la salle d'eau par groupes de trois ou quatre. Personne n'a donné d'instructions à ce sujet, mais les hommes semblent attendre le retour des autres pour s'accorder un maximum d'intimité. Scotty et Ralph m'accompagnent pour me dissimuler aux yeux des autres. Non pas que quiconque me regarde. Une bulle de silence entoure chacun d'eux tandis qu'ils se rasent, se lavent ou se nettoient les dents avec des brosses usagées ou leurs doigts. Je me sens invisible, et en sécurité dans la peau de Cousins.

Bien trop vite, une lueur grise s'infiltre par les fenêtres à barreaux et Kurt vient nous presser de nous mettre au travail. Le froid nous saisit au visage et aux mains dès que l'on sort de la maison, mais la vue est magnifique. Une dense et profonde forêt verte s'étend de toutes parts ; on se trouve environ à un tiers du flanc de la montagne et en contrebas apparaît la petite ville où notre train s'est arrêté la veille. La forêt se déploie de nouveau au-delà de la ville et, au-dessus, les pentes dénudées d'une autre montagne équipée d'un téléphérique. Plus loin encore, des pics montagneux de plus en plus bleus se dessinent. Alors que je contemple le paysage, un coup de crosse de fusil dans mes côtes me ramène à la réalité. Kurt nous guide jusque dans la carrière, où il déverrouille un abri pour nous distribuer des outils. J'obtiens une pelle, un seau et un balai. Les autres récupèrent chacun une pioche, un burin et une masse.

La petite carrière est une véritable caisse de résonance : les cris rivalisent avec les coups de pioches donnés à la force des muscles pour détacher de gros blocs de marbre blanc de la falaise. On montre à mes amis où commencer à taillader la précieuse pierre. Frank donne des instructions sur la marche à suivre.

— Surtout, faites ça bien, dit-il. Ces éléments sont nécessaires pour l'effort de guerre !

Tout le monde éclate de rire et Kurt fait les gros yeux.

— Au travail ! hurle-t-il en allemand. Vous n'êtes pas ici pour rigoler. Mettez-vous au boulot.

Frank me montre ma tâche, qui est effectuée, me dit-il, par les femmes tchèques dans la carrière principale de Saubsdorf. Je manque de sursauter en songeant qu'il m'a percée à jour, mais il ajoute :

— Ça ne veut pas dire que c'est un travail de femme. Ça reste difficile. C'est seulement que tu es petit. Comme un demi de mêlée.

Ralph l'entend et lance :

— C'est un jockey !

Frank paraît impressionné.

— Un jockey ! répète-t-il.

Ma mission consiste à balayer et déblayer les fragments de pierre et les rassembler dans un seau.

Quand mes seaux sont remplis, je dois les transporter près de la porte de la cabane à outils. Au bout d'une demi-heure, je commence déjà à avoir mal au dos et aux bras malgré ma bonne volonté ; je ne me suis habituée que récemment au travail physique à la ferme. Je commets l'erreur de trop remplir le premier seau et je peux à peine le soulever. Kurt me regarde tituber jusqu'à l'abri.

Frank repose sa pioche et dit :

— J'ai fait ça hier. J'ai rempli le premier seau à moitié, puis je l'ai complété après avec un autre demi-seau.

Je hoche la tête en guise de remerciement. Je suis bien consciente d'avoir le travail le plus facile. Les hommes soulèvent et manient leurs lourdes pioches, sans relâche, jusqu'à ce que la sueur dégouline sur leur visage. Certains sont en maillot de corps malgré la fraîcheur automnale. Puis ils doivent soulever et transporter les énormes blocs de marbre jusqu'au chariot tiré par un cheval.

Des ampoules commencent à se former sur la paume de mes mains, et les autres rencontrent le même problème. Max et Ralph déchirent un *portianki* en bandes qu'on se partage pour s'envelopper les mains. Kurt approche en agitant son arme pour nous exhorter à reprendre le travail, et Ralph explique en allemand qu'on travaillera plus vite si on n'a pas mal. Kurt crache sur le sol poussiéreux de la carrière et je regarde la petite flaque de salive s'imbiber. Je prends soin de ne pas croiser son regard.

Mes mains sont soulagées pendant un petit moment, mais les ampoules commencent ensuite à s'aggraver et à éclater, imprégnant le tissu sale. Et il reste encore plusieurs heures à ce rythme avant de pouvoir nous allonger sur nos couchettes. La faim commence à me tirailler et j'essaie de détourner mes pensées de la douleur en pensant aux plats que je rêverais de manger. Je pense au bortsch de ma mère, et aux petits paquets de viande et légumes qu'elle enroulerait dans des feuilles de chou.

J'essaie de calculer le nombre d'heures qui nous séparent de la pause-déjeuner, puis celles qu'il restera avant la tombée de la nuit. Je bénis le ciel pour les journées qui raccourcissent rapidement, ce qui fait qu'on travaillera chaque jour un peu moins que le précédent.

Je jette un regard à Bill, dont le visage est couvert de poussière en dehors de la trace qu'il laisse en essuyant la sueur du revers de son bras. Il porte encore sa chemise, et ses aisselles et son dos sont humides. Je crains que ça ne devienne trop difficile pour lui, compte tenu du peu qu'on nous donne à manger, et qu'il tombe malade.

Concentre-toi sur le déblayage et le balayage, me houspille Cousins.

Le soleil pâle s'élève derrière les arbres et entame sa lentement progression à travers le ciel.

Je sursaute violemment lorsqu'une cloche retentit brusquement. Les plus expérimentés nous indiquent de reculer vers les bureaux pendant qu'on fait exploser de la dynamite. Dès qu'on est à l'abri, une grosse explosion me fait bourdonner les oreilles. Sur le chemin du retour, Bill et moi faisons un arrêt aux latrines. Je m'assois à l'extrémité de la planche et il urine dans le trou près de moi. Je songe que dans la vie normale, jamais un homme et son épouse ne se verraient uriner, encore moins en se souriant mutuellement. Bill me demande comment vont mes mains, et je hoche la tête aussi courageusement que possible alors que le tissu a désormais fusionné avec la peau brûlée des ampoules, mais je n'ose pas me plaindre quand je sais que les siennes doivent être dans un état pire encore. Elles n'auront jamais le temps de cicatriser si on doit recommencer tous les jours.

À midi, on nous autorise à retourner à l'intérieur, où une marmite de soupe attend sur le fourneau, remuée par une femme tchèque bien charpentée et manifestement bien nourrie. Il y a également du pain frais, du vrai pain, pas comme cette cochonnerie à la sciure de Lamsdorf. Herr Rauchbach en distribue une miche pour deux hommes.

— Ça doit nous tenir combien de temps ? demande Bill, et Frank nous répond que la ration, ici, est d'un demi-pain par jour chacun.

La moitié d'un bon pain, c'est tellement mieux qu'un tiers d'un équivalent pourri, même si on dépense plus d'énergie ici. Je découvre avec délectation que la soupe est aigre, comme celle de ma mère. Les Anglais se plaignent et font des têtes amusantes, mais en ce qui me concerne, j'adore ça. La soupe est remplie de légumes et il y en a assez pour se resservir. Je meurs d'envie d'échanger rien qu'un mot avec la femme tchèque qui l'a préparée, de lui parler des ingrédients, de pratiquer ma propre langue. Elle sourit en voyant que je me régale et me ressert. Elle a des yeux aux paupières légèrement tombantes, et de bonnes joues. Je remplis ma gamelle trois fois de suite. Quand elle tend la louche vers moi, je remarque que ses mains et ses poignets sont deux fois plus gros que les miens. Je me dis qu'elle ferait un meilleur homme que moi. Ralph lui demande comment elle s'appelle ; elle répond Berta. Elle parle mal allemand. L'envie de lui parler en tchèque est tellement forte que je dois serrer les dents pour me retenir.

Scotty s'approche du fourneau et renifle la marmite d'un air appréciateur.

— Il y a des herbes dedans, dit-il à Ralph. Tu peux lui demander lesquelles ?

Berta répond *majoránka* et *libeček*, mais elle ne connaît pas les termes allemands. Elle explique qu'elle demandera à Rosa et sourit à Scotty.

— Je ne savais pas que tu cuisinais, dit Ralph.

— Ouais, à la cantine de l'usine de biscuits. On n'utilisait pas d'herbes, cela dit. De la nourriture simple pour de simples travailleurs et travailleuses. (Scotty soupire.) Je serais prêt à tuer aujourd'hui pour ce qu'on refilait aux cochons à l'époque.

Après une pause de vingt minutes, Kurt nous ramène à la carrière et, sur le chemin, Frank nous apprend que Berta, Rosa et les femmes tchèques qui font notre linge nous amèneront des œufs et du lapin du marché noir en échange de savon et de cigarettes. Il dit qu'elles ont même fait entrer clandestinement des parties de radio et qu'ils assemblent de temps en temps un récepteur à cristal pour s'assurer d'avoir des nouvelles de la guerre. Je me demande si ces femmes tchèques pourraient faire passer un message à ma mère.

L'après-midi se déroule dans le bruit et la poussière, et la douleur dans mes mains, mon dos et mes bras ne me quitte plus. Je m'efforce de ne pas montrer les difficultés que j'éprouve. Je ne dois pas oublier que c'est mon choix, que Cousins peut travailler aussi dur et plus encore.

À quatre heures, le soleil se couche mais on continue de travailler dans la pénombre, jusqu'à ce que Herr Rauchbach vienne dire à Kurt qu'il est l'heure pour nous de s'arrêter.

— Qu'est-ce qui te passe par la tête ? demande-t-il à Kurt en tchèque. Ils ne voient plus ce qu'ils font. Le marbre va être abîmé. Et c'est une commande très spéciale.

Kurt n'aime manifestement pas qu'on le réprimande en public, même s'il part du principe que personne ne parle le tchèque, et il proteste.

— Mais, Herr Rauchbach, on est déjà en retard et ces nouveaux sont trop lents.

Il nous prend nos outils et va les enfermer dans l'abri pour la nuit.

Herr Rauchbach fait la grimace.

— Inutile de me le rappeler. Mais ils ne peuvent pas travailler s'ils ne voient rien. C'est trop dangereux, et les blocs seront inégaux et gâchés.

Kurt claque la porte de l'abri.

Devant nous, à l'entrée de nos quartiers, les hommes se mettent en rang et attendent que Kurt finisse de ranger les outils. Puis il va se placer devant la porte, où il palpe tout le monde – en quête, j'imagine, de quelque chose qui pourrait servir d'arme ou susceptible de nous aider à nous échapper. La vieille terreur de Lamsdorf déferle en moi à mesure que j'approche. Mon tour vient. Je lève les bras sur le côté, comme l'ont fait les autres, et Kurt fixe mon visage d'un regard lubrique tout en tapotant ma taille et mes hanches.

Respire doucement, m'encourage Cousins.

Kurt se penche pour me palper les chevilles et j'envisage de lui filer un coup de pied et de m'enfuir.

Puis le moment passe et j'entre en trébuchant dans la maison illuminée, le cœur martelant mes côtes comme les pioches que j'ai entendues cogner toute la journée.

Je trouve à peine la force de me hisser sur ma couchette, où je m'allonge pour laisser mon rythme cardiaque revenir à la normale, permettre à la douleur dans mon dos et mes bras de diminuer, de trouver l'énergie d'aller me laver et manger. Ralph et Max s'allongent eux aussi, mais Scotty et Bill s'assoient sur leurs couchettes du bas pour retirer les bouts de tissu ensanglantés de leurs mains et se montrer leurs ampoules. J'entends d'ici la voix de ma mère : « L'alcool à 90 durcit la peau pour la protéger des ampoules. » Et Bill, comme s'il répétait mes pensées, annonce :

— L'alcool à 90 durcit la peau.

— Ouais, peut-être bien, répond Scotty, mais où veux-tu qu'on trouve ça ?

Je me mets à somnoler et Bill doit me réveiller pour aller me laver, manger et utiliser les toilettes avant le verrouillage des portes. Je me lave le visage mais je ne touche pas à mes cheveux couverts de poussière. Ce sera la même chose demain.

Max est en train d'écrire dans son journal.

— On est le 1er novembre, dit-il. On a loupé Halloween.

— C'est tous les jours Halloween ici, réplique Scotty d'un air sombre.

— C'est la Toussaint, aujourd'hui, précise Bill, et Max demande ce que c'est. On honore tous les saints, et demain, c'est la fête des Morts, où on prie pour les disparus.

Tout le monde garde le silence pour se souvenir de ses proches décédés. Je me demande si je devrais adresser une prière particulière pour mon père ou Jan. Je n'ai aucun moyen de savoir s'ils sont vivants ou non, même si j'espère que je sentirais s'ils avaient été tués, d'une manière ou d'une autre. La terre aurait frémi sur son axe, et j'aurais su.

L'épuisement l'emporte et je dors aussi profondément qu'un bébé.

À l'heure du déjeuner, le lendemain, Berta remarque mes ampoules et, le soir venu, une bouteille d'alcool à 90 et un chiffon propre sont apparus dans notre chambre.

Dans la carrière, les jours suivants, et toujours sous la surveillance de Kurt, mes amis se relaient pour travailler à côté de moi et se confient de plus en plus. Je commence à assembler le puzzle de chaque vie. Même s'il est difficile pour eux de parler en travaillant, on dirait que mon silence leur extirpe les mots.

Ralph me raconte sa première année de médecine à la fac.

— La vue du sang me rendait physiquement malade. (Il rit avec ironie.) J'ai été une vraie déception pour ma famille ; ils travaillaient tous tellement dur pour m'aider à devenir médecin.

Il manie sa pioche plusieurs fois pendant que je balaye autour de lui, puis il reprend, entre deux coups.

— Quand j'ai changé pour m'inscrire en lettres classiques, j'étais au paradis. J'avais toute une bibliothèque remplie de livres à disposition. Et pour la première fois, des amis qui me comprenaient pour de vrai, avec qui je pouvais passer la journée rien qu'à parler, sans personne pour me dire où aller ou quand m'arrêter.

Certains jours, il passe le temps en me racontant l'histoire des Grecs anciens, de l'*Iliade* ou de l'*Odyssée*. Je pense que ça lui fait du bien de se souvenir que ce monde de livres et d'histoires ne l'a pas entièrement déserté. Il ne simplifie pas son vocabulaire et ne fait preuve d'aucune condescendance, mais parfois, il prend le temps de m'expliquer un mot particulièrement compliqué. Je pense qu'il ferait un merveilleux professeur, si jamais il envisageait de se destiner à ce métier. Il me parle de ses sœurs et de sa mère, et de la culpabilité qu'il éprouve qu'ils n'aient pas eu les moyens d'envoyer ses sœurs au lycée.

Sa sœur aînée, Jean, est infirmière pour la Croix-Rouge, en poste à Malte. Ça m'aurait plu – partir à l'aventure pour soigner les soldats blessés. La cadette, Grace, était apprentie chez un relieur, mais est partie travailler dans les champs pendant la guerre, exactement ce que j'ai cherché à fuir. La plus jeune, Hilda, travaille dans un grand magasin depuis qu'elle a quatorze ans, où elle vend des cravates.

— Imagine un peu, dit Ralph, un monde où les hommes entrent dans une boutique et passent des heures à choisir une cravate. Pour moi, c'est plus facile d'imaginer Ithaque !

Il me décrit ses sœurs d'une manière si saisissante que j'ai l'impression que je pourrais les reconnaître si je les croisais dans la rue. J'espère que je les rencontrerai un jour, et que je pourrai leur dire combien leur frère est formidable. Ralph semble se confier dans les moindres détails, jusqu'à ce que je me rende compte qu'il ne mentionne jamais la moindre petite amie.

Le soir, quand on n'est pas trop épuisés, il continue de m'apprendre la sténo, et je corrige sa grammaire allemande. Dans notre chambre, la porte fermée, je trouve parfois le courage de murmurer un mot ou deux, mais la plupart du temps, le silence m'enveloppe comme l'habit d'une religieuse, et je n'arrive plus à me souvenir de quoi je pouvais bien bavarder toute la journée. Je suis devenu Cousins, le taiseux, et la conversation se déroule désormais dans ma tête.

À mesure que le temps se rafraîchit et que les douleurs dans nos bras et notre dos deviennent une seconde nature, le boitillement de Ralph empire et il grimace souvent de douleur. Il finit par admettre que son pied devient insupportable. Il a développé une engelure peu de temps après sa capture. Il nous montre son pied, et ses orteils rouges sont tellement gonflés qu'ils doivent constamment frotter contre sa botte.

Bill insiste pour en informer Herr Rauchbach, qui l'emmène aussitôt consulter le médecin du coin. Ce dernier préconise un bain de pieds chaud deux ou trois fois par jour et de la pommade. Herr Rauchbach nous autorise, Ralph et moi, à arriver en retard le matin et annonce que si la situation empire, il lui trouvera du travail de bureau, où il pourrait mettre à profit son excellent niveau d'allemand.

Chaque matin, tandis que les autres partent pour la carrière, Ralph s'assoit à la table de la cuisine et je lui apporte une bassine d'eau chaude pour son pied. Ensuite, je le sèche et lui applique de la crème.

— Tu serais une bonne infirmière, me dit-il, comme ma Jeanie. Ou peut-être médecin. En tout cas, un meilleur médecin que moi.

Et je songe que oui, peut-être qu'après la guerre, plutôt que de devenir interprète, je pourrais devenir infirmière ou médecin. J'ai envie de lui demander combien ça coûterait, et si un salaire d'employé de chemin de fer suffirait. Et si les femmes sont acceptées. Il faudrait peut-être que je continue à incarner Cousins la journée, pour ne redevenir Izzy que le soir en compagnie de Bill.

Au bout de quelques jours à la carrière, Herr Rauchbach nous emmène poser la dynamite, Bill et moi, et nous explique pourquoi le marbre doit être aussi impeccable.

— On s'en sert pour les tombes des officiers nazis tués au combat qui sont ramenés chez eux pour être enterrés avec les plus grands honneurs. (Il ajoute avec une touche d'ironie :) Les morts glorieux.

Tout à coup, quand on sait que chaque bloc taillé à la sueur de notre front est destiné à recouvrir le cadavre d'un nazi, le travail ne semble plus aussi ardu.

Au fil des jours, Bill et les autres prennent conscience de la façon dont Kurt me suit sans cesse des yeux. Je les entends en parler quand ils me croient endormie, et j'y vois une prémonition. Quelle ironie il y aurait à me faire agresser par un de mes propres compatriotes après avoir dupé tous les soldats nazis de Lamsdorf. Je ne dis rien à Bill de la manière dont Kurt m'empoigne les fesses quand il nous fouille, et je n'ai aucun moyen d'éviter ces fouilles même si, la plupart des soirs, mes amis parviennent à créer une forme de diversion pour éloigner rapidement Kurt et le faire passer au prisonnier suivant.

Chaque fois que je vais aux latrines de la carrière, Kurt trouve une tâche urgente à effectuer juste à côté. Il ne m'a suivie qu'une seule fois à l'intérieur, mais Scotty est entré juste derrière en lâchant un énorme pet, ce qui a fait promptement décamper Kurt. J'ai ri dans la manche crasseuse de mon maillot de corps. J'ai ri comme je n'avais pas ri depuis des semaines entières, et j'ai eu bien du mal à le faire en silence.

Certains jours, je travaille aux côtés de Scotty. Son accent écharpe les mots quand il me parle de la vie dans les bidonvilles et des boulots qu'il a faits avant la guerre, mais je comprends suffisamment de termes pour déchiffrer ce qu'il dit.

— J'étais sur les navires à quatorze ans – comme apprenti riveteur – mais ce n'est pas une vie. Ils vous embauchent et vous renvoient, le métal est glacé dans les mains et le rivetage finit par vous rendre sourd. Tous les vieux lisent sur les lèvres, tu sais. Personne ne leur a appris ; c'est juste qu'ils y sont obligés parce qu'ils n'entendent plus rien.

Il m'apprend qu'il a quitté le chantier naval au bout d'un an et effectué toute une série de boulots : dans la carrière qu'il a mentionnée, comme aide-maçon sur un site de construction, un mois chez un chapelier, puis à la cantine d'une usine de biscuits où le mari de sa sœur était contremaître.

— Il voulait pas de moi, mais ma sœur arrêtait pas de le harceler. C'était un enfoiré avec les travailleurs presque autant qu'avec elle.

Il se redresse un moment et me regarde longuement dans les yeux. Quand il se remet au travail, Scotty commence lentement, entre deux coups de pioche, à me raconter autre chose. Je me concentre intensément sur ses mots tout en passant le balai, consciente de l'importance de sa confidence.

Tout s'éclaire alors et je reste sous le choc.

— Je n'ai jamais raconté ça à personne. Et peut-être que je devrais pas te le dire maintenant, mais ça me ronge, aussi violemment que la faim. Je l'ai fait pour elle, tu vois. Je l'ai tué moi-même. J'en suis pas fier, mais il l'a frappée une fois de trop. Et les gamins, aussi. Même le plus petit. Tu peux imaginer ça ? Oh, c'était à vous retourner le bide : le petit visage du bout de chou recouvert de bleus. Une fois de plus et il aurait pu la tuer.

Je me demande comment Scotty l'a tué ; avec un couteau, une corde, en le poussant sous un train ? Peut-être avec du poison ? Est-ce que ça veut dire pour autant qu'il a tué Tucker ?

Il poursuit :

— Je suis allé direct voir le sergent recruteur. Je me suis dit qu'on viendrait pas me chercher à l'armée, et j'ai vu juste. Et il avait plein d'ennemis. J'avais plus peur de la prison que de la pendaison. Ha ! Et maintenant je me retrouve en taule depuis trois ans. J'estime que j'ai fait mon temps ici, mais les autorités ne verraient pas ça du même œil.

On poursuit notre tâche un moment dans un silence uniquement interrompu par les percussions arythmiques qui résonnent dans la carrière.

— Peut-être que quand on sera libérés, j'irai en Australie. Tu crois qu'ils m'attraperont, là-bas ? J'aimerais revoir ma sœur et ses enfants, mais peut-être qu'un jour, elle pourrait me rejoindre. Si je me fais une bonne vie là-bas. Aucun intérêt de retourner dans les bidonvilles ou de risquer la potence.

Je jette un regard autour de moi pour vérifier qu'il n'y a personne à portée de voix, puis je murmure :

— J'espère que tu la reverras.

Scotty sursaute, comme si un chien avait parlé.

À la fin de la journée, il se place entre Kurt et moi pour rendre nos outils et me dit :

— Je sais que tu le diras à personne.

Et je songe qu'un jour, j'aimerais confier son histoire à Bill, persuadée qu'il comprendrait, mais je hoche la tête en guise de promesse.

Moins souvent, Max prend son tour à côté de moi. Il me parle de son travail au syndicat et de choses que je ne savais pas, comme le fait que F. D. Roosevelt avait vaincu la polio quand il était petit, jusqu'à réussir à enchaîner trois mandats à la présidence des États-Unis. Je me dis qu'un jour, Max sera un politicien célèbre, peut-être même Premier ministre. Quand il s'exprime, il dégage une passion farouche, comme un feu glacé. Il est difficile de croire qu'avant mon arrivée, Max était resté allongé sur son lit pendant des jours, ne se levant que pour l'appel avant de retourner se coucher, sans presque rien manger, prêt à se laisser mourir.

J'aurais aimé qu'il me parle de cette épreuve, mais il ne le fait pas. Peut-être qu'il avait dit à son frère : « Prends soin de Rachel pour moi », et que son frère avait pris soin d'elle à tous points de vue. Mais Max ne l'évoque jamais ; il ne parle que de grèves et d'amélioration des conditions de travail pour tous, de rêves absurdes de soins médicaux gratuits, de pensions de retraite pour les personnes âgées et d'aides financières pour les femmes avec enfants. Des concepts impossibles. Il me propose de me prêter ses livres et je hoche la tête avec reconnaissance. Il passe généralement ses soirées à écrire dans son journal, recopiant parfois un passage d'un volume qu'il est en train de lire. Un jour, j'aperçois un texte disposé comme un poème. Je me demande ce qu'il peut bien trouver ici capable de lui inspirer de la poésie.

Certains soirs sont organisés des concours d'éloquences ou des débats, des parties de bridge ou de fléchettes, ou l'une des « soirées film » de Ralph. Bill et moi avons dû laisser *Les Grandes Espérances* à Lamsdorf sans l'avoir terminé, mais Max m'a prêté un roman intitulé *The Ragged Trousered Philanthropists*, et malgré la difficulté, je le lis seule. Je continue d'améliorer ma sténo et je prends note presque aussi rapidement que Ralph dès lors que la radio est assemblée pour écouter les nouvelles de l'extérieur de notre bocal à poisson. Ils n'osent pas l'assembler trop souvent de peur de se faire prendre.

À la mi-novembre, on apprend que les troupes du général Patton ont traversé la Moselle. Nos espoirs de voir arriver la fin de la guerre sont amplifiés. Roosevelt a remporté le quatrième mandat de la présidence américaine, et Max nous explique la différence entre les démocrates et les républicains. Je pense que je suis démocrate.

Mais à mesure que le mois de novembre se déroule, la frustration et la morosité l'emportent à nouveau. Les pluies diluviennes semblent avoir stoppé la progression des Alliés en Italie, et il n'y a pas de nouvelles de l'avancée soviétique. Je m'inquiète pour mon père et mon frère. Je me demande où se trouve l'armée Rouge par rapport à ma ferme, et si ma mère a déjà dû affronter les Russes.

La pluie nous affecte à notre tour et le marbre glissant rend la carrière de plus en plus dangereuse.

Bill travaille à mes côtés ; trempés jusqu'aux os, on tremble de froid. Lorsqu'il abat sa pioche, celle-ci ricoche sur le roc luisant et manque de peu de se planter dans son pied.

Ce soir-là, Herr Rauchbach nous ordonne de nous arrêter jusqu'à ce que la pluie cesse, et la perspective d'un peu de repos nous emplit de soulagement. On retire nos vêtements mouillés et on nous autorise à les donner à Berta pour qu'elle les amène aux blanchisseuses du village. On a passé ces dernières soirées à brûler les poux des coutures de nos vêtements secs, et Berta nous a donné de la paraffine pour nous laver les cheveux, ce qui est censé tuer les parasites. J'ai donc espoir que les démangeaisons s'atténuent pendant quelques jours. Je dois avoir le corps couvert de papules.

Ce soir-là, Frank nous raconte comment, en 1941, les pluies d'été les avaient empêchés de travailler et qu'on leur avait permis de nager dans une carrière abandonnée.

— L'un des types s'est cogné la tête en faisant le fou et a failli se noyer. Tous les bons nageurs ont plongé pour le récupérer, mais c'était comme de nager dans du lait tant ils n'y voyaient rien. Ils étaient sur le point de laisser tomber et de le déclarer mort quand l'un d'eux l'a effleuré et a pu aller le rattraper. (Frank marque une pause.) On dit que c'est l'homme pour lequel Rosa avait un faible. Et c'est pour ça qu'il a été déplacé.

Tout le monde garde le silence.

— Vous pensez que c'est possible, demande Bill, un prisonnier et une fille du coin ?

Je garde les yeux rivés sur la table en bois, le cœur battant.

— Un prisonnier et une fille du coin, répète Frank d'une voix songeuse. Il y a une autre histoire qui circule ici, celle d'une fille du coin et d'un prisonnier français. On dit qu'il l'aurait mise enceinte.

L'un des autres s'exclame :

— Vous pouvez compter sur les Français ! Incapables de garder leur bite dans le pantalon !

Bill me jette un regard à l'évocation du mot « bite » et je me rends compte que c'est un mot qu'il n'a jamais utilisé devant moi.

— Il aurait dû utiliser une capote anglaise, plaisante-t-il, et tout le monde rit.

Je ne sais absolument pas ce que ça veut dire, mais je n'ai pas le temps de m'interroger, car Frank reprend son récit.

— Ça ne se finit pas bien. Les gardes ont traîné le Français devant un peloton d'exécution. Et elle, on l'a emmenée, soi-disant en prison, mais quand les femmes tchèques évoquent l'histoire, elles se regardent en faisant le signe de croix, alors je pense qu'ils l'ont fusillée elle aussi.

Il y a un bref silence, et j'éprouve des difficultés à respirer.

— Eh bien je ne vois pas comment ils ont pu trouver l'occasion, dit Bill.

L'homme de l'étage répond :

— Je ne sais même pas comment il a pu la lever. Je n'ai pas eu la gaule depuis des mois. C'est cette putain de famine.

— Si la fille est suffisamment jolie, j'imagine... dit Ralph, et je souris pour moi-même face à cette tentative évidente de réagir comme les autres garçons.

Tout le monde à ses secrets.

19

Les jours pluvieux et les soirées qui allongent signifient qu'on passe tellement de temps en compagnie les uns des autres que tout le monde commence à me taper sur les nerfs – et c'est peut-être réciproque.

Scotty s'est mis à graver un plateau d'échecs et le son de la sculpture au couteau me fait grincer des dents. C'est toujours avec soulagement que je le vois partir dans une des autres chambres pour ses interminables parties de cartes.

La manie de Frank de répéter ce que disent les autres commence à m'agacer, et même Bill m'agace de temps à autre. Le matin, il prend mes couvertures pour les plier, ce que je pourrais faire moi-même mais dont je ne vois pas la nécessité, et quand je me relève du bord de sa couchette, il tire de nouveau la couverture, comme une petite vieille.

Les tressautements nerveux des jambes de Max me rendent folle, tout comme Ralph qui tripote sans arrêt ses lunettes.

On n'a pas reçu de colis depuis des semaines, mais Scotty passe son temps dans la cuisine, à imaginer les plats qu'il pourrait préparer à partir des ingrédients apportés par Berta, la cuisinière. Elle a remarqué que les autres n'aiment pas sa soupe, mais que moi j'en raffole, et elle m'apporte parfois du lait aigre pour l'ajouter dans ma gamelle. Puis elle me jette un air interrogateur, mais Cousins se contente de la remercier d'un hochement de tête.

Tout le monde est stupéfait quand Bill nous annonce qu'il veut se mettre au tricot. Berta lui fournit des aiguilles et des pelotes de laine, et Bill s'installe pour commencer à tricoter une écharpe. Il a appris avec Flora quand ils étaient petits et une féroce rivalité est née entre eux ; ils s'affrontaient pour savoir qui était le plus rapide, ou qui avait appris une nouvelle maille.

— J'ai appris à tricoter des chaussettes sur quatre aiguilles, rien que pour la battre. C'était compliqué pour faire le talon, mais j'y arrivais mieux que Flora. Elle s'embrouillait et elle se mettait dans une de ces colères !

Il rit à ce souvenir, mais je suis malade de jalousie envers cette fille qui a été si proche de Bill pendant si longtemps.

Je me demande brièvement si les hommes anglais sont nombreux à savoir tricoter, mais la surprise et l'intérêt de nos amis me confirment que ce n'est pas le cas. Scotty dit que ce sont les pêcheurs qui savent tricoter, et ça rend la chose nettement plus virile. Mais Bill s'en fiche. Ses aiguilles s'entrecroisent toute la soirée pendant qu'ils parlent, clic, clic, clic. Et ce cliquetis constant finit aussi par me taper sur les nerfs.

Les dimanches après-midi, quand il ne pleut pas, on nous autorise à aller jouer au football au village, et c'est un répit bienvenu de la promiscuité dans laquelle on vit. Le terrain est raide et gelé le matin. Kurt nous surveille sans relâche, mais Herr Rauchbach dit qu'il assumera toute responsabilité en cas d'évasion. Toutefois, personne n'essaie de s'échapper, que ce soit à cause de l'arme de Kurt ou parce que tout le monde sait que le territoire est cerné par les nazis à des centaines de kilomètres à la ronde, ainsi que par les montagnes, ou parce que la guerre devrait bientôt s'achever. En ce qui concerne Frank, je pense que c'est à cause de Rosa. Une rumeur dit qu'il se faufile dehors le soir pour la rejoindre, et je repense à l'époque où Bill faisait la même chose pour me retrouver.

Ralph reste parfois sur la touche à cause de son pied qui l'empêche de courir. J'ai trop froid pour rester sans bouger, même si je porte désormais les caleçons d'hiver de mon frère, alors je murmure à Bill mon envie de jouer avec eux. Ma rapidité sur le terrain s'avère utile à l'équipe. Jan serait fier de moi.

Max est étonnamment doué pour un homme qui vit dans les livres et il marque de nombreux buts ; Bill marque aussi de temps en temps puis me cherche aussitôt des yeux pour approbation. Je lui donne une violente tape dans le dos. Je ne sais pas où on trouve l'énergie de courir après nos semaines de travail éreintantes, mais cette activité semble nous rafraîchir plutôt que nous épuiser et durant des heures après le match, les autres n'arrêtent pas de discuter de qui a couru où et a renvoyé le ballon à qui.

Les températures ont tellement chuté que Herr Rauchbach nous a apporté une couverture supplémentaire chacun et du bois pour le poêle de notre chambre, que l'on allume tous les soirs en rentrant de la carrière. Il ne réchauffe pas véritablement la pièce, mais il empêche le froid de s'y installer pendant la soirée. Certains prisonniers ont pris l'habitude de s'habiller dans la cuisine, qui est la pièce la plus chaude. Un soir, Herr Rauchbach entre au moment où on revient en courant de la salle d'eau, en pyjamas et pieds nus.

— Les pantalons et les bottes doivent être glacés le matin ? demande-t-il à Ralph, qui répond :

— Gelés. Les pantalons tiennent debout tout seuls.

Le lendemain soir, Kurt ordonne aux hommes de transporter deux grands paniers dans le couloir, et d'y mettre nos bottes dans l'un, et nos pantalons dans l'autre. Puis ils sont traînés dans le bureau pour la nuit. C'est une légère amélioration.

Herr Rauchbach a aussi ordonné qu'une baignoire en étain soit installée dans la cuisine le dimanche, et chaque chambrée peut en profiter un dimanche à la fois, bien que l'eau soit tiède, et carrément froide au bout du deuxième ou troisième homme à y pénétrer. Je suis folle de joie à l'idée de pouvoir nettoyer correctement mon corps tout entier, et mes amis sont unanimes pour me laisser passer la première.

Bill et moi, on fait bouillir les grandes casseroles sur le fourneau et on verse l'eau dans le bain pendant que les autres sont assis dans la cuisine. Il faut une quantité d'eau astronomique pour recouvrir ne serait-ce que le fond de la baignoire, et Bill dit :

— On pourrait en faire bouillir encore, mais l'eau du bain refroidit déjà à force d'attendre.

— Oui, l'eau va être froide, dit Frank en plongeant son doigt dedans. On n'a eu que cette quantité pour le premier la semaine dernière. Vous n'avez qu'à laisser les casseroles sur le feu pendant que le premier et le deuxième se lavent, et le troisième en aura plus, et plus chaude. Même si c'est un peu crasseux !

— OK, on va faire ça. Cousins en premier. (Bill se racle la gorge.) Un peu d'intimité pour le petit ? demande-t-il.

Tout le monde semble surpris puis se met à rire et à siffler.

— C'est quoi le problème, Cousins, tu crois qu'on a jamais vu de bite ?

— Tu veux pouvoir te branler tranquille ?

L'un des hommes du premier étage effectue un signe de la main que je n'ai jamais vu auparavant.

— Je voudrais pas aller dans son eau après lui !

— Quand j'avais son âge, je me branlais trois fois par jour.

— Et je faisais des rêves érotiques toutes les nuits !

Je baisse les yeux et ne sais quelle expression simuler. Une partie de mon cerveau enregistre les nouveaux termes, et même si je ne suis pas certaines des définitions, je comprends que c'est un monde d'hommes avec lequel je suis censée être familière, alors je relève malicieusement les yeux, je les regarde l'un après l'autre, puis je hausse les épaules avec un clin d'œil. Ils éclatent de rire, puis rassemblent leurs affaires et quittent la cuisine. J'entends leur discussion animée au sujet de la dernière fois que l'un d'eux a réussi à « la lever » et la faute qu'ils rejettent sur les rations faméliques. Malgré ma brève relation avec l'un de ces zizis, je comprends que leurs propriétaires n'ont absolument aucun contrôle pour les dresser ou l'inverse. Je ne peux m'empêcher de penser à mon père et mon frère. Est-ce qu'ils utilisent des mots équivalents en tchèque ? Est-ce qu'eux aussi se font des choses à eux-mêmes ?

Une fois les autres partis, Scotty sort par la porte menant à la salle d'eau, et je sais qu'il va rester dehors dans le froid pour monter la garde jusqu'à ce qu'on lui donne le feu vert pour rentrer.

Bill se poste à l'extérieur de l'autre porte, dans le couloir, et je retire rapidement ma première couche de vêtements. Il est trop risqué de me déshabiller entièrement, alors je pénètre dans l'eau avec le sous-vêtement en laine de mon frère et le corset aplatisseur, que j'ai desserré. Je m'assois, je plonge la tête sous l'eau et je la frotte avec le pain de savon rouge. L'eau est déjà grise et sale. J'ai du mal à rincer le savon de mes cheveux et j'ai de la peine pour les hommes qui suivront.

Je passe mes mains sous le maillot de corps à manches longues, puis sous le corset. C'est un choc de découvrir à quel point mes seins ont rétréci avec le poids que j'ai perdu. Certaines de mes piqûres de poux sont dures et gonflées. Je me lave entre les cuisses et, même si ce n'est pas un vrai bain, c'est un plaisir de sentir l'eau sur ma peau et d'imaginer les poux en train de se noyer. Je me frotte vigoureusement les aisselles et l'entrejambe. Le savon me pique aux endroits où je me suis grattée. Mais je ne dois pas m'éterniser ; c'est le tour de Bill ensuite. C'est le moment le plus dangereux. Debout, le corps dégoulinant, je retire rapidement le maillot de corps et le corset, que je laisse tomber dans l'eau, je me sèche le haut du corps, la peau recouverte de chair de poule, les tétons durs malgré la relative chaleur de la cuisine, et je me hâte d'enfiler un vêtement propre. Puis je laisse tomber le long caleçon dans l'eau et je fais la même chose avec le bas. Je ne me suis pas assez bien séchée et c'est désagréable d'enfiler le nouveau sous-vêtement, mais je me sens merveilleusement propre. J'espère que plus jamais je ne tiendrai pour acquis le bonheur que représente la toilette. J'enfile ma veste, suffisamment large pour masquer l'absence de mon corset, et j'essore mon sous-vêtement du mieux possible avant de le jeter dans le large évier.

Je frappe à la porte du couloir et Bill entre avant de fermer la porte derrière lui. Il m'embrasse sur le nez.

— Tu sens le savon !

Je me risque à murmurer :

— Même mes poux sont propres !

Il rit.

— Laissons revenir ce pauvre Scotty. (Après lui avoir ouvert la porte, il reprend :) Rince tes sous-vêtements et je saute dans l'eau. (Il avise l'eau grise recouverte de mousse, pleine de poussière de la carrière et de petits morceaux flottants.) Pas trop sale, ça va, ment-il d'un ton enjoué, et je souris.

Il rajoute une autre bouilloire d'eau et j'emporte mon caleçon long mouillé dans la salle d'eau pendant que Bill prend son bain. Je l'entends siffler à travers la porte. Scotty m'accompagne, et une fois que j'ai tout rincé du mieux possible sous l'eau glacée, il l'essore pour moi. Puis il roule le corset et l'enfonce dans sa manche.

— On laissera tout sauf ça dans la cuisine pour que la blanchisseuse les emporte demain, déclare-t-il.

Bill est déjà en train de se rhabiller quand on revient dans la cuisine, et il aide Scotty à remettre de l'eau dans le bain sale pour qu'il se baigne à son tour.

Ralph a échangé des cigarettes contre des bûches supplémentaires, et on en jette une dans le fourneau pour maintenir le feu pendant la nuit afin de sécher mon aplatisseur de poitrine. Avant l'aube, je descends de ma couchette pour le récupérer et le remettre. C'est une étrange sensation de traverser la pièce avec ma poitrine en liberté. J'aimerais ne pas être obligée de m'aplatir comme ça, et j'espère que ça ne causera pas de dommage permanent, mais la sensation m'est devenue familière et rassurante – peut-être à la manière dont un bébé s'arrête de pleurer quand on l'emmaillote étroitement. J'enfile mon bonnet de laine pour ne pas avoir les cheveux de nouveau couverts de poussière dans l'heure.

Les démangeaisons se sont atténuées pendant la nuit, et j'espère venir définitivement à bout des poux après quelques bains et shampooings supplémentaires à la paraffine. Je dis à Bill qu'il faut me couper les cheveux, et un jour où Berta a des ciseaux en cuisine, tout le monde y passe.

J'ai beau être reconnaissante pour les jours où mes amis travaillent à côté de moi, je sais toujours où se trouve Bill dans la carrière, et c'est quand il travaille non loin de moi que je suis la plus heureuse. Il évoque les dernières informations qu'il a entendues, et même si j'aime quand il me parle sérieusement, ou qu'il me traite comme son partenaire, Cousins, j'aime encore plus quand les autres sont suffisamment éloignés pour qu'il me parle de notre avenir. Il ne semble pas venir à l'esprit de Bill que ses parents puissent détester cette inconnue aux cheveux foncés avec un drôle d'accent. Je songe que sa mère pourrait ne pas me laisser entrer dans sa cuisine. Mais le soir, je pourrais m'asseoir au pub et écouter Bill jouer du piano et chanter. J'apprendrai toutes les chansons pour me joindre à lui, et les gens diront que j'ai une jolie voix, et qu'il n'y a rien d'étonnant à ce qu'il m'ait épousée.

Bill me dit que, lorsqu'on sera installés en Angleterre depuis un moment, on pourrait aller vivre dans l'une des maisons du chemin de fer, et maintenant qu'il sait faire pousser de la nourriture, il pourrait avoir un jardin ouvrier dans les environs. Il a les yeux qui brillent.

— Je ferai pousser nos légumes. Je ne vous laisserai jamais avoir faim, les enfants et toi.

Puis, de nouveau, je me mets à surveiller la lune et à compter les jours, redoutant l'arrivée de mes règles. Le 17 novembre, je me réveille avec un début de crampe dans le bas-ventre. Les joues rouges, je m'approche de Ralph et je pose la main sur mon ventre, notre signal. Il comprend immédiatement et m'adresse un sourire rassurant.

— Ne t'inquiète pas. On fera attention à toi.

Dans la salle d'eau, je rince mes bouts de tissu dans l'évier le plus éloigné de la porte ; les autres font barrage avec leur corps. Si Kurt s'approche, ils organisent une diversion pour l'éloigner. Mes cinq jours de règles s'écoulent lentement.

Mon besoin de parler et d'être entendue se fait de plus en plus oppressant et parfois, je serais capable de hurler à pleins poumons. Mais Cousins intervient alors et murmure comme il le ferait à l'oreille d'un cheval timide : *Reste calme. Tout doux. Tout doux. Tout se passera bien,* jusqu'à ce que ma rage reflue.

Je n'ai pas besoin d'attirer l'attention indésirable de Kurt. Un soir, après que les paniers de pantalons et de bottes ont été enfermés dans le bureau, il revient et se plante sur le seuil de notre chambre, en faisant mine d'inspecter la pièce, alors qu'en réalité, il me regarde monter sur ma couchette. Je m'allonge, le souffle court, et je tourne le visage vers le mur. Ralph lui demande en allemand ce qu'il veut.

Kurt hausse les épaules et répond, en tchèque :

— Tu sais très bien ce que je veux. Tu es jaloux, ou tu veux simplement le garder pour toi ? Vous l'avez tous sauté ? Est-ce qu'il s'occupe de vous tous ? Alors pourquoi pas moi ?

Les mots s'engouffrent dans mon cerveau comme un ouragan, et je tremble sous l'effort pour me retenir de répliquer. Et même si j'ai compris que Ralph n'est pas vraiment comme les autres, comment Kurt peut-il le savoir ?

Je serre furieusement les poings en essayant de me contenir.

— Vous inquiétez pas, raille Kurt. Moi aussi, je vais me faire ce petit cul serré. Attendez un peu.

Il claque la porte derrière lui et on entend la porte extérieure claquer à son tour, et les verrous s'enclencher.

Bill se dresse immédiatement sur sa couchette et se penche vers moi. J'ai toujours les yeux fermés et mon cœur bat la chamade.

— Qu'est-ce qu'il a dit ? demande Bill en me touchant le bras. Iz, est-ce que ça va ? Qu'est-ce qu'il a dit ? Murmure-le. Ou alors tu préfères l'écrire ?

Mais comment pourrais-je écrire de telles obscénités ? Je rouvre les yeux et je secoue la tête. Bill se tourne vers les autres.

— Aucune idée, dit-il, mais on sait tous que ce n'était pas gentil.

Ralph pâlit.

— Il ne faut jamais quitter Cousins des yeux.

Plus tard, la même nuit, je suis réveillée par la voix de Kurt qui chante une vieille chanson à boire tchèque sur l'allée qui mène à la maison. Il se tait en approchant, mais je l'entends trébucher et jurer en se prenant les pieds dans quelque chose. Je me redresse et, à la faible lueur qui filtre à travers les rideaux, je vois que Scotty, sur la couchette du haut près de la fenêtre, est réveillé lui aussi. Bill remue au-dessous de moi et je sais qu'il écoute également.

On entend Kurt traverser bruyamment le bureau.

— Il vient par ici, dit Bill.

Scotty se jette à bas de son lit.

— Ouais, et il va avoir une petite surprise. Cousins, viens te mettre par là.

Je descends rapidement et Bill me serre la main au moment où on entend la porte du bureau s'ouvrir. Je traverse la pièce en silence et je grimpe sur la couchette de Scotty, où je m'allonge pour essayer de regarder entre les lattes.

Scotty bondit sur ma couchette avant que Kurt n'ouvre la porte de notre chambre et se tienne debout sur le seuil, sa silhouette dessinée dans le noir. Bill émet un ronflement convaincant et Kurt avance en essayant de ne faire aucun bruit, mais il vacille lamentablement.

Il contourne le bout du lit et se hisse sur le bord de la couchette du bas, dressant sa tête à l'endroit où je devrais être en train de dormir. Au moment où il tend la main sous la couverture, j'entends un craquement sourd ; Kurt se retrouve projeté en arrière, où il se cogne la tête contre le mur. Il s'affale par terre avec un gémissement. Personne ne bouge. Kurt reprend lentement ses esprits en levant une main à son visage, puis titube jusqu'à la porte, qu'il referme derrière lui. Tout le monde reste immobile pendant que les verrous tournent de nouveau, puis que ses pas s'éloignent du bâtiment.

Scotty se redresse, ainsi que Bill et moi. Max et Ralph semblent avoir dormi pendant tout ce temps.

— Qu'est-ce que tu as fait ? demande Bill.

— J'ai fait un petit cauchemar où un sale pervers essayait de m'attraper. J'ai dû donner un coup de pied dans mon sommeil, explique-t-il.

Bill rit tout haut.

— Brave homme. Je ne pense pas qu'il reviendra de sitôt.

Scotty descend de ma couchette et traverse la chambre sur la pointe des pieds.

— Non, peut-être pas, mais on va lui installer un petit piège juste au cas où.

Il cale le dossier de la chaise sous la poignée de la porte et déplace le pot de nuit contre le battant.

— Ça devrait le faire, dit-il, puis on reprend tous deux possession de notre lit.

Je tends la main pour le remercier, et on échange une poignée de main étrange et solennelle. Puis Bill apparaît à côté de moi et, même s'il ne me fait jamais de démonstration d'affection en public, il passe ses bras autour de moi et me guide jusqu'à son lit. Il s'assoit à côté de moi et, confondant certainement ma fureur avec de la peur, il me serre très fort.

— Je ne le laisserai jamais te faire de mal, murmure-t-il. On ne laissera jamais personne s'en prendre à toi. Aucun de nous. Tu me crois, n'est-ce pas ?

Je hoche la tête et la pose sur son épaule en me concentrant sur l'image de Kurt en train de tomber après le coup de pied de Scotty. J'essaie de laisser l'image laver mon cerveau de ses paroles répugnantes, mais je sais désormais qu'il n'est plus seulement un prédateur que je dois craindre, c'est aussi un ennemi qui cherchera à se venger.

20

Les jours raccourcissent rapidement tout au long du mois de décembre, et il fait un froid de canard dans la carrière, comme si la cuvette emprisonnait l'air glacé et ne le laissait plus repartir. Je suis habituée aux hivers tchèques, mais ce n'est pas le cas de la plupart des prisonniers. Bill se frotte le poignet gauche et me dit qu'il a mal à l'endroit où il se l'est cassé en tombant de l'abri, quand il était petit. Les pieds de Ralph deviennent chaque jour plus douloureux. Il ne se plaint pas, mais on le voit à son boitillement prononcé et aux grimaces qu'il fait quand il se croit à l'abri des regards.

On empile le plus de vêtements possible, mais nos mouvements sont entravés et notre travail est moins efficace, ce qui rend Kurt irascible. Herr Rauchbach a commandé des bûches pour le fourneau et pour nos poêles, mais on soupçonne Kurt d'en détourner certaines et de les revendre, car il n'y en a jamais assez pour maintenir le feu toute la nuit.

Malgré ces bûches supplémentaires, une épaisse couche de givre recouvre les fenêtres à notre réveil.

Les latrines sont gelées, ce qui atténue l'odeur, mais quand on urine à l'intérieur, le liquide s'accumule sur la couche de glace de la veille. Comme Bill l'avait prédit, les robinets de la salle d'eau ont déjà gelé deux fois. Kurt nous apporte une couverture découpée – de meilleure qualité que celles que la plupart d'entre nous utilisent – et on l'enroule autour des tuyaux. De la paille aurait tout aussi bien fait l'affaire.

On se lave à l'eau glacée de la manière la plus sommaire, en se frottant vigoureusement les mains. À présent, tout le monde se passe un linge sur le visage comme les filles, au lieu de s'immerger et de s'éclabousser comme des hommes. Je redoute déjà le jour où je vais devoir rincer mes chiffons pendant mes prochaines règles. Scotty a cessé de se raser et une énorme barbe rousse est en train de pousser, mais Bill et Ralph, et parfois Max, se postent fidèlement à côté de moi chaque matin. Pendant que je fais semblant de me raser, eux le font pour de vrai en maudissant les lames émoussées et l'eau froide. Ils pensent que se raser de près tous les jours attire moins l'attention sur ma mâchoire lisse. Max se laisse pousser la barbe pendant quelques jours, avant d'annoncer qu'elle le démange et de la retirer de nouveau.

Les colis de la Croix-Rouge n'arrivent pas aussi fréquemment qu'à Lamsdorf, et c'est avec une joie indicible qu'un matin de début décembre, on voit arriver un camion de livraison de l'armée. On ne sait pas si c'est une erreur, mais il y a suffisamment de colis pour tout le monde, et quelques échanges sont effectués entre ceux qui ont des colis américains avec du café et ceux qui ont les britanniques avec du thé. Je reçois quelque chose qui s'appelle du chocolat Cadbury aux noix et fruits, et qui est peut-être ce que j'ai mangé de plus délicieux de ma vie. Il y a aussi un gros paquet de raisins australiens, que Scotty suggère d'utiliser pour faire de la « gnôle » pour Noël, et il s'ensuit un long débat sur la meilleure recette possible. J'aurais aimé qu'ils puissent goûter à l'eau-de-vie de prune de ma mère, et j'ai envie de me gifler de ne pas avoir prêté davantage attention quand elle la préparait.

Ils sont nombreux à recevoir également des lettres et des colis personnels. Max reçoit une lettre, qu'il emporte près de la fenêtre. J'espère que ce sont de bonnes nouvelles. Bill reçoit deux lettres de chez lui, envoyées à plusieurs mois d'intervalle, et un colis.

— Une lettre de ma mère, annonce-t-il, rayonnant. Et une de Flora.

Scotty et moi sommes les deux seuls à ne rien avoir du tout.

— Je trouvais plus sage de ne dire à personne où j'étais, explique-t-il avec un soupir. Peu importe, Cousins. Viens jouer au rami avec moi pendant qu'ils lisent leur courrier et ouvrent leurs cadeaux. Les jeux de cartes sont efficaces pour s'empêcher de penser.

Mais je ne peux m'empêcher d'observer le visage de Bill pendant qu'il lit ses lettres. Toutes ses émotions transparaissent dans son expression. Je suis malade de jalousie de le voir lire la lettre de Flora avec un plaisir aussi évident. Je perds toutes mes manches au rami, et Scotty me dit avec douceur :

— Il faut que tu te concentres entièrement dessus.

Puis Bill m'appelle pour ouvrir avec lui le colis personnel. Il a été envoyé de chez lui au mois de mai dernier, d'abord en Italie, puis jusqu'à Lamsdorf et, enfin, à Saubsdorf.

Il déchire le papier avec l'empressement d'un enfant, et je peux constater sa joie devant les choses simples que contient le paquet : une photographie de ses parents, prise dans un studio, sur laquelle ils ont l'air mal à l'aise et malheureux. Je l'examine attentivement, mais je ne vois aucune ressemblance avec Bill, même si sa mère a des cheveux blonds, comme lui, ou peut-être gris. Difficile à dire sur une photo en noir et blanc. Ils paraissent tous les deux excessivement bien nourris. Son père a une moustache, mais bien plus petite que celle de mon père. J'aurais aimé avoir une photo de mes parents. Leurs visages commencent déjà à m'échapper. Je ne m'étonne pas que ses parents aient l'air triste, étant donné que cette photo est destinée à leur fils unique qu'ils n'ont pas vu depuis cinq longues années – prisonnier en terre étrangère, si loin de chez eux. Si on devait un jour avoir un enfant, je ne suis pas sûre que j'arriverais à supporter ça.

Le colis contient de multiples objets : quelques sous-vêtements, mieux adaptés aux étés en Italie, même si tous les maillots de corps sont les bienvenus ; des chaussettes, qui font cruellement défaut ici ; quelques pansements, de l'antiseptique iodé et, le meilleur de tous aux yeux de Bill, un nouvel harmonica tout en laiton, doté de davantage de trous que le sien, accompagné d'un mot de Flora lui expliquant qu'elle le tient d'un aviateur américain amateur de jazz qui n'a pas réussi à en maîtriser les subtilités. J'espère que Flora est tombée amoureuse de son GI et qu'elle ira aux États-Unis avec lui, mais Bill tourne l'harmonica dans tous les sens en disant « Mince alors ! » avant de le porter à ses lèvres. À la première note, tout le monde relève la tête. Le son est définitivement plus profond que le précédent, et les notes ressemblent davantage à des accords. Il décide qu'on organisera une soirée chœurs dès qu'il aura bien pris l'instrument en main.

Une fois qu'on s'est extasié sur tous les éléments de son colis, on passe à celui de nourriture de la Croix-Rouge. Herr Rauchbach a ignoré l'ordre de percer les boîtes et on sait que ces aliments tiendront aussi longtemps qu'on en aura besoin, ou du moins aussi longtemps qu'on supportera de les faire durer.

— Qu'est-ce qu'on va manger ce soir ? demande Bill. On pourrait utiliser les œufs séchés et le fromage pour se faire une omelette. Ça te plairait ?

Son impatience le fait ressembler à un chiot, tandis que de mon côté, je n'ai qu'une envie, fourrer tous les biscuits dans ma bouche l'un après l'autre, jusqu'à avoir les joues remplies.

Dans son colis, Max découvre des livres, une ceinture et un blaireau. Ralph reçoit des cartes à jouer, des lacets en cuir et une cagoule tricotée pour une tête de taille minuscule.

— Autant te la donner, Cousins, dit-il, dubitatif, mais je me dis qu'elle n'ira qu'à un enfant.

Il déplie un pull tricoté main et le colle contre lui.

— Est-ce que j'étais vraiment aussi gros ? s'étonne-t-il.

— On a tous perdu beaucoup de poids, dit Max.

— J'étais presque potelé quand je me suis engagé, admet Bill.

Je suis stupéfaite. Je n'arrive pas à l'imaginer en surpoids et je me demande, avec une vague d'angoisse, si je l'aimerai toujours s'il devient corpulent comme sa mère, à son retour en Angleterre. J'essaie de me représenter son visage fin et sculpté avec des couches de gras, mais c'est mission impossible.

— On devrait se peser, demain, suggère Max. Là où on pèse le marbre.

Bill louche sur le pull de Ralph.

— Je pourrais sûrement en faire deux à partir de celui-là, si je le détricote, dit-il. Ou un pull avec écharpe et moufles assorties.

Il a tricoté comme un fou, en se servant des patrons et de la laine fournis par Berta, amusée par la situation. Si cette dernière se demande comment il arrive à comprendre les patrons tchèques, elle n'a jamais posé de question.

Ralph rit et range le pull dans son papier brun.

— Je n'en doute pas, dit-il, mais bas les pattes. Il est à moi. Tricoté par ma sœur.

Le lendemain, Ralph demande la permission à Herr Rauchbach et on se pèse à l'endroit où l'on pèse les extraits de roche. Bill pèse cinquante-sept kilos. Je suis passée de cinquante-quatre à quarante-quatre. Et c'est avec mes bottes et mes vêtements extérieurs sur le dos, ce qui veut dire que mon poids réel est encore inférieur, peut-être seulement quarante-deux. Un long débat s'ensuit entre Ralph et Max au sujet de la conversion des kilos en stone et livres. Une stone équivaut apparemment à quatorze livres et une livre à seize onces. Je me demande comment je vais pouvoir me débrouiller pour préparer un gâteau ou faire les courses. C'est dire comme je suis douée avec les chiffres.

Les calculs sont enfin terminés et Bill s'exclame :

— Donc cinquante-sept kilos équivalent à neuf stone. Je faisais treize stone quand je me suis engagé. Je n'ai pas fait neuf stone depuis mes quatorze ans. Et Cousins doit faire – attends une minute – moins de sept stone. Six et quelques. Mince alors, ça n'est pas beaucoup.

Herr Rauchbach n'a pas quitté la scène des yeux, d'abord avec intérêt, puis avec une sorte de consternation.

Ralph y voit une occasion.

— Herr Rauchbach, comme vous le voyez, les prisonniers perdent du poids. Le travail ici est très dur. Je crains qu'ils ne deviennent trop faibles pour continuer à être productifs. (Il me pointe du doigt.) Cousins ne fait que quarante-quatre kilos. Un gros coup de vent pourrait le renverser.

— Oui, oui, je vois ça. Ne vous inquiétez pas. Il y aura du rab de pommes de terre à partir de maintenant, et des boulettes ; et Dieu sait que ce n'est pas gagné, mais je vais essayer d'avoir des saucisses, et Kurt peut tirer quelques lapins.

— Merci, Herr Rauchbach. Ce que vous pourrez faire sera dûment apprécié.

Le propriétaire de la carrière retourne dans la maison et, au dîner ce soir-là, Berta a cuisiné un ragoût avec supplément de patates et chacun obtient un morceau de saucisse. Même s'il n'est pas plus gros qu'un ongle, c'est de la viande. La sensation de faim reste présente, mais le groupe est ravi et tout le monde serre la main de Ralph pour le remercier.

On se met d'accord pour prendre une louche au déjeuner et garder le reste pour le soir. Je vais me coucher le ventre un peu moins vide pour la première fois en deux mois.

Depuis l'arrivée des lettres et des colis, je ne cesse de penser combien j'aimerais écrire à ma mère et d'essayer de trouver ce que je pourrais dire sans trahir notre localisation. Je décide finalement que Bill doit écrire à Flora et lui demander d'envoyer un mot de remerciement à la ferme où les gens se sont montrés si gentils avec lui. Ce soir, on travaille minutieusement à la rédaction pour transmettre à Flora les mots à employer précisément :

Mon cousin Bill m'a demandé de vous écrire pour vous remercier pour la générosité et la gentillesse dont vous avez fait preuve envers lui. Il va bien, il est heureux et prend grand soin du cadeau que vous lui avez fait.

Bien sûr, le capitaine Mielleux comprendra la signification, mais la lettre de Bill doit aller jusqu'en Angleterre et ne fera aucune mention de notre localisation, puis la lettre de Flora partira d'Angleterre jusqu'à Vražné, et à ce moment-là, ils ne seront certainement plus là. J'attends avec impatience le jour où je pourrai écrire moi-même à ma mère.

Quelques jours plus tard arrive un colis personnel qui semble avoir été séparé des autres. Il est destiné à Max, qui pâlit en reconnaissant l'écriture. La plupart des hommes se jettent sur leur colis personnel dès leur arrivée, mais Max fourre le sien sous son lit. Personne ne fait le moindre commentaire.

Pendant qu'on est tous réunis dans la cuisine, il se faufile dans la chambre et, à son retour, les cernes noirs sous ses yeux semblent s'être accentués. On fait tous mine de ne pas remarquer qu'il ne desserre pas les dents de la soirée et se retire tôt dans la chambre. Au moment d'aller me coucher, Max est blotti dans son lit, tourné vers le mur, mais je sais, à sa respiration, qu'il fait semblant de dormir. Pendant la nuit, je l'entends se moucher le plus discrètement possible.

Le lendemain, dans la carrière, Max me fait signe d'approcher de lui en désignant les gravillons répandus à ses pieds. Je commence à les balayer puis les transfère dans mon seau.

— C'était de Rachel... mon colis, dit-il en hâte.

Mon cœur se gonfle de peine pour lui, mais il ne cherche pas ma compassion. Il est rongé par le besoin de parler, et mon silence semble lui faciliter la tâche.

— Elle l'a envoyé il y a un an. Il est rempli de choses que j'aime. Elle devait encore m'aimer à l'époque, non ?

Je sais qu'il se parle davantage à lui-même qu'à moi, par crainte d'exploser sous la pression de ses pensées contenues.

Il me jette un regard.

— Mais tu n'es pas au courant, si ? Ma fiancée m'a écrit une lettre. Environ dix jours avant ton arrivée.

Il articule les mots lentement, à chaque coup de pioche. Il ne relève pas la tête.

— J'ai reçu une lettre. La première en dix mois. De Rachel. Disant qu'elle avait... épousé... Quelqu'un. Quelqu'un d'autre. Mon frère. Épousé mon frère. Tu vois ?

Il s'arrête, le visage couvert de larmes et de sueur, et me regarde droit dans les yeux.

— Comment ont-ils pu me faire ça ? Mon propre frère et ma fiancée ?

Max secoue la tête et des gouttelettes glacées s'échappent de ses joues tandis qu'il se remet à la tâche, à l'aide d'un marteau et d'un burin.

— Comment ont-ils pu ?

— Je suis vraiment désolée, murmuré-je en touchant subrepticement son bras.

J'espère que mon geste communique les mots que j'ai envie de lui dire : que je ne comprends pas comment elle a pu lui faire ça, mais qu'un jour, peut-être, il rencontrera quelqu'un d'autre et qu'ils seront plus heureux qu'il ne l'aurait jamais été avec Rachel.

Max hausse le ton, comme s'il essayait de se convaincre lui-même, et attire malgré lui l'attention de Kurt.

— La seule façon de m'en remettre sera d'avoir un objectif différent dans ma vie. De mettre toute mon énergie dans le combat contre le fascisme. C'est tout ce qu'il me reste. Je n'aurai jamais d'épouse ni d'enfants. Plus maintenant.

Il soulève sa pioche et donne quelques coups supplémentaires.

Au moment où je hoche la tête pour lui signifier que je le comprends, Kurt approche, comme mû par un radar à émotions. Il jette un regard dur à Max et pointe du doigt mon seau à moitié rempli. Je m'en empare pour l'emmener jusqu'à la cabane à outils et, en m'éloignant, je l'entends dire à Max, en tchèque :

— Quel est le problème ? Il veut pas te laisser le sauter ? Ou bien c'est une querelle d'amoureux ? Il t'a jeté pour un autre ? T'inquiète pas. Quand je lui mettrai la main dessus, je vais l'enculer jusqu'à ce qu'il perde conscience.

Je m'éloigne en vacillant, le cœur pris dans un étau de terreur, prenant garde à ne pas glisser sur la pierre mouillée. En reposant le seau, j'imagine que ces fragments servent à recouvrir la tombe de Kurt. Je m'imagine les jeter sur son cadavre.

Au retour de mes règles, mi-décembre, j'ai moins mal que les fois précédentes et les saignements ne durent que trois jours. J'ai l'impression que mon corps revient à la taille de celui de mes quatorze ans, avant leur première apparition. Je me demande si ma poitrine va rapetisser pour redevenir de simples bosses sous mes tétons, pour finalement s'aplatir comme celle d'un garçon, et si mes cheveux vont tomber pour être remplacés par ceux tout fins d'une petite fille.

Le matin du 17 décembre, Kurt nous accueille avec excitation. Les Allemands ont lancé une grosse offensive dans les Ardennes.

— La guerre va tourner maintenant, dit-il dans son mauvais allemand. Vous ne rentrerez jamais chez vous.

Je crois que je le hais et que je le crains plus que je n'ai jamais détesté qui que ce soit dans ma vie – plus encore que Tucker.

On souffre tous de vilaines engelures aux doigts et aux orteils, qui nous démangent furieusement dès qu'ils retrouvent un peu de chaleur. Je dis à Ralph de demander à Rosa du jus d'oignon ou de pomme de terre, et Berta m'en donne en disant « j'espère que ça vous soulagera » en tchèque. Son visage est empreint d'une fausse innocence. Je réprime le

« *děkuji* » qui me vient par réflexe et m'efforce de rester impassible, comment l'aurait fait Cousins. La cuisine se vide et Berta me regarde fixement, puis insiste tout bas, dans notre langue :

— Tu es un petit Tchèque, n'est-ce pas ? La résistance ? C'est pour ça que tu ne parles pas ?

Je la regarde dans les yeux, et le désir de me confier à quelqu'un me submerge. Savourant le son des syllabes dans ma bouche, je lui réponds en tchèque dans un murmure :

— Oui, de Vražné. Ne le dites à personne, s'il vous plaît.

Elle secoue la tête et ricane à cette idée.

— Quand ils partiront, je pourrai te cacher. On t'habillera en femme. On te ramènera chez toi.

J'ai envie de rire de l'ironie de me « déguiser en femme », mais elle est très sérieuse. Elle doit savoir qu'elle sera fusillée par les nazis pour avoir aidé un prisonnier à s'enfuir. Et elle a des enfants. Je secoue la tête malgré mon désir de voir ma mère et mon frère.

— Non, non, trop dangereux. Pour vous. Pour nous tous.

Je ne peux pas lui dire que je compte rester aux côtés de Bill jusqu'à la fin de mes jours.

Bill entre dans la cuisine et Berta se détourne en murmurant vaguement quelque chose en tchèque.

— Penses-y quand même. Tu peux changer d'avis. Jusqu'à la dernière minute.

— Qu'est-ce qu'elle a dit ? me demande Bill, et je secoue la tête, consternée d'avoir révélé mon secret.

Je ne peux pas l'avouer à Bill tant je m'en veux. J'ai été terriblement stupide d'admettre que je suis tchèque. Peut-être qu'en ce moment même, Berta est en train de le répéter à un garde nazi. Je secoue la tête, nauséeuse, prise de remords. Cette nuit-là, j'ai du mal à dormir et je reste à l'affût des bruits de pas d'un garde.

Mais les pas n'arrivent pas et la journée passe. On commence à faire des projets pour Noël. Lorsque la fin promise de la guerre s'estompe comme un mirage, il est essentiel d'avoir quelque chose sur quoi se concentrer. On rassemble nos cigarettes pour les donner à Berta en échange d'un lapin pour le jour de Noël. Ralph rédige un joli menu et de nouveaux colis de la Croix-Rouge arrivent juste à temps, un pour chacun. Je rêve de passer Noël à la maison, et je me demande comment se débrouillent ma mère et mon frère tout seuls à la ferme. J'aurais aimé avoir quelque chose à offrir à Bill pour le réveillon, mais je n'ai rien. Tout ce que je peux lui donner, c'est mon amour. J'espère que ça suffira.

Bill me raconte les Noëls au pub à Stoke Newington, les habitués qui se massent pour les chœurs, le matin, et l'après-midi passée avec ses parents chez son oncle et sa tante, qui vivent dans la même rue, jusque tard dans la nuit, le pub étant fermé le soir de Noël. Il n'évoque pas de messe le matin de Noël, mais je ne peux m'imaginer ce jour sans chants de Noël et sans le traditionnel récit des espoirs qui accompagnent l'adversité et la pauvreté – et la promesse qu'un jour, nous tous, les prisonniers qui se meurent de faim et de fatigue, pourrons manger jusqu'à en avoir mal au ventre, et nous endormir dans des lits moelleux aux draps propres.

Bill dresse la liste de tout ce que sa famille déguste le jour de Noël. Je me demande ce qu'est un pudding aux figues et la différence avec le Yorkshire pudding et le Christmas pudding. J'espère qu'un jour, quand on aura notre propre maison, je pourrai lui faire goûter à mon Noël tchèque moi aussi – le délicieux gâteau *vánočka* doré le soir de Noël, la soupe de pois que toute la famille partage autour de la table, la carpe frite accompagnée de salade de pommes de terre et de *kuba* noir, une préparation à base de champignons et d'ail. Je songe combien il aimera ce plat une fois qu'il y aura goûté. On se régalera de biscuits de Noël que j'aurais préparés et mis de côté au début de l'Avent : les croissants aromatisés à la vanille, ou les « nids de guêpe » aux noix, ou les biscuits de Linz à la marmelade, ou notre délicieux pain d'épices de Noël.

Pour le réveillon, Berta nous prend en pitié et nous apporte une boîte de biscuits tchèques, une carpe entière et un pot de *kuba* noirs. L'un des hommes ouvre le bocal, renifle le contenu, a un mouvement de recul en sentant l'ail et le passe à son voisin.

— Qu'est-ce que c'est que ces putains de cochonneries ?

Les autres hument le bocal à leur tour en lançant les mots « merde » et « diarrhée », et je suis soulagée que Berta ne parle pas anglais, même si elle doit bien voir les têtes qu'ils font. Leur attitude envers ma compatriote me rend furieuse. Alors, lorsqu'on me tend le pot, je plonge un doigt à l'intérieur et savoure le délicieux goût de chez moi. Les autres lancent des « Beurk ! » et des « Comment tu peux ? », mais Berta me regarde et je lui souris.

Elle hoche imperceptiblement la tête. Elle ne m'a pas dénoncée, et je sais à présent qu'elle ne le fera pas. Les autres ne veulent pas des *kuba* et je garde tout le bocal pour moi.

Berta ne peut pas rester pour cuisiner la carpe, mais elle essaie de donner des consignes à Scotty en tchèque, en mimant la friture du poisson et la découpe des pommes de terre pour la salade. Elle me voit écouter et penche la tête vers moi pour m'inviter à traduire. Je détourne les yeux. Quand les mimes sombrent dans une impasse hilarante, elle fait venir Rosa qui donne les instructions à Scotty.

— Du poisson pour le dîner de Noël ? s'exclament les hommes, stupéfaits. Et de la salade de pommes de terre ?

Certains disent qu'ils n'aiment pas le poisson – du moins pas sans un élément qu'ils appellent de la pâte à frire – et Scotty demande s'ils pourraient utiliser quelques œufs supplémentaires.

— Je pourrais essayer de transformer les pommes de terre en frites, suggère-t-il, même si je ne sais pas comment elles pourront frire sans gras.

— Du *fish and chips* !

Les hommes s'estiment satisfaits de cette parodie de repas de Noël. Je suis dégoûtée par leur manque de volonté de faire une nouvelle expérience, et soulagée que Berta ne soit pas là pour voir ce qu'ils vont faire de sa carpe. Elle se hâte de rejoindre sa famille, en s'imaginant sans doute que les prisonniers anglais vont avoir un véritable festin de Noël.

De retour dans nos chambres, Scotty se met à retourner toutes les affaires sur son lit et celui du dessous.

— Je comprends pas. Je sais qu'il était là. Un salopard me l'a volé !

— Qu'est-ce qui se passe ? demande Bill, et tout le monde se rassemble autour de lui pour l'aider à chercher.

— Mon jeu d'échecs. Je l'ai terminé hier. Toutes les pièces. Et il a disparu. Un enfoiré me l'a pris.

Ralph organise immédiatement une réunion avec les chefs officieux de chacune des chambres, mais une heure plus tard, le jeu d'échecs n'a toujours pas été retrouvé et Scotty hurle des insanités en maudissant l'homme qui a eu la bassesse de lui voler deux mois de travail.

Ses cris attirent Kurt dans la maison.

— Ah, oui, dit-il, c'est moi qui l'ai pris. C'est la propriété du Reich.

Ralph n'a pas besoin de faire la traduction. Scotty pousse un cri de fureur et se jette sur Kurt, qui pose immédiatement la main sur le pistolet à sa ceinture.

Bill et Ralph s'emparent de Scotty et le retiennent.

— Espèce de bâtard de fils de pute, s'exclame Scotty en se débattant pour se libérer.

Je me penche pour lui saisir les genoux.

Kurt agite son pistolet mais recule rapidement dans le bureau, dont il ferme la porte à clé de l'extérieur.

Scotty parvient à se libérer de notre étreinte et lance sa tasse et son assiette à travers la pièce, avant de donner un coup de pied dans son lit sans cesser de hurler sa rage.

— Je vais me farcir cet enfoiré même si ça doit être la dernière chose que je fais.

Il nous faut près d'une demi-heure pour parvenir à le calmer, et je rassemble les affaires qu'il a jetées à travers la chambre. Bill plie les vêtements et les repose sur son lit, avant de vérifier subrepticement le contenu de son propre sac rempli de vêtements tricotés, au cas où on lui aurait aussi volé quelque chose. Je comprends, à son silence, que rien ne manque.

Au bout d'un moment, Scotty retourne à la cuisine pour préparer le dîner de *fish and chips.* Sa colère revient de plus belle chaque fois qu'il repense à son jeu d'échecs, mais le pelage du poisson et la préparation des filets l'obligent à se concentrer sur autre chose. Je récupère une écaille de la carpe et la fourre dans ma poche, puis j'en prends une pour chacun de mes amis. Je ne leur dis rien. C'est mon cadeau pour eux – la fortune pour l'année suivante. J'ai toujours cru à cette superstition jusqu'à aujourd'hui, et bien que ma conviction vacille sous le poids de notre situation actuelle, les vieilles habitudes sont difficiles à perdre.

Tout le monde est rassemblé dans la cuisine pour le plat de *fish and chips* du réveillon de Noël, en bas de pyjama, hauts d'uniforme et chaussettes. Chacun reçoit une petite part de poisson, recouvert d'une atroce pâte jaune et détrempée, qui adhère à certains endroits plus qu'à d'autres. On nous sert aussi quatre ou cinq morceaux de pommes de terre, qui ont été frites. Je pense que le poêle n'était pas assez chaud – il est difficile de contrôler un poêle à bois à moins d'avoir plusieurs années d'expérience – et elles ont absorbé plus de gras que Scotty n'en avait probablement l'intention. En guise d'accompagnement s'ajoute une petite cuillère chacun de petits pois écrasés d'un vert vif. Je trouve dommage de transformer de délicieux petits pois en purée, mais on dirait qu'il s'agit de la touche finale que tout le monde voulait car ils s'exclament : « Du *fish and chips* et de la purée de pois ! » en donnant une tape dans le dos de Scotty, au point qu'il doit s'imaginer avoir presque préparé quelque chose de délicieux. La bonne carpe fraîche est soumise à une forte dose de sel, puis à des restes de vinaigre de la marinade. Je ne vois pas l'intérêt de mariner quelque chose pour le manger aussitôt, et je trouve que la pâte et le vinaigre ont complètement ôté le goût frais de ma carpe de Noël. Je dois fournir de gros efforts pour continuer d'incarner Cousins et me lécher les lèvres. Personne ne veut tester les *kuba* noirs, alors je retire la pâte de ma carpe et je les mange en accompagnement.

Après le dîner, tout le monde reste dans la cuisine et Bill joue de l'harmonica pendant plus longtemps que je ne l'aurais cru possible ; ils chantent des airs de music-hall, de comédies musicales hollywoodiennes, des chansons populaires, des ballades de clubs de rugby et de caserne, dont je comprends qu'elles sont crues à cause des regards que me lancent mes amis. Heureusement, la qualité de leur chant, de plus en plus inaudible, rend les paroles presque impossibles à déchiffrer.

Au bout d'un moment, la fatigue gagne tout le monde et Bill déclare :

— Il est presque minuit. On finit avec des chants de Noël ?

Tout le monde attend. Il joue les premières notes de *Stille Nacht, heilige Nacht* et les poils se dressent sur ma nuque. Je songe combien il est étrange que les deux camps, dans cette terrible guerre, chantent les mêmes chants de paix au cours de la même soirée. Tous les hommes, à l'exception de Max, unissent leurs voix, et le résultat est beaucoup plus mélodieux et harmonieux que toutes les chansons précédentes. Dans ce chœur plus calme, une voix s'élève au-dessus des autres, claire et juste, celle de Scotty. Elle me rappelle tellement celle de mon père que les larmes me montent aux yeux et commencent à couler sur mes joues. Je ne prends pas la peine de les cacher ou de les essuyer, car l'un après l'autre, les autres s'arrêtent de chanter, submergés par l'émotion. Pour finir, il n'y a plus que le nouvel harmonica de Bill et la voix de ténor de Scotty.

« *C'est l'amour infini*

C'est l'amour infini »

À mesure que les notes diminuent, le groupe reste immobile – ils se sont joints à moi en silence, unis dans une nostalgie identique. Puis on s'essuie le visage du revers de la manche et quelqu'un se met à applaudir Scotty. Tout le monde s'y met et on s'exclame :

— Petit cachottier !

— On se doutait pas que tu savais chanter comme ça !

Au moment où je songe qu'on devrait aussi remercier Bill, Ralph lance :

— Triple hourra pour le chef de chœur et pour l'accompagnement musical ! Hip-hip-hip…

— Hourra ! s'exclament tous les hommes en chœur.

On s'échange des tapes dans le dos en se souhaitant une « douce nuit ». Mon dos palpite sous les nombreuses claques chaleureuses et je fais en sorte que Cousins leur rende la pareille.

J'ai envie de dire à Bill combien je suis fière de lui. Ses répétitions avec son nouvel harmonica en ont valu la peine. Je suis convaincue qu'après la guerre, il sera en mesure d'obtenir une formation poussée et deviendra un véritable musicien dans un orchestre célèbre.

Tout le monde se met au lit et Bill murmure :

— Dors bien, et joyeux Noël.

Je m'autorise à déguster deux carrés de chocolat en pensant à ma mère et à Marek. Je peux presque me représenter ma mère allongée dans son lit, se demandant où je suis et si je vais bien. J'essaie de lui envoyer un rêve de moi, pour qu'elle sache que je suis toujours en vie.

Le matin de Noël, personne ne vient nous réveiller et on dort jusqu'à ce que le soleil pâle soit aussi brillant qu'il ne le sera jamais.

Tous les occupants de ma chambre se souhaitent un joyeux Noël, et j'articule mes vœux en silence, ne sachant pas si quelqu'un va pousser la porte. Bill fouille avec ravissement dans son sac et nous offre à chacun un vêtement qu'il a tricoté. Max reçoit un bonnet avec des rabats qui lui couvrent les oreilles, et les garçons sont d'accord pour dire qu'il fait un parfait Sherlock Holmes – ils doivent m'expliquer de qui il s'agit. Ralph reçoit d'épaisses chaussettes qui, comme il le dit, seront un luxe pour ses pauvres pieds ; Scotty reçoit une paire de mitaines, et moi une écharpe si longue que je peux faire deux fois le tour de mon cou, ainsi qu'un bonnet assorti surmonté d'une boule comme une queue de lapin, que Bill appelle un pompon. Je suis très curieuse de savoir comment il a réussi à faire ce pompon, mais, plus important, le bonnet et l'écharpe sont très chauds.

Je suis profondément émue lorsque Scotty, Max et Ralph m'apportent chacun un cadeau. Ralph m'offre un nouveau carnet et un crayon, Scotty du chocolat, et Max la moitié d'un sachet de précieux café. Je cherche frénétiquement dans ma tête ce que contient mon sac, mais je sais que je n'ai rien à leur offrir en retour, en dehors des écailles de carpe que j'ai récupérées pour eux. J'ai trop honte de leur offrir.

Mon expression doit trahir ma consternation, car Ralph me dit gentiment :

— Tu n'as aucune idée du cadeau que tu nous as fait, n'est-ce pas ? Tu nous as donné à tous l'espoir que, même dans cet enfer, l'amour et le courage existent encore.

— Ouais, acquiesce Scotty, tu nous as donné un truc pour lequel nous battre.

Max hoche la tête.

— C'est encore plus que ça, pour moi. Je crois que je te dois la vie. La moitié d'une ration de café ne vaut pas grand-chose en comparaison.

— Allez, ça suffit tout ça ! intervient Bill. Cousins va avoir la tête qui tourne ! Et on a un festin à préparer.

On s'est mis d'accord pour se relayer dans la cuisine, par tranche de deux heures pour chaque chambrée, et la mise en commun de toutes nos rations restantes de la Croix-Rouge nous a permis de nous concocter un festin en s'efforçant d'être joyeux. Quand vient notre tour, on ouvre la « gnôle » que Scotty a fait fermenter avec amour. Le goût est horrible, mais tout le monde l'avale et je sens aussitôt la tête me tourner. Au bout de quelques minutes, le vertige se transforme en un désir accablant pour Bill. J'arrive à peine à le regarder tant j'ai envie de lui faire signe de nous faufiler dans la chambre. Je l'imagine m'attraper par les épaules et m'appuyer contre la porte, commencer à m'embrasser, poser la main sur ma bouche pour m'empêcher de crier de plaisir quand il s'enfoncerait en moi et continuerait ses coups de reins jusqu'à nous faire trembler. Je garde la tête baissée pour que personne ne puisse percevoir mes pensées impures et, quand la gnôle revient devant moi après avoir fait un nouveau tour de table, je secoue la tête.

— Quel est le problème, Cousins ? demande Max en riant. C'est trop pour toi ?

Je mime un étourdissement et leurs rires me poussent à tituber à travers la pièce jusqu'à ce qu'ils s'esclaffent à en avoir les larmes aux yeux.

— Mieux que Charlie Chaplin ! hoquette Bill.

Un coup retentit à la porte et Berta entre dans la cuisine en avisant le festin posé sur la table : du poisson et du bœuf en boîte, près d'une miche entière chacun, une grande assiette de biscuits qu'on a mis de côté et un curieux dessert en forme de scone préparé à partir de farine, de sucre, de margarine et de confiture. On ne s'attendait pas à voir Berta aujourd'hui. Elle devrait être avec sa famille et doit tout juste rentrer de la messe. Elle porte un plat recouvert d'un bol, qu'elle pose sur la table.

— Je vous ai gardé un peu du dîner du réveillon, dit-elle en tchèque, comme si elle ne s'adressait à personne en particulier.

Ralph soulève le bol et découvre une petite part de carpe préparée comme il se doit, de salade de pommes de terre et de *kuba* noirs supplémentaires. Tout le monde la remercie poliment et elle nous souhaite « *Veselé Vánoce* » avant de repartir.

Je commence à me demander s'il ne serait pas plus prudent pour mes amis que je disparaisse avec Berta, le jour où l'heure viendra pour nous de partir. Je ne pense pas que les nazis se donneront la peine de me rechercher avec l'armée Rouge à leurs trousses. Je me dis peut-être que l'ultime acte de bravoure que cette guerre exige de moi, c'est de laisser Bill. Mon ultime acte de résistance. Je secoue la tête. J'y repenserai quand Noël sera passé.

Dès que la porte est refermée, on se jette sur la nourriture, comme les affamés que nous sommes. Je tire le délicieux repas de Berta devant moi et ne le propose à personne. Il n'est rien que pour moi. Tout le monde mange vite pour essayer de rattraper tous ces mois de famine.

La conversation tourne autour de Noëls précédents – des anecdotes sur des oncles qui s'endorment après le repas et à qui on joue des tours à leur insu ; les Noëls sous la neige et les Noëls sans. Je n'arrive pas à imaginer cette fête dénuée de flocons.

— Alors, quels étaient votre plus beau Noël, et votre plus beau cadeau de Noël ? demande Ralph. Scotty, à toi.

Il réfléchit une minute avant de répondre :

— J'avais sept ans, et mon père et ma mère se parlaient encore, à l'époque. J'ai reçu une paire de patins à roulettes, ce que j'avais justement demandé, alors je pensais vraiment que c'était le père Noël qui me les avait amenés. Mon père m'a emmené sur la piste de patins à roulettes d'Édimbourg. C'était la première fois que j'y allais et j'ai trouvé l'endroit magique, un lieu où les gens faisaient des choses que je pensais impossibles – même tourner en rond et patiner en arrière.

— Je n'ai jamais fait de patin à roulettes, mais je suis allé faire du patin à glace à Central Park une fois ou deux, quand j'étais petit, ajoute Max, qui prend le relais. Ma famille ne fêtait pas Noël, bien sûr, mais elle ne fêtait pas Hanoukka non plus. Ils étaient athées. J'avais toujours l'impression de rater quelque chose – la moitié de mes copains avaient des fêtes chrétiennes et l'autre moitié, des fêtes juives. Moi, je n'avais ni les unes ni les autres. Tout ce qu'on avait, c'était *l'Internationale* ! Mais je me souviens d'un Noël, parce qu'on a contemplé la vitrine d'un magasin de jouets de Brooklyn. Il y a eu un petit débat et, finalement, on est entrés et ils m'ont acheté un avion miniature. J'ai réussi à l'emmener jusqu'à Londres alors qu'on a dû quitter les États-Unis en catastrophe à cause d'une grève qu'avait organisée mon père, et il est toujours dans ma chambre, à la maison. Enfin, je pense.

Il y a un moment de silence, et je suppose qu'on pense tous à la dernière fois qu'on a vu nos maisons, en se demandant si elles existent toujours.

Puis Ralph enchaîne :

— Nous, on avait de beaux Noëls quand j'étais petit. Mes sœurs se pomponnaient, on faisait des jeux de mime, on mangeait des plats délicieux, mais je pense que mon meilleur souvenir, c'est celui où je suis rentré chez moi l'année après avoir laissé tomber médecine pour les lettres classiques. J'étais heureux de savoir que j'allais retourner dans un univers auquel j'avais fini par m'intégrer.

— Le meilleur cadeau ? demande Bill.

Ralph réfléchit.

— Peut-être un train que j'ai reçu quand j'étais petit. J'adorais ce train. Et toi, Bill ?

Je pense qu'il va évoquer un souvenir au pub avec Flora, et tout un monde dont je n'ai jamais fait partie, et je me prépare à éprouver de la jalousie, mais il me regarde directement et déclare :

— Mon plus beau Noël est celui-ci, et mon plus beau cadeau est assis à côté de moi.

Je vois les yeux de Ralph briller quand il lève sa tasse en fer-blanc.

— Levons nos verres. (Tout le monde s'exécute.) À ceux qui ont trouvé le bonheur, qu'ils le gardent pour toujours ; et à ceux qui le cherchent toujours, qu'on puisse en trouver un équivalent.

On entrechoque nos tasses en lançant :

— Au bonheur.

— Et à l'amitié, ajoute Bill.

— Et à la fin de cette foutue guerre, ajoute Scotty après avoir bu une gorgée.

Bill se lève, brandit sa tasse et répète solennellement :

— À la fin de la guerre.

21

Le mois de janvier apporte des quantités de neige comme Bill n'en a jamais vu, et les congères qui ensevelissent le marbre ralentissent le travail à la carrière. Certains jours, la couche de neige est suffisamment légère pour que les prisonniers puissent la balayer, mais le marbre est devenu si glissant que le travail doit bientôt être abandonné. Il fait un froid que Bill n'aurait jamais pu imaginer. Herr Rauchbach lui dit qu'il fait moins vingt degrés la nuit, ce que Ralph convertit en moins quatre degrés Fahrenheit. C'est très, très au-dessous du point de congélation. Pendant plusieurs jours d'affilée, les hommes sont dans l'incapacité de quitter leurs quartiers, et tout le monde commence à se taper sur les nerfs.

Au cours d'une de ces interminables journées, Ralph, Bill, Max et Izzy sont assis dans leur chambre. Bill s'est mis à tricoter une nouvelle écharpe, avec un motif compliqué. Ralph lui demande le nom de la maille qu'il utilise, en disant que ça ressemble à un pull de cricket, et Bill répond :

— Un point de torsade[1].

— Ça me fait penser à Cable Street, dit Max, avant de se tourner vers Izzy. La plus merveilleuse des batailles contre les fascistes de Mosley, en 1936. On a failli avoir notre propre Hitler, tu sais.

Bill baisse la tête et se concentre sur son tricot.

Max, lui, est lancé avec enthousiasme.

— Les Chemises noires avançaient pour essayer d'entrer dans l'East End. Des antisémites comme les nazis, tu vois, et nous, les Juifs, on vivait tous dans l'East End. On était plus de vingt mille à se soulever, à ce qu'on dit : Juifs, communistes, anarchistes ! On a monté une barricade, sur Christian Street – tu connais, Bill... ?

Il a les yeux qui brillent.

Bill fait mine d'être concentré sur son tricot, conscient de ce qui va se passer, sans savoir comment l'éviter. Il aimerait pouvoir sauter sur ses pieds et s'enfuir de la chambre, mais ça risquerait d'être pire.

— La police essayait de laisser passer ces enfoirés, et on l'a affrontée avec tout ce qu'on avait sous la main, des barreaux de chaise, des manches à balai. Aux fenêtres, les femmes vidaient des pots de chambre sur la police, et les gamins lançaient des billes sous les sabots de chevaux. Mosley a reculé et ils sont partis, pendant qu'on continuait de braver la police parce qu'elle était du côté des fascistes. J'ai été arrêté et j'ai failli avoir le bras arraché, mais ça en valait la peine.

Ralph lui demande combien de temps il est resté en prison, mais Max ne répond pas. Il regarde Bill bizarrement.

---

1. *Cable stitch* en anglais.

— Tu étais là, Bill ?

Bill lève la tête pour regarder longuement Max. Son cœur bat la chamade et il sait que les ennuis se profilent.

— J'étais là, répond-il d'une voix neutre.

Max se gratte la tête.

— Tu n'étais... tu n'étais pas avec les Chemises noires ?

— Non, non, je n'étais pas avec eux.

— Mais tu ne les combattais pas non plus ?

— Non. Je ne me battais pas. J'étais seulement intéressé.

— Intéressé par le fascisme ?

Izzy lâche un hoquet et plaque sa main sur sa bouche.

— Intéressé par Mosley ? demande Max d'une voix basse, dangereuse.

Bill pose doucement son tricot et son regard passe d'Izzy à Max.

— Écoute, il faut que tu comprennes. Mosley était un grand orateur. On l'écoutait souvent, depuis la fenêtre d'un ami. Quand il parlait, on se sentait emportés et on se disait : il doit avoir raison ; il a l'air capable de pouvoir tout expliquer.

— Ouais, comme Hitler, et Franco, et Mussolini, et Staline pouvaient tout expliquer.

Max et Bill se tiennent tous deux très droits, comme s'ils se préparaient à se battre. L'horreur d'Izzy se reflète dans son expression.

— Disons, répond Bill en choisissant prudemment ses mots, guettant l'expression d'Izzy, qu'ils n'auraient pas eu de partisans s'ils n'avaient pas dit des choses avec lesquelles les gens étaient d'accord. (Bill lève la main pour empêcher Max de l'interrompre.) Il avait complètement tort, je le sais maintenant, mais à l'époque, ça me paraissait tellement convaincant.

Max commence à hausser le ton.

— Et quand est-ce que tu t'en es rendu compte ? À Tobrouk ? Quand tes potes ont perdu leurs jambes ? Quand tu t'es fait rosser pour la première fois par un garde nazi ? Ou pas avant que le vent tourne, à Lamsdorf, et qu'on ait pu sentir la fumée des camps de la mort ? Hein ? Quand ça ?

Max a bondi sur ses pieds, prêt à se battre, mais Bill reste assis, tendu, prêt à éviter les coups, cherchant à ne pas enrager Max encore davantage. L'effort qu'il fournit pour garder une voix calme la rend aiguë.

— Je t'ai dit que j'avais eu tort, non ?

Ralph s'approche, prêt à intervenir.

— Allez, Max, il a dit qu'il s'était trompé !

Mais Max vocifère et arpente la pièce.

— Oui, c'est facile de dire ça maintenant. Maintenant que des millions de personnes ont dû mourir. C'est facile quand ça ne te touche pas, n'est-ce pas ? Il est assis tranquillement, hein, avec son putain de tricot et sa putain de gonzesse… ?

Il agite la main vers Izzy, qui recule, sous le choc, comme si le mot avait eu sur elle l'effet d'une gifle.

Bill se lève d'un coup et son tricot tombe par terre. Il se place entre Max et elle, les poings levés.

Ralph s'interpose et saisit Max par les bras.

— Arrête. Arrête tout de suite. Va te calmer dehors.

Max se libère de son étreinte.

— C'est lui que je vais emmener dehors pour montrer à ce sale fasciste de pas se frotter au petit Juif.

Ralph commence à le pousser en direction de la porte, qui s'ouvre sur les autres prisonniers, alertés par le bruit.

— Sortez-le d'ici, s'exclame Ralph par-dessus Max qui s'écrie :

— Viens dehors, viens, espèce de putain de lâche.

Tandis que les autres le traînent à l'extérieur, Bill l'entend jurer dans la cuisine et donner des coups dans les meubles. Bill espère qu'il n'est pas en train de dire à tout le monde que c'est un fasciste ou, pire encore, de tout leur raconter au sujet d'Izzy.

Ralph lit dans les pensées de Bill.

— Je vais aller m'assurer qu'il ne dit rien sur Cousins.

Bill se retrouve seul avec Izzy, dont les traits expriment clairement son dégoût.

Dans un murmure, elle crache :

— C'est vrai ? Tu es nazi ?

Bill est torturé.

— Non, non ! Écoute, il faut que tu comprennes. On avait faim. C'était la Dépression. Il n'y avait pas assez de travail. Tout le monde accusait les Juifs. Enfin, certains de mes potes, peut-être, mais pas moi. Il y a une chose que je ne t'ai jamais dite : à ma naissance, c'est une femme juive de l'appartement du dessus qui m'a sauvé la vie. Je suis né avec le cordon ombilical autour du cou, et j'étais bleu, mais cette femme a su quoi faire et elle m'a littéralement insufflé la vie. Donc je n'ai jamais eu de préjugés. Comment l'aurais-je pu ?

Il marque une pause pour essayer de trouver les bons mots afin qu'Izzy le comprenne – et ne le déteste pas. Il continue en butant sur les mots :

— Quand tout le monde n'arrête pas de répéter la même chose, on commence à penser que c'est peut-être vrai… C'étaient des banquiers juifs et des prêteurs dont ils parlaient. Et des étrangers qui venaient nous prendre notre travail, alors qu'il y avait tant de familles anglaises qui mouraient de faim. J'avais quinze ans, c'est tout. Et Mosley était un orateur comme tu ne peux pas imaginer. Il arrivait à dépeindre de véritables images avec ses mots, et on se sentait attiré comme un aimant. Tout semblait si clair avec lui, et il avait les réponses. Il ressemblait à, je ne sais pas… une sorte de prophète.

Bill fait un pas en direction d'Izzy, les mains tendues, mais elle recule en sondant son visage, comme si elle se demandait quel genre d'homme elle avait épousé. Bill laisse ses mains retomber sur le côté.

— Est-ce que c'est vraiment ce que tu penses de moi ? demande-t-il, au comble du désespoir. Tu penses vraiment que je ne vaux pas mieux que ces ordures de nazis ?

Comment Izzy peut-elle avoir une si piètre opinion de lui ?

— Je ne pas te connaître, murmure-t-elle.

Il ne supporte pas la distance froide qui s'installe entre eux.

— J'avais quinze ans, répète-t-il. Je sortais avec mes copains pour boire des bières et me marrer. On ne savait pas que quelques paroles bien senties pouvaient mener à tout ça.

Il balaie l'air de son bras, et son geste inclut les soldats russes, les camps de la mort, ses amis, mutilés et tués au combat, les quatre longues années d'emprisonnement et de famine.

— Tout ça, répète-t-il, tout ça.

Il fouille de nouveau son visage et, n'y trouvant pas l'amour qu'il s'attend à percevoir, il se laisse lourdement tomber sur la couchette.

— Je ne pas te connaître, répète-t-elle d'un air sombre.

Il aurait préféré qu'elle soit en colère contre lui, tout sauf ce regard froid dénué d'amour.

— Tu n'as jamais rien fait de stupide quand tu avais quinze ans ? demande-t-il amèrement, avant de se prendre la tête entre ses mains.

S'il a perdu Izzy, alors il a tout perdu. Il pourrait aussi bien être mort.

Il n'y a ni son ni mouvement dans la pièce pendant ce qui semble durer des heures, puis Izzy s'agenouille devant lui, lui relève la tête et embrasse son visage en murmurant :

— Désolée, désolée, désolée.

— Chuuut ! (Il passe la main dans ses cheveux courts.) Chut ! Tout va bien. Du moment que tu m'aimes toujours, tout va bien.

Pour toute réponse, elle l'embrasse passionnément comme si sa vie en dépendait.

Puis il s'écarte, l'aide à se redresser et l'assoit à côté de lui sur le lit.

— Parce que si tu ne m'aimes plus, ça ne sert plus à rien, et je pourrais tout aussi bien...

Un léger coup retentit à la porte, puis le battant s'ouvre.

Ralph passe la tête à l'intérieur.

— Je dérange ?

— Non, entre. Ferme la porte, dit Bill, redoutant l'idée que Ralph puisse le trouver abject lui aussi.

Il s'essuie les joues du revers de la manche et Izzy s'écarte légèrement de lui sur le lit.

— Tout va bien, dit Bill. Enfin, nous deux, ça va. Je lui ai expliqué. Je n'étais qu'un gamin. J'avais tort sur toute la ligne, je n'étais qu'un idiot.

Il sonde l'expression de Ralph et ne trouve que de la compassion dans son regard.

Puis son inquiétude s'envole lorsque ce dernier dit :

— Je sais. Je comprends. Il y a beaucoup de monde qui s'est fait rouler. Tout comme en Allemagne, en Espagne, en Italie, partout.

— Mais Max ne verra jamais les choses comme ça, dit Bill tristement.

Ralph pousse un soupir.

— Non, probablement pas. Pas pour l'instant, en tout cas. Il veut déménager dans une autre chambre. Il a juste dit que c'était un désaccord politique. Frank a proposé d'échanger sa place. Il faut que tu laisses du temps à Max, c'est tout. C'est le fait d'être enfermé comme ça...

Max entre et commence à récupérer ses livres sur le petit rebord de fenêtre. Il hésite et tend *The Ragged Trousered Philanthropists* à Izzy.

Bill se lève et tend la main.

— Écoute, Max. Je suis désolé, dit-il maladroitement. S'il te plaît, ne t'en va pas.

Mais Max ne répond pas et n'accepte pas la main tendue. Il n'accorde pas même un regard à Bill, mais se tourne vers Izzy.

— Je continuerai de faire tout ce que je peux pour te protéger, mais je ne peux plus rester ici pour l'instant.

Izzy hoche la tête, peinée, au moment précis où Scotty déboule dans la chambre et voit Max récupérer ses affaires sur sa couchette.

— Oh, allez, mec ! On a tous nos petites disputes. Il faut s'y attendre à rester enfermés dans un endroit pareil. C'est les effets d'un confinement. Mais…

Max s'approche de la porte.

— Non, c'est mieux. Ce n'est pas comme si je n'allais pas tous vous voir ce soir et demain, et tout le monde habite dans ce trou. Laisse-moi passer.

Scotty s'écarte et Max quitte la pièce.

— Je suis vraiment désolé, dit Bill à Izzy et Scotty.

Il s'en veut. Il s'en veut d'être la raison du départ d'un des hommes qui a si bien pris soin de sa chère Izzy. Il s'en veut pour les choses qu'il a faites dans sa jeunesse et auxquelles il ne peut plus rien changer. Il s'en veut de voir qu'Izzy est visiblement bouleversée de perdre Max. Il a l'impression d'avoir cent ans.

— Oh, il y a quelque chose qui le ronge depuis des mois, dit Scotty.

Ralph fait son retour dans la chambre en compagnie de Frank, qui a accepté d'échanger sa place avec Max.

— 'soir tout le monde, dit-il. J'ai cru comprendre qu'il y avait eu du grabuge. J'étais prêt à changer de place. Je ne supporte plus les ronflements de Blake. J'espère que personne ne ronfle, ici. Je me mets où ?

Ralph pointe du doigt la couchette de Max, et tout le monde se regarde. Bill décide qu'un nouvel homme doit être mis dans le secret.

— Il y a quelque chose qu'on doit te dire, déclare-t-il tout bas en refermant la porte.

Sa réaction est étrangement plus mitigée que la première fois, dans le baraquement de Lamsdorf.

— Putain de Dieu tout-puissant ! C'est… désolé. Il parle anglais ?

Izzy hoche la tête, amusée, et Frank la dévisage.

— Bien sûr. Bien sûr que c'est une...

Bill lève une main en signe d'avertissement, avec un geste du menton en direction de la porte. Frank ravale le mot.

— Bien sûr qu'elle – il – comprend. Désolé pour le vocabulaire.

Frank paraît tout excité et remonté à bloc. Il arpente la pièce en regardant attentivement le visage d'Izzy, comme s'il s'agissait d'un personnage en cire dans un musée.

— Dieu tout-puissant. C'est vrai. Alors il n'est pas muet ?

Izzy affiche un grand sourire et Frank lui tend la main, qu'il secoue vigoureusement.

— Je n'aurais jamais cru qu'une fe... désolé, je ne sais pas comment tu arrives à rester aussi silencieux, si tu me permets. (Puis il va serrer la main de Bill. On dirait qu'il a envie de les embrasser tous les deux.) Tu as réussi, le félicite-t-il. Tu as réussi, bon sang.

— Personne ne doit le savoir, le prévient Ralph.

— Personne. Non, bien sûr. (Frank se signe.) Croix de bois, croix de fer, si je mens je vais en enfer. Ça alors, vous avez réussi. Juste sous leur nez ! Bien fait pour les nazis. Je ne dirai rien. C'est juré. Promis juré !

Il rit tout fort et Bill sait qu'il pense à Rosa et à toutes les choses qui pourraient être possibles, s'il fait preuve de patience.

— Personne. Pas même Rosa, ajoute Bill.

Frank jette un regard autour de lui et comprend que tout le monde est au courant de ses sentiments pour Rosa.

— Pas même Rosa, répète-t-il solennellement. Mais si ça a pu arriver pour vous…

Tout le monde hoche la tête, et c'est ce que disaient tous les hommes à Lamsdorf : l'histoire de Bill et Izzy redonne de l'espoir aux autres. Un espoir qui se répand comme un virus.

Le vent tourne. Il vient de l'est et apporte une odeur de neige. Dans la maison, Izzy semble se replier sur elle-même, comme si elle s'isolait dans ses pensées préoccupées. Bill lui demande si c'est à cause de Kurt, ou si elle est malade, ou si elle a le mal du pays, et elle se contente de secouer la tête. Il est donc soulagé lorsque, alors qu'ils sont dans leur chambre avec Ralph, celui-ci lui demande :

— Est-ce que tu ne devrais pas déjà avoir tes règles ?

Bill a honte de s'avouer qu'il n'a aucune idée de la date à laquelle elles sont censées arriver. Peut-être que les hommes mariés sont supposés être au courant de ce genre de choses. Izzy hoche tristement la tête, elle paraît véritablement effrayée. L'espace d'un instant, Bill se demande si elle est enceinte, malgré le fait qu'ils n'aient pas fait l'amour depuis leur arrestation.

— C'est seulement parce que tu as perdu beaucoup de poids, la rassure Ralph. Tu dois faire moins de six stone et demi aujourd'hui. Ne t'inquiète pas – tu pourras encore avoir des enfants à l'avenir. Ce n'est pas permanent.

En voyant les larmes de gratitude briller dans les yeux d'Izzy, Bill comprend que Ralph a visé juste.

— Dieu merci, murmure-t-elle de façon inaudible.

Bill ne sait pas si elle remercie Dieu parce qu'elle n'aura pas à subir de saignements ce mois-ci, ou parce qu'un jour, elle redeviendra une femme. Les deux, probablement.

La nuit, désormais, ils perçoivent les armes soviétiques comme un roulement de tambour constant. Herr Rauchbach annonce à tout le monde, par le biais de Ralph, qu'ils ne sont plus qu'à vingt-cinq kilomètres et qu'on l'a informé que les prisonniers seront ramenés à Lamsdorf dès qu'un camion pourra venir les chercher.

— Quinze miles, convertit Ralph. Moins d'un jour de marche.

— Vous avez été de bons travailleurs, leur dit Herr Rauchbach, et j'aurais aimé pouvoir faire davantage pour vous.

Kurt se renfrogne et ses sourcils se rejoignent au-dessus du nez que Scotty a cassé en lui donnant un coup de pied, la nuit où il s'est introduit dans leur chambre.

Bill confie à Ralph la crainte que doit éprouver Herr Rauchbach face aux Russes, qui le fusilleront peut-être pour sa collaboration avec les nazis, et se demande comment il parviendra à mettre Rosa à l'abri. Il repense au projet de la mère d'Izzy, de la déguiser en garçon, et à son propre empressement de la protéger de l'armée Rouge. La rumeur circule à la maison que Herr Rauchbach lui aurait acheté un billet pour Prague, mais qu'elle refuse de partir à cause d'un prisonnier. Bill espère qu'il s'agit de Frank, mais il craint que ce ne soit l'homme qui était là auparavant.

Les prisonniers commencent à se préparer pour leur voyage, même si certains évoquent leur désir de s'échapper à la place.

— Tu penses qu'on devrait essayer de s'échapper ? demande Bill à Izzy. Avouer ton identité à Berta et voir si elle peut nous aider ? (Il a l'habitude, désormais, de répondre à ses propres questions.) En même temps, tu pourrais tomber entre les mains des Soviets. Il vaudrait peut-être mieux essayer de trouver les Américains. Ce serait plus sûr pour toi. Est-ce qu'on retourne à Lamsdorf pour voir ce qui est prévu ? Peut-être que les gardes nous rendront aux Amerloques. Ils ne voudront pas non plus se frotter aux Russes. Pas après la façon dont les nazis ont traité leurs prisonniers.

Izzy acquiesce, mais Bill n'est pas sûr de savoir à quoi.

Il continue de penser tout haut.

— Si Berta pouvait nous aider à nous échapper, on pourrait arriver à rejoindre les partisans, mais ce serait vraiment dangereux et on pourrait se faire fusiller. Ou alors on pourrait tomber d'abord sur les Russes. Non, notre meilleure chance de nous sortir de là en vie et ensemble, c'est de rester prisonniers, même si ça veut dire retourner à Lamsdorf.

Tout le monde procède à des échanges avec les femmes du coin pour les éléments qu'ils jugent utiles.

— Tes bottes sont encore en bon état, lui dit-il en les inspectant attentivement, mais les miennes sont en lambeaux. Qu'est-ce que tu en penses ? Il faudrait des bottes à semelle cloutée, si possible.

Elle écrit *chaussettes épaisses* et *sous-vêtements en laine* et *paraffine ou autre cire, même des bougies.* Ce dernier objet laisse Bill perplexe, mais il ne pose pas de question.

Ses nouvelles bottes et les sous-vêtements supplémentaires leur coûtent toutes leurs cigarettes en commun et la moitié d'un pain de savon, mais il sait que ça en vaut la peine. Ils possèdent maintenant chacun trois paires de longs caleçons et de maillots de corps à manches longues, et ils sont devenus si maigres qu'ils tiennent tous sous leurs uniformes de l'armée.

Un soir que Bill et Izzy sont les derniers prisonniers dans la cuisine, Berta fait signe à Izzy d'approcher du fourneau et sort le pot de cire de la poche de son tablier. Elle le tend à Izzy, mais ne le lâche pas pour autant et lui adresse tout bas quelques mots en tchèque. Bill se fige. Elle sait. Il est sûr qu'elle est au courant. Izzy lui jette un regard et manque de peu de formuler un mot, mais serre les lèvres et retourne en hâte dans leur chambre, Bill sur ses talons.

— Elle est au courant, n'est-ce pas ? murmure-t-il d'un ton urgent. Et elle te propose de t'aider à t'échapper ?

Mais Izzy ne s'arrête pas.

La confusion fait tourner la tête de Bill. Izzy lui a-t-elle caché quelque chose ? Projette-t-elle de s'enfuir avec Berta ? Serait-elle plus en sécurité sans lui ? Serait-elle plus heureuse ? Et comment trouverait-il la force de continuer s'il se réveillait un matin et qu'elle avait disparu ?

Dans leur chambre, Izzy étale les manteaux de Bill, Scotty et Ralph par terre et se met à frotter de la cire au niveau des épaules, du dos et du torse. Frank semble déconcerté, jusqu'à ce que Scotty lui explique que ça les rendra imperméables. Bill la contemple avec un mélange de fierté et de tristesse sourde à la perspective de la perdre.

— C'est ce que font les pêcheurs, dit Scotty.

Frank se dépêche de ramener son manteau et demande à Izzy si elle veut bien s'en occuper aussi. Elle n'a pas beaucoup de cire, mais elle s'exécute. Bill a toujours la cape à capuche cirée que sa mère lui a confectionnée.

— J'aurais voulu que Max... commence Ralph, et Izzy hoche la tête.

Il disparaît et revient avec le manteau de Max, même si ça signifie qu'elle ne peut pas faire chaque manteau à fond. Une fois que le pot est vide, elle donne une bougie à chacun et leur montre comment la frotter sur leurs bonnets et l'extérieur de leurs gants et de leurs bottes.

Puis ils emportent le tout dans la cuisine et étendent les manteaux au-dessus du fourneau jusqu'à ce que la cire se mette à fondre et qu'ils puissent la faire pénétrer plus profondément dans le tissu. Certains des prisonniers de l'étage se plaignent qu'ils accaparent toute la chaleur, et Bill récupère leurs dernières provisions de bois pour allumer le poêle de leur chambre. Tout le monde s'affaire donc sur son propre vêtement et Bill aide Izzy à frotter la cire. Plus tard, ils préparent leurs sacs pour être prêts à partir au dernier moment.

Bill entend les coups de fusil. Ils ont l'air tout proche.

Malgré le discours qu'il leur a tenu, Herr Rauchbach veut terminer une commande supplémentaire avant le départ de ses ouvriers, et les prisonniers sont toujours dans la carrière du lever au coucher du soleil. Max essaie désormais de travailler dans une zone éloignée de Bill, mais Kurt lui ordonne de rejoindre Izzy, Ralph, Scotty et Bill dans une nouvelle section, jusqu'à ce qu'il fasse presque nuit, pendant qu'il va rassembler les outils et fouiller les autres prisonniers qui rentrent à la maison.

— Je ne pense pas que Kurt reviendra, dit Ralph. On devrait arrêter.

— Je ne vois plus rien à ce que je fais, se plaint Bill. C'est trop dangereux.

Max épaule sa pioche.

— Je rentre. C'est stupide.

Tous les cinq s'engagent sur l'allée du retour, endoloris, transis de froid, trop affamés pour penser, lorsque, soudain, près de la cabane à outils, Kurt leur bloque le chemin en les braquant avec son fusil. Il caresse son nez aplati, les yeux brillants de vengeance. Il arme son fusil. Tout le monde s'immobilise et on n'entend plus que la respiration des uns et des autres. Kurt s'avance lentement vers Izzy et braque son arme au niveau de sa poitrine. Bill est figé sur place. Il a envie de plaquer Kurt au sol comme dans un match de rugby, mais il sait qu'il ne serait pas assez rapide pour l'empêcher de tirer et de tuer Izzy. Il se tient immobile et se force à attendre une occasion.

Kurt dit quelque chose en tchèque à Izzy – en lui indiquant une pile de plaques de marbre. Les autres tournent les yeux vers elle, et son visage n'est plus qu'un masque de terreur. Bill ne le supporte pas. Sans savoir qu'elle a déjà tout compris, Kurt répète ses ordres à Ralph en allemand. Malgré le crépuscule, Bill voit Ralph pâlir, mais il ne sait toujours pas ce qu'il lui a dit. Ralph ne traduit pas.

Kurt se tourne vers Izzy, son pistolet toujours pointé sur sa poitrine, et lance, en anglais :

— Enlève ton manteau. Et ton pantalon.

Il désigne la pile de plaques et lui fait signe de se pencher en avant ; puis il sourit et mime de façon grotesque ce qu'il a l'intention de lui faire.

Le regard vidé sous le coup de l'horreur et du désespoir, Izzy commence à déboutonner son manteau d'une main tremblante et gantée. Elle n'arrive pas à regarder Bill et les autres.

Reste calme, songe Bill ; si j'arrive à rester calme, je peux avoir une chance de lui arracher son pistolet des mains avant que sa queue répugnante ne la touche.

— *Raus, raus,* presse Kurt d'une voix rendue rauque par l'excitation et l'impatience.

Izzy retire ses gants avec ses dents pour ôter plus vite les boutons. Elle laisse tomber ses gants et son manteau sur la neige fondue et Kurt lui fait signe de retirer son pantalon et de se retourner. Il fait passer son pistolet dans sa main gauche, sans pour autant le détourner d'Izzy, pour baisser sa braguette et son membre surgit, dur et dressé.

Izzy détourne les yeux et commence à déboutonner sa braguette en tremblant de tous ses membres. L'acide remonte dans la bouche de Bill, et il se tient comme un coureur qui attend le signal du départ ; il sait que s'il intervient trop tôt, elle sera touchée, et s'il attend trop, elle sera violée. Elle baisse son pantalon sur ses genoux en gardant son long caleçon, et jette un rapide regard à Bill pour lui indiquer de ne pas se mettre en danger. Puis elle se retourne et se penche au-dessus de la pile de plaques.

Kurt s'approche derrière elle en pointant son pistolet sur sa tête de sa main gauche, tandis que, de la droite, il baisse son sous-vêtement. L'espace d'un instant, la main armée de Kurt s'agite frénétiquement dans l'air pendant qu'il se concentre sur la droite pour se mettre en position.

Sachant que c'est peut-être sa seule chance, Bill bondit, mais quelqu'un d'autre le devance d'une demi-seconde, une silhouette sombre sur sa gauche qui plaque Kurt au sol. Un coup de feu retentit et, alors que Bill atterrit par-dessus Kurt et l'autre homme, il voit Izzy tomber à plat ventre dans la neige. Bill martèle de coups le corps sur lequel il est retombé, tout en tournant la tête pour voir si Izzy a été touchée. Elle ne bouge pas. Si elle est morte, autant qu'il meure à son tour.

Puis elle pousse un cri terrorisé :

— Bill !

— Je suis là ! lance-t-il en rampant comme il peut sur les corps et dans la neige pour la rejoindre.

Ralph arrache le pistolet de la main de Kurt et le jette dans la neige fondue. Izzy lutte pour se relever, empêtrée dans son pantalon et son caleçon baissés sur ses chevilles. Bill redoute toujours qu'elle ait été touchée, et Kurt a disparu de ses pensées.

— Il t'a touchée ? Tu es blessée ?

De son côté, elle s'écrie simultanément :

— Il t'a tiré dessus ?

Il la hisse sur ses pieds et elle remonte son caleçon et son pantalon.

— Tu vas bien ? répète-t-il.

— Oui, bredouille-t-elle. Et toi, tu vas bien ?

— Oui, oui.

Ils s'inspectent rapidement pour vérifier qu'ils se disent la vérité, puis se retournent et voient Scotty à plat ventre sur Kurt. Max et Ralph tirent son corps sur le côté, et il est lourd, inerte, immobile dans la neige. Bill s'empare de l'arme et s'agenouille sur la poitrine de Kurt, puis le frappe en plein visage avec la crosse du pistolet.

— Putain d'enfoiré !

Mais Kurt ne bouge pas. La faible lueur de la lune leur suffit pour voir l'entaille rouge en travers de sa gorge, et le sang se déverser sur l'allée.

Ralph et Max retournent le corps de Scotty et tout le monde comprend alors qu'il a pris la balle destinée à Izzy. Du sang foncé s'écoule d'un gros trou dans son ventre. Si Scotty n'avait pas bondi une seconde plus tôt, Bill sait que c'est lui qui aurait été étendu à sa place. Dans la main de ce dernier se trouve le couteau dont il s'est servi pour sculpter son jeu d'échecs, couvert du sang de Kurt.

Bill pointe l'arme vers le visage sans vie de Kurt, mais Ralph le lui arrache des mains.

— Arrête… c'est fini. C'est terminé.

Izzy tremble violemment, de choc et de froid. Bill ramasse son manteau et ses gants, et l'enveloppe autour de ses épaules.

— Tiens, remets ça.

Une flaque noire s'étend autour de Scotty et Kurt, et Bill l'aide à passer les manches de son manteau.

— Calme-toi, dit-il. C'est terminé.

Les lumières se sont allumées dans la maison au son du coup de feu, et Herr Rauchbach ainsi que certains employés du bureau sont en train de descendre l'allée qui mène à eux avec de puissantes lampes de poche.

— Il y a eu un terrible accident ! lance Ralph avant de répéter en allemand.

Herr Rauchbach brandit sa lampe au-dessus de sa tête pour éclairer la scène ensanglantée. Kurt et Scotty sont affalés dans la neige, tous les deux morts de toute évidence, et un filet de sang noir s'écoule sur le chemin qui mène à la carrière. Ralph est pris de haut-le-cœur et se détourne pour vomir dans la neige.

— Que s'est-il passé ? demande Herr Rauchbach.

Des nuages de vapeur sortent de leur bouche tandis qu'ils attendent que Ralph essuie la sienne du revers de la main et se redresse pour répondre. Il ne jette plus un regard aux corps.

— Une dispute, bredouille Ralph. Une terrible dispute entre eux deux. Scotty devait avoir un couteau. Et, regardez, Bill a trouvé le pistolet de Kurt.

Bill fronce les sourcils ; il avait l'intention de garder l'arme. Mais il la tend à Herr Rauchbach, qui la range dans une poche.

De minuscules flocons de neige se mettent à tomber.

— On ne peut pas les laisser là, dit Max. Ils seront recouverts de neige demain matin.

— Et la cabane à outils ? suggère Ralph. Ce n'est pas très respectueux, je sais, mais au moins, ils seront à l'abri des loups, jusqu'à ce qu'on puisse les enterrer correctement.

Herr Rauchbach acquiesce et, à eux quatre, ils transportent Scotty, puis Kurt. Au moment où ils soulèvent Kurt, Herr Rauchbach aperçoit sa braguette ouverte et son membre mou. Il le range à l'intérieur. Les bras et les jambes de Kurt et Scotty retombent sur le côté et ralentissent leur progression, mais ils finissent par les étendre l'un à côté de l'autre sur le sol de la cabane.

Herr Rauchbach prononce quelques mots en allemand, que Ralph traduit :

— Une mort violente pour un homme violent.

Il cadenasse la cabane et ils retournent lentement vers la maison en silence, sous le choc.

Pour une fois, personne n'a faim. Bill passe la majeure partie de la nuit à penser à ce qui aurait pu arriver à Izzy, avec la sensation d'avoir manqué à tous ses devoirs. Ce n'est pas lui qui l'a sauvée, et si ça avait été le cas, c'est lui qui serait mort, pas Scotty. Il arrive à la douloureuse conclusion qu'il serait plus sage pour elle de s'enfuir avec Berta. Ces pensées tournoient dans sa tête jusqu'à ce qu'il s'endorme d'épuisement juste avant l'aube.

Le lendemain matin, la famille de Kurt vient réclamer son corps et deux gardes nazis arrivent de Saubsdorf. Ils ordonnent aux prisonniers de déposer Kurt dans le chariot. Son corps est totalement raide à présent, et plus facile à porter. Izzy évite de regarder son visage, mais Bill le dévisage et se souvient de ce que Kurt voulait faire à Izzy – ce qu'il aurait fait à d'autres tout au long de sa vie, s'il en avait eu l'occasion – et songe : *J'espère qu'il brûlera en enfer.*

Herr Rauchbach le recouvre d'une couverture. La mère de Kurt pleure bruyamment, mais tous les autres gardent le silence. Herr Rauchbach prononce quelques mots en allemand et les gardes nazis le saluent. Il se répète en tchèque, et le père de Kurt crache dans la neige.

Une fois que le chariot est emporté, les gardes ordonnent à Ralph et Max de creuser une tombe à Scotty dans les bois. Ils déblaient la neige sur une portion de sol gelé et envahi de racines d'arbres et, malgré les coups de pioche, ils n'arrivent pas à creuser plus de quelques centimètres. Berta, Herr Rauchbach, Rosa et les autres prisonniers se mettent en rond pour les regarder déposer Scotty dans la tombe superficielle. Il est à peine allongé sous la surface de la terre. Ralph dépose un mouchoir blanc sur son visage.

Bill cherche alentour deux bâtons pour former une croix. Dès qu'il comprend son intention, l'un des gardes coupe deux branches avec sa baïonnette. Berta se rend à la cuisine récupérer un morceau de ficelle pour attacher les bouts de bois. Puis tout le monde se découvre la tête autour de la tombe malgré la neige qui s'est remise à tomber.

— C'était un homme bien, et on ne l'oubliera jamais, bredouille Ralph.

Bill n'a jamais vu Ralph chercher ses mots, alors il prend le relais. Il récite le Notre Père et Herr Rauchbach le répète en tchèque. Izzy se signe et Bill la voit échanger un long, très long regard avec Berta. Izzy va rester ici quand ils partiront, songe Bill. Et cette pensée lui fait l'effet d'une pierre au fond de l'estomac.

Bill et Max recouvrent le pauvre corps de Scotty de pelletées de terre, mais c'est insuffisant. Les loups l'auront déterré avant l'aube.

— Il y a des seaux de cailloux près de la carrière, dit Ralph. On pourrait les entasser sur lui.

Les gardes donnent leur accord et Izzy, Bill, Ralph et Max commencent à transporter les fragments de marbre depuis la cabane à outils. Ils ont désormais perdu toute sensation dans les doigts, mais ils construisent soigneusement un cairn de marbre blanc. Puis une lourde plaque de marbre est déposée au sommet. Bill se dit que la tombe de Scotty est aussi soignée que celle d'un général nazi. Il revoit Scotty préparer le repas de Noël, et il sait que sa mort les a sauvés, Izzy et lui. Ce genre de dette ne pourra jamais être payé. Doit-il essayer de la rembourser en insistant pour qu'Izzy s'enfuie avec Berta, ou en refusant d'être séparé d'elle une seule minute ? Ils restent immobiles et silencieux jusqu'à ce que la neige forme une couche sur leurs cheveux et leurs épaules.

— Venez, finit par dire Bill, on doit remballer nos affaires.

Pendant qu'ils rassemblent leurs maigres possessions, Bill se demande qui d'autre risque de mourir à cause d'Izzy et lui. Ou bien a-t-elle déjà décidé qu'elle leur faisait courir un trop grand danger ?

Plus tard dans l'après-midi, un camion arrive pour les ramener à Lamsdorf. En revenant des latrines, Bill voit Berta, à côté du fourneau, murmurer quelque chose d'un ton urgent à Izzy dans leur langue. Il lit de la peur ainsi que de l'espoir sur le visage de la cuisinière, et Bill sait le risque qu'elle prend. Pendant un moment, il s'imagine Izzy se cacher chez elle, vêtue des vêtements de sa fille, un foulard sur ses cheveux courts, se faire passer clandestinement chez l'un et l'autre des voisins, jusqu'à pouvoir frapper à la porte de sa propre ferme. Sa mère ouvrir la porte. Et ensuite ? Ensuite ? Et les Russes ? Scotty l'a-t-il sauvée de Kurt pour qu'elle finisse par affronter pire encore ?

Izzy lève la tête vers lui et Bill songe qu'il ne supporterait pas que ce soit la dernière fois qu'il la voit. Elle le regarde droit dans les yeux et place lentement sa main droite sur son cœur. Puis elle prend la direction de leur chambre en murmurant quelque chose à Berta avant de quitter la cuisine.

Berta les suit avec un panier rempli de pain et dépose un sachet de raisins et une petite bouteille d'eau-de-vie de prune dans la poche d'Izzy en lui murmurant un dernier mot en tchèque, accompagné d'un signe de croix. Bill est en proie à un tourbillon d'émotions – le soulagement et la joie de voir qu'Izzy ne le quitte pas, l'angoisse et la peur concernant ce qui les attend. Il se dit qu'il peut tout affronter avec elle à ses côtés. Elle est la personne la plus courageuse qu'il ait jamais rencontrée. Herr Rauchbach, Berta et Rosa assistent à leur départ. Frank, à l'arrière du camion avec eux, est accablé par le désespoir, car si Rosa affiche un air triste, ses yeux sont secs. Ce n'est pas lui, l'homme qu'elle aime, et il le sait. Bill espère qu'elle s'en ira avant l'arrivée des Russes.

Le camion est recouvert d'une bâche en toile, et s'ils sont à l'abri du vent et de la neige, cela n'empêche pas le froid de pénétrer à l'intérieur. Ils portent tous la totalité de leurs vêtements sur le dos et s'enveloppent dans des couvertures, mais au moment d'arriver à Lamsdorf, ils sont presque gelés. Sur la route, Bill pense à Scotty, à la vie qu'il aurait pu avoir. Il se fait la promesse qu'Izzy et lui rentreront chez eux et qu'un jour, ils raconteront son histoire à leurs enfants – l'histoire de l'homme qui est mort pour leur permettre de vivre.

22

L'après-midi touche à sa fin lorsqu'on arrive à Lamsdorf, et le stalag est en proie au chaos. Les gardes sont toujours postés à l'entrée, mais tout système de bureaucratie a disparu. Personne pour me jauger et cocher la case Algernon Cousins dans son registre. On entend le son des tirs d'artillerie tout proches.

— Ce ne sera plus très long maintenant, annonce l'un des hommes avec soulagement.

On nous escorte vers un baraquement qui semble avoir été ravagé par une tornade, avec des vêtements et même des boîtes de conserves éparpillés partout, sur les lits et le sol. Il y a des livres, que Max se met à ramasser. On nous annonce qu'un millier d'hommes a été rassemblé au dernier moment, la veille au soir, et a quitté le camp à pied dans la neige. Le plan est d'envoyer le reste des prisonniers par groupes d'un ou deux milliers.

Ralph se souvient qu'on lui a dit qu'il pouvait y avoir treize mille prisonniers britanniques en même temps à Lamsdorf, et douze mille de plus dans les camps de travail.

— Vingt-cinq mille Britanniques, dit-il, et Dieu sait combien d'autres nationalités. C'est une sacrée évacuation. Mais je suppose qu'ils se sont entraînés à Varsovie.

Les prisonniers encore sur place se préparent dans la précipitation, au cas où ils feraient partie des groupes qui partiront ce soir. On les regarde transformer des caisses de rangement en luges, des chemises boutonnées jusqu'en haut en sacs à dos grossiers remplis de boîtes de conserve. Frank retrouve certains de ses anciens camarades et prévoit de partir avec eux. Notre quatuor est donc de nouveau réuni, même si Bill et Max ne se parlent toujours pas. On dépose notre équipement sur l'un des lits abandonnés.

— On n'a pas beaucoup de temps, dit Bill.

Je ne l'ai jamais vu prendre les choses en main auparavant, mais soudain, son pragmatisme prend toute son utilité, contrairement aux connaissances livresques de Ralph et Max.

— Il va nous falloir une luge pour emporter le plus de nourriture possible. Je peux faire ça. On en fabriquait à l'usine de Mankendorf.

Il se met à arracher les lattes de l'une des couchettes supérieures abandonnées.

— Je vais les emporter chez le menuisier. Ralph, tu peux trouver de la nourriture avec Cousins ? Max, tu es avec nous ?

Max observe tous les étrangers qui s'affairent autour de nous.

— S'il te plaît ? insiste Ralph, et je pose la main sur sa manche.

Max me regarde et hoche la tête.

— Vêtements chauds et couvertures, poursuit Bill. Trouvez tout ce que vous pouvez qui nous empêchera de geler s'ils vont vraiment au bout de cette folie. On devrait cacher nos sacs ici pendant notre absence.

On fourre nos sacs et nos couvertures au milieu des chevrons et Bill continue de récupérer les planches des lits pendant que Ralph et moi nous précipitons vers le baraquement où on distribue les colis de la Croix-Rouge. D'habitude, on nous les tend par la fenêtre, mais cette fois, la porte est grande ouverte et les prisonniers s'emparent de tout ce qu'ils peuvent emporter. Le garde à l'œil paresseux, posté à la porte, se contente de regarder. Une bagarre éclate entre deux hommes qui essaient de saisir le même colis. Le garde intervient en tirant un coup de semonce. D'autres éventrent les colis et sélectionnent la nourriture. L'un d'eux bourre ses poches de cigarettes. J'emporte trois colis et Ralph cinq, qu'on empile devant nous. Ils sont lourds et encombrants.

Une fois de retour au baraquement, on trouve Max en train de faire ses adieux à sa petite bibliothèque. Il a réussi à nous trouver une couverture supplémentaire à chacun, un assortiment d'autres vêtements et un tas de manteaux.

— Ils distribuaient des manteaux aux Hollandais et aux Belges, déclare-t-il. Ils devaient les avoir depuis le début, les enfoirés. Je nous en ai pris un chacun. Ils ne sont pas cirés comme les nôtres, mais on pourra s'en servir comme couvertures supplémentaires. (Il s'adresse à Ralph.) Ils disent que ceux qui ne sont pas capables de marcher seront emmenés par train. Tu penses que... ?

Ralph secoue la tête.

— Je sais que mes pieds sont dans un sale état, mais je continuerai aussi longtemps que possible. Je préfère tenter ma chance avec vous.

Je me demande quelle distance il parviendra à parcourir et je me dis qu'on pourrait peut-être le tirer sur la luge.

— Les gardes ont fait courir les prisonniers, ici, pour les remettre en forme. Ils doivent prévoir une longue marche.

— On est en forme, dit Ralph. Souvenez-vous comme on a travaillé dans cette carrière. Et on a été mieux nourris que les prisonniers ici. Ça ira.

Il ne semble même pas convaincu lui-même.

Bill reparaît, triomphant, avec une luge de bonne facture. Je suis tellement fière de lui que je l'applaudis spontanément. Max aussi semble admiratif malgré lui.

— Un type m'en a offert cent cigarettes, annonce Bill. Et quelqu'un d'autre a essayé de me la voler. J'ai dû lui coller une gifle.

— Au temps pour la fraternité universelle, murmure Max.

— On ne devrait pas essayer d'en prendre trop, reprend Bill. On n'est pas assez fort et la météo est épouvantable. Ce sera déjà assez dur comme ça de marcher. Mettons tout ce qu'on peut dessus, et préparons-nous un thé.

Tandis qu'on empile les colis sur la luge, Max demande à Ralph :

— Tu as entendu quelque chose sur notre destination ?

— Un des gardes dit que ce sont les ordres directs du Führer, répond Bill. Ils ne veulent pas nous laisser et risquer qu'on rejoigne les Russes.

— Mince alors, fait Ralph. Je n'ai pas envie de me battre pour les Russes.

— Alors tu n'as pas entendu l'autre rumeur ? demande Max. (Tout le monde le regarde, et il hésite.) Je ne suis pas sûr de devoir le dire.

— On l'apprendra tôt ou tard, fait remarquer Ralph.

— Bon, d'accord, on dit que pour sa dernière bataille, Hitler prévoit de se servir de nous comme boucliers humains. Tous les prisonniers alliés d'ici, des camps de travail et des autres camps de prisonniers. Soixante mille prisonniers Russes, paraît-il. Ça ferait trois cent mille prisonniers en tout. Un sacré bouclier.

On s'affaire en silence et on attache nos sacs sur la luge avec de la ficelle dénichée par Bill. C'est logique, en effet, mais je suis submergée par la peur et le désespoir. Est-ce que je serais allée aussi loin avec Bill pour qu'on finisse sacrifiés comme boucliers humains ?

— On dit aussi qu'Hitler a donné l'ordre de nous faire marcher sans pantalon, pour parer à toute tentative de fuite, ajoute Max, mais le commandant du camp a refusé.

— Estimons-nous heureux, répond Bill.

Une fois la luge remplie, on la recouvre de nos couvertures et des manteaux supplémentaires trouvés par Max, et on fixe le tout solidement. Bill se sert du dernier bout de ficelle pour former une longue corde nous permettant de la tirer.

Chacun portera sa musette contenant les réchauds, une ration de nourriture pour une journée, des cigarettes et du savon en guise de monnaie d'échange, un peu de papier toilette et ses objets personnels. On a laissé de quoi se nourrir ce soir : le reste du pain de Berta, un peu de margarine et des boîtes de sardines. Je range l'eau-de-vie de prune de Berta et les raisins dans mon sac.

— Je n'ai jamais aimé les sardines, dit Ralph, mais on va avoir besoin de protéines.

Bill lève sa tasse de thé.

— À Scotty, dit-il. Et à nous.

Tout le monde boit.

— J'espère que Rosa va arriver à partir et à retrouver le type qu'elle aime, ajoute Ralph.

— Vous avez remarqué ? demande Max. Les Rauchbach, ils étaient juifs.

Tout le monde paraît stupéfié.

— Sur la porte arrière de la maison... ils l'avaient poncé et repeint l'endroit où elle se trouvait, mais il y avait la forme d'une mezuza.

— Une quoi ? demande Bill.

— Une mezuza. Un rouleau de la taille d'un doigt, qui contient des versets de la Torah. Tous les juifs pratiquants en ont une sur le montant de chaque porte de la maison. Je pense que c'est une prière de protection. Pour ce que ça a aidé...

Tout le monde repense aux petites concessions accordées par Herr Rauchbach, la façon dont il a essayé de nous faciliter la vie autant qu'il osait le faire.

Je me demande si Dieu est mort, ou simplement cruel, comme dans l'Ancien Testament, puis je redoute qu'Il ne veille plus sur Bill et moi, et je récite rapidement un Notre Père dans ma tête, malgré les doutes qui filent dans mon esprit comme une rivière sous la glace.

À vingt-deux heures, à l'heure où les lumières s'éteignent habituellement, une sirène se met à retentir. La porte du baraquement s'ouvre brusquement et un garde nous annonce qu'on part dans quinze minutes. On enfile nos vêtements en empilant les couches. J'enroule mon écharpe de Noël autour de mon cou et je sors mon bonnet à pompon. Je remarque que Max ne porte pas le bonnet à rabats que Bill lui a tricoté. Quel idiot. Bill m'aide à mettre la cape à capuche de ma mère par-dessus mon manteau ; il insiste pour que ce soit moi qui la porte. On doit s'aider mutuellement à mettre nos sacs sur nos épaules trop rembourrées et, par-dessus le tout, on s'enveloppe chacun dans une couverture. Dégoulinant de sueur à cause de l'effort, on emporte la luge dans la nuit.

À l'extérieur, c'est le chaos. Les hommes courent dans tous les sens sous les épaisses chutes de neige. Un grand feu aux odeurs de cigarette brûle, et quelqu'un nous explique qu'un joueur prospère propriétaire d'une réserve de sept mille cigarettes a préféré mettre le feu à tout ce qu'il ne peut pas emporter plutôt que de laisser les nazis les avoir. Des mètres et des mètres de papier toilette ont été jetés par-dessus les baraquements comme des serpentins, là encore pour détruire tout ce qui ne peut pas être emporté. Le sol est jonché de vêtements déchirés, de cigarettes écrasées et de traces de lait en poudre.

Sur la place de rassemblement dépourvue de lumière, un vent violent nous souffle la neige au visage. On enfonce la tête dans nos bonnets et on relève nos écharpes sur le visage. Le vent apporte également les sons de la lourde artillerie russe, plus proche qu'elle ne l'a jamais été. À ma grande stupéfaction, les prisonniers rient et plaisantent tout autour de nous comme s'ils partaient en vacances.

S'élève alors une conversation enjouée et grossière pour savoir combien d'entre eux ont joui dans la nuit en sachant que c'était peut-être le jour où ils allaient quitter Lamsdorf et reprendre le chemin de chez eux.

La plupart des gardes nous accompagnent et seuls quelques-uns restent pour rassembler les blessés dans des trains sanitaires. Nous devons partir par groupes de mille au cours des prochaines heures. Le grand garde et le chauve sont dans notre section. À vingt-trois heures, au moment où on passe les portes en tirant notre luge dans la nuit noire, la neige s'est transformée en blizzard. Elle tourbillonne autour de nos têtes et nous aveugle. Des chants joyeux retentissent sur les premiers mètres, mais s'essoufflent rapidement à cause de la neige qui nous rentre dans la bouche, le nez et les yeux. Tout le monde se tait, baisse la tête et entame la pénible progression, qui ressemble déjà à une longue file de bonshommes de neige.

QUATRIÈME PARTIE

La longue marche vers l'ouest

Janvier à mars 1945

23

Je ne peux pas lever la tête, sans quoi la neige me soufflera dans les yeux. Notre longue procession traîne les pieds dans la tempête. Malgré le bonnet à pompon baissé sur mes sourcils et mes oreilles, et l'écharpe enroulée autour de mon nez, j'ai tellement froid au visage que j'ai l'impression qu'on m'enfonce des ongles dans les joues. J'ai les yeux qui pleurent et les larmes gèlent sur mes cils. Mon souffle se fige sur le rebord glacé de mon écharpe. Je porte deux paires de gants, l'une par-dessus l'autre, mais mes doigts sont tour à tour engourdis et brûlants. Je ne cesse de les serrer et les desserrer pour faire circuler le sang.

Tout le monde marche plié en deux pour abriter son visage de la neige. Je fixe mes pieds des yeux, ou ce que je peux en voir dans le noir, par peur de tomber et de me tordre la cheville. On avance dans le sillage de ceux qui nous précèdent. Tout autour de nous, l'air est chargé de l'explosion et de l'odeur des bombardements. Des éclats de coups de feu flamboient à travers la neige. C'est dire à quel point l'armée Rouge est proche.

Le grand garde et le chauve marchent à nos côtés. Ils sont mieux chaussés et mieux vêtus que la plupart d'entre nous, mais ils portent de lourds fusils et sacs à dos. Le chauve a déjà l'air de lutter. Ils nous ordonnent d'aller plus vite, mais leurs cris manquent de conviction car eux-mêmes ne sont pas en mesure d'accélérer, et ils n'ont pas dormi non plus. Seule leur terreur des représailles des Russes les pousse à avancer.

Vers deux heures du matin, le vent commence à tomber et les tourbillons de neige se transforment progressivement en légers flocons. Piétinée et compactée par des milliers d'hommes devant nous, la neige est devenue de la glace. On glisse et on dérape. Bill se tient fermement à mon bras et Max à celui de Ralph. Ralph boite, mais serre les lèvres et ne dit rien.

Des images de Kurt et de ce qu'il a essayé de me faire tournent en boucle dans ma tête sans que je réussisse à m'en débarrasser. Je me revois me pencher en avant dans la neige, sur la pile de plaques de marbre, prête à accueillir la fin du monde ; ma terreur alors que j'ai cru Bill blessé ; le trou dans le ventre de Scotty, le sang dans la neige. J'essaie de chasser ces images, de ne penser à rien d'autre qu'à mettre un pied devant l'autre.

On se relaie pour tirer la luge. Elle est solide et plus facile à tirer sur le sol glacé que dans la neige fraîche. On voit déjà les débris des luges faites à partir de cartons qui n'ont pas tenu, abandonnés sur le bord du chemin. Des conserves sont éparpillées tout autour et les autres prisonniers qui les ont récupérées sont bientôt obligés de s'en défaire à leur tour faute de place.

— On ne peut rien transporter de plus, dit Bill, et le son de sa voix me fait sursauter. (Personne n'a ouvert la bouche depuis longtemps.) Mais on pourrait peut-être brûler le bois.

Max et lui ramassent quelques légers morceaux de bois sur leur passage et les posent sur la couverture trempée qui recouvre notre luge. Ils s'accordent sans même échanger un regard.

Certains autres prisonniers se moquent de nous et de notre lourd traîneau, car les gardes de Lamsdorf leur ont dit qu'on n'irait pas loin et n'ont pas emporté beaucoup de nourriture.

Un homme, près de nous, trébuche et tombe. Un craquement étonnamment fort résonne quand son bras se casse. On cherche un médecin des yeux mais bien sûr, il n'y en a aucun. Le grand garde sait que Ralph possède une formation médicale, et il nous laisse quitter la file le temps qu'il essaie de remédier à la fracture. Ralph est livide. Il est presque impossible de fixer le bras du blessé correctement à travers toutes ces couches de vêtements, mais si l'homme retire son manteau, il mourra de froid. Ralph se sert d'un des morceaux de bois ramassés par terre pour créer une attelle et la fixe avec l'écharpe du prisonnier. Personne n'a rien à lui donner pour la douleur.

— C'est le mieux que je puisse faire, dit Ralph. Je suis désolé.

Le grand garde dit qu'il essaiera de trouver un médecin dès qu'on dressera le camp. L'homme murmure un remerciement et on se réinsère dans l'interminable file.

À trois heures, on nous autorise à faire une pause d'une demi-heure.

— Les Russes sont tout proches, explique le garde.

Précision inutile ; on est cernés par le son de leurs armes. Ralph dit qu'il vaut mieux qu'on ne nous autorise pas de pause plus longue, car il pourrait être fatal de s'endormir par ces températures. On s'assoit dans la neige. Les pans de nos manteaux, que je n'ai pas pu cirer, sont déjà détrempés, tout comme nos écharpes et les couvertures dont on s'est enveloppés. Comme on reste assis, nos pantalons et nos manteaux gèlent par terre. Les épaules et capuches cirées semblent retenir une partie de l'humidité, mais on a tellement froid que c'est difficile à dire. Des stalactites se forment sur mes cils et nos écharpes sont raidies par la glace.

De toutes parts, on distingue de minuscules flammes de réchauds, avec lesquels les prisonniers font fondre de la neige pour se préparer une boisson chaude. Bill et Ralph sortent les leurs et, une fois que l'eau a bouilli, ils y déposent un sachet de thé et du sucre.

Les couvertures détrempées qu'on portait sur les épaules sont alourdies par la glace et on décide de les attacher à la luge, ce qui nous facilite la marche lorsque l'ordre se propage tout au long de la file de nous relever et de repartir.

Ralph fait une grimace en reposant son pied gauche par terre et, face à nos regards inquiets, balaie l'air du revers de la main. Bill se frotte le poignet de temps en temps. J'alterne les glissades, comme si je patinais sur la glace compacte, et les pas dans la neige fondue sur les côtés, qui pénètre par les œillets de mes bottes. Je ne sais pas ce qui me pousse à continuer malgré mon épuisement, certainement la peur d'être abandonnée sur le côté si je m'arrête.

Alors que les lueurs de l'aube éclaircissent le ciel, la file ralentit jusqu'à s'arrêter. On reste ainsi un long moment, à frapper nos mains contre nous, et nos pieds au sol, des nuages de vapeur sortant de nos bouches. On a peut-être prononcé cinq mots en autant d'heures. La queue épuisée effectue quelques centaines de mètres supplémentaires en traînant les pieds avant de s'arrêter de nouveau, et une rumeur parvient jusqu'à nous.

— Ils nous cantonnent dans des fermes. On sera bientôt à l'abri et on pourra dormir.

Je songe qu'il va falloir un paquet de fermes pour nous loger tous, mais je peux enfin relever la tête et profiter de la lumière du jour qui revient. Les champs enneigés s'étirent vers le bois alentour. Un cerf émerge du couvert des arbres. Il nous regarde un long moment, avant que le garde ne le repère et brandisse son fusil. La détonation se répercute autour de nous, mais le cerf, indemne, repart en bondissant dans les bois. Le coup de feu a effrayé une nuée de corbeaux qui se dessine sur le ciel blanc et s'envole en croassant.

Sur les arbres, près de nous, de grosses touffes de gui me font penser à la ferme. Plus haut, sur la colline, dans les bois obscurs, la neige sur les branches les plus hautes est d'un blanc pur, plus clair que le ciel. Les branches de grands sapins ploient jusqu'au sol. Les bouleaux scintillent.

Il fait complètement jour avant qu'on n'ait pénétré dans la cour d'une ferme. On fait partie des premiers à être cantonnés dans une vaste grange. Je pointe le grenier à foin sous le toit.

— Là-haut, me dit Bill. Il fera peut-être moins froid et il y aura du foin pour s'allonger.

Il est très malaisé de faire monter la luge par l'échelle, et les hommes au-dessous se plaignent bruyamment.

— Espèces de crétins ! Laissez-la en bas.

— Vous empêchez tout le monde de monter. Avancez.

Mais, déterminés à ne pas nous séparer de la moindre de nos affaires, ni de la luge en elle-même, on s'évertue à la hisser jusqu'à parvenir dans le grenier. On parvient à la porter dans un coin et on commence à répandre du foin pour dormir. On essore les couvertures trempées, qu'on étend sur les poutres au-dessus de nos têtes. Les prisonniers sont de plus en plus nombreux à poser le pied dans le grenier, jusqu'à ce qu'on n'ait plus de place pour s'allonger.

— Dégagez ce putain de truc, grogne un homme à la grosse barbe en désignant la luge.

On la fait basculer sur le côté pour qu'elle occupe le moins de place possible. Puis on s'allonge en s'appropriant le minimum d'espace dont on a besoin pour dormir. Tout autour de nous, serrés les uns contre les autres, les hommes tentent de rassembler vêtements froids et humides en petits nids. Beaucoup allument une cigarette ou sortent leur réchaud pour se préparer une boisson chaude, et je suis horrifiée. Ma mère renverrait immédiatement un homme qui fume dans une grange à foin. Tout pourrait prendre feu et partir en fumée en quelques minutes, sans aucune chance de sortir.

Bill perçoit mon trouble.

— N'importe lequel d'entre eux pourrait éteindre un feu rien qu'en roulant dessus, fait-il remarquer. On est tous trempés. Maintenant, un petit thé avant de dormir ?

Je me rappelle les raisins et l'eau-de-vie de prune que Berta m'a donnés et on les partage. L'eau-de-vie nous réchauffe de l'intérieur, à défaut de réchauffer nos extrémités. Ralph retire ses bottes, et je lui sèche les pieds avec de la paille pendant qu'il applique un peu de crème. Ils sont rouges et gonflés.

La grange est verrouillée de l'extérieur et les hommes éteignent prudemment leurs cigarettes. Il n'y a pas de toilettes et les prisonniers urinent près de l'endroit où ils ont préparé leur lit. Des vociférations s'élèvent non loin de nous. Je n'ai pas bu grand-chose au cours des neuf dernières heures, et je pense pouvoir tenir jusqu'à ce qu'on nous laisse sortir. L'air humide empeste la fumée de cigarette, mêlée à l'odeur d'urine, et de la vapeur s'élève de nos vêtements et sort de notre bouche. Certains se gavent de la nourriture de leurs colis, mais pour une fois, je suis trop épuisée pour avoir faim.

— On devrait rationner la nourriture, dit Ralph en les regardant. Qui sait si les gardes nous donneront quoi que ce soit.

Tout le monde hoche pitoyablement la tête.

À moitié assis, à moitié allongés, Bill et moi nous appuyons l'un contre l'autre dans nos vêtements mouillés.

Je dors par intermittence, quelques heures seulement et, au moment où le bruit de la porte de la grange qui s'ouvre nous réveille, je suis toute courbaturée. Mes vêtements sont toujours humides et très, très froids. Je ne pensais pas qu'on pouvait survivre en ayant aussi froid. La glace sur les pans de mon manteau n'a pas fondu.

Certains ont avalé de trop grosses quantités de leurs rations de la Croix-Rouge pendant qu'on dormait, et l'odeur de vomi et de diarrhée s'ajoute au relent d'ammoniaque de l'urine. Je me couvre le nez et la bouche avec mon écharpe humide et glacée.

On se lève en s'étirant, et la douleur dans mes jambes et dans mon dos de la longue marche de la veille me donne l'impression d'être une vieille femme.

Pendant qu'on secoue nos bras et nos jambes, dans l'espoir d'injecter un peu de chaleur dans nos membres, Max s'écrie :

— Enfoirés de voleurs ! C'est qui ? Allez, c'est qui ? Espèce de sale ordure. J'espère que tu vas t'étouffer avec !

Pendant notre sommeil, quelqu'un a dénoué un coin de notre luge et volé un colis de nourriture entier. Et, au-dessus de nos têtes, sur les poutres, Bill indique qu'il manque l'une de nos couvertures.

— C'est pas moi, mec, protestent tous les hommes autour de nous.

J'essaie de sonder leurs visages pour trouver le menteur, mais tout ce que je vois, c'est le désespoir.

Un peu d'air frais pénètre dans la grange par la porte ouverte, et j'ai hâte de sortir. Deux prisonniers ont été mordus par des rats pendant leur sommeil, et personne n'a d'antiseptique pour leurs blessures.

Dans la cour enneigée de la ferme, il y a eu une livraison par camion de l'armée nazie et le grand garde nous donne un pain noir dense à partager en six. Notre groupe de quatre s'associe à deux autres prisonniers et Max considère attentivement la miche avant de la découper avec sa plaque d'identité. Il laisse les deux inconnus choisir leur part en premier. Ralph sort de la margarine de son sac. Elle est trop gelée pour l'étaler sur le pain et on tranche des petits morceaux à sucer. Je m'en frotte un peu sur mes lèvres et mon visage gercés, et les autres m'imitent. Ralph nous donne un minuscule bout de pâté, ce qui ne fait que me mettre l'eau à la bouche. L'espace d'une seconde, je me vois attraper toute la boîte et m'enfuir en l'engloutissant. Je vois d'autres prisonniers lorgner dessus avidement. Que se passera-t-il quand on aura fait durer nos rations mais que les autres n'auront plus rien ?

Bill fait chauffer de la neige pour le thé.

— Trouve toujours la neige la plus propre et la plus blanche possible, et fais-la bouillir correctement. Il ne faut pas qu'on chope la dysenterie, le prévient Ralph.

Le grand garde nous annonce qu'on a parcouru vingt-neuf kilomètres depuis le départ de Lamsdorf, et Max proteste :

— La Convention de Genève interdit de faire marcher un prisonnier plus de vingt kilomètres par jour.

Le garde hausse les épaules de manière éloquente. Que peut-il faire ?

— Ça fait combien, vingt-neuf kilomètres ? demande Bill à Max.

— Dix-huit miles, je crois. Le trajet entre Leicester Square jusqu'à St Albans, je dirais.

— Mince alors, j'aurais plutôt dit entre Leicester Square et Manchester.

C'est la première fois qu'ils se parlent depuis la dispute au sujet de Cable Street.

Après avoir repris la route, on étire les muscles douloureux de nos cuisses, de nos mollets et de notre dos en répartissant précautionneusement le poids sur nos pieds endoloris. Pour la première fois, je me dis : *On n'aura jamais la force de survivre à ça.* Et je jette un regard paniqué à mes compagnons – trois jeunes hommes, courbés et boiteux comme des vieillards.

Il est midi ; on ne s'est arrêtés que cinq heures. La longue procession composée de milliers d'hommes s'étend devant nous parmi les rangées d'arbres, tel un ruban noir qui traverse les champs couverts de neige et montre le chemin à parcourir. Toutes les demi-heures environ, on croise une maison entourée d'un petit jardin. Une rivière coule près de la route, mais le silence ambiant m'apprend qu'elle est complètement gelée.

Certains hommes s'efforcent de chanter, mais la plupart avance d'un air sombre. Le chant est entraînant, mais les hommes qui m'entourent – et même Bill – ne desserrent pas les dents, comme si on conservait nos réserves d'énergie au cœur de nos corps humides et gelés. C'est comme si mon silence avait infecté tout le monde. Je sais combien Bill doit être épuisé pour ne pas fredonner ou siffler, et la peur que j'éprouve pour lui me fait l'effet d'une pierre en travers de la gorge. Et si j'avais parcouru tout ce chemin pour le perdre maintenant ? Notre luge cahote derrière nous. On marche, on marche, on marche encore. De temps en temps, je me dis : *Quand j'atteins cet arbre, ou quand je passe cette porte, alors je m'autorise à grignoter un petit morceau de pain.* Il disparaît trop vite.

Trois heures plus tard, le crépuscule se met à tomber et la procession s'arrête pour s'écarter sur le côté de la route. Des familles civiles nous dépassent, équipées de charrettes à bras surchargées. Ce sont majoritairement des femmes, des enfants et des personnes âgées, le visage dur. Les hommes qui devraient être à leurs côtés sont ailleurs, en train de geler dans les tranchées enneigées, d'avancer comme nous en files de prisonniers, ou morts.

Un village, ou une petite ville, émerge lentement de son camouflage neigeux, ses bâtiments se matérialisant dans le brouillard.

Je profite de l'occasion pour faire pipi dans la neige fondue sur le bas-côté, déjà jaunie par l'urine, en prenant soin de tenir correctement mon manteau. Les groupes de prisonniers sont comptés et envoyés dans divers bâtiments du village, granges et salles publiques. En ce qui nous concerne, on va dormir dans l'église. Je me signe à l'entrée et quelqu'un derrière se moque de moi.

— Prie fort, petit, et peut-être qu'un putain d'ange va t'emmener loin d'ici.

Je fais claquer ma langue. Il ne devrait pas dire « putain » dans une église.

On choisit des bancs dans la chapelle latérale, à l'écart des seaux pour les besoins nocturnes fournis par un bedeau prévenant. Les hommes se plaignent de nouveau de la place qu'occupe notre luge, qui semble encore plus lourde à soulever et à manœuvrer ce soir. On est déjà en train de s'affaiblir. Il fait froid dans le bâtiment en pierre, mais au moins, on n'est pas obligé de dormir par terre.

Je pose mon sac à l'une des extrémités du banc en guise d'oreiller et je me mets à rêver de pouvoir me laver le visage et les mains. Ralph partage avec nous un paquet de fromage industriel. Je suce ma part le plus lentement possible. Puis il ouvre une boîte de confiture de fraise. On n'a rien sur quoi l'étaler, mais on trempe chacun son doigt dedans avant de le passer à son voisin.

— Ça fait des calories, dit-il, même si on est loin du compte.

Le parfum est tellement doux et intense que je l'inspire profondément avant de la manger, comme si l'odeur à elle seule pouvait m'alimenter.

Personne ne retire aucun vêtement, mais on pose les couvertures humides sur nous. Le banc est dur et inconfortable, mais ça fait du bien de pouvoir s'étendre correctement. La luge est posée au bout de nos bancs. Je me demande si des hommes auront l'audace de voler dans une église. Certains sont déjà en train de fumer, ce que je trouve déplacé, mais Ralph me dit que la cigarette aide à calmer la faim. Peut-être faudrait-il que je m'y mette.

Les poux ont recommencé à me démanger, sous les bras, entre les jambes et sur la tête. Je retire mon bonnet pour me gratter et Bill et moi essayons de retirer les petites bêtes du tricot avant que je le remette. Je suis désolée qu'ils se soient infiltrés dans le bonnet que Bill m'a confectionné.

Quand le silence envahit l'église, je prie pour nous tous, pour nous donner la force de continuer, et mes pensées dérivent vers Scotty, à tout ce qu'il a accompli dans sa vie – aux personnes qu'il a sauvées, sa sœur et ses enfants, et moi. Je lui rends grâce.

En dépit de la dureté du banc, de la faim qui me ronge de l'intérieur, des démangeaisons des poux et de la froideur de mes vêtements humides, je sombre dans un sommeil sans rêve. C'est peut-être ainsi que ma prière est exaucée.

Le lendemain matin, on nous donne une autre miche de pain noir et dur à se partager en six. Ralph et Max discutent de la logistique : comment parviennent-ils à cuire et distribuer de telles quantités pour des centaines et des milliers de prisonniers évacués, et combien de temps ça va pouvoir continuer.

Bill ouvre une boîte de lait condensé et en verse un peu sur son pain. Je bois mes trois cuillers de crème douce et gluante, mais je range mon pain dans ma poche pour le faire durer toute la journée. À mesure que l'après-midi s'écoule, le blanc des champs se confond avec le blanc du ciel, sans ligne d'horizon. Des buses tournoient au-dessus de nos têtes, et je songe que nous sommes des charognes ambulantes.

On passe les nuits suivantes dans différents endroits – une salle communale, une usine, une étable. Une nuit, Bill et moi dormons avec les cochons dans leur porcherie. On n'a pas eu aussi chaud depuis des jours.

Dans chaque village, les habitants sortent pour nous regarder passer. Des prisonniers échangent des cigarettes, du savon et du chocolat contre du pain et des saucisses. Mes compagnons décident qu'on a intérêt à garder nos cigarettes et notre savon jusqu'à ce que nos colis soient épuisés. Cela fait une monnaie plus précieuse que des pièces d'or qui seraient cachées dans les coutures de nos vêtements. Le contenu de nos colis diminue rapidement. Même en se rationnant, ça ne mène pas loin, à quatre.

Lorsque la neige se remet à tomber, on doit baisser la tête pour l'empêcher de nous aveugler. Malgré ça, j'ai du mal à garder les yeux ouverts. Les tirs semblent plus lointains à présent, et tout ce que j'entends, c'est le vent, le bruit des pas traînants et, tout autour, le grand silence indifférent de la nature.

On passe à côté d'une maison devant laquelle sont empilées des bûches et dont la cheminée crache de la fumée. Il me paraît presque inconcevable que de l'autre côté de ces murs, il puisse y avoir de la chaleur, de la compagnie, de la nourriture, une famille. Je me demande si les gens regardent passer cette file de pauvres malheureux affamés, ou s'ils gardent leurs rideaux fermés pour fixer le feu.

À Strehlen, on aperçoit une église surmontée d'un dôme bulbeux, comme à Vražné, où on s'est mariés des centaines d'années plus tôt. Mais aucun prêtre ne vient nous aider.

À la sixième nuit, le grand garde nous annonce qu'on ne sera pas enfermés ; on doit s'installer où on peut. On s'entasse dans une cabane à outils pleine de courants d'air, tellement bondée qu'on doit dormir assis. Bill retire ses bottes pour inspecter ses ampoules. Ses pieds sont à vif, ensanglantés, et il décide de les laisser à l'air libre pour la nuit.

— L'air pourrait leur faire du bien, dit-il sans trop y croire.

Mais au bout de quelques minutes, il voit ses orteils devenir blancs et remet ses chaussettes pleines de sang. Il sort une seconde paire de son sac, qu'il a tricotée lui-même et qui est quelque peu difforme, mais chaude malgré tout. Tandis qu'il les enfile par-dessus les premières, je vois un des prisonniers lorgner les chaussettes comme s'il s'agissait de pépites d'or.

— Je t'en donne cent cigarettes, mec, lance-t-il, mais Bill refuse et enroule la couverture autour de ses pieds pour qu'on ne lui vole pas ses chaussettes pendant qu'il dort.

Je jette un coup d'œil aux pieds de l'homme et je m'aperçois qu'il ne porte que des *fuss-lag* et des sabots en bois. Bill le remarque également et décide d'attacher ses bottes à ses poignets par les lacets.

Il fait si froid dans le cabanon qu'à notre réveil, le cuir humide des bottes de Bill a gelé, comme du fer, et il peine à y enfoncer les pieds. La neige est de nouveau tombée pendant la nuit et j'agrippe le bras de Bill lorsque je comprends que certains prisonniers ont été forcés de dormir dehors. La plupart des tas de vêtements couverts de neige ne bougent plus.

24

L'interminable file de prisonniers serpente à travers la campagne, où le vent a fait ployer les arbres dans de drôles de positions. On voit la procession se dessiner sur plusieurs kilomètres devant nous – silhouettes noires se traînant dans la neige. On aperçoit parfois le profil sombre d'un bâtiment ou d'une flèche d'église, et l'espoir renaît quelques instants. Peut-être qu'on nous laissera nous reposer un peu ici. Peut-être qu'il y aura du pain.

Dans certains villages, les femmes approchent le long de la route, munies de seau et de casseroles de soupe ou de café de gland, qu'elles posent sur des chaises et tendent aux premiers prisonniers qui ont la chance de passer à ce moment-là. Parfois, ce n'est que de l'eau chaude, mais tout ce qui est chaud suscite notre reconnaissance. La plupart du temps, nos gardes ignorent les femmes et nous laissent nous arrêter une seconde ou deux pour boire ce qu'on nous offre, mais on voit de temps en temps du café ou de la soupe jetés dans la neige, et on comprend qu'un autre garde, en amont, a renversé les préparations. À un moment, on voit même de petits morceaux de légumes d'une soupe, que les hommes ramassent et déposent dans leur tasse en fer-blanc, pour les réchauffer plus tard, ou qu'ils sucent, congelés, tout en marchant.

Un civil âgé tend des journaux. Il veut les donner aux hommes, mais ces derniers ne comprennent même pas ce qu'il dit.

— On sait pas lire le polonais, lance quelqu'un en le repoussant.

L'homme tente sa chance en allemand :

— Pour l'isolation, pour doubler les vêtements.

Ralph en prend une poignée en traduisant à voix haute pour les hommes à portée de voix, et remercie l'inconnu. Derrière nous, la pile de journaux est rapidement épuisée. À la pause suivante, on les fourre dans nos pantalons et sous nos vestes. À ma grande surprise, je sens une petite différence.

Dans un village ordinaire et sans nom, une femme à la tête couverte d'un foulard propose du gruau d'avoine dont elle remplit nos tasses à la louche. En approchant, je m'aperçois qu'elle n'est pas vieille du tout, peut-être du même âge que ma mère, avec des cheveux devenus prématurément gris. Elle ne me quitte pas des yeux. Mes amis la remercient en anglais et en allemand, et elle répond en polonais. On secoue la tête pour lui montrer qu'on ne comprend pas. Elle traduit lentement en allemand.

— Peut-être... une autre mère... fera ça... pour mon fils, dit-elle.

Ralph répète en anglais. Je baisse la tête car mes yeux se sont remplis de larmes.

Ce soir-là, le septième sur la route, on nous emmène de nouveau dans une ferme, mais cette fois-ci, on est trop éloigné dans la queue pour trouver de la place dans les dépendances. On tire notre luge d'abris en granges, mais chaque centimètre est occupé par des hommes épuisés, entassés, sans le moindre espace libre pour s'allonger.

— Poussez-vous, dit Bill, mais ils n'en ont pas la place.

Alors qu'on quitte le dernier abri, je commence à paniquer. Avec la tombée de la nuit, la température chute rapidement et à moins de trouver un refuge, demain matin, ce sera nous les tas de vêtements couverts de neige et immobiles. Ralph approche le garde chauve et l'implore en allemand.

— S'il vous plaît, trouvez-nous un autre logement – le prochain village, peut-être ? Il ne reste aucune place pour nous. On va tous mourir. S'il vous plaît.

Le garde semble épuisé. Je vois de la glace en train de se former sur sa barbe mal rasée. Il nous regarde et hésite une seconde.

— On peut vous payer, ajoute Ralph. Il nous reste des conserves.

Le garde hésite toujours.

— Cent cigarettes, finit-il par dire.

— On n'en a que quelques-unes, répond Ralph. Du café, peut-être ? S'il vous plaît. On a fait tout ce chemin ensemble.

Le garde évalue l'effort et la récompense à la clé ; puis il hausse les épaules et déclare :

— Ce sont mes ordres. Dites aux autres prisonniers de se pousser pour vous faire de la place.

— Pour l'amour du ciel ! le supplie Ralph. Même pour deux d'entre nous ? Pour le gamin ?

Mais le garde se détourne et s'éloigne. Ralph nous rejoint, le regard désespéré.

— Je suis désolé. Il veut cent cigarettes.

— Toujours agréable de savoir que ma vie vaut vingt-cinq cigarettes, lance Max.

Le garde disparaît dans la neige. Il est inutile de lui courir après.

— Peut-être qu'on pourrait se construire un abri contre le mur d'un cabanon, suggère Bill sans trop y croire. On pourrait trouver un moyen de se servir de la luge...

La neige se remet à tomber en couche fine et je prends une décision. Après avoir vérifié qu'on était à l'abri des regards des gardes, je me dirige vers la ferme et les autres m'emboîtent le pas.

— Qu'est-ce que tu fais ? demande Bill, mais je ne réponds pas.

Je frappe un coup ferme à la porte de derrière. Elle s'ouvre de deux centimètres et la lueur d'une bougie de cuisine éclaire la neige. Dans l'entrebâillement, je distingue un vieil homme squelettique aux épais cheveux gris.

J'ai très peu de notions de polonais, mais on comprend tous ce qu'il siffle :

— Allez-vous-en !

J'ai placé ma botte dans l'ouverture pour l'empêcher de la refermer. Il murmure quelque chose d'autre au sujet des nazis. Probablement qu'il sera fusillé s'il nous aide, ou bien qu'ils sont de retour, étant hébergés chez lui.

— *Varshahvay,* je l'interromps d'une voix bourrue de mon meilleur accent polonais. *Varshahvay.*

Il relâche la pression sur la porte une fraction de seconde, libérant mon pied, et nous scrute dans le rayon de lumière provenant de la cuisine.

Je nous désigne en disant :

— *Cztery* – nous quatre. *Varshahvay.*

On le voit hésiter.

Il essaie de voir quelque chose dans l'obscurité derrière nous, peut-être si on nous surveille. Puis il lâche la poignée de la porte et se glisse à l'extérieur avec nous. La neige tombe plus fort. Il nous passe en revue tous les quatre et tourne la tête derrière lui comme un oiseau méfiant.

— *Varshahvay ?* demande-t-il, et tout le monde hoche la tête.

Il s'empare d'une pelle et de son manteau dans sa cuisine, puis trottine le long du mur de la maison et nous fait signe de le suivre. Il mesure une distance avec ses mains depuis une fenêtre, s'arrête et se met à déblayer la neige, qui nous arrive à la taille. Au bout de quelques minutes, il fatigue malgré la légèreté de la neige, et Bill lui prend la pelle des mains pour creuser jusqu'au sol. Pendant tout ce temps, le fermier ne cesse de jeter des regards autour de lui, terrifié. Puis la pelle entre en contact avec le son creux d'une trappe en bois et on gratte la neige avec les mains jusqu'à permettre l'ouverture de la cave. On attrape nos sacs sur la luge et il nous presse de descendre le plus vite possible. On trébuche à moitié les uns sur les autres sur la petite échelle jusqu'au sol en pierre dure. Ralph essaie d'emporter notre luge contenant nos colis, mais le fermier le repousse à l'intérieur avec la pelle. La trappe se referme au-dessus de nos têtes et on se retrouve dans l'obscurité complète. On entend le fermier remettre la neige sur la trappe et, l'espace d'une seconde, je me dis qu'il nous enterre vivants et que cet endroit sera notre cercueil. Puis Bill cherche une allumette dans son sac.

— J'ai les mains congelées, murmure-t-il en essayant de la gratter, sans succès.

— Peut-être que la boîte est humide, suggère Max. Essaie par terre.

On entend l'allumette gratter sur le sol et une lueur jaillit. Bill se redresse et lève l'allumette au-dessus de sa tête ; on se trouve dans une petite cave, munie d'étagères vides où la nourriture était autrefois entreposée. Il y a tout juste assez d'espace pour s'allonger tous les quatre. On a nos couvertures sur le dos, mais pas de provisions, et notre luge est dehors.

— J'ai quelques morceaux de bougies, dit Max, et on l'entend ouvrir son sac et fouiller à l'intérieur.

On gratte une nouvelle allumette et, après avoir allumé une bougie, nos ombres s'élèvent contre les murs. Max aligne trois autres morceaux de bougies mais on sait tous qu'elles ne dureront pas jusqu'au matin.

On s'assoit sur le sol dur et tout le monde ouvre son sac pour vérifier ce qu'il peut nous rester comme nourriture. Bill sort un navet rabougri, moi, une boîte de sardines et Ralph des pruneaux. Max n'a rien.

S'ensuit une discussion hâtive.

— Une fois qu'il sera parti, on pourrait ressortir et chercher la luge, suggère Bill.

Ralph hésite.

— Mais on pourrait se faire prendre.

— Mieux vaut rester ici, approuve Max.

— Je suis affamé, rétorque Bill.

— On mourra de froid dehors, dis-je tout bas.

Tout le monde s'arrête et m'observe une seconde, avant de reprendre tous en même temps.

— Tu nous as sauvé la vie, dit Ralph. On peut se contenter de cette nourriture pour ce soir.

— Qu'est-ce que tu lui as dit, pour le convaincre ? demande Max, curieux.

— Un seul mot, comme « Sésame, ouvre-toi », dit Bill.

Ralph acquiesce.

— Et il nous a aidés, alors qu'on voyait bien qu'il était terrifié.

Je répète le mot en polonais et Ralph répète à son tour « *Var-shah-vay* » en essayant de lui trouver une signification, en vain.

— *Warschau*, dis-je à Ralph en allemand, et il secoue la tête avec admiration, avant de traduire aux autres.

— Varsovie. Bien sûr. Quel génie ! Varsovie. Le seul mot au monde qui pouvait le convaincre de nous sauver la vie.

— Mais pourquoi ? demande Bill. Pourquoi ce mot ?

— Quand les nazis ont brisé le siège de Varsovie, absolument tous les citoyens civils ont été rassemblés et envoyés dans des camps, lui rappelle Ralph. Chaque homme, chaque femme, chaque enfant. Qui sait ce qu'ils ont enduré ? Aucun Polonais qui se respecte ne pourrait refuser l'asile à des gens qui ont combattu le Troisième Reich et aidé ses compatriotes à Varsovie. Ce mot lui a rappelé qui étaient ses ennemis et qui étaient ses alliés. Et il s'est dit que si on s'était échappés, d'autres l'avaient peut-être fait aussi.

Max hoche la tête avec respect, pendant que Bill me jette un regard interrogateur.

— Comment tu as pensé à ça ?

Je hausse les épaules et réponds, à voix haute :

— Juste pensé.

J'éprouve une petite étincelle de fierté tandis qu'on divise le navet cru pour se le partager. La première bougie vacille et on décide que lorsqu'elle s'éteindra, on se blottira les uns contre les autres et on essaiera de dormir.

L'obscurité est plus totale que je l'aurais cru possible. Le froid qui monte du sol pénètre nos vêtements et la pierre est impitoyable pour nos corps décharnés. Mais on se serre les uns contre les autres. Je suis dans les bras de Bill pour une fois, étant donné que personne ne peut nous voir. J'ai la tête posée sur son bras. Ralph tourne le dos à Bill à ses côtés, et Max est du mien. Malgré la faim, malgré l'inconfort, on est tellement épuisés qu'on s'endort les uns après les autres.

On ne sait pas combien d'heures se sont écoulées quand on est réveillés par un grattement au-dessus de nos têtes, alors que le fermier dégage la trappe. Max l'aide à la pousser de l'intérieur et, même s'il fait encore nuit à l'extérieur, c'est un soulagement de voir la lueur des étoiles. À l'est, une lueur nous indique qu'on a survécu à un autre jour. Le fermier nous tire dehors sans ménagement, cherchant à nous éloigner de chez lui le plus vite possible. Alors qu'il se met à recouvrir la porte de neige, il nous montre une congère sur le côté, sous laquelle est cachée notre luge avec nos restes de colis. Après l'avoir dégagée, on commence à l'aider à pelleter, mais il regarde nerveusement autour de lui, impatient de nous voir partir. Il pousse la branche d'un sapin vers Ralph et lui indique comment couvrir nos traces, puis sort de sa poche un sac en papier qu'il me tend en me regardant droit dans les yeux.

— *Dla Warszawy.*

Ça ressemble à *Varshahvay*. Varsovie.

Je lui saisis la main une seconde.

— *Dziękuję ci* – merci.

Et les autres se joignent à moi, mais il nous pousse, terrifié à l'idée qu'on puisse nous trouver avec lui. On tire la luge sur la neige fraîche en direction des bâtiments qui étaient trop bondés pour nous accueillir, dépassant des corps recouverts de neige, des hommes qui n'ont pas eu notre chance. Ralph marche à reculons pour effacer nos traces, et jette la branche de sapin sous un arbre.

Devant nous, le grand garde est en train de frapper à la porte d'une remise en lançant : « *Raus, raus.* » On se faufile par-derrière, comme si on venait d'émerger d'un autre bâtiment, en bâillant et en nous étirant dans les lueurs de l'aube. Il nous accorde à peine un regard.

— Qu'est-ce qu'il t'a donné ? demande Ralph, et j'ouvre le sac.

De l'avoine. Comme ce qu'on donne aux chevaux.

— Du porridge pour le petit-déjeuner ! s'exclame Bill, radieux, comme si c'était ce qu'il avait désiré le plus au monde.

Je sais qu'on pense tous à Scotty. On aurait voulu qu'il soit avec nous pour le partager. Tandis qu'on dilue le porridge, le grand garde approche, en quête de Ralph.

— *Arzt* – médecin, dit-il avec un signe urgent. *Komm mit mir.*

Ralph se relève péniblement.

— Cousins, tu peux m'accompagner ?

Et on suit le garde vers la ferme où on a passé la nuit.

Le fermier aux cheveux blancs se fige en nous reconnaissant, prêt à tout nier, mais je lui fais signe de ne rien dire. Le grand garde monte d'un pas lourd à l'étage jusqu'à une chambre, où l'on découvre le garde chauve allongé sur le lit, en caleçon long, à bout de souffle, le visage blême et dégoulinant de sueur.

Il s'agrippe la poitrine. J'aurais pu faire à moi seule le même diagnostic que Ralph.

— Crise cardiaque.

Pendant quinze minutes, Ralph, le garde et moi appuyons à tour de rôle sur la poitrine du chauve pour essayer de le ramener à la vie, mais au bout d'un moment, le grand garde prend une décision.

— *Nein.* C'est inutile. Il est mort. Arrêtez.

Je relève la tête et cesse mes mouvements. La pièce est silencieuse. Ralph se penche en avant pour lui fermer les yeux et la bouche, et je fais le signe de croix pendant que le garde m'imite. Il m'adresse un hochement de tête et remonte le drap sur le visage de son camarade.

Ralph et moi nous tournons pour repartir, mais le grand garde nous donne une tape sur les épaules et nous tend la main.

— *Danke schön.*

On lui serre tous les deux la main d'un geste solennel, et il semble chercher un moyen de nous remercier. Il pointe le doigt sur lui-même.

— Hans, dit-il.

— Ralph, répond Ralph, et voici Cousins.

Il nous serre de nouveau la main, et on ressort dans l'air glacial.

Un peu plus tard dans la matinée, on pénètre dans un village où quelques enfants sortent pour marcher avec nous en se donnant de petits coups de coude. Ils rient et veulent monter sur notre luge. Et bien sûr, on les laisse monter à bord, deux par deux. On est tellement faibles qu'on doit se mettre à trois pour les tirer, mais leurs couinements et leurs gloussements en valent la peine. Tout autour de nous, les hommes sourient, redressent leurs épaules, relèvent la tête, manifestement encouragés par les rires qui leur donnent une nouvelle détermination pour rester en vie, pour revoir leurs propres enfants. Ce soir, les hommes de notre section sont moins nombreux et tout le monde se serre dans la grange désignée.

Dans un autre village, une petite Polonaise aux cheveux sombres sourit à Max, et un garçon des Jeunesses hitlériennes la surprend. Il brandit le canon de son fusil et la frappe. Elle tombe sur le côté, dans la neige, et se roule en boule, prête à recevoir d'autres coups. Max s'approche pour l'aider, mais le garçon pointe son fusil vers nous.

— Il va tirer, c'est sûr, dit Bill.

Max veut insister, mais il sait que Bill a raison. On reprend notre marche à contrecœur.

— Putain d'ordure, murmure Max.

L'un après l'autre, on jette un regard en arrière pour voir si elle a réussi à se relever. Au moment où on aborde le virage, elle est toujours roulée en boule dans la neige, le garçon des Jeunesses hitlériennes debout à côté d'elle. Elle ne quitte pas mes pensées pendant les heures suivantes.

Il y a une colonne de prisonniers russes quelque part en amont. On le sait car chaque jour, on dépasse neuf ou dix de leurs cadavres étendus sur le bas-côté. Ils ne sont plus que des squelettes en manteaux, et la plupart sont pieds nus. Ces derniers sont lacérés, rouges et brillants, ou noircis par les engelures. Certains avaient peut-être encore leurs bottes quand ils sont tombés, mais elles ont été emportées par d'autres qui en ont dorénavant plus besoin. L'un d'entre eux a découpé le bout d'une paire trop petite pour lui, et ses orteils noirs dépassent. Certains ont été fusillés et le sang s'écoule dans la neige qui les entoure, comme un avertissement.

Au bout de huit jours de marche, on atteint un village plus vaste et plus prospère. Pendant deux heures, nous attendons sous la neige d'être logés quelque part. Notre groupe de quatre est invité à se joindre à un autre qui se rend dans une scierie à l'extérieur du village.

— Un second chez-soi, fait remarquer Bill en jetant un regard alentour. Comme la scierie de Mankendorf.

Il nous entraîne vers le bâtiment contigu aux bureaux, où il pourrait y avoir un poêle. Le grand garde, Hans, nous annonce qu'on restera ici toute la journée du lendemain, dimanche, pour se reposer. Il semble lui-même soulagé.

Bill et Ralph calent la luge dans un coin et Bill commence à rassembler des copeaux de bois et de la sciure.

— On peut se faire un matelas, ça nous isolera du sol.

On se relaie pour surveiller la luge dans le coin qu'on a revendiqué, ou pour aider à ramasser des brassées de copeaux et de sciure, que l'on répand sur une zone suffisante pour nous étendre tous les quatre.

Ralph détache les deux derniers colis de la luge et les pose sur notre lit de sciure en guise d'oreillers.

Je m'allonge entre Bill et Ralph, et j'observe un copeau, la beauté des motifs formés par le bois, et j'inspire son parfum réconfortant.

Le lendemain matin, on nous donne une miche à se partager à six, et elle a le même goût de sciure que notre lit de fortune. Cette fois, ce sont des hommes qu'on connaît à peine qui départagent le pain, et ils ne nous donnent pas le choix. Max se plaint que l'un des morceaux est plus gros, et son vis-à-vis l'affronte du regard.

— Et alors, qu'est-ce que tu vas faire ? raille-t-il.

Bill tire Max à l'écart et Max se laisse faire.

Plus tard dans la journée, les gardes arrivent en camion et déchargent une marmite de soupe. Elle a refroidi pendant le voyage, mais contient de vrais morceaux de pommes de terre. On passe le reste de la journée à se reposer et à dormir, et le grand garde nous autorise à sortir dans la cour. On rassemble de la neige pour se préparer des boissons chaudes et essayer de faire un brin de toilette. Il fait trop froid pour retirer nos vêtements, mais je plonge un bout de tissu dans la neige pour me frotter rapidement le visage et quelques parties du corps sous les vêtements. Ralph et Bill réchauffent un peu d'eau et se frottent un morceau de savon dans la barbe avant de la raccourcir, pour que mes joues imberbes ne paraissent pas trop étranges. La barbe de Max devient noire et bouclée. Il dit qu'elle est pleine de poux mais qu'elle lui tient chaud.

Ralph retire précautionneusement ses bottes et ses chaussettes. Ses orteils ressemblent à un patchwork : roses, gonflés et luisants, ou blanc comme le givre lui-même. Je hoquette avec horreur en voyant le petit orteil de son pied gauche commencer à noircir.

— Tu devrais te faire examiner, dit Max.

— Par qui ? rétorque Ralph. Je dois être ce qui se rapproche le plus d'un médecin à des kilomètres à la ronde, bonté divine. C'est une engelure, pas le cancer.

On fait chauffer un peu d'eau et j'essaie de réchauffer la peau nécrosée, puis j'applique le reste de crème. Je me demande comment il peut supporter la douleur.

On passe plusieurs heures de la journée à essayer de tuer les poux. On allume une cigarette que l'on passe sur les coutures de nos manteaux et de nos vestes pour les griller.

Bill en profite pour apporter quelques améliorations à notre luge. Quelqu'un lui en propose 1 000 Reichsmarks. Je suis stupéfiée qu'on puisse avoir amassé autant d'argent, mais Ralph m'explique qu'il s'agit de l'homme qui tenait le « casino » secret à Lamsdorf.

Puis on reprend la route, s'arrêtant la nuit, repartant chaque matin. Pendant des heures et des heures, le paysage reste le même. De temps à autre, une nuée de moineaux tourne au-dessus de nous avant de s'éloigner. On croise parfois des lignes électriques et des poteaux téléphoniques noirs qui se détachent sur la neige. Parfois, la route est surélevée au-dessus des champs. Par moments, il n'y a plus d'arbres le long de la route et des clôtures ont été érigées pour empêcher les congères de bloquer la chaussée.

Puis les forêts de sapin se rapprochent de plus en plus de la route sur notre gauche, au point que je finis par me demander si on ne pourrait pas tout simplement s'échapper dans les bois. Loin devant nous, j'entends un coup de feu, et je me demande si quelqu'un vient d'essayer.

De temps en temps, on voit un homme qui s'est assis sur le bord de la route et qui a abandonné, de froid ou d'épuisement. L'aumônier fait des allers-retours le long de la file en exhortant ces hommes à se remettre debout. Je l'entends utiliser un langage que je n'aurais pas attendu dans la bouche d'un prêtre.

Après trois jours supplémentaires, on nous octroie un nouveau jour de repos, où on nous ressert de la soupe au goût indéterminé. Bill, Ralph et Max recomptent sans cesse les éléments restants dans nos colis. Nos petites réserves s'épuisent. Un garde nous annonce qu'on se dirige vers le camp de prisonniers de guerre de Görlitz et qu'il y aura peut-être de nouveaux colis de la Croix-Rouge. Le garde précise que Görlitz doit se trouver à quatre jours de marche. Il nous demande, gêné, s'il nous reste des cigarettes, et on répond : seulement s'il peut nous trouver à manger. Il disparaît.

— Divisons ce qu'il reste en quatre jours, propose Ralph. Ou cinq, peut-être.

Les autres approuvent. C'est encore moins que ce qu'on avait jusque-là, et quand je pose les mains sur mes hanches, j'ai l'impression que mon corps ne se trouve pas là où je m'y attends. La période de mes règles arrive, mais il n'y a aucune trace du moindre saignement.

Je cache un carré de chocolat au fond de mon sac. Ça me réconforte de le savoir là. Je mange mon dernier pruneau et je suce le noyau pendant des heures. Quand je finis par le cracher dans la neige, j'espère qu'il poussera au printemps prochain.

On a progressé pendant des jours sur un terrain presque plat, mais la route commence à se vallonner. La neige est plus épaisse, plus profonde à l'orée de la forêt, et on hisse la luge sur une longue pente raide. En arrivant au sommet, tremblants et à bout de souffle, on aperçoit des collines couvertes de neige des deux côtés et des montagnes pourpres droit devant.

On dépasse lentement un château. La neige a enfin cessé de tomber et des paquets commencent à chuter des arbres à feuilles caduques, alors qu'elle reste sur les branches de sapin, où elle gèle. Le bétail qu'on croise ici est poilu, comme s'il portait de longs manteaux de fourrure.

Je nomme les éléments qu'on croise, en tchèque, pour ne pas oublier mes mots : la cheminée en brique rouge d'une usine, les bouleaux, une affiche en lambeaux de soufflage de verre, un pigeonnier. Et on continue de grimper. Sur la route, on voit désormais de plus en plus de réfugiés civils, qui s'écartent pour nous laisser passer, ou bien qui continuent résolument d'avancer et qu'on doit croiser en file indienne. Dans une gare, des soldats allemands débarquent de fourgons à bestiaux. Ils sont sales et presque aussi déguenillés que nous, avec de longues barbes hirsutes. Ils sont blessés, malades, terrifiés, jeunes. L'un de nos gardes nous annonce qu'ils arrivent du front de l'Est, où ils affrontaient les Russes.

L'état des pieds de Ralph empire de jour en jour. La peau qui avait gonflé et rosi est devenue blanche, les orteils qui étaient blancs commencent à verdir, puis à noircir. Il boite de plus en plus douloureusement, jusqu'à ce qu'un jour, il finisse par avouer qu'il ne peut plus marcher. Il y a un chariot pour les blessés et le grand garde nous autorise à prendre du retard pour le hisser dessus. Le chariot est tiré par des prisonniers dont leurs amis se trouvent à bord, et à qui l'on donne une ration supplémentaire de pain – mais pas assez pour compenser les calories qu'ils dépensent en tirant le lourd véhicule en bois sur la neige glacée. Bill et Max se relaient, mais Bill refuse de me laisser participer.

— Je veux que tu gardes tes forces pour continuer à marcher.

On empile toutes nos couvertures sur Ralph, mais, allongé et immobile sur le chariot, il tremble de manière incontrôlée. Le soir, on le porte pour qu'il dorme avec nous et tenter de le réchauffer avec nos corps. J'essaie de me servir d'un peu d'eau et de bouts de tissu pour réchauffer la peau gelée de ses pieds, mais la crème est épuisée depuis longtemps. Il serre les lèvres pour retenir ses gémissements. Lorsque la douleur diminue quelque peu, il dit :

— Vous seriez bien mieux sans moi. Vous devriez vous occuper de vous.

Je lui donne un bon coup dans les côtes et malgré la couche de vêtements, je sens que ce n'est plus qu'un squelette.

Pendant qu'il frissonne sur le chariot, je tire la luge à côté. Chacun de mes pas s'accompagne d'une prière.

— Faites qu'il ne meure pas. Faites qu'il ne meure pas.

Sur la montagne située sur notre droite, on voit une piste de ski avec un téléphérique à l'arrêt. Les montagnes sont surmontées de nuages. On dépasse une tour d'observatoire sur une colline, puis une ville aux multiples usines. Les maisons sont à colombages, comme dans un conte de fées. L'une a un toit de chaume.

À ce stade, mettre un pied devant l'autre est la chose la plus difficile que j'aie faite de ma vie, et tirer la luge est une épreuve insupportable. Puis, une fois passé le sommet de la colline, la luge descend toute seule l'autre versant et je dois la retenir.

On croise une grande demeure équipée d'écuries – peut-être une école d'équitation – et un troupeau d'oies. On arrive dans une gare d'où les voies partent dans différentes directions, et je me demande s'il aurait vraiment été pire d'être transportés dans des fourgons à bestiaux.

On aperçoit une église construite en briques rouges et surmontée d'une flèche avant d'entamer une montée insoutenable jusqu'à un haut plateau, où le vent nous coupe le souffle, comme si l'univers voulait même nous retirer ça. Un vieux moulin à vent tournoie implacablement. Je peux presque sentir l'odeur du maïs qu'il doit broyer.

Le 5 février, la rumeur parcourt la procession qu'on est presque arrivés – plus qu'une colline et on pourra se reposer. Mais une seule colline supplémentaire paraît insurmontable. Max tracte la luge.

Bill tire le chariot des blessés. D'autres hommes se sont joints à l'effort, pour tirer et pousser leurs camarades en toute sécurité. Je ne sais pas où ils trouvent la force de risquer leurs vies les uns pour les autres.

On parvient au sommet de la colline dans la douleur et la transpiration, et devant nous se déploie une campagne paisible et enneigée, parsemée de groupes d'arbres, ainsi qu'un immense camp de prisonniers. La ligne avance à une allure d'escargot. Deux semaines seulement se sont écoulées depuis notre départ de Lamsdorf, mais j'ai l'impression que je force mon corps épuisé à avancer depuis des mois, voire des années.

Devant nous finissent par se dresser les grandes portes gravées de l'aigle et de la croix gammée. Les clôtures en barbelés et les tours de guet s'étalent sur le sommet d'une immense colline plate. On pénètre en trébuchant dans Görlitz, stalag VIIIA.

25

Görlitz est tellement bondé de milliers d'hommes en provenance de tous les camps d'Europe de l'Est, que personne ne nous compte ou ne vérifie nos renseignements. On nous annonce qu'il reste peut-être de la place pour nous dans le baraquement 37, mais une fois sur place, toutes les couchettes sont occupées et il ne reste même pas de quoi nous trouver de la place par terre. Ralph peine à s'asseoir et Bill cale la luge à côté de lui. Je m'assois à mon tour, blottie contre Ralph pour laisser la place aux autres.

— Restez ici, dit Bill. Je vais aller voir si je peux nous trouver mieux.

— Je ferais mieux de t'accompagner, dit Max, pour que l'un de nous puisse garder la place si on trouve, et que l'autre revienne chercher ces deux-là.

Je suis dévastée par le départ de Bill. Je m'efforce de trouver la voix de Cousins dans ma tête. *Du calme,* fait-il doucement.

Ralph m'observe.

— Tout va bien, murmure-t-il en me tapotant le bras. Il sera vite de retour.

Parfois, je songe que Ralph me comprend mieux que Bill.

Max reparaît tout seul et mon cœur bondit dans ma poitrine.

— On a trouvé un endroit, annonce-t-il. Ce n'est pas beaucoup mieux, mais il y a une couchette libre, et on l'utilisera chacun notre tour. On a décidé que Bill était plus en mesure de la défendre que moi !

Je pousse un soupir de soulagement. Ça signifie qu'ils se parlent de nouveau.

Il nous guide jusqu'au prochain baraquement. On peine à tirer la luge sur la boue glacée du terrain de rassemblement. La couchette libre est une couchette supérieure, ce qui veut dire que les insectes tomberont du plafond, mais il y fait un peu plus chaud. Et j'accorde désormais plus d'importance à la chaleur qu'aux insectes.

— Tu peux monter là-haut ? Bill demande à Ralph, mais il secoue la tête.

— Je vais voir si je peux trouver un toubib, dit-il, et on sait tous qu'il doit être arrivé à bout pour envisager une telle chose, car ça implique d'être séparé de nous.

Max hoche la tête.

— Bill, pourquoi tu ne garderais pas la couchette et nos affaires, pendant qu'on emmène Ralph à l'infirmerie avec la luge ?

Bill accepte promptement et je comprends qu'il meurt d'envie de s'allonger et de dormir, même sur un matelas de paille infesté de poux. On lui tend nos couvertures et nos sacs. Le sac à dos de Max est étonnamment lourd et je me demande s'il n'a pas fait des réserves de nourriture dans notre dos. Puis j'ai aussitôt honte de moi. J'ai envie de rester avec Bill, mais je sais que Max ne peut pas gérer Ralph tout seul.

Max et moi tirons Ralph sur la luge jusqu'à l'infirmerie, qui est pleine à craquer, mais où un poêle allumé apporte une certaine chaleur. Les patients sont assis sur des caisses et par terre, ainsi que sur des lits. Un soldat britannique prend le nom de Ralph et lui demande de quoi il souffre.

— Engelure, répond Ralph avec une grimace.

— Oh, encore une ! Bon, attends ici. (Il avise Max et la luge.) Tu ne peux pas apporter ce putain de truc immense ici !

— Eh bien, je compte pas la laisser dehors, pour me la faire voler par le premier voleur qui passe. (Max prend une décision.) Je la ramène au baraquement, dit-il. Et ensuite, je reviens. Tu restes avec Ralph.

Je m'assois tout contre Ralph par terre et je vois que la plupart des blessés ont un compagnon à leurs côtés. Je pense à la façon dont les êtres humains s'unissent par paires – maris et femmes ou amis proches – et combien on est perdu quand on est seul. Je pense à toutes les années que Bill et Harry ont passées ensemble, au fait qu'il l'a abandonné pour s'enfuir avec moi. La main de Ralph est posée par terre. Je pose discrètement la mienne dessus.

Max reparaît au moment où un médecin militaire épuisé arrive pour examiner les pieds de Ralph. Je l'aide à retirer ses bottes et ses chaussettes. Tous les orteils de Ralph sont noirs désormais et du pus s'en écoule.

— Bon, vous ne ferez pas un pas de plus, annonce le médecin. Vous serez transporté en train – si les Russes n'arrivent pas ici les premiers.

— Ils sont proches ? demande Max.

— Apparemment.

Mais Ralph a d'autres préoccupations.

— Est-ce que je vais perdre mes pieds ?

Le médecin réfléchit.

— On n'a personne ici pour le faire, mais si vos compagnons peuvent les baigner dans de l'eau chaude toutes les deux heures, on pourrait réussir à les sauver.

Je hoche la tête avec enthousiasme. La perspective de l'amputation de ses pieds est abominable. Je me souviens combien il aimait marcher avec ses amis, et je me dis que je ferai tout ce qui est en mon pouvoir pour qu'il puisse récupérer, après tout ce qu'il a fait pour moi. J'indique une montre imaginaire et le médecin me jette un regard interrogateur.

— Il ne parle pas, explique Ralph. Muet. Une sorte de traumatisme.

Le médecin semble intéressé.

— Vous voulez rester ici aussi ou partir en train ?

Je secoue la tête avec une force telle que le médecin rit.

— D'accord, d'accord. Eh bien, aussi longtemps que vous serez là, venez à deux heures d'intervalle. Vous pouvez commencer maintenant, si vous voulez. Il doit y avoir de l'eau près du poêle. Seulement tiède, cela dit, pas chaude. (Il se tourne vers Ralph.) Ça va faire très mal, précise-t-il. Je suis désolé de ne rien avoir pour vous soulager.

— Je sais, répond Ralph. Mais si c'est pour ne pas perdre mes pieds…

— Je vais voir si j'arrive à mettre la main sur un peu de bouffe, dit Max. Je reviens.

On reste à Görlitz une dizaine de jours. Au bout de trois nuits, une autre couchette se libère dans notre baraquement et Max s'y installe. Bill et moi partageons celle près du plafond, tête bêche, comme le feraient deux hommes. On est entièrement vêtus, bien sûr, mais au moins, sous les couvertures, on peut se tenir la main.

Les règles habituelles sont largement assouplies mais on passe toujours la nuit enfermés dans les baraquements. Un changement s'opère dans la façon dont les gardes nous regardent tous, comme s'ils savaient que la roue de la guerre avait tourné et qu'un jour prochain, ils pourraient être tenus responsables de leurs actes. Malgré les radiodiffusions en anglais du propagandiste nazi Lord Haw-Haw[1] qui continuent d'être régulièrement transmises dans les haut-parleurs du camp, pour nous raconter les batailles de l'Allemagne remportées contre les Alliés, plus personne ne croit ce qu'il entend et les hommes lui hurlent ouvertement des insultes en retour.

Max et moi nous relayons pour baigner les pieds de Ralph toutes les deux heures pendant la journée, et il essaie de le faire seul quand il fait nuit et qu'on est confinés dans les baraquements. Je prends soin de ne pas faire trop chauffer l'eau, mais il s'agrippe à sa chaise de douleur comme si je les avais plongés

1. Surnom donné à William Joyce, politicien fasciste et animateur de radio britannique, qui a fini par être pendu pour haute trahison à la Grande-Bretagne à la fin de la guerre.

dans de l'huile bouillante. Je sais qu'il redoute chaque session, mais je continuerai à le faire aussi longtemps qu'il pourra le supporter, et aussi longtemps qu'on sera ici. Au bout de deux jours, il baisse les yeux et dit :

— Tu trouves qu'il y a moins de pus ? (J'acquiesce, mais il doit détourner le regard.) Beurk ! C'est répugnant.

J'essuie les sécrétions en question.

On apprend par les autres patients qu'on a eu « de la chance » de faire partie de la deuxième vague d'évacuations de Lamsdorf. La première était menée par hauptmann Schultz, qui a forcé les hommes à marcher plus et plus vite que nous chaque jour, parfois sans abri pour la nuit, et encore moins de nourriture. Personne ne peut imaginer le nombre de prisonniers qui sont morts sur la route. Certains des hommes présents à l'infirmerie étaient forcés d'abandonner des amis avec lesquels ils avaient traversé cinq années de combats et d'emprisonnement. L'homme dans le lit voisin de Ralph lance :

— Souviens-toi du nom de Schultz, mec... Balance-le aux autorités quand tu rentreras chez toi.

Bill passe la majeure partie de ses journées à grappiller de la nourriture. On nous donne la ration habituelle de pain et de soupe journaliers, mais les convois de la Croix-Rouge ne peuvent plus percer les lignes de combats, et la faim nous tenaille en permanence. Malgré le repos, il n'y a pas suffisamment de nourriture pour reprendre le poids qu'on a perdu au cours de la marche, et on a tous une allure d'épouvantails. On doit découper des petits bouts de ficelle avec laquelle sont attachés nos colis sur la luge pour resserrer nos pantalons. Bill, Max, Ralph et moi avons terminé le dernier colis qu'on transportait depuis Lamsdorf, même si Ralph obtient des « rations pour infirme » à l'infirmerie. Il essaie de les partager avec Max et moi, et parfois, je ne refuse pas, rien que pour lui faire plaisir. On n'ose laisser la moindre nourriture sur nos couchettes et on transporte nos maigres rations de pain dans nos sacs toute la journée. Je vois tous les jours des bagarres éclater à cause de la nourriture. Bill a repéré le grand garde, Hans, et parvient à échanger nos dernières cigarettes contre une saucisse. On s'accorde chacun quelques centimètres par jour.

Notre principale occupation est d'essayer de nous débarrasser des poux, et on peut enfin laver nos longs sous-vêtements pour la première fois en un mois, mais je n'imagine pas comment pouvoir laver mon corset qui doit abriter des légions entières de ces petites bêtes.

Les sons de la guerre sont tout proches, tout le temps ; le grondement de l'artillerie lourde et le ronronnement constant des avions au-dessus de nos têtes. Pendant deux nuits d'affilée, les bombardiers qui passent font vibrer toutes les fenêtres du camp et le ciel, à l'est, est zébré de lueurs rougeâtres. Les gardes nous apprennent que Dresde est en flammes. Ils sont furieux et amers d'assister à la destruction de l'une de leurs plus belles villes alors que la fin de la guerre est si proche. J'imagine les femmes courant avec leurs bébés dans les bras, les enfants qui n'ont nulle part où s'abriter, les cris atroces des personnes brûlées vives ou suffoquant sous les décombres des bâtiments effondrés.

Après Dresde, l'ambiance s'assombrit au camp. Même Hans et les autres gardes de Lamsdorf sont froids avec nous, mais un nouvel état d'esprit s'installe également parmi les prisonniers.

Je vois un garde frapper l'un de ces derniers du revers de la main. Le prisonnier sort lentement un papier de cigarette et un morceau de crayon de sa poche.

— Quel est votre nom et matricule ? demande-t-il au garde.

On reste figés par l'horreur. Ça va sûrement se terminer par plusieurs jours à l'isolement et un passage à tabac plus acharné. Mais le garde se contente de le regarder un long moment, avant de tourner les talons et de s'éloigner.

Le 18 février, on nous informe de notre départ le lendemain matin, à pied encore une fois. Ça signifie qu'on va être forcés d'abandonner Ralph. On apprend aux blessés qu'ils seront emmenés en camion ou en train. La plupart espèrent simplement être abandonnés, pour être libérés par les Russes.

Les hommes ont été déplacés au sein de l'infirmerie, et un étranger occupe maintenant le lit de Ralph. L'espace d'un instant, horrifiée, je me figure qu'il est mort dans la nuit, mais d'autres qui me reconnaissent m'indiquent où le trouver.

— Bonne chance, mec, me lance-t-on au moment où je m'en vais, Passe le bonjour à Picadilly pour moi.

Je parcours les patients des yeux jusqu'à trouver Ralph. Après avoir lavé et séché ses pieds pour la dernière fois, je sors mon carnet et lui écris, en sténo, la main tremblante et les yeux brillants :

Je n'oublie jamais tout ce que tu as fait pour moi.

— Et toi pour moi, répond-il à voix haute. Retrouve-moi quand tu seras de retour sur notre bonne vieille terre. (Il écrit l'adresse de ses parents.) Ou si je ne reviens pas (je secoue fermement la tête, mais il veut s'assurer de l'avoir dit :) va voir mon père et ma mère. Dis-leur...

Je hoche la tête. Je sais évidemment ce qu'il veut que je leur dise, et il est inutile qu'il termine sa phrase.

Il regarde par-dessus mon épaule et se gratte la tête en poursuivant :

— Et, s'il te plaît, est-ce que tu veux bien veiller sur Max pour moi ? Il m'est... (J'attends en hochant solennellement la tête. Il déglutit et retente :) Max n'est pas aussi résistant qu'il en a l'air. Il pourrait abandonner. Et tu es le plus fort de nous tous. Promets-le-moi.

Il s'essuie grossièrement le visage du revers de sa manche. Je pose la main sur la sienne et acquiesce de nouveau.

Je griffonne dans son carnet quelques termes de sténo : *C'est promis. Je ne le laisserai pas abandonner.* Bien sûr que je veillerai sur Max. Bill et lui sont la seule famille qu'il me reste.

L'un des médecins s'arrête pour me regarder attentivement.

— Pendant la marche, je veux que vous vous répétiez que le corps humain est le truc le plus robuste jamais inventé. Vous pouvez y arriver, si vous y croyez. Ne l'oubliez jamais, voulez-vous ?

Je hoche la tête, emplie d'appréhension face à ce qui nous attend.

Ralph et moi avons tous les deux les larmes aux yeux lorsque je me relève à côté de son lit et que je lui serre officiellement la main. Je m'en vais la tête basse, avec le sentiment accablant que je ne le reverrai jamais, que seul l'un d'entre nous, ou peut-être aucun, ne gagnera vivant l'Angleterre.

En traversant le camp en direction de notre baraquement, même si Cousins retient ses larmes, je me sens vidée, telle une coquille vide de la personne que j'étais auparavant.

Juste après l'aube, le 19 février, on nous appelle sur le terrain de rassemblement. On porte sur nous tous les vêtements que l'on peut supporter, nos sacs et nos couvertures de nouveau attachés sur la luge. Cette fois, il n'y a que trois sacs et aucun colis de nourriture, mais on a encore besoin de nos couvertures et, dans notre état de faiblesse, il est plus facile de tirer une luge que de tout porter. Le compte est effectué, selon l'ancienne méthode, mais cette fois, la dérision et les moqueries s'élèvent bruyamment des rangs de prisonniers, que les gardes s'efforcent d'ignorer. Les vieilles railleries qui ont été lancées pendant longtemps sont maintenant plus insistantes : « *Unser Tag wird kommen* – Notre jour viendra » ; « *Den Hattet ihr schon* – Bien fait pour vous ! » On nous signale que, cette fois, on sera envoyés par groupes de deux cents ou trois cents, et que l'on suivra des itinéraires légèrement différents pour faciliter la recherche de cantonnements pour la nuit.

Nos anciens gardes de Lamsdorf se tiennent à l'écart, et de nouveaux hommes de la ville de Görlitz sont désignés pour nous accompagner. J'observe leurs visages ; ils sont furieux de laisser les railleries impunies, et mon ancienne peur me submerge à nouveau. Peut-être que l'un de ces nouveaux gardes remarquera le secret que je cache depuis si longtemps.

L’ordre est lancé d’exécuter un « demi-tour » et les grandes portes du camp s’ouvrent pour nous laisser sortir et nous mettre en marche, une nouvelle fois.

26

Bill sent que l'ambiance s'assombrit encore davantage tandis qu'ils quittent Görlitz, traînant toujours leur luge derrière eux. C'est encore plus qu'un combat pour la survie ; c'est comme retourner à la guerre une fois de plus. Leur colonne d'environ trois cents prisonniers sera peut-être plus facile à loger pour la nuit, mais Bill redoute qu'Izzy ne soit plus difficile à cacher. Leurs gardes sont des auxiliaires et des membres de la *Volkssturm*[1] plutôt que des militaires réguliers ; soit des brutes d'adolescents endoctrinés par les Jeunesses hitlériennes depuis qu'ils sont en âge de marcher, soit d'anciens soldats d'une soixantaine d'années qui ont survécu à la Première Guerre mondiale et aux terribles conditions de l'Armistice. Les jeunes sont les pires, car ils sont arrogants, agressifs et suffisants, absolument persuadés, malgré toutes les preuves du contraire, que

1. La « Tempête du Peuple », milice populaire allemande créée pour épauler la Wehrmacht dans la défense du territoire du Reich.

les nazis sont toujours en train de gagner la guerre. Ils sont méfiants, impulsifs et cruels. Ils n'ont pas vécu ce que les gardes de Lamsdorf ont traversé avec les prisonniers dans la première étape de la marche. Ils ne connaissent pas les détenus individuellement depuis assez longtemps pour les considérer comme des êtres humains. Les nouveaux gardes haïssent les Alliés à cause du massacre des civils à Dresde.

Bill s'inquiète en permanence que ces nouveaux gardes puissent découvrir qu'Izzy est une femme tant ils sont avides de démontrer leur supériorité par tous les moyens possibles. Il sait qu'ils n'hésiteraient pas à s'amuser avec elle devant lui avant de les fusiller tous les deux. Il regarde Izzy mettre résolument un pied devant l'autre dans la neige, et il n'arrive pas à croire tout ce qu'elle endure simplement pour être avec lui.

Ils se trouvent à présent dans l'ancienne Allemagne d'avant-guerre et Bill sent une différence chez les gardes. Ils sont sur leur terre natale et il sait qu'ils se battront pour la défendre, comme Izzy était prête à le faire pour la Tchécoslovaquie. On dirait qu'ils accueillent la glace sur leurs sourcils, leur nez et leurs revers comme des médailles. Ils exhortent constamment les prisonniers à accélérer le rythme sur les collines meurtrières, comme s'ils n'allaient pas déjà aussi vite que leurs corps le leur permettaient. Malgré leurs jours de repos à Görlitz, Bill sait qu'ils sont en très mauvaise condition, que leur groupe est constitué de centaines d'hommes affamés se traînant dans la neige.

Mais de même que quelque chose s'est endurci chez les gardes, quelque chose s'est allégé chez les prisonniers qui l'entourent et marchent vers l'ouest, en direction des leurs. Cette fois-ci, ils sont mieux équipés contre le froid que lors de la première marche. Ils ont eu davantage de temps pour se préparer et tout le monde savait qu'on ne partait pas pour une courte randonnée. Deux amis ont dévalisé les armoires de sport au camp : l'un d'eux porte des gants de gardien de guichet, et l'autre a découpé un ballon de football en cuir pour s'en faire un couvre-chef. Un homme montre ses gants à Bill et lui annonce qu'ils sont en peau de chien, la chose la plus chaude qu'il ait jamais connue.

— Regarde, regarde là-bas, dit Bill à Izzy. Les auxiliaires se retranchent avec des mitrailleuses. Ils savent que les Alliés arrivent bientôt.

Des railleries et des insultes fusent à l'attention des auxiliaires et des chants s'élèvent tout le long de la procession. Bill se joint à eux en hurlant les paroles de *It's a Long Way to Tipperary*[1], *Keep the Home Fires Burning*[2] et *Take me Back to Dear Old Blighty*[3].

Les rumeurs continuent de circuler que des colis de la Croix-Rouge les attendraient au prochain village ou celui d'après.

Tirant leur luge le long de ces collines en pente douce, Bill, Izzy et Max peuvent apercevoir la file de prisonniers, plus courte, qui marchent par deux ou trois, s'étirer sur le chemin de campagne inégal

---

1. Air de music-hall repris comme chanson de marche par les soldats britanniques pendant la Première Guerre mondiale.

2. Chanson patriotique britannique de la Première Guerre mondiale.

3. Chanson de music-hall populaire pendant la Première Guerre mondiale racontant l'histoire de trois soldats souffrant du mal du pays.

et enneigé. Bien qu'ils se trouvent désormais en Allemagne, Bill remarque que les réfugiés civils semblent encore plus nombreux qu'avant. *Personne ne veut se retrouver abandonné aux mains de l'armée Rouge,* songe-t-il. Si les soldats russes n'ont montré aucune pitié envers les femmes tchèques, son sang se fige à la pensée de la vengeance qu'ils infligeront aux Allemandes. Il est soulagé qu'Izzy ne soit pas restée avec Berta. La mère d'Izzy et Marek sont peut-être eux aussi sur la route à présent.

Ils serpentent entre d'interminables forêts de pins, dont les branches se sont délestées de leur couche de neige, sauf aux endroits profondément enfouis où le soleil ne les atteint pas. Les fermes et les granges sont plus grandes qu'en Pologne. Les villages sont pourvus de toits rouges qui devraient dégager quelque chose de guilleret.

Pour leur première halte nocturne, les auxiliaires traitent les prisonniers comme des animaux, en donnant des coups de pied aux hommes qui se sont effondrés d'épuisement.

— Qui aurait cru que les gardes de Lamsdorf nous manqueraient ? demande Bill.

Un homme tout près répond :

— Il y avait de vrais enfoirés là-bas aussi, mais celui qui avait de l'eczéma m'a demandé pourquoi je me trimballais toute la journée avec une pipe vide dans la bouche, et je lui ai dit que c'était parce que je n'avais pas de tabac. Et chaque jour après ça, il m'apportait une pincée de tabac pour ma pipe.

Il y a un moment de silence, puis Max reprend :

— Eh bien moi, aucun ne m'a jamais manifesté la moindre gentillesse. Et on devrait prendre les noms de ces salauds pour pouvoir leur faire payer.

Les gardes les bousculent et les poussent dans une immense grange, la plus grande que Bill ait jamais vue. Elle est infestée de rats et certains prisonniers essayent d'en attraper pour les manger. Bill repense à Tucker et se demande si c'est Izzy qui a mis de la mort-aux-rats dans sa nourriture. En aurait-elle été capable ?

L'ambiance est également différente dans les villages. Bill se souvient des Polonaises qui sortaient pour leur donner des boissons chaudes, mais à présent, la plupart des Allemands leur jettent des pierres et leur crachent dessus.

— C'est pour Dresde, crient-ils. Pourritures d'assassins.

La nouvelle se répand que les auxiliaires sont obligés, sur leur passage, de protéger les prisonniers de la RAF des habitants du coin.

Lors de leur deuxième journée, Bill entend un silence mortel s'abattre sur la procession devant eux, et ils commencent à croiser des hommes et des femmes qu'on a écartés du chemin pour les laisser passer. Ils doivent être environ deux mille. Ils sont en pyjamas et en sabots de bois ensanglantés. Ils ont la tête nue, rasée. Ils n'ont pas de manteaux, pas de sous-vêtements, pas de couvre-chefs, pas de *fuss-lag*. Ils tremblent de manière incontrôlée et certains se soutiennent entre eux. Ils ont le regard fixé devant eux, ou baissé, et ne se concentrent pas sur les prisonniers, n'attendent rien d'eux. Ils sont alignés de chaque côté de la route, comme un terrible avertissement ; aussi gelés et affamés que puissent être les prisonniers de guerre britanniques, une situation pire est encore possible. Max essaie de fourrer une croûte de pain dans la main d'une jeune personne, qui pourrait être un homme ou une femme, et l'un de leurs gardes abat la crosse de son fusil sur sa main. Le morceau tombe dans la neige. Bill songe que tout ce qu'ils peuvent leur offrir, c'est un silence respectueux – des prières peut-être, pour ceux qui ont encore la foi.

Pendant un long moment après les avoir dépassés, Bill est hanté par le vide de leurs regards.

— Des Juifs, murmure Max. Je pense que c'étaient des Juifs. Si mon grand-père n'était pas allé en Amérique, je pourrais être avec eux en ce moment.

Izzy passe son bras sous le sien et ils continuent d'avancer d'un pas lourd.

Les nouveaux gardes sont cruels avec quiconque sort de la file pour assouvir un besoin naturel, et ils essaient donc d'attendre que tout le monde s'arrête. Avec si peu de nourriture, ils n'ont besoin de déféquer que tous les cinq ou six jours, et à cause du manque d'eau, leur urine est devenue jaune foncé. Izzy prend bien garde, désormais, à ne s'accroupir que quand les auxiliaires ont le dos tourné, protégée par Bill et Max.

En plus de la faim qui le tenaille, Bill a maintenant soif en permanence, obsédé par une envie de boire comme il n'en a jamais connu avant. Il brise la glace d'une flaque d'eau et en tend des morceaux aux autres. Ils les mettent dans leurs tasses et attendent qu'ils fondent. L'un des hommes dit que c'est son anniversaire et le garde lui donne une demi-tasse d'eau. Bill voit de nombreux hommes ramasser des poignées de neige jaune sur le côté de la route, et il se souvient que Ralph leur a dit de ne manger que de la neige propre, de ne boire que de l'eau bouillie, de ne pas se servir de la même main pour manger et pour se nettoyer. Bill regrette que Ralph et Scotty ne soient plus avec eux. C'est si dur de n'avoir que Max pour l'aider à protéger Izzy. Il est épuisé de ne jamais pouvoir relâcher sa vigilance.

La ration alimentaire est intermittente. Certains soirs, il y a du pain ou même de la soupe ou des pommes de terre, mais parfois, il n'y a rien. Pendant les pauses, la journée, les gardes les laissent aller fureter dans les champs pour trouver des navets, des blettes et des pommes de terre, qu'ils déterrent du sol gelé à mains nues et mangent crus, encore couverts de terre.

Ils continuent de parcourir plus de vingt kilomètres par jour sur des routes dangereusement verglacées. Ils dépassent Bad Muskau et la rivière Sprée, où les cheminées crachent de la vapeur dans le ciel. Il y a de grosses usines chimiques et des champs de houblon. Bill se souvient de la fois où il était allé dans le Kent avec la famille de Flora pendant un programme Vacances-Travail, pour récolter le houblon, et des rires qui retentissaient dans l'air estival. Il a du mal à s'imaginer qu'un jour viendra où ceux-ci verdiront de nouveau, et que des gens riront dans ces champs.

Ils continuent leur progression en tirant leur luge, jusqu'à ce que le chemin s'enfonce de nouveau dans une épaisse forêt de pins. Bill se demande s'il y a des loups en Allemagne, mais se garde bien de poser la question de peur d'effrayer Izzy. Il se dit que les prisonniers sont tous tellement amaigris et affaiblis que les loups pourraient les attraper comme des bébés cerfs.

Pendant trois jours complets, ils n'avalent rien du tout. Il leur reste un pain de savon, mais les villages qu'ils traversent ont soit été bombardés, soit sont hermétiquement fermés à leur passage. Soudain, Bill commence à essayer d'attraper quelque chose dans l'air devant lui en marchant. Izzy lui saisit la main et il la regarde, perplexe, sans la reconnaître l'espace d'une seconde. Puis sa concentration revient.

— Désolé. C'était juste devant moi. Un gros morceau de pain et de la sauce. Juste là, je pouvais l'attraper.

Au village suivant, ils reculent dans la file jusqu'à s'éloigner de l'auxiliaire et se mettent en quête d'une personne prête à faire du troc. Une femme en châle et foulard se tient tout près de la file et nous regarde passer. Bill croise son regard et lui montre notre dernier pain de savon. Elle hoche la tête, plonge la main dans la poche de son tablier, saisit rapidement le savon et fourre un petit pain dans la main de Bill. Bill divise le pain en trois parts et le partage avec Izzy et Max. Il n'est pas frais du jour, mais ils le fourrent dans leur bouche sèche et mâchent.

Ils doublent de nouveaux réfugiés civils. Une jeune femme, avec deux enfants accrochés à sa jupe, pousse un chariot sur lequel sont entassées ses possessions et auquel il manque une roue. Elle porte des vêtements qui étaient autrefois de bonne qualité et bien coupés, mais qui sont désormais crasseux et en loques. Elle tend une main pour demander à manger, mais ne les regarde pas. Au moment où ils arrivent à son niveau, Max retire sa montre et la pose dans sa main. Bill a juste le temps d'apercevoir son air stupéfait, et il partage son incrédulité.

— Tu n'aurais pas dû faire ça, dit Bill. C'était ton dernier cadeau de Noël de tes parents.

— Je sais.

Bill insiste.

— Tu aurais pu l'échanger pour te nourrir toi-même. C'est ce que veulent ton père et ta mère.

— Ça suffira peut-être pour les maintenir en vie tous les trois. C'est la future génération, dit Max raisonnablement. Et j'ai comme l'impression que je n'en aurai pas besoin.

Ils continuent de marcher en silence, puis Bill ajoute tout bas :

— Tu es un type bien.

Il ne peut pourtant pas s'empêcher de penser que Max aurait pu utiliser cette montre pour nourrir ses amis, au lieu d'une famille d'étrangers.

Dans chaque ferme, Izzy gratte le sol à la recherche d'une trappe menant à une cave où seraient entreposés des pommes de terre, des betteraves, des carottes et du maïs. Bill la regarde faire avec indulgence ; il n'y croit pas une seule seconde, mais il est important de garder espoir. Un soir pourtant, elle vient les trouver, les yeux brillants de triomphe, et entraîne Bill et Max. Dès que Bill soulève la trappe, il sent l'odeur terreuse des légumes.

— Referme-la, vite siffle Max. Les gardes arrivent.

Ils attendent que l'auxiliaire ferme les portes de la grande grange pour la nuit, puis Bill prend les choses en main.

— Silence, tout le monde, lance-t-il. Cousins a trouvé de la nourriture.

Les plus proches s'écartent pour laisser Bill soulever la trappe. Max et Izzy la tiennent pendant que Bill descend, gratte une allumette et déclare :

— Ouaip. Des patates, des navets, et un autre truc.

Ils l'aident à remonter et tous les regards sont rivés sur lui, partagés entre espoir et désespoir.

— Pas un bruit, reprend-il. Il ne faut pas que les gardes le sachent. Faites la queue. Je vais redescendre et vous tendre les légumes. Disons une patate par personne pour l'instant. Ensuite, on remontera tout et on partagera correctement. Il y en a assez pour tout le monde, mais si vous poussez les autres, vous n'aurez rien.

Il redescend et commence à tendre les aliments à Izzy et Max pour qu'ils les distribuent. Tout le monde récupère sa pomme de terre, et la mange soit crue, soit coupée en petits morceaux pour la cuire avec leurs réchauds. Quand tout le monde a reçu sa patate, Bill continue de tendre le reste de la réserve. Max compte les prisonniers dans la grange et ils font le partage pour que tout le monde ait quelque chose à emmener pour le lendemain.

Ils traversent des villes et villages détruits par les bombes, dont certaines maisons brûlent encore. De temps en temps, le côté s'est effondré et laisse apparaître une pièce, telle une scène de théâtre, avec une cheminée, du papier peint et des rideaux qui claquent au vent, comme si les acteurs allaient revenir d'une minute à l'autre et que l'action de leur vie allait reprendre exactement comme avant. Tout le long de la route, Bill voit des tombes de fortune, découpées dans la glace. Beaucoup sont de la taille d'un enfant.

Alors qu'ils progressent de nouveau en rase campagne, dans un champ de neige proche de l'ombre des arbres, une forme sombre attire le regard de

Bill. Quelque chose avec des oreilles dressées, prêt à s'enfuir ou à se battre. Il le pointe du doigt pour Izzy et Max.

— Je pense que c'est un lièvre, dit Max.

— Je n'en ai jamais vu, dit Bill, et Izzy semble stupéfaite.

Le lièvre semble avoir une importance incompréhensible pour Bill, comme un message qu'on essaie de lui faire passer dans une langue qu'il ne comprend pas. Si seulement il le pouvait, alors tout ce désastre aurait un sens.

Max fait quelques calculs.

— Je pense qu'on est le 1er mars. Un lièvre fou de mars[1] ! Mince alors.

Un après-midi, la grisaille des jours interminables se dissipe soudain et le soleil finit par percer. Ils sentent la chaleur dans leur dos et il devient tout à coup plus difficile de tirer la luge. Bill comprend lentement que la température est montée de quelques degrés, suffisamment pour que la neige fonde sous leurs pieds. La couche commence par s'amincir, puis s'efface par endroits, jusqu'à disparaître complètement et leur luge cahote sur la route pavée ou sur l'herbe. Au bout d'une heure, Max et lui décident que c'est impossible. Ils doivent se relayer toutes les cinq minutes et l'effort est trop pénible pour laisser Izzy les aider. Sur le bas-côté, ils voient d'autres luges de fortune abandonnées.

1. « Fou comme un lièvre de mars » est une expression courante en Angleterre à l'époque de Lewis Carroll, qui a inspiré son personnage le Lièvre de mars dans *Les Aventures d'Alice au Pays des Merveilles.*

— Si on arrive à continuer jusqu'à ce soir, on pourrait au moins brûler le bois pour avoir chaud, souffle Bill.

Ils continuent en s'alternant pendant quelques kilomètres supplémentaires, jusqu'à ce qu'on leur autorise une pause, et ils décident qu'ils n'ont pas d'autre choix que d'abandonner la luge. Bill est fier de sa construction et navré de devoir s'en séparer. Ils déchargent leurs sacs et leurs couvertures.

— Il faut qu'on garde les réchauds, dit Bill.

— Je n'ai plus de place dans mon sac, répond Max, et Bill trouve ça bizarre.

Izzy s'empare d'un réchaud et Bill de l'autre. Bill enroule ses deux couvertures en croix autour de lui et les attache avec de la ficelle. Izzy porte les siennes comme des capes par-dessus son sac. Izzy et Bill n'ont plus de nourriture pour les alourdir, et en dehors de deux navets couverts de terre, leurs sacs ne contiennent que leurs gamelles ; les réchauds, leurs pyjamas, de petites serviettes sales, les chiffons souillés de Izzy, les photographies de Bill, et le dernier carré de chocolat d'Izzy. Son harmonica le plus récent est rangé dans la poche de sa veste. Il pensait qu'ils portaient tous leurs vêtements sur eux, pourtant le sac de Max semble très lourd lorsqu'il le hisse sur son dos. Bill a le pressentiment que Max possède encore des conserves qu'il garde pour lui. Il se dit qu'il va devoir le garder à l'œil.

La portion de route suivante a été bombardée et ils doivent se frayer un chemin à travers les gravats.

— On n'aurait pas pu faire passer la luge ici, dit Bill, enfin convaincu d'avoir faire le bon choix en l'abandonnant.

Ils traversent une rivière encore gelée, dépassent des moulins, des entrepôts et des usines en briques rouges. Il y a une immense taverne juste à côté de la route, qui semble les narguer. Bill songe qu'il doit y avoir de la bière et de la nourriture à l'intérieur, alors que devant passent des êtres humains affamés. Il salive rien qu'en pensant à la bière.

Il est tellement épuisé qu'il arrive à peine à former la moindre pensée, à reconnaître la moindre sensation, et il ne reconnaît pas l'impression d'avoir chaud, comme si c'était la première fois de sa vie. Le poids des couvertures est insupportable.

Derrière eux, quelqu'un se met à chanter *The Sun has Got His Hat On* et Bill se joint à lui. Le chant semble remonter le moral du groupe, accélérer leur pas, comme si le soleil leur envoyait un message de changement, à savoir que ça ne peut pas continuer ainsi éternellement. Bill entame une autre chanson : *Oh, I Do Like to Be Beside the Seaside*, et tout le monde chante les paroles, moqueurs, au nez des auxiliaires.

Ils longent la rue principale de Freital, avec son *Kino* qui diffuse encore un nouveau film par semaine, comme si les vies des prisonniers et des réfugiés étaient plus insignifiantes que les images vacillantes sur l'écran. Ils traversent une voie ferrée et admirent les montagnes qui se dressent derrière la ville, avec leurs versants toujours enneigés. Le soleil se couche dans une boule de feu orangée et le ciel est dégagé.

— Il va faire froid cette nuit, déclare Bill, comme s'il ne faisait pas froid chaque nuit.

Mais il a raison. Sans la couverture nuageuse, la température chute de nouveau. Bill et Max insistent pour qu'Izzy s'allonge au milieu, où elle devrait avoir un peu plus chaud, et ils entassent leurs couvertures sur eux trois.

Le lendemain, la route sinueuse longe la voie ferrée dans une vallée escarpée, dont les deux versants sont couverts d'arbres. Un train passe environ toutes les demi-heures et les passagers, en route pour leur rendez-vous d'affaires, leurs nouvelles affectations ou leurs visites à la famille, regardent avec curiosité cette longue file d'épouvantails. Une église est perchée au sommet d'un rocher, et Bill se demande si quelqu'un y va. *Plus difficile à atteindre que le royaume des cieux,* se dit-il, *si seulement il existe.*

Au cours de l'après-midi du lendemain, alors que leur cantonnement est en vue, Max se met à trébucher comme un homme ivre. Bill se demande s'il a mangé quelque chose de pourri ou s'il est en train de tomber malade. Ils le soutiennent des deux côtés, conscients que s'il se détache et se met à l'écart, il risquerait de se faire tuer ou serait voué à mourir de froid. Bill fait passer le sac à dos de Max sur son épaule sans prêter attention à ses protestations, et réplique :

— Bon Dieu, mec, qu'est-ce que tu as là-dedans ? Pas étonnant que tu n'arrives plus à marcher. Ce truc doit peser dix kilos.

— Ce sont mes livres, répond Max d'une voix à peine cohérente. Je ne pouvais pas laisser mes livres.

Ils le soutiennent jusqu'à l'école d'équitation dans laquelle ils vont passer la nuit. Dans la cour, ils attendent d'être envoyés dans leurs quartiers de nuit. Max s'effondre sur le béton et Bill lâche le sac à côté de lui. Il n'y a aucun tintement de conserves.

On les envoie dans les écuries, peintes, sculptées et décorées comme un palais, et ils se retirent dans un box, où l'on a empilé de la paille fraîche à leur intention et où le propriétaire a laissé des seaux d'eau propre. Ils s'écroulent sur la paille pour récupérer leurs forces. Bill est le premier à se rasseoir et ouvre le sac de Max. Max le regarde faire sans l'en empêcher.

— C'est *bel et bien* tes fichus livres !

Bill les sort les uns après les autres – la bibliothèque entière que Max transporte depuis Lamsdorf, en passant par la carrière. Rien que des livres, des carnets et le chapeau à rabats que Bill lui a tricoté.

Bill aligne les livres devant lui et Max ne dit rien. *Quel putain d'idiot*, songe Bill. Il n'y a pas la moindre nourriture dans son sac. Pas même une carotte.

— Où est passée ta ration de la réserve de la grange ? demande Bill.

— J'ai dû la laisser. Plus rien ne rentrait là-dedans.

— Non, je vois ça !

Bill se passe la main dans les cheveux au point de les hérisser sur sa tête. Izzy pose la main sur son bras, mais il se dégage.

Max se recroqueville.

Bill perd rarement son sang-froid, mais il entre dans une fureur digne de celles de Izzy.

— Qu'est-ce que tu cherches… te tuer pour quelques livres ?

Il en ouvre un et arrache les premières pages. Max frémit et tend la main tandis que Bill lui fourre les pages froissées sous le nez.

— Allez vas-y, mange-les ! Mange tes saletés de livres, abruti d'intello.

Max ne réplique pas, mais il semble se ratatiner sur lui-même.

— Qu'est-ce que t'as à répondre ? Hein ?

Izzy tire de nouveau sur la manche de Bill et cette fois, il la remarque.

— Qu'est-ce que je dois faire – m'occuper de vous deux ? C'est ça, mon boulot ? C'est pour ça que j'ai signé ?

Izzy plaque sa main sur sa bouche pour s'efforcer de ne pas rétorquer, et bondit sur ses pieds pour donner un furieux coup de pied dans le poteau qui sépare les box.

— Hé, reposez-vous un peu, là-dedans, lance quelqu'un dans le box voisin.

— Je ne veux pas que vous vous disputiez pour moi, tous les deux, dit Max. Il vaudrait peut-être mieux que je m'en aille...

Izzy se plante devant lui, les bras croisés, pour s'assurer que Bill comprend qu'elle s'y oppose, et la colère de Bill s'évapore aussi vite qu'elle est montée. Il ne reste jamais fâché très longtemps.

— D'accord, dit-il. Désolé, désolé. C'est juste que...

Bill voit qu'Izzy lui en veut toujours d'avoir crié sur Max. Elle lui fait penser à la fois où elle l'a mordu – l'ancienne et fougueuse Izzy – et une vague d'amour irrationnel le submerge. Il essaie de trouver quelque chose à dire pour l'apaiser.

— Peut-être, propose-t-il, qu'on pourrait allumer un feu avec les livres, juste là, dehors, et faire bouillir les légumes qu'il nous reste pour se préparer une bonne soupe ?

Il ne comprend pas pourquoi Izzy lui donne une violente tape sur le bras.

— Tu ne comprends pas, proteste Max. Je ne les ai pas portés jusqu'ici pour les brûler.

Agacé, Bill sentait déjà le goût de la soupe qu'il aurait pu préparer. À ses yeux, ce ne sont que deux idiots.

— Pourquoi, alors ?

Max tire sur le col de son grand manteau.

— Pour toutes les notions de bonté qui ont disparu. Je me disais que tant que j'avais les livres, il y avait une chance pour que ces notions restent en vie dans ce monde. Mais c'est trop tard. Tout a disparu.

Bill sait qu'il pense aux personnes squelettiques en pyjamas rayés, ainsi qu'à leurs propres compatriotes laissés pour morts sur le bord de la route. Izzy a de nouveau plaqué sa main sur sa bouche, et Bill sait que tous les mots qu'elle a refoulés pourraient jaillir de ses lèvres.

Il secoue la tête puis regarde autour de lui. Sous la fenêtre du box se trouve une étagère couverte de matériel et de brosses. Il la débarrasse, l'époussette avec la manche de son manteau, ramasse précautionneusement les livres, un par un, et les aligne sur l'étagère.

— Et voilà, dit-il. Quelqu'un les trouvera, ici. Un garçon d'écurie. (Il jette un regard à Izzy.) Ou une fille d'écurie. Et ils comprendront.

Max répond d'une voix rauque et indistincte :

— Mais c'est trop tard, tu comprends ? C'est trop tard. Il n'y a plus d'intérêt à rien. Si on survit, et que tous ces autres meurent, quel intérêt ?

Izzy s'approche de lui pour le serrer dans ses bras, mais Max reste immobile, sans réaction. Bill les regarde avec embarras, puis sort dans la cour. *Max et Izzy semblent mieux se comprendre que lui*, songe-t-il avec une pointe de jalousie.

À son retour pourtant, Max et Izzy sont assis à l'écart l'un de l'autre, la tête penchée de fatigue. Toute la fougue d'Izzy a été étouffée par l'épuisement, et c'est un spectacle qui lui fend le cœur.

— Il y a de la soupe, annonce-t-il. Apportez vos gamelles.

Le propriétaire de l'école d'équitation a fourni des marmites de soupe aux pois fumantes, et un morceau de saucisse chacun. Bill n'a rien mangé d'aussi bon depuis des semaines, même si ce ne sont pas des saucisses anglaises. Il se lèche les lèvres et dit à Max :

— Désolé.

— Non, c'est moi, répond Max. C'est juste que...

— Tu n'as pas à te justifier.

Bill sort les légumes de leurs sacs, à Izzy et lui, et les partage en trois sur la paille.

— Non, je ne peux pas, rétorque Max. C'est les vôtres.

— Oh, on a besoin de toi pour nous aider à les porter, fait Bill avec un sourire. Ils étaient trop lourds.

Un remue-ménage se fait entendre à l'extérieur et Bill voit le propriétaire de l'école apporter des seaux d'eau chaude pour que les prisonniers puissent se laver et se raser. L'un des auxiliaires s'oppose à lui en affichant son mépris pour les prisonniers crasseux. Le propriétaire lui dit quelque chose en allemand, avant de répéter lentement en anglais :

— Mon fils est prisonnier des Britanniques. J'espère qu'ils le laissent se laver et se raser. Vous voulez être plus abject qu'eux ?

L'auxiliaire recule à contrecœur.

Ils utilisent leurs tasses pour se servir de l'eau chaude et des chiffons fins et gris pour se nettoyer le visage et le cou. Max et Bill se rasent et Izzy fait mine de les imiter. Certains essaient de se laver sous leurs vêtements. L'un d'eux a ouvert sa chemise et racle les poux de son torse pour les mettre dans une boîte d'allumettes. Il rit et désigne l'auxiliaire.

— J'attrape ces petites beautés pour les lui jeter dessus demain matin – un petit cadeau de ma part. J'en ai déjà mis dans le cou d'un d'entre eux aujourd'hui !

Bill rit à gorge déployée et se dit qu'il essaiera peut-être de faire la même chose.

27

Le lendemain après-midi, la pluie se met à tomber de façon continue, imbibant et alourdissant nos couvertures, jusqu'à ce que je vacille sous leur poids. Max ouvre son sac et en sort le bonnet tricoté par Bill, celui équipé d'oreillettes. Je sais que Bill le remarque, mais aucun ne fait de commentaire. On tend nos gamelles devant nous pour récupérer l'eau de pluie.

— Au moins, on ne mourra pas de soif, murmure Bill.

Toute la colonne boitille davantage qu'elle ne marche, tête basse, les yeux rivés sur ses pieds – gauche, droite, un pas après l'autre.

J'essaie de ne pas regarder devant moi, de ne pas me concentrer sur le moindre point de repère au loin, une cheminée en brique ou une ferme. Une fois qu'on en voit un, nos yeux ne cessent d'y retourner et malgré les heures, voire les jours de marche, il semble ne jamais se rapprocher. J'ai appris qu'il valait mieux poser ses yeux sur de petites choses près de la route : un terrier de lapin, un tuyau d'écoulement qui goutte, un squelette de moineau décapité. Ces choses se dépassent, se distancent. C'est un petit progrès.

On voit l'un des auxiliaires renverser d'un coup de pied un tabouret sur lequel une vieille dame a posé un récipient de café de gland. Il lui dit qu'elle est une honte pour son pays, et elle réplique :

— Mais je peux répondre de mes actes auprès de Dieu.

Dans un autre village, une femme serre ses bras autour d'elle en oscillant, et répète sans relâche :

— *Kinder, Kinder, warum kämpfen wir?*

« Mes enfants, mes enfants, pourquoi nous battons-nous ? » Je n'ai pas la réponse. Je sais que mon frère ne déteste pas son fils.

Les bottes de certains ont pourri, et ils marchent désormais avec des sacs autour des pieds. Malgré tout, un cri de défi retentit de temps en temps dans la queue :

— Est-ce qu'on se laisse abattre ?

Bill et Max lèvent la tête pour rugir « Non ! » en chœur avec les autres.

— Mes bottes prennent l'eau, annonce Max, et je prête alors attention à l'étrange sensation dans les orteils de mon pied gauche.

Mes bottes aussi sont usées et le feutre s'est imbibé d'eau. La route est en grande partie inondée et certaines flaques sont assez profondes pour laisser l'eau s'infiltrer par les trous des lacets.

Un avion de chasse russe apparaît de nulle part, volant si bas qu'il semble raser le sommet des haies. Tout le monde plonge au sol, le nez dans la boue.

Quand on se relève, l'avant de nos vêtements est trempé aussi. Pour la première fois, je me dis : *Je ne peux plus. Je vais devoir arrêter.* Mais je sais que Bill ne me laisserait pas m'asseoir sur le côté et mourir ; il insisterait pour rester avec moi, et alors il serait tué lui aussi. Alors, je continue, un pied devant l'autre, penchée en deux comme une vieille femme sous le poids de mon manteau et de mes couvertures détrempés.

Tout juste au moment où je me dis que je ne peux plus mettre un pied devant l'autre, les auxiliaires pointent du doigt notre prochain lieu de repos. De grandes cheminées s'élèvent d'un bâtiment en brique, et un frisson de peur parcourt la colonne de prisonniers.

— Des cheminées, murmurent-ils entre eux. Des camps de la mort.

Les regards de Max et Bill reflètent la panique que j'éprouve alors.

Mais le mot circule jusqu'à nous qu'il ne s'agit de rien de plus sinistre qu'une usine de briques, et tout le monde respire à nouveau.

Dès notre entrée, une merveilleuse chaleur sèche nos visages et de la fumée émane de nos vêtements. La chaleur des fours à poterie se diffuse partout ; même le sol en brique est chaud. L'espace est suffisamment vaste pour nous accueillir tous. Quelqu'un a répandu de la paille fraîche par terre et, tandis qu'on s'installe dans un coin, je bénis silencieusement sa famille.

On retire nos manteaux et, malgré mon épuisement, je remarque que la cire sur ceux de Max et Bill remplit toujours son rôle – leurs épaules et leur dos sont secs, contrairement à l'avant de leurs vêtements. On peut sécher nos couvertures en les suspendant à des clous au mur. La plupart des prisonniers se mettent en sous-vêtements, qui sont gris et en lambeaux, et des vêtements mouillés décorent bientôt l'intégralité de l'usine.

— De l'eau chaude ! Il y a de l'eau chaude pour se laver, s'écrie quelqu'un.

Bill part enquêter et revient tout excité.

— Il y a des lavabos. On peut se laver. Peut-être même laver nos sous-vêtements.

— Je vais garder nos affaires. Allez voir, dit Max.

Les hommes forment une queue ordonnée, comme dans les baraquements ou dans un camp de vacances. Mais là-bas, ils auraient une serviette sous le bras ; ici, ils n'ont que leurs sous-vêtements crasseux. Beaucoup sont torse nu et certains ont revêtu un autre caleçon long, ou un bas de pyjama. Quelques-uns sont nus et ressemblent à des squelettes, la peau distendue. Dans la pièce chaude et humide, des rires retentissent. Je ne vois pas comment je pourrais dissimuler mon sexe ici, et je suis amère et déçue à l'idée de ne pas pouvoir me laver.

On retourne auprès de Max.

— On pourrait d'abord laver nos vêtements, lui suggère Bill. Et tous les deux, on pourrait se laver pendant que Cousins garde les sacs. Ensuite, cette nuit, quand tout le monde dormira, je pourrais l'emmener se laver. Qu'est-ce que tu en penses ?

Je hoche plusieurs fois la tête. Je suis prête à presque tout risquer pour me sentir propre.

Assise derrière Bill et Max, je me tortille pour retirer mon pantalon et mes trois paires de caleçons longs, puis j'enfile le bas de pyjama crasseux de Jan, en serrant le cordon plus qu'il n'a jamais eu besoin de l'être auparavant. Je conserve ma veste d'uniforme, mais je m'arrange pour retirer le maillot à manches longues que je porte en dessous, ne laissant que mon corset, qui grouille de poux. J'aimerais le retirer lui aussi. Dans le compartiment secret de mon sac, j'ai toujours le petit maillot appartenant à Marek, propre et embaumant encore l'odeur de la maison. Je pense que, maintenant, il suffira à cacher mes seins ratatinés.

Je fais signe à Bill en posant ma main sur ma poitrine, puis en indiquant les lacets sur le côté. Il comprend immédiatement et passe les mains sous le côté de ma veste pour le dénouer. Je glisse la main dans mon col et je me sers de ma plaque d'identité pour découper les bretelles, puis je peux retirer l'ensemble. Comme je m'y attendais, lorsque je retire le corset, il pullule de poux. Je le roule en vitesse et le fourre sous mon linge sale. L'intérieur du haut de l'uniforme est rugueux contre mes seins nus.

On fait la queue pour laver nos vêtements. Il n'y a pas de savon, mais on frotte vigoureusement sous l'eau chaude. Je plonge ma tête sous un robinet en espérant noyer quelques poux. Autour de moi, les hommes se lavent le corps en essayant de se débarrasser des infestations. Leurs parties intimes claquent contre leurs cuisses rachitiques.

De retour dans notre coin, on étend le linge qui s'égoutte sur le sol chaud.

Bill et Max partent se laver pendant que j'allume l'une des dernières cigarettes de Max pour brûler les poux à l'intérieur de mon pantalon. Un des auxiliaires choisit ce moment où je suis seule pour s'approcher de sa démarche arrogante, les yeux brillants d'excitation.

— Qu'est-ce que t'as dans ces sacs que tu surveilles ? demande-t-il, et je me rends compte qu'il devait nous observer et attendre que les garçons me laissent seule.

Je secoue la tête comme si je ne comprenais pas. Mon cœur s'affole dans mes oreilles lorsqu'il se penche vers le sac de Max, dont il renverse un navet flétri et ses carnets. Il parcourt les carnets, mais ne parle manifestement pas anglais et les laisse tomber sans ménagement, les repoussant du bout du pied.

Certains prisonniers que je ne connais pas regardent la scène et commencent à s'approcher.

— Hé, laissez ces affaires tranquilles, lance l'un, et je croise les bras devant moi, autant pour tenir bon face à cet assaut que pour protéger ma poitrine en liberté. Mais l'auxiliaire continue et se met à présent à vider le contenu de mon sac par terre. Il contient un réchaud, une pomme de terre, une boîte d'allumettes, le caleçon d'été et le haut de pyjama de mon frère, ma serviette sale, les *portianki* tâchés et un dernier carré de chocolat. Il s'empare du chocolat et le fourre dans sa bouche. Puis il secoue de nouveau le sac en sentant quelque chose bouger à l'intérieur. Il le retourne et, au fond, il trouve le compartiment caché.

— Je savais que tu cachais quelque chose ! lance-t-il, triomphant.

Une petite foule s'est rassemblée autour de nous, mais il agite son pistolet d'un geste menaçant et les prisonniers restent à l'écart, prudents mais curieux.

De ma cachette, il retire le petit maillot de Marek, qu'il jette par terre, puis la ceinture hygiénique et une autre poignée de chiffons souillés.

Ma vue se teinte en rouge. Je commence à trembler. À son retour, Bill verra que j'ai disparu, embarquée vers le destin de tant d'autres femmes avant moi.

— Qu'est-ce que c'est que ça ? demande-t-il en agitant ma ceinture hygiénique.

J'ai la tête qui tourne comme si j'allais m'évanouir, mais le Cousins qui est en moi fait un pas en avant et le lui prend des mains, fourre la pomme de terre dans le soufflet ciré, et je tire sur l'élastique comme un lance-pierre, en visant sa tête.

— Une catapulte ! s'exclame l'un des prisonniers. C'est une fichue catapulte. Allez, laissez-lui.

— David et Goliath, s'écrie quelqu'un d'autre et, l'espace d'une seconde, je suis tentée.

L'auxiliaire avise le dispositif, et je relâche l'élastique en hochant la tête. Un murmure de déception parcourt la foule. Je lui tends le « lance-pierre » en gardant la pomme de terre. Il le fourre dans sa poche, avec l'élastique qui ressort, et se tourne vers le sac de Bill, pour le vider de sa carotte, de l'autre réchaud, de ses photos et de l'un de ses harmonicas.

— Ha ! s'exclame-t-il en fondant sur l'appareil. *Mundharmonika.*

Il le porte à ses lèvres et commence à souffler et aspirer, produisant une cacophonie digne d'un braiement d'âne – à des années-lumière des mélodies déchirantes de Bill.

C'est à ce moment-là que Bill et Max font leur retour et fendent la foule pour me rejoindre. Bill se jette sur l'auxiliaire, qui le repousse de la crosse de son arme. Un ignoble craquement retentit quand il entre en contact avec le visage de Bill et celui-ci retombe en arrière, un flot de sang jaillissant de son nez.

— Vous lui avez cassé le nez ! s'écrie Max, et la foule commence à se propulser en avant.

Pendant une fraction de seconde, je me dis que la foule va se jeter sur l'auxiliaire pour le réduire en pièces, mais il tire en l'air au-dessus de leurs têtes et le cercle s'écarte de nouveau.

L'auxiliaire fourre l'harmonica de Bill dans sa poche avec mon « lance-pierre » et se fraye un chemin à travers la multitude.

Je m'agenouille à côté de Bill, dont le nez saigne abondamment. La peur que j'éprouvais pour moi se transforme en terreur pour lui et en fureur contre l'auxiliaire.

— Laissez-nous un peu d'air, lance Max et les hommes reculent encore. Il y a un médecin ici ?

Personne ne bouge, et je roule en boule le caleçon fraîchement lavé de Bill pour arrêter le saignement. Il tressaille lorsque je touche son nez, ses yeux s'emplissent de larmes, mais il serre les dents. Il me prend le caleçon des mains et je le vois appuyer plus fort que je n'aurais osé le faire.

— Penche la tête en arrière, dit quelqu'un, et il obéit.

Le caleçon se teinte de rouge et je commence à désespérer, en songeant : il ne va jamais s'arrêter de saigner, et il va mourir ici, sous mes yeux, sans que je puisse faire quoi que ce soit.

Il s'écoule une éternité avant que tout le monde finisse par s'éloigner et que Bill écarte le vêtement de son nez.

— Je crois que ça s'arrête, dit-il. Mais ça fait mal.

— Il doit être cassé, dit Max, inquiet. Dommage que Ralph ne soit plus là. Même s'il n'aurait pas aimé la vue du sang.

Bill relève les yeux, abattu.

— Je vais ressembler à un boxeur. (Il fait une grimace.) Désolé.

Mais tout ce que je vois, c'est mon magnifique mari, mon magnifique Bill, le visage barbouillé de sang à cause de ce monstre. J'agite la main l'air de dire que peu m'importe la forme de son nez. Je me fiche de tout tant qu'il est à mes côtés.

Un hématome sombre commence à s'étaler sur le visage de Bill comme un masque pour les yeux.

— Je pensais me tirer indemne de cette virée, dit-il tristement.

— Ça aurait pu être pire, réplique Max en me désignant, et Bill acquiesce.

— Ça aurait pu être bien pire.

On avise nos maigres affaires éparpillées autour de nous, et je ramasse les photos de Bill. Max range précautionneusement ses carnets dans son sac, puis se fige.

— Où est l'autre harmonica ? demande-t-il, et Bill tapote la poche de poitrine de sa veste d'uniforme.

— Sain et sauf, dit-il en clignant de son œil blessé.

Plus tard, j'accompagne Bill aux lavabos pour laver son pantalon maculé de sang et, je l'espère, mon corps crasseux et mon corset. Il n'y a plus personne, car les prisonniers sont en train d'étaler de la paille pour se confectionner des matelas et de manger le peu de nourriture qu'il leur reste. Je rince le sang de son caleçon et il s'asperge le visage. Quand on se retourne, on est seuls dans la pièce.

— Vite, dit Bill. Lave-toi. Je vais surveiller la porte.

Inutile de me le répéter deux fois. J'utilise son caleçon mouillé comme un gant de toilette et le passe sous mon uniforme, mes bras, et à l'avant de mon pyjama, aussi loin que je le peux. Puis je remonte le bas de mon pantalon pour m'essuyer les jambes. Je suis trempée sous mes vêtements, et même si je sais que ça ne suffit pas pour me débarrasser des poux, je me sens propre pour la première fois depuis des semaines. Je déroule le corset et le frotte rapidement.

On est de retour auprès de Max au moment où les lumières s'éteignent dans l'usine, sans le moindre avertissement. On tâtonne dans le noir pour trouver nos légumes crus – notre seul repas de la journée. Je pose mon corset à la base d'un pilier, près du mur, pour qu'il sèche.

— Il y aura peut-être du pain demain matin, dit Bill.

Dans le noir, j'enfile le maillot de Marek et le haut de pyjama de Jan. Le maillot est à peine serré ; je fais la taille d'un garçon de huit ans. Je m'allonge sur la paille, dans mes vêtements propres, et je laisse la merveilleuse chaleur remonter du sol en brique et infiltrer mon corps.

Le lendemain matin, Bill est presque méconnaissable : ses deux yeux sont noirs, mi-clos, et son nez est enflé. J'ai envie de les embrasser. Mais je me retiens. Je vérifie que tous les vêtements sont secs, j'enfile le long caleçon de mon frère et une chemise miteuse, puis je m'assois sur le sol chaud pour retirer les poux de ma veste d'uniforme avant de les écraser sous mes pieds. Un peu plus tard, on nous apporte du pain – une miche à se partager en quatre – ainsi que de la soupe et une pomme de terre chacun. Presque un festin. On somnole toute la journée. J'écoute Max et Bill parler. Scotty et Ralph me manquent, tout comme mon père et ma mère, Marek et Jan, tellement qu'un gros trou obscur et douloureux se forme au centre de ma poitrine.

De temps en temps, Bill se triture prudemment le nez et vérifie que son deuxième harmonica est toujours bien dans sa poche de poitrine.

Quand les lumières s'éteignent de nouveau, je replace le corset sous mes vêtements. Une couche de vêtement supplémentaire, c'est toujours ça de pris.

28

Lorsqu'ils se remettent en route le lendemain, Bill a les yeux mi-clos et son nez cassé palpite à chacun de ses pas. Au moins, ses vêtements sont un peu plus propres et son manteau et sa couverture sont secs. Il espère que le repos et la nourriture ont donné des forces à Izzy et s'émerveille de sa résistance. Qui aurait cru qu'une fille pourrait survivre à tout ça ? Il se dit qu'ils tiendront peut-être le coup.

Ce n'est pas que lui – il voit bien que tout le monde semble avoir retrouvé un peu d'espoir, qu'ils lèvent la tête pour regarder la vue quand ils atteignent le sommet d'une nouvelle colline, au lieu de se contenter de se traîner en regardant leurs pieds. Il comprend que même un tout petit peu de nourriture, de chaleur et de repos peut raviver l'espoir. Pourtant, c'est comme si les nazis jouaient un jeu cruel : après l'usine, trois jours s'écoulent sans la moindre ration de nourriture, et ils sont à présent véritablement affamés. Pire encore, nombreux sont atteints de dysenterie. On les autorise parfois à s'accroupir sur le bord de la route pour se vider les intestins, mais les auxiliaires leur interdisent souvent de s'arrêter et leurs selles sanglantes et liquides s'écoulent le long de leurs jambes pendant qu'ils continuent de marcher. Pendant les pauses, Bill voit des sous-vêtements tachés et ensanglantés abandonnés sur le bas-côté.

Ils croisent un garçon assis sur une barrière, qui regarde la procession passer devant lui. Il sort une grosse carotte de sa poche et ouvre la bouche pour mordre dedans. Bill s'arrête et essaie de le supplier. Le garçon reste indifférent et les toise tous les trois comme s'il se demandait ce qu'il pourrait leur demander en échange. Rien de ce qu'il voit ne semble le perturber. La main de Bill s'approche lentement de sa poche de poitrine pour en sortir son précieux harmonica.

Les yeux du garçon s'illuminent et il tend la main.

— La carotte d'abord, indique Bill, et ils procèdent à l'échange simultanément, chacun s'agrippant à son objet jusqu'à être sûr d'obtenir l'autre.

Le garçon s'enfuit en sautillant de joie, et Bill propose la première bouchée à Izzy. Elle grignote un morceau avant de la rendre. Bill croque une bouchée et la tend à Max, qui refuse un moment.

— Tous pour un, dit Bill, et Max plonge ses dents dans la chair ferme.

Ils continuent de mordre dedans chacun leur tour. Quand la carotte est finie, ils ont toujours aussi faim et Bill, qui se sentait fier de son sacrifice l'espace de quelques minutes, a maintenant envie de pleurer la perte de l'harmonica que Flora lui a envoyé.

Dans le village suivant, un civil se tient dans une embrasure de porte obscure. Il croise le regard d'Izzy et lui fait signe d'approcher. Elle tire sur la manche de Bill et tous les trois s'écartent brièvement de la colonne. L'homme lui fourre un sac de pommes de terre chaudes dans la main et disparaît dans les ombres avant même qu'ils aient pu le remercier. Ils cachent les pommes de terre sous leurs couvertures et les mangent lentement, à l'abri des regards. Bill se dit que les hommes qui les entourent vont certainement sentir le délicieux arôme, à moins qu'ils ne pensent à une hallucination, comme le pain et la sauce qu'il avait cru apercevoir. Lorsque le dernier morceau de peau est avalé, et que l'aliment chaud descend dans son estomac, Bill songe : si cet homme était apparu plus tôt, j'aurais encore mon harmonica.

Puis toutes pensées s'envolent de nouveau, et son corps se contente de placer un pied devant l'autre, encore et encore...

Ils ne marchent pas depuis longtemps, le lendemain matin, lorsque cinq avions de la Royal Air Force passent à basse altitude au-dessus de la procession. Tout le monde applaudit et agite les mains, et Bill lève les bras. Une vague de joie jaillit dans sa poitrine. C'est peut-être la fin ! *Ils nous ont trouvés et viennent nous sauver,* se dit-il. Mais les avions font demi-tour et, en approchant de nouveau, un son assourdissant et des éclairs retentissent tandis qu'ils se mettent à mitrailler la colonne.

— À terre, à terre ! crie quelqu'un, et Bill, Max et Izzy se plaquent au sol et rampent jusqu'au fossé.

— Ils nous prennent pour des soldats nazis, grommelle Max.

Un homme de la Royal Air Force se relève du fossé en agitant son manteau bleu distinctif d'aviateur. L'espace d'une seconde, Bill retient son souffle, pensant que le pilote a compris et reconnu son collègue, mais il rouvre le feu, le corps de l'aviateur tressaute et le sang gicle. Bill se jette sur Izzy pour la protéger des balles. Sa vie est plus importante que la sienne.

Les avions de la RAF refont trois tours et les balles pleuvent et rebondissent sur le chemin autour d'eux. Le son ressemble à une averse de grêle, une immense machine de mort qui martèle les tempes de Bill, le ramenant à la dernière terrible bataille de Tobrouk. Il peut de nouveau sentir l'intérieur brûlant du char, entendre la voix d'Harry qui continue malgré tout de faire des plaisanteries pour maîtriser leur terreur. Il espère qu'Harry va bien.

Ils restent allongés plusieurs minutes dans le fossé après le départ des avions, le cœur battant. Bill, Max et Izzy se relèvent péniblement, mais de nombreux prisonniers ont été sévèrement touchés ou carrément tués. Certains hurlent comme des animaux ; d'autres appellent leur mère ; des mains, des pieds, des têtes ont été arrachés, les corps blessés se vident de leur sang qui ruisselle sur la route ; un torse est suspendu aux branches d'un arbre. Izzy a le visage figé par l'horreur, et Bill songe : *Oui, c'est à ça que ressemble une bataille.* C'est pour ça qu'on épargne les femmes et les enfants. S'il pouvait lui couvrir les yeux et les oreilles, et la protéger du spectacle, il le ferait. C'est un enfer de plus dans lequel il l'a entraînée.

Mais Izzy regarde résolument autour d'elle et se met en quête d'aider un soldat blessé. Max retourne le corps le plus proche de lui, pour découvrir que l'homme est déjà mort. Sans en avoir conscience, Bill commence à prendre le contrôle, à indiquer à ceux qui peuvent bouger d'aller aider ceux qui en ont besoin – avec calme et sang-froid. Il est fier de voir Izzy sortir les chiffons de son sac pour garrotter le bras d'un homme et la jambe d'un autre. Il y a tellement de sang qu'il doute que ces hommes survivent, mais il ne le lui dit pas. L'odeur du sang est chaude, métallique. Certains survivants sont assis, la tête dans les mains ; leurs corps sont l'incarnation du désespoir. Certains pleurent amèrement les amis avec lesquels ils sont arrivés jusqu'ici, avec lesquels ils ont traversé tant d'années de guerre, survécu à tant de batailles, d'emprisonnement et de famine, pour finir décimés sous le feu de soi-disant alliés.

Izzy voit un homme essuyer le sang de ses blessures ouvertes avec l'eau boueuse du fossé, pendant qu'un autre boit la même eau sans la faire bouillir. Elle marche droit vers l'un des auxiliaires les plus âgés, avec leurs trois gamelles en fer-blanc, et s'adresse à lui en allemand, en agitant le bras vers les blessés qui jonchent le champ à côté d'eux. Bill se fige, horrifié par le risque qu'elle prend, puis voit l'auxiliaire lui indiquer qu'elle peut se mettre en quête d'eau propre.

Bill retourne à sa mission : organiser un « poste de rassemblement » pour les blessés, tout en surveillant Izzy du coin de l'œil, qui descend la colline en direction d'une ligne d'arbres. L'auxiliaire la suit des yeux lui aussi, la main sur le fusil, au cas où elle essaierait de s'enfuir. Les arbres doivent border un ruisseau gelé et Bill la voit briser la surface glacée du talon de sa botte, pour y plonger les gamelles.

L'auxiliaire se détend en la voyant revenir avec ses récipients remplis. Elle boit une gorgée pour lui montrer que c'est de l'eau propre, et il envoie un jeune garde pour remplir de plus gros récipients.

Izzy effectue plusieurs allers-retours au ruisseau, pour donner l'eau à boire aux prisonniers et nettoyer leurs blessures.

Bill s'affaire à séparer ceux qui peuvent encore marcher et ceux qui ne peuvent plus faire un pas. Un homme dont le pied a été emporté s'appuie sur Max et sautille jusqu'au lieu de rassemblement. Sur les ordres de Bill, les cadavres sont soulevés et transportés dans le fossé sur le bord de la route. Les auxiliaires sont groupés et fument en regardant les prisonniers débarrasser la route de leurs camarades et bander les blessés du mieux qu'ils peuvent.

Au bout d'un moment, un habitant d'un village du coin apparaît avec un chariot tiré par un cheval, et les rescapés qui sont dans l'incapacité de marcher y montent. Alors que Bill aide l'un d'eux à grimper, Izzy remarque une tache sombre dans son dos, près de l'épaule.

Elle le retourne. Elle voit une déchirure au milieu de la tache.

— Tu saignes, murmure-t-elle d'un air accusateur.

Elle appuie doucement sur la plaie et il grimace.

— Je n'avais pas remarqué.

— Retire manteau.

Bill s'exécute et tord le cou pour regarder son épaule. Maintenant qu'elle lui a signalé la blessure, il commence à avoir mal. Lorsqu'il retire son manteau, sa veste et son pull sont aussi maculés de sang. Il est incapable de dire si la blessure est profonde ou si les saignements ont stoppé, mais la douleur se répand et palpite avec insistance. Il passe une main dans ses cheveux en regardant les hommes à moitié conscients affalés dans le chariot. Izzy appuie un tas de chiffons sur son pull, et la douleur le force à s'écarter. Il a plus important à faire que s'occuper d'une simple blessure superficielle.

— Il faut que quelqu'un accompagne les blessés, dit-il, pour parler en leur nom, s'assurer qu'ils sont bien traités.

Il s'écarte d'Izzy et essaie de remettre sa veste d'uniforme, mais son bras gauche ne répond plus et il n'arrive pas à passer la manche. Izzy l'aide donc à la poser sur son épaule.

Bill cherche alentour quelqu'un capable d'accompagner les blessés, et une vague de nausée le submerge à mesure que la douleur monte. Tout autour de lui, les survivants sont en train de transporter les morts dans le fossé ou sont étendus, épuisés, ou encore assis, la tête penchée. Il n'a personne à envoyer.

— Toi, murmure Izzy. Tu es mieux placé. Toi, tu y vas.

— Mais…

Le chariot se met en marche. Bill les regarde tour à tour, tiraillé par l'indécision. Il ne peut pas la laisser. Mais il pourrait revenir juste après, une fois qu'il sera certain qu'on s'occupe des autres. Il pourrait aisément les rattraper.

— Est-ce que tu seras… ?

— Va. Fais voir blessure à un médecin. Et ton nez.

Il jette un nouveau regard aux corps dans le chariot, des hommes qui bougent à peine, incapables de demander les soins qu'ils méritent, et il prend sa décision.

— Je te rattraperai et je te retrouverai dès que possible.

Izzy le pousse doucement, le regard assombri par la préoccupation.

Bill trottine pour rattraper le chariot en marche et grimpe avec difficulté, maintenant qu'il ne peut plus se servir de son bras gauche. Puis il se tourne vers Izzy en essayant de lui cacher la douleur qu'il ressent et se force à sourire à mesure que le chariot s'éloigne.

29

Je suis malade d'angoisse en voyant le chariot s'éloigner, et je me mets à courir pour monter à bord à mon tour, mais l'auxiliaire me retient.

— Seulement les blessés, déclare-t-il en me repoussant de la crosse de son fusil.

— Je te rattraperai et je te retrouverai dès que possible, lance faiblement Bill, et j'ai du mal à le regarder partir.

Je vois son nez cassé et ses yeux au beurre noir ressortir sur son visage pâle tandis qu'il essaie de me sourire en s'éloignant. Qu'est-ce que j'ai fait ? Comment puis-je le laisser partir ? Il faut qu'il voie un médecin le plus vite possible. Mais comment peut-il me laisser ? C'est peut-être parce qu'il sait que sa blessure est grave et qu'il ne veut pas que je le voie mourir.

Alors que le chariot tourne au coin de la route, Bill lève la main en guise de salut, comme il l'a fait la première fois qu'il est venu à la ferme, et je sais tout à coup, avec un frisson de certitude absolue, que je ne le reverrai plus jamais. Je prie avec une intensité effrénée : « Ramenez-le moi, je vous en supplie. Je ferai tout, j'abandonnerai tout ce qu'il faudra si vous me le ramenez. » Mais je ne sais pas si Dieu m'écoute. Je pense aux forces vives qui s'écoulent de la blessure de Bill, regrettant de n'avoir pas pu l'accompagner. Tout s'est passé trop rapidement. On ne s'est pas dit au revoir.

Lorsque le chariot a disparu, j'entends Cousins essayer d'enrayer ma panique en me disant que tout ira bien. *Tout doux,* dit-il. *Tu as beaucoup à faire.*

Je rejoins Max et je l'aide à déposer des membres et des corps entiers dans le fossé, puis je récupère précautionneusement leurs plaques d'identité pour mettre les familles au courant, pour mettre le monde au courant. On n'a pas d'outil pour creuser le sol gelé et les recouvrir de terre. Je retourne auprès de l'auxiliaire le plus âgé et lui déclare, en allemand :

— Les morts doivent être enterrés.

Il me chasse comme une mouche.

— Oui. On demandera aux villageois de s'en charger. Ce sera fait correctement. (Puis il me jette un regard dur.) Ton accent ? demande-t-il.

Le garde plus jeune, presque chauve et couvert de boutons, lève la tête et me regarde à son tour. Je comprends que tout est peut-être terminé. D'une certaine manière, je suis trop épuisée pour m'en soucier, car sans Bill, plus rien n'a d'importance. Mais alors que le jeune garde soulève son fusil, mon cerveau me fournit une réponse plausible.

Je prends une voix rauque et m'efforce d'aplanir mes voyelles tchèques pour parler le haut allemand parfait de ma mère.

— Mon professeur était de... (je fouille dans ma mémoire pour retrouver le nom allemand de Jeseník) de Freiwaldau. Je crois que c'est en Silesie.

Toujours suspicieux, il fait un pas en avant, mais l'auxiliaire hausse les épaules.

— Ah oui, un accent de Silesie, fait-il. Les bouseux de la campagne.

Et il se détourne.

Le jeune garde continue de m'observer un moment et je croise son regard avec défiance, comme l'aurait fait Cousins, avant qu'il s'écarte à son tour.

Je rejoins Max en trébuchant, et je pose brièvement la tête sur son bras. *Bill, Bill, où est Bill ?* Toutes les cellules de mon corps le réclament. Toutes les deux ou trois minutes, je me surprends à regarder dans la direction qu'il a prise, espérant le voir revenir. Je passe un marché avec Dieu. « Si l'un de nous doit mourir, que ce soit moi, pas lui. Tuez-moi et laissez-lui la vie. »

Le mitraillage a également abattu un cheval et, ce soir-là, on nous sert de la soupe avec de la viande dans des marmites. On n'éprouve aucune joie à la manger. C'est presque comme manger la chair de nos camarades morts.

C'est peut-être à cause de la richesse du plat, ou à cause de l'eau sale qu'il a bue avant que j'apporte l'eau propre du ruisseau, mais le lendemain matin, Max a attrapé la dysenterie. Bill n'est pas revenu et je voudrais attendre à l'endroit où on s'est séparés, mais les auxiliaires nous forcent à avancer. Ils laissent de temps en temps Max s'accroupir sur le bas-côté et je me plante à ses côtés, les pieds écartés comme Cousins, pour protéger mon ami ; mais ils lui interdisent parfois de s'arrêter et les excréments liquides dégoulinent le long de ses jambes. Il ne cesse de se tourner vers moi.

— Désolé. Je suis tellement désolé, grogne-t-il avant que la douleur ne le reprenne.

Dans l'après-midi, il est si faible qu'il s'assoit sur le côté de la route et refuse de se relever. Si je le laisse là, je sais qu'il mourra en quelques heures, de déshydratation, de froid à la tombée de la nuit, de la main d'un fou de la gâchette des Jeunesses hitlériennes qui se servira de lui pour s'entraîner au tir.

Je me penche à son oreille.

— Je ne continue pas sans toi. Tu dois te relever. Tu ne peux pas me laisser seule. (Mais Max ne bouge pas. Je lui ordonne alors furieusement :) Tu dois vivre. Raconter aux gens ce qu'on a vu. T'assurer que ça n'arrive plus jamais. Tu as une mission.

Au bout d'une longue minute, il lève les yeux vers moi et hoche imperceptiblement la tête. Je le tire pour le mettre debout et je passe l'un de ses bras par-dessus mes épaules. On reprend péniblement la route, un pied devant l'autre. À l'abri du regard des autres, le vieil auxiliaire donne à Max un peu de charbon à mâcher, pour apaiser la douleur.

À la sortie de Tharandt, on gravit lentement une longue pente jusqu'au sommet d'une colline, jusqu'à un plateau. Je continue à me répéter qu'on n'arrivera pas jusqu'en haut, que c'est ici que tout va se terminer. Mais on y arrive, d'une manière ou d'une autre, et on nous autorise alors à nous asseoir pendant un quart d'heure. La campagne est parsemée de pittoresques petits villages. On reprend finalement la route, pour pénétrer dans une forêt dense qui s'étend jusqu'à l'horizon. Je me souviens de ma promesse à Ralph de veiller sur Max. Je continuerai aussi longtemps qu'il vivra. Ça ne durera peut-être pas longtemps.

Tous les deux kilomètres environ, on croise d'énormes piles de bûches qui attendent d'être récupérées par des camions forestiers. Il y a un lac, aux bords toujours gelés, des canards sur la glace ou en train de nager au centre. On dépasse une maison avec un moulin à eau et un étang.

On passe la nuit dans une école. On dort dans la salle principale, équipée d'un grand tableau noir sur lequel est recopié le monologue d'Hamlet, « Être ou ne pas être ». Je me souviens de l'avoir appris à l'école.

Un soldat que je ne connais pas demande :

— Vous pensez que quelqu'un savait qu'on venait ?

Je ne pense pas, car les mots les plus difficiles sont soulignés et je me représente le professeur qui essaie d'expliquer ce discours à une classe d'enfants sans entrain qui n'ont jamais connu le désespoir. Max s'assoit devant le tableau et contemple les mots pendant un très long moment. Il y est encore quand les lumières s'éteignent, mais il ne dit rien. Je pense qu'il choisit de ne pas être, et j'ai manqué à ma promesse faite à Ralph.

Le lendemain matin, je me réveille et Bill me manque tant que j'en ai mal au ventre. Je me recroqueville sur moi-même. Et comme si l'univers se moquait de moi, j'ai aussi attrapé un rhume carabiné. J'ai le nez qui coule, les yeux qui pleurent, j'ai mal à la tête et je me sens étourdie. J'ai des suées, puis des frissons glacés. Je n'ai pas d'autre choix que de marcher et d'utiliser un chiffon pour me moucher, et de l'essorer pour m'en resservir.

À la sortie de la forêt, on commence à redescendre la colline sur une route que les gardes appellent la Silberstrasse. On croise de grands centres équestres et une rivière à gros débit. Cette rivière n'aurait-elle pas pu être près de nous quand la RAF a attaqué ? Peut-être qu'alors, tout le monde aurait eu accès à de l'eau propre et Max n'aurait pas la dysenterie.

Chaque fois qu'on descend une colline, c'est en sachant qu'il faudra en gravir une autre quelques heures plus tard. Max arrive de temps en temps à avancer sans aide ; parfois, il passe son bras sous le mien. On se soutient l'un l'autre et, le temps d'arriver au sommet, j'éprouve une étrange sensation de ruissellement sur mon visage et le long de ma colonne vertébrale. Je me dis que ça doit être la fièvre.

Je regarde Max, et ses cheveux sont trempés de sueur lui aussi. Un homme derrière nous lance :

— Je transpire comme un bœuf.

Je comprends alors que la température est remontée, comme si on était passés de l'hiver à l'été en moins de deux heures.

Le long de la route, on commence à voir des manteaux et des couvertures abandonnés. Je sais qu'il peut encore faire froid, après une fausse impression de printemps, et je suis bien décidée à garder mon manteau et une couverture, mais je me débarrasse de la seconde, celle qui gratte. J'essaierai de retirer mon long caleçon d'hiver sur notre lieu de repos, ce soir, si je trouve un endroit à l'abri des regards. Je sens qu'il commence à s'imbiber de transpiration.

Max insiste pour se débarrasser de son manteau et d'une couverture.

— Je ne peux plus les porter, je n'ai plus de forces, murmure-t-il.

Je n'ai certainement pas la force de les porter pour lui. Il les laisse donc sur le côté de la route.

On passe sous un double pont ferroviaire, près d'une grande gare de triage et d'un château d'eau qui est équipé d'une cheminée recouverte de tuiles sur toute sa surface. La campagne verdit progressivement, parsemée de groupes d'arbres, de champs labourés, de cultures qui commencent à pousser selon le cycle indifférent des saisons. On mange une poignée d'herbes comestibles et quelques pousses de seigle. Je trouve de la *kostival*[1], que je dépouille de ses feuilles poilues pour les fourrer dans mon sac. Quelqu'un me demande si ça se mange, et je secoue la tête. Je pourrais lui expliquer que les feuilles s'utilisent pour les plaies et pourraient être toxiques si on les consommait, mais il n'en ramasse pas.

Ce n'est qu'une longue série insoutenable de collines interminables, de plateaux et de vallées. Mon nez ne coule plus, mais il est bouché et je dois respirer par la bouche. J'ai soif en permanence et je commence à tousser, une toux grasse et persistante qui secoue toute ma charpente. Je n'ose pas relever les yeux pour regarder devant moi, persuadée qu'il y aura une autre colline à gravir.

Je ne sais pas ce qui motive les autres à continuer mais, moi, je suis alimentée par une flamme de rage constante entretenue à chacun de mes pas. La rage de ne pas avoir accompagné Bill ou de ne pas l'avoir

1. Consoude.

empêché de partir ; la rage contre les êtres humains capables de traiter leurs prochains comme on ne traiterait même pas des animaux ; la rage contre les gens ordinaires, qui ont échoué à combattre le fascisme avant qu'il soit trop tard. Je comprends ceux qui n'en peuvent plus et s'assoient par terre. Sans ma promesse de veiller sur Max, je ferais la même chose.

Le feutre s'est élimé à l'intérieur des bottes de mon frère, qui sont devenues trop grandes. Profitant d'une pause, j'inspecte mes ampoules, qui commencent à s'infecter, et j'enroule les feuilles de *kostival* pour empêcher que ça empire. Je trouve quelques morceaux de journaux dont je m'enveloppe les pieds. Curieusement, la douleur que j'éprouve à chaque fois que je pose le pied au sol me prouve que je suis toujours en vie.

On croise des massifs de perce-neige et un crocus solitaire au pied d'un arbre. Leur vue ne me provoque pas l'habituel élan au cœur. Ça signifie que le printemps va revenir, mais de quelle sorte de printemps s'agira-t-il ? Le soir, désormais, quand on dort dans un village de basse altitude, on entend le sifflement familier des moustiques qui se joignent aux poux pour sucer ce qu'il nous reste de sang. Je dors par intermittence. Je tousse, je me gratte, j'ai faim, j'ai soif, Bill me manque. Un fort pressentiment me dit qu'il est mort. La blessure était plus grave qu'on le pensait et il s'est vidé de son sang, ou bien elle s'est infectée. *Il est mort*, songé-je. *Mort.* Et je n'ai pas envie de vivre sans lui.

Nous continuons d'avancer péniblement, tête baissée. Certains jours, je porte presque totalement Max. D'autres, je le soutiens simplement. J'ai adopté une démarche particulière qui permet de mettre le moins de pression possible sur les points sensibles de mes pieds. Quand je tousse, je tourne la tête loin de Max, au cas où ce serait la tuberculose.

On croise des SS en repli, assis sur le bord de la route, qui retirent prudemment les insignes de leurs uniformes. Pour la première fois, les auxiliaires paraissent vraiment inquiets. Ils parlent entre eux à voix basse, mais ils suivent les ordres et nous forcent à continuer.

Un jour, nous croisons un véhicule agricole et, en passant, l'arrière se vide de son contenu : du lait et des poulets tombent au sol. Je bois un peu de lait, qui a un goût riche et gras. Je sens l'odeur d'un poulet qui cuit quelque part, et je salive en pensant à sa peau croustillante, à sa chair fondante, mais personne ne nous en donne. On survit principalement de navets trouvés dans les champs, de têtes de poisson trouvées dans les poubelles, et d'herbes comestibles. Une bagarre éclate entre deux hommes pour des épluchures de rutabaga.

Au sommet d'une énième colline, on s'allonge par terre. Je tousse pour me libérer les poumons et je crache des glaires vertes dans l'herbe.

— Regarde là-bas, une grande ville, dit Max en pointant son doigt.

Mon regard se dirige vers la fumée qui s'élève de nombreuses cheminées industrielles et qui forme des nuages en suspension au-dessus des usines.

— C'est Chemnitz, annonce le plus vieil auxiliaire. Ça veut dire qu'on y est presque. À Hartmannsdorf.

Mon cœur me tombe comme du plomb dans le ventre à la perspective d'arriver là-bas sans Bill. Plus rien n'a de sens, sans lui.

La nouvelle se répand le long de la procession. « On y est presque ! On y est presque. » Des chants s'élèvent. Pas les chansons patriotiques comme avant, mais des airs populaires, *Happy Days are Here Again*…

Nos pieds continuent d'avancer et, enfin, en milieu d'après-midi, on aperçoit les baraquements d'un immense camp de prisonniers de guerre qui s'étend au sommet d'une colline : stalag IVF. Je n'aurais jamais pensé pouvoir être aussi heureuse de voir une prison nazie et si empressée de m'y engouffrer. Un homme dans mon dos retranscrit ma pensée à voix haute, et quelqu'un d'autre rit. « Je pensais exactement la même chose. » Peut-être que tous les hommes de la procession partagent la même pensée au même moment. Max ne dit rien, la tête pendue au bout du cou comme si elle était trop lourde à porter. Je suis prise d'une quinte de toux et je crache des morceaux de mucosités vertes.

Puis on attend patiemment, comme des vaches qu'on ramène du pré et, au bout d'un moment, voyant que rien ne se passe, on s'assoit sur nos sacs. Il se met à pleuvoir, le genre de pluie fine qui trempe tout de manière insidieuse, la moindre fibre, jusqu'à imprégner la peau.

Toutes les dix minutes environ, la ligne avance et on se relève tous tant bien que mal, ou alors on se traîne à quatre pattes, pour avancer de quelques mètres.

À mesure qu'on approche, je comprends qu'on nous compte, et la même vieille terreur me submerge comme une vague. Le brouillard qui flottait autour de ma tête se dissipe aussitôt. Les gardes nous rassemblent par groupes de dix pour nous faire passer les portes. Et si on me sépare de Max ?

Quelqu'un arrive en courant.

— Il y a un repas chaud et un bain, une fois qu'on est entrés. Les gardes l'ont promis, s'exclame-t-il.

Un repas chaud et un bain, ce sont les deux choses dont tout le monde ici rêve. Tout le monde sauf moi. Max lève la tête, perçoit la panique sur mon visage et me touche brièvement la main.

— Je pense que les deux sont un mirage, dit-il.

30

Notre groupe de dix passe la porte du camp de prisonniers en traînant les pieds, et Max s'appuie sur mes épaules. Il me paraît très lourd pour un homme aussi maigre, mais peut-être que je suis devenue très faible. Quelqu'un demande quel jour on est, et un garde nazi répond qu'on est le 10 mars 1945.

Ça fait maintenant quatre jours que je n'ai pas revu Bill. A-t-il succombé à sa blessure, ou est-il toujours en train d'essayer de me retrouver ? Pour la centième fois aujourd'hui, j'interroge mes instincts, et ils ont un goût de mort.

— Douche, lance le garde en pointant du doigt une nouvelle queue.

Je montre Max qui est appuyé sur moi, la tête penchée.

— Infirmerie, dis-je d'une voix rauque qui ne ressemble plus à la mienne.

Mon rhume et ma toux l'ont rendue rocailleuse.

Le garde jette un regard au corps avachi de Max, à son pantalon et ses bottes souillées, et l'odeur qui émane de lui parle d'elle-même.

— Par ici.

On quitte la queue pour les douches et on s'insère dans une autre, où de nombreux prisonniers soutiennent leurs compagnons mal en point pour les aider à avancer. Tout autour de nous, des groupes de pouilleux affamés vont et viennent. Certains sortent des douches, le visage et les cheveux propres par-dessus leurs vêtements en loques et crasseux. Je regarde la multitude de pieds qui passent à côté de nous ; certains sont nus, boueux, ou enveloppés dans de la toile ensanglantée ; certains sont en sabots et *fuss-lag* ; d'autres en bottes dont le dessus s'est décousu de la semelle et qui menacent de faire trébucher leurs propriétaires à chaque pas ; quelques-uns – très peu – sont en bottes usées et chaussettes. Les jambes défilent de tous côtés, par centaines ou milliers. Aucune n'appartient à Bill.

Notre file avance lentement le long de plusieurs rangées de cercueils. On ne sait pas s'ils sont remplis de ceux qui sont morts à l'infirmerie, ou vides, comme autant de railleries aux malades et aux mourants.

Il doit bien s'écouler une heure avant qu'on atteigne le médecin à l'entrée de l'infirmerie. Il est brusque.

— Problème ?

— Dysenterie, répond Max.

— C'est tout ? (Il observe le visage creusé de Max.) Déshydratation. (Il a déjà perdu tout intérêt et débite une recommandation qu'il a manifestement répétée bon nombre de fois.) Eau propre, régime sans irritants gastriques, repos.

— Pas l'infirmerie ? je demande, forcée de parler.

Le médecin soupire.

— Écoutez, quatre-vingts pour cent d'entre vous ont la dysenterie. Vous êtes tous malnutris et déshydratés. J'ai des tuberculeux et le typhus sur les bras. Trouvez-lui un lit dans un baraquement. Donnez-lui le plus d'eau potable à boire. Laissez-le dormir. Suivant !

Je m'assois rapidement par terre et délace mes bottes.

Max lève la tête.

— Je vais survivre ? demande-t-il.

Le médecin le regarde dans les yeux.

— Si vous en avez envie, répond-il.

Je retire les feuilles de *kostival* de mes pieds et les montre au médecin.

Max lâche un hoquet.

— Pourquoi tu ne m'as rien dit ?

Je hausse les épaules. Qu'est-ce que ça aurait changé ?

— Je croyais que vous étiez tous censés avoir une douche ? demande le médecin avec colère, et je comprends que je dois sentir mauvais.

Humiliée, je voudrais retirer mes pieds, mais le médecin palpe mes ampoules infectées. L'une se trouve derrière mon talon droit, l'autre sur le dessus de mon pied gauche, où la chaussette s'est trouée et la languette de la botte a frotté sans relâche sur ma peau. Du pus s'en écoule et la peau tout autour est rouge et irritée.

— Il va les nettoyer et les panser, dit le médecin en pointant un autre homme devant qui s'étend une autre queue.

Je suis prise d'une quinte de toux et le médecin me regarde cracher dans mon chiffon. Il me le prend des mains et inspecte les glaires.

— Bronchite, annonce-t-il avec plus de gentillesse. Pas de traitement, désolé, mais vous êtes jeune. Reposez-vous et ça passera.

Je hoche la tête. Du repos. C'est tout ce que mon corps demande. Du repos, et Bill.

Le médecin pose une main sur ma manche.

— Revenez si vous crachez du sang.

Je m'insère dans la queue pour le traitement des pieds, qui consiste en un linge propre, une petite bouteille d'iode, un peu de sel dans un tortillon de papier journal et la consigne de nettoyer les plaies tous les jours avec de l'eau salée puis d'appliquer l'iode.

— Si vous voyez apparaître des traînées rouges sur vos cuisses ou à l'aine, revenez immédiatement – c'est une septicémie.

J'aurais rêvé d'avoir un peu de miel pour ma gorge.

Au moment de repartir, Max grommelle :

— Laisse-moi juste m'asseoir une minute.

Je le traîne jusqu'au mur de l'infirmerie et je me penche vers lui pour murmurer :

— Attends-moi là. Je reviens.

Il s'affale dans la boue et je rejoins les foules en mouvements. Je visite un baraquement après l'autre en quête de couchettes libres et de Bill. J'aperçois parfois une tête blonde, ou quelqu'un de sa carrure, et l'espoir fait bondir mon cœur l'espace d'une seconde, jusqu'à ce que je comprenne qu'il ne s'agit que d'un étranger parmi d'autres.

Tous les baraquements sont pleins, et je commence à désespérer lorsque, enfin, à l'autre bout du camp, je trouve deux couchettes libres proches l'une de l'autre. Je retire ma couverture de mes épaules ainsi que mon sac, qui ne contient plus que ma gamelle et ma tasse, le pyjama de mon frère et ses sous-vêtements d'été, et ma petite serviette crasseuse. Je jette ma couverture sur une des couchettes et mon sac sur l'autre, mais j'emporte ma gamelle et ma tasse dans l'espoir de trouver à boire ou à manger. Je prie pour ne pas retrouver quelqu'un en train de dormir sur nos couchettes à mon retour avec Max, ou découvrir qu'on m'a volé ma couverture et mon sac. Ce sont les dernières affaires qu'il me reste de la ferme. Il me vient alors à l'esprit que je n'ai rien pour prouver mon identité, ni d'où je viens. Rien pour prouver que je suis mariée à un Anglais. Que j'étais mariée. Ou peut-être que je suis la veuve d'un Anglais. Seul Max peut s'exprimer en mon nom maintenant.

Sur le chemin du retour pour récupérer Max, à travers les flots de prisonniers vagabondant, je mémorise soigneusement mon itinéraire et parcours constamment les visages en quête de celui de Bill. J'ai tellement mal aux pieds que j'envisage un instant de marcher pieds nus dans la boue.

Quand je le rejoins, Max s'est endormi, avachi contre le mur de l'infirmerie et, pendant un bref instant, je redoute qu'il soit mort. Je dois le secouer violemment pour le réveiller. Je le prends par le bras et je dois presque le tirer à travers les masses d'étrangers qui se traînent eux aussi. *Si on tombe,* je songe, *on finira piétinés* ; personne ne se souciera qu'on soit morts ou vivants.

Je repère le baraquement et on pénètre dans l'intérieur qui vibre de l'odeur et du bruit familiers des prisonniers. La plupart des couchettes qu'on croise sont occupées par des silhouettes immobiles. Je guide Max en direction des couchettes que j'ai réservées. Tout au fond dans la pénombre se trouvent les deux places libres sur les niveaux supérieurs. Personne ne les a prises.

Max lève les yeux vers la couchette qui se dresse au-dessus de lui. Il secoue la tête et s'agrippe au pilier pour se soutenir. Et puis, pour la première fois, il se met à pleurer. Les larmes coulent sur ses joues et s'écrasent sur la couchette du dessous.

L'homme qui y est allongé, immobile, a les yeux rivés sur les lattes au-dessus de sa tête. Il semble à peine respirer.

Je touche sa manche.

— Vous pouvez m'aider, s'il vous plaît ? demandé-je de ma voix rauque. Je dois le monter là-haut.

L'homme se tourne lentement vers le côté et regarde Max.

— Il ne devrait pas plutôt être à l'hôpital ?

— On devrait tous être à l'hôpital, dit quelqu'un d'autre.

L'homme se redresse.

— Il peut se mettre sur ma couchette, à condition que tu lui enlèves ses vêtements dégueulasses.

On dirait que l'étranger doit puiser dans ses dernières forces pour se hisser au bord du lit et se lever, puis pour monter sur la couchette supérieure. Je lui passe sa couverture et son sac.

— Merci, grommelle Max.

— Merci, je l'imite.

— Pff, fait l'homme dans le lit d'à côté en se tenant le nez. Tu ne peux pas laisser ses vêtements plein de merde dehors ?

Je retire les bottes de Max et je l'aide à baisser son pantalon et son caleçon long. Ses cuisses et ses fesses squelettiques sont couvertes de sang séché et d'excréments. Je le nettoie avec la partie la plus propre de son pantalon, mais je n'ai rien pour le laver.

Max roule sur la couchette et je le couvre avec ma couverture mouillée. Je sors la serviette de son sac pour la glisser sous ses fesses, puis je me fraie un chemin entre les lits et les hommes avec mon paquet de vêtements puants. Je jette le pantalon de Max sous le baraquement. Le geste me fait l'effet d'un acte de rébellion.

À mon retour, Max est voûté sur le lit en position demi-assise.

— Je ne peux pas m'allonger. Ça rend les crampes insupportables.

Je suis tellement fatiguée que la seule chose dont j'ai envie, c'est de m'allonger et de fermer les yeux, mais je me penche pour arranger la serviette sous lui et je murmure :

— Je vais chercher de l'eau.

J'emporte ma propre serviette, le bas de pyjama de mon frère, nos gamelles et nos tasses. Dans le baraquement des latrines, je remplis la tasse et la vide en trois gorgées. L'eau a un goût métallique. J'en bois deux tasses de plus, ce qui me donne la nausée, puis je visite le « quarante trous » et je m'accroupis en remontant mon manteau, trop épuisée pour penser à avoir peur. Sous mon manteau, dans la pénombre de la pièce, je retire mon pantalon et mon long caleçon en laine, en espérant que les poux partiront avec, et j'enfile le vieux pyjama de Jan pour le porter sous mon pantalon de l'armée.

Je jette le sous-vêtement grouillant dans le trou. Puis je vais me laver.

L'eau est tellement froide qu'elle me coupe la respiration, mais il y a du savon carbonique et je remonte mes manches pour me frotter les bras et les mains, puis le visage et la tête. Je retire mes bottes et je lave mes pieds abîmés l'un après l'autre. Puis je dissous un peu de sel dans l'eau. Une fois mes pieds secs, je tamponne mes ampoules avec de l'eau salée puis avec l'iode, et la brûlure est si intense que je dois me mordre les lèvres pour ne pas crier. C'est une torture de devoir remettre mes bottes. Je plonge ma tête sous le robinet pour me laver les cheveux, et le choc du froid me provoque une quinte de toux qui ébranle mon corps entier. Je suis obligée de m'asseoir pour récupérer. Un homme plus âgé me touche l'épaule.

— Ça va, fiston ?

Je hoche la tête en le chassant d'un geste de la main.

Enfin, je remplis les gamelles et les tasses pour les ramener à Max. Il est à peine capable de lever la tête, mais une gorgée après l'autre, je réussis à lui faire avaler de l'eau.

À l'extérieur, quelqu'un apporte un seau de bouillie de pommes de terre. Je suis stupéfaite par la discipline des prisonniers affamés, qui font poliment la queue ; je me souviens alors que les gardes sont toujours dans leurs tours de guet, les fusils pointés sur nous. On me sert deux moitiés de tasse fumantes pour Max et moi, et je retourne lui apporter à sa couchette. Je dépose de minuscules portions dans ma bouche. J'ai vu ce qui arrivait quand des gens affamés s'empiffraient et je n'ai pas envie de tout revomir. Entre deux petites bouchées, j'essaie de convaincre Max de manger et il parvient à boire un peu de bouillie avant de fermer les yeux.

Et puis, enfin, je m'autorise à monter sur ma couchette recouverte de sa paillasse crasseuse et à fermer les yeux. Je me demande si j'aurais dû faire mes adieux à Max, au cas où il soit mort le lendemain matin. Mais je n'ai plus la force de redescendre. Le sommeil m'envahit et je me laisse aller sans résister même si, dans mes rêves, je continue de marcher, comme si je ne devais plus jamais m'arrêter, et je tousse, encore et toujours.

Au réveil, je suis toujours plongée dans un profond sommeil lorsque le « *Raus, raus* » familier retentit dans le baraquement. Pendant quelques instants, je ne sais plus où je suis et l'homme allongé dans la couchette voisine est un parfait inconnu. Il a la main dans le pantalon et se gratte les poux dans son entrejambe. Je panique et tourne la tête de l'autre côté. L'homme qui a laissé sa place à Max me fait une grimace.

— Je pourrais manger un cheval.

C'est le genre de choses que Bill aurait pu dire. Mais Bill n'est plus là. Parti. Disparu. Et je n'ai personne. Ni mari. Ni famille. Ni papiers. Personne sauf Max.

Une voix s'élève au-dessous de moi.

— Tu peux toujours courir, mon pote.

Ce n'est pas la voix de Max. Je me penche pour essayer de le voir, et il est toujours à moitié assis, dans la position dans laquelle je l'ai laissé hier soir, les genoux relevés et la tête pendue entre eux. Mon sang se fige et je me dis qu'il est peut-être mort. Mon seul ami dans ce monde dangereux et meurtrier.

Je suis prise d'une quinte de toux que je dois laisser passer avant de me forcer à descendre pour toucher son épaule. Aucune réponse, mais il ne retombe pas sur le côté. J'agrippe plus fermement son épaule et le secoue pour de bon. Je manque de bondir quand Max remue et relève la tête pour me regarder.

Merci, merci, je songe, sans savoir qui je remercie ni pour quoi. Je lui administre quelques gorgées d'eau et de bouillie de pommes de terre froide. Puis je l'aide à sortir du baraquement, pieds nus et sans pantalon, enveloppé dans sa couverture.

— Il y a du savon aux latrines, lui dis-je tout bas en l'aidant à s'y rendre.

On doit souvent s'arrêter et attendre qu'un spasme passe. Il est trop faible pour se tenir debout et se laver tout seul, mais il se penche au-dessus de l'évier pendant que je frotte le sang séché et la diarrhée sur ses fesses et ses jambes avec un pain de savon et un coin de sa serviette. Une fois qu'il est propre, je m'occupe de mes pieds, puis je ramène Max à son lit avant de me rendre à la cuisine pour nous trouver du thé à la menthe.

Pendant les premiers jours au camp, peut-être une semaine entière, on passe nos journées allongés sur nos couchettes à dormir, se réveiller, dormir, se réveiller, ne se levant que pour aller aux latrines ou prendre la demi-tasse de soupe ou de pommes de terre qu'on nous donne. Dix jours ont passé depuis que j'ai vu Bill pour la dernière fois et à chaque nouvelle aube, le maigre espoir de le revoir diminue un peu plus. Son absence me creuse un trou dans la poitrine.

La dysenterie de Max s'atténue lentement, jusqu'à ce qu'il soit capable de s'allonger et même d'avaler ses maigres rations. Ma toux s'améliore peu à peu et je soigne mes pieds avec assiduité ; une nouvelle peau rose commence à se former. Je me demande s'il peut en aller de même sur un cœur brisé ou s'il restera à jamais meurtri. Dès que je suis de nouveau capable de marcher, j'arpente le camp en parcourant les visages des hommes qui jouent au football, discutent en groupes, font la queue devant la cuisine, se brossent les dents aux lavabos, ou se rassemblent sur le terrain de manœuvres. Au bout de quelques jours, je commence à reconnaître certains visages, mais aucun d'eux n'est Bill. Ils peuvent s'évanouir dans un nuage de fumée, je m'en fiche pas mal. Comme il est terrifiant que son propre bonheur puisse dépendre du bien-être de si peu d'autres.

Les autres prisonniers passent à la douche et à l'épouillage, et on leur donne de nouveaux vêtements. Je me cache pour y échapper en me glissant à travers les foules, mais je parviens à récupérer des sous-vêtements propres et un uniforme belge. Max me rapporte un peu de la poudre de l'épouillage dans un tortillon de papier, que je frotte sur ma tête, sous mes bras et dans mes poils pubiens, même si l'effet semble pratiquement nul.

Tandis que les jours s'enchaînent, en dehors des heures que je passe à chercher Bill de façon obsessionnelle, je passe le temps assise au soleil devant le baraquement. Je regarde les groupes fouler inlassablement le sol du camp, mais Bill n'en fait pas partie. Que vais-je faire sans lui ? Que vais-je faire ?

Certains jours, il pleut et le ciel est bas. Par ce temps-là, j'ai du mal à quitter ma couchette. Je fais mes rondes en quête de Bill jusqu'à être trop trempée et désespérée pour faire un pas de plus, et de toute façon peu de prisonniers restent sous la pluie alors j'abandonne, je suspends mes affaires mouillées au bout de ma couchette et je me recouche. J'essaie de dormir autant que possible.

Les jours se succèdent, une semaine, puis deux, au rythme insouciant du camp, de l'ennui assommant, sous le poids du chagrin. Max assiste à ma chute dans le néant et me convainc de l'accompagner à la bibliothèque du camp. Il me choisit un livre intitulé *Jane Eyre*. En me mettant à lire, je découvre que je peux m'échapper dans un autre monde et même que j'arrive à détourner un peu mes pensées de Bill. Cependant, chaque fois que je repose le livre, j'ai la certitude d'avoir perdu mon Rochester et que mon monde est vide. Je suis de nouveau repliée dans le silence. Je n'ai envie de parler à personne, je n'ai plus rien à dire.

Max, lui, évolue dans l'autre direction. Il se joint à un groupe de débats et commence à faire campagne pour l'élection du Parti travailliste à la fin de la guerre. Il semblerait qu'il ait décidé de vivre et, malgré moi, mon corps s'emploie lui aussi à me ramener des limites de la famine : mes pieds guérissent lentement ; ma toux diminue progressivement. Au-delà des barbelés, j'entends les oiseaux chanter, et je songe combien je serais heureuse d'être en vie si Bill était avec moi, même dans cet endroit ignoble. Max me parle d'endroits miraculeux appelés Bluebell Wood et Kew Gardens, mais je sais que je ne les verrai jamais, désormais. Dès notre libération, je devrai retourner à la ferme – à la vie que je détestais, soumise aux règles des Russes. Je me représente une version de moi, coincée chez elle à s'occuper de sa mère dans ses vieux jours, à vivre une vie de néant après la perte de Bill.

Un jour, un camion suisse pénètre dans le camp avec des colis de la Croix-Rouge, et pour la première fois depuis des semaines, on a du sucre et des protéines. Certains mangent trop, trop vite, et le baraquement empeste le vomi et la diarrhée. Plus avisés, Max et moi mangeons des portions adaptées et picorons comme des moineaux.

On commence à entendre l'artillerie au loin, qui se rapproche chaque jour un peu plus. Soudain, il y a de la nourriture, comme si les nazis savaient qu'à notre libération, on ne devait pas les retrouver avec des réserves de nourriture alors que les prisonniers mouraient de faim. Des sacs de haricots, de pois et de carottes sont discrètement « mis à disposition ». Des colis sont mystérieusement retrouvés et distribués. L'un d'eux contient du caramel, et je déguste de minuscules portions que je laisse fondre dans ma bouche pour faire durer la sensation le plus longtemps possible.

Un jour, en fin d'après-midi, Max déboule dans le baraquement après un débat et me trouve à ma place habituelle, assise au soleil avec un livre.

— Tu sais quel jour on est ?

Je n'en ai aucune idée.

— Le 26 mars, annonce-t-il. Ce n'est pas ton anniversaire ?

Je hoche lentement la tête. J'ai vingt et un ans, mais mes parents ne sont pas là pour me souhaiter « *Všechno nejlepší k narozeninám* » et je n'entendrai jamais Bill me souhaiter « Joyeux anniversaire, Izzy ». Je me souviens qu'il m'avait dit qu'il m'emmènerait danser. Je ne l'ai pas vu depuis vingt jours. Le début d'une éternité de solitude sans lui.

— Je n'ai rien à t'offrir, dit Max.

Je hausse les épaules. Quelle importance ? Qu'est-ce que ça peut bien faire ?

Il s'accroupit à côté de moi.

— Écoute, j'ai réfléchi. Si Bill ne revient pas, on pourrait faire comme si tu étais ma femme, et je pourrais te ramener en Angleterre. On pourrait le chercher là-bas.

Voilà ce que je pense : Bill est mort et plus rien n'a d'importance. Mon abattement pèse lourd aujourd'hui et l'effort de parler me semble trop grand, mais je m'efforce d'écouter Max.

— Et plus tard, si on ne le retrouve pas, et si tu le veux, on pourrait se marier pour de vrai. On a tous les deux perdu la personne qu'on aime, et je n'épouserai jamais personne d'autre – et Dieu sait que tu m'as vu au plus bas, sous mon pire jour. Je n'ai rien à te cacher.

Je relève les yeux, incrédule. Épouser Max ?

Il se méprend sur la signification de mon regard et bredouille :

— Oh, pas pour le sexe. On n'aura pas à faire ça. Mais tu m'as sauvé la vie deux fois maintenant, et je veux faire tout ce qui est en mon pouvoir pour toi. On pourrait peut-être aller tous les deux au Ruskin College. Je pense qu'on s'entendrait bien.

L'idée tourne dans ma tête comme un nuage noir. C'est impensable de m'imaginer épouser quelqu'un d'autre que Bill. Et pourtant, ça m'éviterait de devoir retourner dans ma ferme sous le joug des Russes. *J'aurais préféré épouser Ralph*, me dis-je, *s'il est encore en vie.* Lui n'aura jamais d'épouse.

Je lui tapote la main et murmure :

— Peut-être. Merci.

Mais tandis que je regarde Max s'éloigner et que mon esprit se calme, je sais que la fille impulsive et égocentrique qui comptait sur son papa pour la sauver et sur son mari pour la protéger est morte quelque part en route. Si je dois ne jamais revoir Bill, je trouverai la force de me débrouiller seule dans le monde qui m'attend. Je ne dépendrai de personne d'autre, je tracerai ma voie, comme le ferait Cousins. Je songe à l'Angleterre, où je ne connais personne. Aurai-je vraiment le courage d'aller là-bas ?

Plus tard, Max m'apporte, en guise de cadeau d'anniversaire, une tasse de café et deux carrés d'un excellent caramel, qu'il a échangé contre ses nouvelles cigarettes.

Au camp, tout est en train de changer. J'entends les gardes qui essaient de se rassurer en se disant « *Befehle sind befehle* – les ordres sont les ordres » et je sais bien que ça signifie qu'ils ont vraiment peur. On remarque que les gardes sont de plus en plus nombreux à retirer leur insigne et l'un d'entre eux dit à un prisonnier qu'il n'a jamais été nazi, et qu'Hitler est un *Schweinehund* – un salaud.

À notre grande stupéfaction, l'auxiliaire qui a cassé le nez de Bill à l'usine de brique vient me trouver pour me rendre ma « catapulte » et l'harmonica de Bill.

— Je rends les objets confisqués, dit-il sans nous regarder en face.

Des cris hostiles retentissent autour de nous.

— Sale voleur ! lancent-ils.

Je glisse l'harmonica dans la poche de poitrine de ma veste d'uniforme, près de mon cœur. L'auxiliaire doit jouer des coudes à travers la foule de prisonniers chahuteurs pour quitter le baraquement.

Chaque jour maintenant, le ciel est chargé d'avions aux balises de toutes les couleurs. Le bruit est incessant. On voit un avion piquer du nez, enflammé d'une aile à l'autre, dans une nappe de flammes tourbillonnantes. Tout au long de la journée, on entend des grondements sourds et on aperçoit des éclairs fulgurants. Un après-midi, le camp est englouti tout entier dans un énorme nuage de fumée. À l'horizon, on distingue l'éclat rouge de villes en flammes.

Cette nuit-là, on reste allongés dans le noir et on écoute le son d'un violon pendant une heure. La musique semble exprimer tout le chagrin indicible que j'éprouve : pour Varsovie ; pour les personnes affamées qu'on a croisées ; pour ma patrie et ma famille ; pour Scotty et Ralph ; mais plus que tout, pour Bill, pour l'amour que j'ai perdu à jamais.

Par un clair après-midi, fin mars, je suis assise à ma place habituelle, plongée dans un livre qui parle d'un village appelé Middlemarch, lorsqu'un son me fait relever la tête. C'est un sifflement – quelqu'un qui siffle. Très lointain. Je pose mon livre sans même corner la page et je me dis : « Beaucoup d'hommes sifflent… » mais la mélodie reprend, en s'éloignant, et je reconnais la chanson du rossignol dans le parc que Bill me jouait souvent. Mon cœur bondit et je me lève d'un coup. Je suis la musique en me faufilant entre les baraquements et les groupes de prisonniers. Il s'arrête et je panique. Peut-être que c'est lui, mais qu'on continuera de se rater pour l'éternité dans ce dédale qu'est l'humanité. Puis le sifflement reprend et les paroles me reviennent : « Des anges dînaient au Ritz. » Le son se rapproche à présent et je me mets à courir, je contourne la cuisine et je heurte de plein fouet le siffleur.

— Hé là ! s'écrie-t-il en me repoussant.

Je trébuche, je perds à moitié l'équilibre et j'aperçois un inconnu dégingandé aux cheveux sombres.

— Fais gaffe ! grogne-t-il.

Je recule en murmurant :

— Désolée, désolée.

Je contourne le baraquement le plus proche avec sa voix dans mon dos.

— Regarde un peu où tu vas !

Je m'accroupis contre le mur, je me recroqueville sur moi-même comme une boule de souffrance. Ce n'est pas Bill. Ce ne sera jamais Bill. Toute ma vie, dès que j'entendrai des bribes de chansons, ou que j'apercevrai une tête blonde dans une foule, je penserai que c'est lui. Et ça ne le sera jamais. Je remonte mes genoux contre moi en retenant mon souffle. Je voudrais disparaître de ce monde dans lequel Bill n'est plus.

Des pas se rapprochent de moi et quelqu'un dit :

— Ça va, mon pote ?

Je lève la tête avec une grimace.

Un homme avec des galons de sergent m'adresse un signe de tête encourageant.

— C'est presque fini maintenant.

J'acquiesce et il s'éloigne. Mais ce n'est pas terminé pour moi. Ça ne le sera jamais.

Pour le Vendredi saint, le 30 mars, les gardes postent des guetteurs pour surveiller l'horizon et l'arrivée de chars. Ils signalent avoir vu dans une direction des Tigres nazis, et dans l'autre, des Sherman américains. Notre camp de prisonniers est coincé entre les deux, sous la maigre protection du drapeau de la Croix-Rouge. Le camp tout entier vibre d'une tension nerveuse, comme si on avait tous bu trop de café. Les tirs sont incessants et semblent provenir de toutes les directions, comme si on se trouvait dans l'œil d'un cyclone qui pourrait nous emporter dans son tourbillon. Je prie pour être touchée par une balle perdue. Je ne veux plus vivre sans Bill.

Je vois les prisonniers échanger leurs adresses sur le terrain de rassemblement, comme à la fin du trimestre scolaire. Un avion frôle le camp à basse altitude. Tout autour de nous, les hommes crient « À terre ! » et se jettent au sol en se couvrant la tête de leurs bras. Je reste debout pour regarder l'avion passer, m'offrant comme cible s'il le souhaite. Mais il n'ouvre pas le feu. Quelques jours plus tôt, les prisonniers ont pu récupérer de la peinture et ont été autorisés à monter sur les toits des baraquements pour écrire PoW[1] en immenses lettres blanches. Peut-être que l'équipage de l'avion a lu le message.

Alors, tandis que tout le monde se relève et brosse son manteau, un silence total prend le relais. Les tirs ont cessé. On jette des regards nerveux autour de nous, comme si c'était le prélude à une immense explosion. Mais rien ne se passe.

— Peut-être que c'est fini, murmure Max.

D'autres se joignent à lui.

— Peut-être que tout est terminé ?

1. *Prisoners of War*, prisonniers de guerre en français.

Un énorme rugissement retentit aux portes du camp, comme si le dernier but d'un match de football avait été marqué, et quelqu'un s'écrie :

— C'est ces fichus Amerloques !

Max m'attrape par la main et m'entraîne vers les portes pour comprendre ce qui se passe. Je ne vois rien à cause de toutes les têtes, mais Max me soulève et j'aperçois une Jeep américaine, six GI assis à l'intérieur, tout sourire, escortée par les prisonniers affamés dans le camp.

Autour de nous, tout le monde explose de joie, dans les cris, les rires, les embrassades. Les hurlements de joie fusent.

— C'est fini. Putain, c'est fini !

Nombreux sont ceux à avoir le visage baigné de larmes ; d'autres s'enlacent dans l'euphorie tandis qu'un flot de camions pénètre dans le camp. Max me serre dans ses bras et pose sa tête pleine de poux contre la mienne, mais je reste de marbre.

De toutes parts, les hommes s'exclament « C'est fini ! C'est fini ! C'est fini ! » comme s'il fallait le répéter pour que ce soit bien réel.

De l'autre côté des clôtures, des colonnes de véhicules blindés ornés des étoiles américaines défilent. Leurs occupants se sont levés pour nous lancer des paquets de cigarettes et de chocolats. Il y a une ruée vers les barbelés pour récupérer les trésors, mais Max ne bouge pas :

— Il y en aura d'autres, là d'où ils viennent. Essayons de ne pas nous faire piétiner dans la bousculade.

Le côté de l'un des camions qui a pénétré dans le camp se soulève et deux Américaines, à la chevelure impeccable, les lèvres rouges, se mettent à servir du café et des beignets. L'odeur du sucre et du vrai café me font l'effet d'un nouveau mirage. Les haut-parleurs du camp émettent un grésillement et tout le monde se fige un instant pour écouter l'annonce, quelqu'un nous annonce que c'est bien vrai : nous sommes libres. Mais aucune annonce ne vient. Au lieu de ça, on entend le frottement d'un saphir sur un disque et le début d'une mélodie retentit dans le camp.

— C'est *In the Mood*, s'exclame Max en riant.

La musique, additionnée à l'arôme intense du vrai café et des beignets, est plus convaincante que l'aurait été n'importe quel discours. Les bonshommes bâtons en guenilles se mettent à danser les uns avec les autres. Le camp tout entier s'est transformé en foire, en cirque. Un autre camion alimentaire distribue des sandwiches à la viande, confectionnés avec le pain le plus blanc que j'aie vu de ma vie.

Près de la cuisine, les Américains ont rassemblé les gardes nazis dans une immense cage. Ils ont l'air terrifiés. L'un des soldats américains qui les surveille me lance :

— Vas-y, dis-moi qui a été cruel avec toi. Je le tue sur place. Personne ne le saura.

Je lève les yeux et je cherche l'homme qui a cassé le nez de Bill. Ne le trouvant pas, je songe : *Quel intérêt ?* Et je secoue la tête.

C'est alors que, derrière lui, derrière la cage, de l'autre côté du terrain de rassemblement, près des latrines, quelque chose attire mon regard. Je me décale et j'attrape le bras de Max.

— Qu'est-ce qu'il y a ? me demande-t-il en suivant mon regard.

Je me penche sur la gauche pour essayer de voir de nouveau, mais les gardes dans la cage me bloquent la vue. Une silhouette. Pendant une fraction de seconde, j'ai cru voir… à moitié caché… Je m'efforce de trouver une vue dégagée. Mais ils ne cessent de bouger et de me bloquer la vision. Le sifflement parvient à mes oreilles. C'est la chanson du rossignol. Mais j'ai déjà été déçue auparavant, et plutôt que de se soulever, mon cœur se serre. Ce sera de nouveau cet étranger qui siffle notre mélodie comme pour me narguer.

On atteint l'autre bout de la cage et sans les larmes qui me voilent les yeux, j'aurais eu une vue dégagée sur la place de rassemblement et les latrines. Je trébuche et Max, qui me rattrape par le bras, se fige net et lève la main pour la mettre en visière et regarde dans la même direction que moi. Le sifflement s'élève de nouveau et je cligne des yeux pour les débarrasser des larmes. C'est une silhouette que je reconnaîtrais n'importe où. Elle se retourne et me regarde droit dans les yeux.

C'est lui.

C'est Bill.

Épilogue

Bill me prend la main.

— Viens. Allons trouver un responsable.

Je tire Max par la manche. Il faut qu'il soit avec nous, qu'il soit là à la fin.

On se faufile tous les trois à travers la foule qui chante, qui danse et qui rit.

— On se croirait à Trafalgar Square le soir du réveillon, dit Bill.

On arrive aux bureaux où le commandant du camp travaillait jusqu'alors et je comprends enfin que c'est bien réel. J'ai retrouvé Bill et on rentre en Angleterre.

— Il faut qu'on voie un responsable, annonce Bill d'une voix très ferme, et l'urgence et la conviction dans sa voix mettent le soldat américain en alerte.

On attend quelques minutes en contemplant la foire qu'est devenu le camp, et je songe à la terrible distance qu'on a parcourue à pied et à tous ceux qui sont tombés en chemin. Je bénis l'âme généreuse de Scotty. Sans son sacrifice, je ne serais pas ici. Je revois le visage de tous les gens que j'aime, sans savoir s'ils sont en vie, s'ils souffrent ou s'ils sont morts, quelque part sur ce continent ravagé par la guerre : mon père et ma mère, Jan, Marek, Ralph. Je serre les mains de Bill et Max, de chaque côté de moi. Ils sont tout ce qu'il me reste, tout ce que je connais, tout ce que j'ai à emmener dans l'avenir.

Ceux d'entre nous qui ont survécu vont avoir une tâche immense, devoir reconstruire des villes et villages qui ont été réduits à néant, reconstruire des vies dévastées par le chagrin et la séparation, reconstruire un nouveau monde plus juste, où les pauvres seront logés et nourris, un monde où une nouvelle guerre naîtra pour mettre fin au gâchis insensé de la précédente, pour toujours. En regardant la liesse sous nos yeux, je sens une force me submerger. Si on a survécu à tout ce qu'on a traversé, plus rien n'est impossible.

Un GI nous fait entrer. Je ne suis jamais entrée dans le bureau du commandant, mais c'est un grand colonel américain élancé qui se trouve désormais derrière son grand bureau en chêne. Bill et Max le saluent par réflexe. J'agite la main d'un geste maladroit ; je me sens étrangement calme et détachée.

— Oui, soldat ? demande-t-il. Quelque chose d'urgent ?

Bill fait un pas en avant et me tire avec lui.

— Oui, monsieur. Ce prisonnier n'est pas un soldat. C'est ma femme. Elle est tchèque.

— Doux Jésus.

Le colonel se lève et me regarde dans les yeux.

Je me souviens du visage incrédule de Ralph, six mois et huit cents kilomètres plus tôt. Le colonel contourne son bureau pour venir m'examiner de plus près. La peur m'a quittée et je regarde d'un œil clair ce nouveau monde dans lequel on m'a permis de vivre. Bill me serre la main comme s'il voulait ne plus jamais la lâcher, mais ce moment m'appartient, je l'ai gagné à force de terreur et d'adversité.

Je lève mon autre main pour imposer le silence, et je me racle la gorge en me dressant.

— Bonjour, dis-je avec l'accent anglais que j'ai pratiqué si longtemps dans ma tête.

Je tourne la tête vers Max, puis vers mon Bill adoré. Tous deux me sourient d'un air encourageant, et je me retrouve à sourire de toutes mes dents.

Je fais un pas en avant et les mots tournoient dans ma tête comme des alouettes libérées de leur cage.

— Je suis Mme Izabela King. Je suis absolument ravie de vous rencontrer.

Note de l'autrice

Cette incroyable histoire m'a été racontée pour la première fois en 2007 par Sidney Reed, qui vivait dans la même résidence pour personnes âgées que ma mère. Nous étions dans l'ascenseur quand il m'a dit : « Je parie que je pourrais vous raconter une histoire sur la guerre à vous faire dresser les cheveux sur la tête. » J'avais du mal à croire ce qu'il me disait alors, quelques jours plus tard, je me suis arrangée pour revenir pour qu'il continue. On s'est assis pendant deux heures et j'ai pris des pages entières de notes. Je ne pouvais pas douter de l'authenticité de son récit – les détails de l'annonce de la présence de la fille tchèque dans le baraquement, la gestion de ses règles, l'unité dont a fait preuve le groupe d'hommes pour la protéger semblaient absolument véridiques. Je savais que je devais relater cette histoire, et cela devait se faire du point de vue de la femme tchèque prise au piège d'un monde dangereux d'hommes. Malgré mon expérience de chercheuse en documentation historique et de productrice pour la BBC, j'étais intimidée par la difficulté de l'écrire sous forme de roman. J'ai envisagé l'idée d'une pièce radiophonique, mais j'étais une poète reconnue et, pour finir, j'ai composé un long poème narratif qui fut publié en ligne en 2008. Je pensais en avoir terminé, mais l'histoire ne cessait de me hanter. Je voulais en savoir davantage, et je voulais la partager avec un public plus large que les amateurs de poésie.

Je suis retournée voir Sidney Reed mais, à ce moment-là, sa mémoire était moins vive et les détails semblaient confus. Il me disait qu'il avait vécu au straflager E166, mais son fils m'a dit qu'il avait été emprisonné au stalag 344 à Lamsdorf. J'ai commencé à douter de son récit. Mais grâce au site Internet de Philip Baker sur Lamsdorf, j'ai découvert que les camps de travail anglais étaient numérotés avec la lettre E, et qu'il y avait bel et bien un E166, qui était attribué à la carrière de Saubsdorf, que Sidney m'avait longuement décrite. Voilà que mes cheveux se dressaient véritablement sur la tête et mes recherches ont commencé pour de bon.

J'ai visité l'Imperial War Museum, les Archives nationales et la British Library. J'ai lu des livres et des journaux intimes, et j'ai rejoint la Lamsdorf Association. J'ai fini par comprendre que les prisonniers dans un sous-camp de travail de Lamsdorf avaient forcément été soumis à la terrible Longue Marche depuis l'Europe de l'Est jusqu'en Allemagne. Selon un rapport du département des Anciens Combattants des États-Unis, près de trois mille cinq cents prisonniers de guerre américains et ressortissants du Commonwealth sont morts au cours de ces marches. Je n'étais pas du tout certaine d'être capable de décrire quelque chose d'aussi éprouvant.

Mon mari m'a accompagnée en République tchèque et on a parcouru la route de Vražné, traversé la Pologne et l'Allemagne jusqu'à Hartmannsdorf. J'ai pris des centaines de photos, à la recherche de lieux pour le roman, notamment une éventuelle ferme pour Izzy et une église dans laquelle elle aurait pu épouser Bill. Sur la route, nous avons trouvé des granges et des bâtiments dans lesquels des milliers d'hommes auraient pu être logés pour la nuit. Nous avons visité le site du camp de prisonniers de Lamsdorf par une journée adéquatement enneigée du mois de mars 2016.

Puis je me suis mise à écrire. Les pages de notes que j'avais obtenues de Sidney ne me procuraient qu'une ébauche sommaire. Pour le reste, je dépendais de comptes rendus écrits et de ma propre imagination. Sidney ne se souvenait pas du nom de la fille ou de son mari, et même s'il était certain d'avoir appris qu'ils avaient réussi à rentrer en Angleterre, probablement par Liverpool, il n'avait aucune idée de l'endroit où ils avaient pu vivre par la suite. Les personnages d'Izabela et Bill sont donc inventés, tout comme ceux de leurs amis Ralph, Max et Scotty. Le personnage de Scotty m'a été inspiré par le souvenir de Sidney d'un membre du célèbre gang de Glasgow à Saubsdorf, tandis que celui de Kurt se basait sur un garde prédateur sexuel dont se souvenait Sidney.

Il s'agit d'un roman et non d'un documentaire, mais tous les éléments sont basés sur la réalité historique. Mon père a été prisonnier de guerre en Italie et en Autriche, certains détails proviennent donc de ses expériences et de celles de ses compagnons. Quelle chance que Saubsdorf ait été le camp de travail dans lequel le prisonnier Horace Greasley est tombé amoureux de la fille du propriétaire de la carrière, Rosa Rauchbach, et qu'il ait écrit ses mémoires.

J'ai tiré les détails de la vie dans les camps de diverses sources. Chaque étape de la terrible Longue Marche provient de témoignages directs, et particulièrement de ceux qui sont si méticuleusement rapportés dans *The Last Escape.* Il existait trois routes de marche principales qui traversaient l'Europe depuis les différents camps de prisonniers. J'ai choisi d'envoyer Izabela et Bill sur la plus courte. De nombreux prisonniers ont parcouru une plus grande distance, marché plus longtemps, et souffert de privation et de cruauté pire encore, et beaucoup sont morts avant d'avoir pu retrouver la sécurité. Certains incidents que j'ai inclus dans le récit sont en réalité arrivés après la période temporelle du roman. Par exemple, le 19 avril 1945, dans le village de Gresse, trente prisonniers de guerre alliés ont été gravement blessés (probablement mortellement) par le mitraillage des Typhoon de la RAF.

Bien qu'il s'agisse d'une œuvre de fiction, c'est aussi l'histoire vraie de ce qui arrive quand on laisse le fascisme s'épanouir.

Faits et chiffres

Concernant l'exactitude des faits, je dois beaucoup à Sebastian Mikulec pour avoir relu les chapitres prenant place au camp de Lamsdorf et pour la patience à toute épreuve avec laquelle il a répondu à mes interminables questions détaillées ; également à Martin Vitko, pour ses retours minutieux concernant les chapitres tchèques et ses explications sur la complexité de l'histoire du pays. Les noms de nombreux lieux ont changé depuis 1945. Le village qui s'appelle Vražné s'appelait Gross Petersdorf (Dolní Vražné) en 1944 ; Lamsdorf s'appelle aujourd'hui Lambinowice ; ce qui était Saubsdorf pendant la guerre est devenu Supíkovice. J'espère qu'on me pardonnera également d'avoir utilisé les noms Pologne et Tchécoslovaquie pour me référer à des régions qui portaient des noms différents pendant la guerre. Les historiens sauront qu'en 1918, après la chute de l'Empire austro-hongrois, la République tchèque a été créée. Le nouveau pays comprenait la Moravie, la Bohème et la Silésie – des régions germanophones qu'on appelait collectivement la région des Sudètes. L'annexion par Hitler de la région des Sudètes en 1938 a été largement accueillie par les habitants germanophones. Le village connu aujourd'hui sous le nom de Vražné abritait 90 % de germanophones, bien que dans la région, 50 % de la population était germanophone, et 50 % tchèque. Après la guerre, la plupart des germanophones ont été forcés de partir.

Le nombre de prisonniers est également difficile à vérifier. Lamsdorf étant un centre de traitement pour les camps de travail *Arbeitskommandos*, le nombre de prisonniers qu'il abritait fluctuait quotidiennement. Toutefois, il était équipé de 13 000 couchettes pour soldats anglais, plus environ 12 000 soldats anglais disséminés dans des *Arbeitskommandos*. 700 prisonniers anglais ont été emmenés du camp le 15 janvier 1945, juste avant que ne commence l'évacuation de masse à pied le 22 janvier. Ça a continué ainsi pendant plusieurs jours, par groupes de 1 000 ou 2 000, jusqu'à ce que 21 867 prisonniers anglais du camp et des *Arbeitskommandos* se mettent en route pour ce qu'on appellera ensuite la Longue Marche ou Marche de la mort.

On sait que Lamsdorf était le plus grand camp de prisonniers de guerre anglais – un soldat capturé sur trois qui portait l'uniforme de l'Empire britannique finissait par y être déplacé. Les autorités allemandes l'appelaient *Britenlager* – le camp britannique. Cela dit, ces militaires « britanniques » comprenaient 271 Indiens, 1 543 Canadiens, 1 829 Australiens, 2 217 Néo-Zélandais et 1 210 Palestiniens, qui étaient tous juifs. On sait également que le Comité international de la Croix-Rouge a classé Lamsdorf comme le pire des camps de prisonniers pour Britanniques, et les détenus le mentionnaient comme le « camp de l'enfer » à cause du surpeuplement, de la malnutrition et du travail acharné.

Dans certains camps de travail, les hommes étaient payés avec ce que les prisonniers appelaient *Lagergeld*, une monnaie de papier qui pouvait être échangée dans des boutiques spéciales.

Il est impossible de déterminer combien d'hommes sont morts pendant la Longue Marche compte tenu de l'incertitude concernant le nombre de prisonniers alliés détenus par les nazis. En 1944, on estimait le nombre de prisonniers britanniques à 199 592, mais à la fin de la guerre, le nombre de prisonniers enregistrés au retour au pays n'était que de 168 746. Qu'est-il arrivé à ces 30 846 autres hommes ? Le premier chiffre pourrait être erroné, mais nombre d'entre eux pourraient avoir péri pendant la Longue Marche. Certains rapports estiment que sur 1 800 hommes ayant pris le départ de la Longue Marche, seulement 1 300 l'ont achevée, avec un taux de mortalité de 30 %.

Enfin, Sidney Reed ne savait pas exactement d'où venait la fille tchèque, ni son nom. J'espère que quelqu'un lira ce roman et pourra être en mesure d'identifier les véritables « Izabela » et « Bill », afin que je puisse rendre hommage à leur courage et leur amour.

Bibliographie

Peter Doyle, *Prisoner of War in Germany* (Shire Library, 2009).

Horace Greasley, *Do The Birds Still Sing in Hell ?* (John Blake, 2013).

H.J. Gudgion, *A Gunner's Scrapbook memories of 1939–1945* (privately printed).

H.J. Gudgion, *Pass the Parcel* (privately printed).

Robert Kee, *A Crowd Is Not Company* (Cardinal, 1990).

John Nichol and Tony Rennell, *The Last Escape: The Untold Story of Allied Prisoners of War in Europe 1944–45* (Penguin Books, 2003).

Anna Wickiewicz, *Captivity in British Uniforms: Stalag VIII B (344) Lamsdorf* (Central Museum, Opole, 2018).

Philip Baker's Lamsdorf website: https://www.lamsdorf.com

Remerciements

J'adresse mes premiers remerciements à Sidney Reed pour m'avoir raconté cette histoire – et à l'heureux hasard qui nous a réunis dans un ascenseur.

Je ne remercierai jamais assez mon mari, Tim Butt, pour avoir parcouru la route de la Longue Marche à mes côtés, à travers la neige et la glace, et pour m'avoir fourni les encouragements, le temps et l'espace dont j'avais besoin pour écrire.

Merci à mes premiers lecteurs, en particulier Katie Butt dont le retour m'a convaincue de continuer, et à Tim Butt, Johanna Charnley, Pippa Winton, Stephanie Cabot et Ellen Goodson Coughtrey, dont les remarques m'ont été si utiles. Aussi à Amy Butt et Millie Hoskins pour avoir lu les versions ultérieures.

Je n'aurais jamais trouvé le temps d'écrire un livre si je n'avais pas abandonné mon travail à plein-temps, je dois donc remercier le Royal Literary Fund de m'avoir accordé la bourse me permettant de le faire et de me concentrer sur mon écriture.

Je dois beaucoup à un groupe d'historiens, conservateurs de musées et écrivains :

À Sebastian Mikulec, conservateur du Centralne Muzeum Jeńców Wojennych à Lambinowice, qui nous a fait visiter le site de Lamsdorf sous la neige, puis a lu les chapitres concernant Lamsdorf pour en vérifier l'exactitude et a répondu à tant de mes questions par mail.

À Philip Baker pour le merveilleux site Internet sur Lamsdorf, le groupe Facebook et la journée de rencontre qu'il a organisée.

À Mgr Martin Vitko (anciennement du Regional Museum de Nový Jičín – Muzeum Novojičínska ; aujourd'hui aux State District Archives de Nový Jičín) pour m'avoir expliqué tant d'éléments tchèques et avoir lu les chapitres consacrés à Vražné. Et au Dr Anna Hrčková du Muzeum Novojičínska (Regional Museum de Nový Jičín) et Mgr Jiří Střecha, directeur du Czech Postal Museum (Česká pošta, s.p., Poštovní Muzeum).

Et surtout aux écrivains Robert Kee, Horace Greasley, Peter Doyle, John Nichol, Tony Rennell, Anna Wickiewicz, et aux nombreux auteurs de journaux intimes dont j'ai pillé les récits pour y trouver les épisodes qui composent mon histoire. Plus particulièrement, merci du fond du cœur à l'ami de longue date de mon père, et son compagnon d'emprisonnement, Harold Gudgion, dont les journaux de bord de la guerre ont été retranscrits par son fils, John, et qui se sont révélés être une précieuse ressource.

Enfin, ce livre n'existerait pas sans la confiance de mon agent incroyablement intelligent, Millie Hoskins, qui m'a demandé de couper 30 000 mots.

Puis j'ai eu de la chance d'avoir été choisie par l'extraordinaire éditrice Selina Walker, qui a passé de nombreuses, très nombreuses heures à donner forme à ce livre. Merci à vous, Millie, Selina, Pippa et à toute la super équipe de Century. Et à mes nouveaux amis américains, Kate Seaver et la merveilleuse équipe de Berkley.

PEFC PEFC/14-38-00277

Cet ouvrage est composé de matériaux issus de forêts gérées durablement certifiées PEFC™.
Le Programme de reconnaissance des certifications forestières (PEFC™) est le plus grand organisme mondial indépendant de contrôle pour une gestion durable des forêts. Pour en savoir plus, consultez le site www.pefc-france.org

Achevé d'imprimer en octobre 2024
par Novoprint
Troisième tirage
Dépôt légal : mars 2024
Imprimé en Slovaquie